STAR WARS™

A VELHA REPÚBLICA™

REVAN

DREW KARPYSHYN

STAR WARS™

A VELHA REPÚBLICA™

REVAN

São Paulo
2022

Disney · Lucasfilm

Grupo Editorial
UNIVERSO DOS LIVROS

Star Wars: The old Republic – Revan

Star Wars: A Velha República - Revan é uma obra de ficção. Todos os nomes, lugares e situações são resultantes da imaginação dos autores ou empregados em prol da ficção. Qualquer semelhança com eventos, locais e pessoas, vivas ou mortas, é mera coincidência.

Diretor editorial
Luis Matos

Gerente editorial
Marcia Batista

Assistentes editoriais
Letícia Nakamura
Raquel F. Abranches

Tradução
Guilherme Summa

Preparação
Jonathan Busato

Revisão
Juliana Gregolin

Arte e adaptação de capa
Valdinei Gomes

Diagramação
Renato Carbone

Dados Internacionais de Catalogação na Publicação (CIP (Câmara Brasileira do Livro, SP, Brasil)
Angélica Ilacqua CRB-8/7057

K28s

Karpyshyn, Drew
Star Wars: A Velha República - Revan / Drew Karpyshyn ; tradução de Guilherme Summa. – 2. ed. São Paulo : Universo dos Livros, 2022.
352 p.
ISBN: 978-65-5609-261-4

Título original: *Star Wars – The Old Republic – Revan*

1. Ficção norte-americana 2. Ficção científica I. Título II. Summa, Guilherme

20-1618 CDD 813.6

Universo dos Livros Editora Ltda.
Avenida Ordem e Progresso, 157 – 8º andar – Conj. 803
CEP 01141-030 – Barra Funda – São Paulo/SP
Telefone/Fax: (11) 3392-3336
www.universodoslivros.com.br
e-mail: editor@universodoslivros.com.br
Siga-nos no Twitter: @univdoslivros

Há muito tempo, em uma galáxia muito, muito distante...

PRÓLOGO

Aqui a escuridão reina eternamente. Não há sol nem alvorecer; apenas a perpétua escuridão da noite. A única iluminação provém das ramificações irregulares dos relâmpagos que abrem caminho impiedosamente por entre as nuvens raivosas. Em seu inevitável encalço, violentos trovões cortam os céus, prenunciando uma copiosa e fria torrente de chuva.

A tempestade está chegando, e não há escapatória.

Os olhos de Revan abriram-se de repente, a fúria primitiva de seu pesadelo despertando-o sobressaltado pela terceira noite consecutiva.

Ele permaneceu imóvel e quieto, voltando o foco para seu interior, acalmando as batidas do coração enquanto recitava silenciosamente a primeira frase do mantra Jedi.

Não há emoção, há paz.

Uma sensação de tranquilidade instalou-se nele, afastando o terror irracional do seu sonho. No entanto, ele sabia que não devia simplesmente descartá-lo. A tempestade que o assombrava cada vez que fechava os olhos era mais do que apenas um mero pesadelo. Conjurada dos recantos mais profundos de sua mente, ela significava algo. Mas, por mais que se esforçasse, Revan não conseguia descobrir o que seu subconsciente estava tentando lhe dizer.

Seria uma advertência? Uma lembrança há muito esquecida? Uma visão do futuro? As três coisas ao mesmo tempo?

Tomando cuidado para não acordar a esposa, ele saiu da cama e foi para o banheiro jogar um pouco de água fria no rosto. Vislumbrando-se no espelho, parou para estudar seu reflexo.

Mesmo agora, dois anos-padrão depois de redescobrir sua verdadeira identidade, ele ainda tinha problemas para conciliar o rosto no espelho com o homem que ele era antes que o Conselho Jedi o trouxesse de volta à luz.

Revan: Jedi; herói; traidor; conquistador; vilão; salvador. Ele era todas essas coisas e muito mais. Era uma lenda viva; a personificação do mito e folclore; uma figura que transcendia a história. No entanto, tudo o que via encarando-o de volta era um homem comum que não dormia há três noites.

A fadiga já estava cobrando seu preço. Suas feições angulosas tornaram-se magras e cansadas. Sua pele pálida acentuava as olheiras sob os olhos que o fitavam de cavidades profundas.

Apoiando a mão em ambas as laterais da pia, ele abaixou a cabeça e soltou um suspiro longo e baixo, seus cabelos negros na altura dos ombros caindo para frente e cobrindo-lhe o rosto como uma cortina escura. Depois de alguns segundos, ele se endireitou, usando os dedos das duas mãos para alisar o cabelo de volta no lugar.

Movendo-se em silêncio, saiu do banheiro e atravessou a pequena sala de estar de seu apartamento. Seguiu para a varanda, onde se deteve e olhou para a paisagem urbana sem fim de Coruscant.

O tráfego na capital galáctica nunca parava, e ele achou tranquilizador o zumbido constante e o borrão de ônibus espaciais deslocando-se apressados. Inclinou-se sobre o parapeito da varanda o máximo que pôde, seus olhos incapazes de penetrar a escuridão para distinguir a superfície do planeta centenas de andares abaixo.

– Não pule. Não quero ter que limpar a bagunça.

Ele virou a cabeça ao ouvir a voz de Bastila atrás de si.

Ela estava parada na soleira da porta da varanda, com o lençol enrolado em volta dos ombros para se proteger do frio da noite. Seus longos cabelos castanhos – normalmente puxados para cima em um coque no topo, deixando a testa livre, e um rabo de cavalo curto embaixo – estavam soltos e despenteados, pois ela tinha acabado de se levantar. Seu rosto estava apenas parcialmente iluminado pelo brilho da cidade abaixo, mas ainda assim ele podia ver os lábios repuxados em um sorriso irônico. Apesar das palavras brincalhonas, Revan pôde enxergar uma preocupação real estampada em seus traços.

– Desculpe – disse ele, afastando-se do parapeito e virando-se para ela. – Não quis acordá-la. Só precisava arejar a cabeça.

– Talvez você devesse falar com o Conselho Jedi – sugeriu Bastila. – Eles podem ajudar.

– Você quer que eu peça ajuda ao Conselho? Deve ter bebido demais daquele vinho corelliano no jantar.

– Eles lhe devem – insistiu ela. – Se não fosse por você, Darth Malak teria destruído a República, eliminado o Conselho e praticamente erradicado os Jedi. Eles devem *tudo* a você!

Revan não respondeu de imediato. O que ela dizia era verdade – ele detivera Darth Malak e destruíra a Forja Estelar. Mas as coisas não eram assim tão simples. Malak tinha sido aprendiz de Revan. Contra a vontade do Conselho, os dois haviam liderado um exército de Jedi e soldados da República contra invasores Mandalorianos que ameaçavam colônias na Orla Exterior... apenas para retornarem não como heróis, mas como conquistadores.

Tanto Revan como Malak tinham tentado destruir a República. Mas Malak havia traído seu Mestre, e Revan fora capturado pelo Conselho Jedi, quase sem vida, com seu corpo e mente despedaçados. O Conselho salvara sua vida, mas também o destituiu de suas lembranças e o reconstruiu como uma arma que poderia ser liberada contra Darth Malak e seus seguidores.

– O Conselho não me deve coisa alguma – sussurrou Revan. – Todo o bem que fiz não pode compensar o mal que provoquei antes.

Bastila levantou a mão e colocou-a gentilmente, mas com determinação, nos lábios de Revan.

– Não diga isso. Eles não podem culpá-lo pelo que aconteceu. Não mais. Você não é o mesmo homem que era. O Revan que eu conheço é um herói. Um campeão da luz. Você me redimiu depois que Malak me levou para o lado sombrio.

Revan ergueu a mão e envolveu os dedos em torno da mão delicada pousada em seus lábios. Então baixou-a suavemente.

– Assim como você e o Conselho redimiram a mim.

Bastila virou-se, afastando-se, e Revan imediatamente arrependeu--se de suas palavras. Sabia que ela tinha vergonha de seu envolvimento na captura dele e de seu papel em apagar-lhe a memória.

– O que fizemos foi errado. Na época, pensei que não tínhamos outra escolha, mas se eu tivesse que fazer tudo de novo...

– Não – disse Revan, interrompendo-a. – Não queria que você mudasse coisa alguma. Se nada disso tivesse acontecido, eu poderia nunca tê-la encontrado.

Ela se virou para encará-lo, e ele pôde ver a mágoa e a amargura em seus olhos.

– O que o Conselho fez a você não foi certo – ela insistiu. – Eles tiraram as suas lembranças! Eles roubaram a sua identidade!

– Isso eu recuperei – Revan assegurou-lhe, puxando-a para perto de si e envolvendo-a em seus braços. – Você tem que deixar a raiva ir.

Ela não lutou contra o seu abraço, embora tenha ficado rígida a princípio. Então ele sentiu a tensão arrefecer quando ela descansou a cabeça em seu ombro.

– Não há emoção, há paz – ela sussurrou, recitando as mesmas palavras nas quais Revan havia buscado consolo apenas alguns minutos antes.

Eles ficaram ali, em silêncio, abraçados até Revan senti-la tremer.

– Está frio aqui fora. É melhor voltarmos para dentro.

Vinte minutos depois, Bastila já estava mergulhada em um sono profundo, mas Revan continuava deitado na cama com os olhos abertos, encarando o teto.

Estava pensando no que Bastila dissera sobre o Conselho ter roubado sua identidade. Quando sua mente se curara, muitas de suas lembranças haviam retornado, juntamente com a noção de quem de fato ele era. Mas ele sabia que algumas partes permaneciam perdidas, provavelmente para sempre.

Como Jedi, sabia da importância de deixar de lado a amargura e a raiva, mas isso não significava que não podia continuar se perguntando o que havia perdido.

Algo havia acontecido a ele e a Malak além da Orla Exterior. Eles tinham partido para lá para derrotar os Mandalorianos, mas retornaram como discípulos do lado sombrio. A história oficial era a de que haviam sido corrompidos pelo antigo poder da Forja Estelar, mas Revan suspeitava que houvesse mais por trás disso. E ele sabia que tinha algo a ver com seus pesadelos.

Um planeta terrível de trovões e relâmpagos, envolto em noite perpétua.

Ele e Malak haviam encontrado alguma coisa. Ele não conseguia se lembrar o que era, ou onde estava, mas a temia em um nível profundo e primitivo. De alguma forma ele sabia que, qualquer que fosse o terrível segredo, era uma ameaça muito maior do que os Mandalorianos ou a Forja Estelar. E Revan estava convencido de que ela ainda estava por aí.

A tempestade está chegando, e não há escapatória.

PARTE UM

1

Lorde Scourge puxou sobre a cabeça o capuz de sua capa enquanto descia do ônibus espacial, uma proteção contra o vento e a chuva forte. Tempestades eram comuns em Dromund Kaas; nuvens escuras bloqueavam permanentemente o sol, tornando sem sentido palavras como *dia* e *noite*. A única iluminação natural provinha do frequente espocar de relâmpagos que se formavam no céu, mas o brilho do espaçoporto e da vizinha Cidade Kaas forneciam luz mais que suficiente para enxergar para onde estava indo.

As poderosas tempestades elétricas eram uma manifestação física do poder do lado sombrio que envolvia todo o planeta – um poder que trouxera os Sith de volta ali um milênio antes, quando sua própria sobrevivência estava em dúvida.

Depois de uma derrota esmagadora na Grande Guerra do Hiperespaço, o Imperador ascendera das fileiras arruinadas dos Lordes Sith remanescentes para liderar seus seguidores em um êxodo desesperado até os confins da galáxia. Fugindo dos exércitos da República e da vingança implacável dos Jedi, eles finalmente se estabeleceram muito além das fronteiras do espaço mapeado pela República, em seu antigo planeta natal há muito perdido.

Lá, escondidos em segurança de seus inimigos, os Sith começaram a reconstruir seu Império. Sob o comando do Imperador – o imortal e todo-poderoso salvador que ainda reinava sobre eles mesmo depois de mil anos –, eles abandonaram o estilo de vida hedonista de seus ancestrais bárbaros.

Em vez disso, criaram uma sociedade quase perfeita, na qual as forças militares Imperiais operavam e controlavam praticamente todos os aspectos da vida cotidiana. Agricultores, mecânicos, professores, cozinheiros, zeladores – todos faziam parte da grande máquina marcial, cada indivíduo treinado para desempenhar suas funções com o máximo de disciplina e eficiência. Como resultado, os Sith foram capazes de conquistar e escravizar planeta após planeta nas regiões inexploradas da galáxia, até que seu poder e influência equipararam-se aos de seu passado glorioso.

Outra explosão de relâmpagos cortou os céus, iluminando momentaneamente a colossal cidadela no meio de Cidade Kaas. Construída por escravos e seguidores devotados, a cidadela cumpria a função tanto de palácio como de fortaleza, um ponto de encontro inexpugnável tanto para o Imperador quanto para os doze Lordes Sith escolhidos a dedo que formavam seu Conselho Sombrio.

Uma década antes, quando Scourge havia chegado a Dromund Kaas como um jovem aprendiz, ele jurara que um dia iria pisar nos salões exclusivos da cidadela. No entanto, em todos os seus anos de treinamento na Academia Sith, nos limites da Cidade Kaas, nunca lhe fora concedido tal privilégio. Ele havia sido um dos melhores alunos, distinguido por seus superiores por seu poder na Força e sua devoção fanática aos desígnios dos Sith. Mas a entrada de acólitos não era permitida na cidadela; seus segredos eram reservados para aqueles que prestavam serviço direto ao Imperador e ao Conselho Sombrio.

O poder do lado sombrio que emanava de dentro da construção era inegável; ele sentira aquela energia crua e crepitante todos os dias durante seus anos como acólito. Valera-se dela, concentrando sua mente e espírito para canalizar o poder através de seu próprio corpo para sustentá-lo durante as brutais sessões de treinamento.

Agora, depois de quase dois anos afastado, ele estava de volta a Dromund Kaas. Parado na plataforma de aterrissagem, podia sentir novamente o lado sombrio na medula de seus ossos, o calor crepitante mais do que compensando o leve desconforto do vento e da chuva. Mas ele não era mais um mero aprendiz. Scourge havia retornado à fonte do poder Imperial como um Lorde Sith de pleno direito.

Sabia que esse dia iria chegar. Depois de se formar na Academia Sith, esperava obter um posto em Dromund Kaas. Em vez disso, fora enviado aos extremos do Império para ajudar a reprimir uma série de rebeliões menores em planetas recentemente conquistados. Scourge suspeitava que tal incumbência tivesse sido algum tipo de punição. Um de seus instrutores, enciumado do potencial do aluno de ouro, provavelmente recomendara que ele fosse designado para o posto mais distante possível do centro do poder Imperial, para retardar sua ascensão aos escalões mais altos da sociedade Sith.

Infelizmente, Scourge não tinha provas para apoiar sua teoria. Mesmo exilado nos setores não civilizados nas fronteiras mais longínquas do Império, ele ainda conseguira forjar sua reputação. Suas habilidades marciais e perseguição implacável aos líderes rebeldes chamaram a atenção de vários comandantes militares proeminentes. Agora, dois anos depois de deixar a Academia, ele retornava a Dromund Kaas como um recentemente consagrado Lorde dos Sith. E, o mais importante de tudo, estava ali a pedido pessoal de Darth Nyriss, um dos membros mais antigos do Conselho Sombrio do Imperador.

– Lorde Scourge – uma figura gritou por sobre a ventania, correndo para cumprimentá-lo. – Sou Sechel. Bem-vindo a Dromund Kaas.

– Bem-vindo *de volta* – corrigiu-o Scourge enquanto o homem curvava-se sobre um joelho, efetuando uma reverência num gesto de respeito. – Não é a minha primeira vez neste planeta.

Sechel puxou o capuz sobre a cabeça, protegendo-a da chuva e cobrindo suas feições, mas, durante sua aproximação, Scourge notou a pele vermelha e os apêndices pendentes das bochechas que o identificavam como um Sith puro-sangue, assim como ele próprio. Mas, enquanto Scourge era uma figura imponente, alto e de ombros largos, o outro era pequeno e fraco. Estendendo a mão, Scourge sentiu apenas um mínimo vestígio da Força no indivíduo, e seus traços se contorceram em um sorriso desdenhoso de repulsa.

Ao contrário dos humanos que compunham a maior parte da população do Império, todos da espécie Sith eram abençoados com o poder da Força em graus variados. Isso os distinguia como a elite; elevava-os acima das fileiras mais baixas da sociedade Imperial. E era um legado protegido com ardor.

Um puro-sangue nascido sem nenhuma conexão com a Força era uma aberração; segundo os costumes, não era permitido que tal criatura vivesse. Durante seu período na Academia, Lorde Scourge havia encontrado um punhado de Siths cujo poder na Força era notavelmente débil. Obstaculizados pelos seus fracassos, eles confiavam na influência de suas famílias de alto escalão para lhes conseguirem posições como auxiliares de nível não tão elevado ou funcionários administrativos da Academia, onde suas deficiências seriam menos notadas. Poupados das castas inferiores somente por sua herança puro-sangue, aos olhos de Scourge situavam-se apenas um pouco acima dos escravos, embora ele tivesse que admitir que os mais competentes tinham lá sua utilidade.

Mas nunca antes encontrara alguém da sua espécie com uma sintonia tão tênue com a Força quanto o indivíduo a seus pés. O fato de Darth Nyriss ter enviado alguém tão vil e indigno para recebê-lo era inquietante. Ele esperava uma recepção mais substancial e impressionante.

– Levante-se – ele rosnou, sem fazer esforço algum para esconder sua aversão.

Sechel tratou de se endireitar de imediato.

– Darth Nyriss transmite suas desculpas por não vir recebê-lo pessoalmente – ele se apressou em dizer. – Houve vários atentados contra sua vida recentemente, e ela só deixa seu palácio nas mais raras circunstâncias.

– Estou bem ciente da situação – respondeu Scourge.

– Sim, meu senhor – gaguejou Sechel. – É claro. É por isso que está aqui. Perdoe minha estupidez.

O estrondo de um trovão quase abafou o pedido de desculpas de Sechel, anunciando um aumento na intensidade da tempestade. Uma chuva torrencial começou a açoitá-los.

– As instruções de sua senhora foram para me deixar aqui em pé até que eu me afogasse? – Scourge o repreendeu.

– Perdoe-me, meu senhor. Por favor, siga-me. Temos um speeder esperando para levá-lo às suas acomodações.

A uma curta distância do espaçoporto havia uma pequena plataforma de aterrissagem. Ali, pousava e decolava um fluxo constante de hovercabs – o meio de transporte preferido entre aqueles das classes mais baixas que não podiam bancar seu próprio speeder para se deslocar pela cidade. Como era típico em um espaçoporto movimentado, uma densa multidão cercava a base da plataforma de aterrissagem. Os que chegavam rapidamente dirigiam-se para as filas para aguardarem sua vez de apanhar um motorista, movendo-se com a precisão disciplinada que era a marca da sociedade Imperial.

Evidentemente, Lorde Scourge não precisava entrar na fila. Enquanto alguns lançavam olhares feios para Sechel enquanto tentava abrir caminho, a multidão rapidamente se separou ao avistar a imponente figura atrás dele. Mesmo com o capuz puxado protegendo-o da chuva, a capa preta de Scourge, sua armadura espetada, a pele de cor vermelho-escura e o sabre de luz ostensivamente à mostra preso à cintura claramente o identificavam como um Lorde Sith.

Os indivíduos na multidão mostraram uma ampla variedade de reações à sua presença. Muitos eram escravos ou criados contratados, cumprindo tarefas para seus senhores; estes sabiamente mantiveram os olhos fixos no chão, tomando cuidado para não fazer contato visual. Os Alistados – as classes de indivíduos comuns recrutados para o serviço militar obrigatório – trataram de se colocar em posição de sentido, como que aguardando que Scourge os inspecionasse enquanto passava.

Os Subjugados – a casta de mercadores, comerciantes, dignitários e visitantes de outros planetas que ainda não possuíam *status* pleno no Império – olhavam-no com uma mescla de admiração e medo enquanto se afastavam rapidamente para o lado. Muitos deles se curvavam em sinal de respeito. Em seus planetas natais, eles até podiam ser ricos e poderosos, mas ali em Dromund Kaas sabiam que estavam apenas um pouco acima dos criados e dos escravos na hierarquia.

A única exceção à regra era uma dupla de humanos, um homem e uma mulher. Scourge notou que estavam ao pé da escada que conduzia à plataforma de aterrissagem, audaciosamente parados no lugar, sem fazerem qualquer menção de se retirarem dali.

Ambos vestiam roupas caras – as calças combinando com a parte de cima das vestimentas vermelhas adornadas de branco – e visivelmente usavam armaduras leves sob as roupas. Pendurado no ombro do homem havia um grande fuzil de assalto, e a mulher portava uma pistola blaster de cada lado do quadril. No entanto, os dois humanos não faziam parte do exército, isso era certo, pois não ostentavam as insígnias Imperiais oficiais ou qualquer indicação de posto em suas vestes.

Não era incomum que mercenários Subjugados de outros planetas visitassem Dromund Kaas. Alguns iam para lá em busca de lucro, alugando seus serviços para quem pagasse melhor; outros buscavam provar seu valor para o Império, na esperança de que um dia lhes fosse concedido o raro privilégio da plena cidadania Imperial. Mas os mercenários geralmente reagiam com deferência e humildade quando estavam diante de alguém da posição de Scourge.

Por lei, Scourge poderia ordenar que fossem presos ou executados até mesmo pela mais insignificante das ofensas. A julgar pelo comportamento antagônico que demonstravam, eles não tinham consciência disso.

Enquanto o restante da multidão se apartava, os mercenários permaneceram no lugar, encarando Scourge de forma desafiadora enquanto ele se aproximava. O Lorde Sith ficou indignado com a contínua falta de respeito. Sechel devia ter sentido isso também, porque imediatamente apressou-se para confrontar a dupla.

Scourge não diminuiu o passo, mas também não fez movimento algum para alcançar o criado que corria. Àquela distância, não conseguia ouvir o que estava sendo dito sob o barulho do vento e da chuva. Mas Sechel falava freneticamente, gesticulando e agitando os braços enquanto os humanos o encaravam com frio desprezo. Por fim, a mulher assentiu e os dois lentamente saíram do caminho. Satisfeito, Sechel se virou e esperou Scourge chegar.

– Mil desculpas, meu senhor – ele se apressou em dizer enquanto subiam os degraus. – Alguns Subjugados não têm um entendimento adequado de nossos costumes.

– Talvez precisem que eu os lembre qual é o lugar deles – Scourge rosnou.

– Se é esse o seu desejo, meu senhor – disse Sechel. – No entanto, devo lembrá-lo que Darth Nyriss o está aguardando.

Scourge decidiu esquecer o assunto. Entraram no speeder que os aguardava; Sechel assumiu os controles. Scourge instalou-se no luxuoso assento, satisfeito ao notar que o veículo tinha teto – muitos dos hovercabs eram abertos, expostos às intempéries da natureza. Os motores foram acionados e eles se elevaram a uma altura de dez metros antes do speeder acelerar, deixando o espaçoporto para trás.

Percorreram o trajeto em silêncio, aproximando-se cada vez mais da gigantesca cidadela que ficava no coração da Cidade Kaas. Mas Scourge sabia que não era para lá que estavam indo. Como todo membro do Conselho Sombrio, Darth Nyriss tinha acesso à cidadela do Imperador. Entretanto, após as duas recentes tentativas de assassinato,

Scourge esperava que ela permanecesse dentro dos muros da fortaleza pessoal que mantinha nos arredores da Cidade Kaas, cercada por seus criados e servos mais confiáveis.

Scourge não via isso de forma alguma como covardia; Nyriss estava simplesmente sendo prática. Como qualquer Sith de elevada posição, ela tinha muitos inimigos. Até que descobrisse quem estava por trás das tentativas de assassinato, expor-se desnecessariamente era um risco tolo e injustificado.

No entanto, seu pragmatismo tinha que ser equilibrado com a noção de que sua posição se baseava unicamente na Força. Se Nyriss parecesse fraca ou ineficiente – se não fosse capaz de tomar uma atitude firme e decisiva contra quem quer que estivesse planejando sua morte –, os outros detectariam isso. Os rivais, tanto fora como dentro do Conselho Sombrio, iriam se aproveitar de sua situação, potencializando sua condição de vulnerabilidade em vantagem própria. Darth Nyriss não seria a primeira do círculo interno do Imperador a perder a vida.

Era por isso que Scourge estava ali. Para descobrir os mentores secretos por trás dos assassinatos e eliminá-los.

Dada a importância de sua missão, ele não conseguia entender por que Nyriss não havia enviado uma guarda de honra completa para escoltá-lo pela cidade. Ela deveria querer que todos soubessem da sua chegada. Ele era a prova viva de que providências estavam sendo tomadas para resolver seu problema, uma advertência a quaisquer outros rivais que pudessem ficar encorajados com os recentes atentados contra sua vida. Tornar sua chegada quase um segredo não era de serventia alguma... pelo menos não que Scourge pudesse perceber.

Eles passaram pela cidadela do Imperador e seguiram para o limite oeste da cidade. Muitos minutos depois, Scourge sentiu o speeder começar a desacelerar quando Sechel manobrou para pousar.

– Chegamos, meu senhor – informou Sechel quando o veículo aterrissou.

Estavam em um grande pátio. Altos muros de pedra elevavam-se a norte e a sul. A extremidade leste era aberta para a rua; o lado oeste era delimitado pelo que Scourge supôs ser a fortaleza de Darth Nyriss. Em muitos aspectos, a edificação lembrava a cidadela do Imperador, embora em uma escala significativamente menor. As similaridades arquitetônicas eram mais do que apenas uma homenagem ao Imperador. Assim como a cidadela dele, a construção servia tanto de residência para Nyriss quanto de fortaleza a qual ela podia recorrer em tempos difíceis, e fora projetada para ser, ao mesmo tempo, ornamentada, imponente e facilmente defendível.

O próprio pátio era decorado com meia dúzia de enormes estátuas, cada qual com vários metros de largura na base e sem dúvida o dobro da altura de Scourge. As duas maiores representavam humanoides com mantos Sith – um homem e uma mulher. Estavam com os braços erguidos e estendidos levemente para frente, com as palmas das mãos para cima. O rosto do homem estava encoberto por um capuz – a representação comum do Imperador. A mulher estava com o capuz puxado para trás, revelando as ferozes feições Sith; se o trabalho do escultor estivesse sendo fiel, Scourge sabia que aquele era seu primeiro vislumbre da aparência de Darth Nyriss.

As outras estátuas eram peças abstratas, embora cada uma delas incorporasse o emblema da família de Nyriss – uma estrela de quatro pontas dentro de um amplo círculo. O chão estava coberto de delicadas pedras brancas. Um tipo raro de líquen que crescia na escuridão de Dromund Kaas havia sido plantado em padrões decorativos por toda a pedra; o leve brilho púrpura produzindo uma iluminação fantasmagórica. Um caminho simples de pedra polida partia das enormes portas duplas que indicavam a entrada da fortaleza, passando pelo centro do pátio e terminando na pequena plataforma de aterrissagem onde o speeder havia pousado.

Sechel desceu de forma atabalhoada do veículo e apressou-se para abrir a portinhola do outro lado para o seu passageiro. Scourge saiu do speeder para a chuva, que havia diminuído apenas ligeiramente durante o trajeto.

– Por aqui, meu senhor – indicou Sechel, mostrando o caminho.

Scourge o acompanhou, esperando que as portas se abrissem por completo ante a aproximação deles. Para sua surpresa, a entrada permaneceu fechada. Sechel não pareceu espantado, no entanto. Em vez disso, virou-se para a pequena holotela e apertou o botão de chamada.

Uma imagem tremeluzente se materializou na holotela – um homem humano de cerca de quarenta anos. Ele parecia estar usando o uniforme padrão de um oficial de segurança Imperial, e Scourge imaginou que fosse o chefe da guarda pessoal de Nyriss.

– Nosso convidado chegou, Murtog – explicou Sechel, assentindo na direção de Scourge.

– Você verificou a identidade dele? – Murtog questionou.

– Do-do que você está falando? – gaguejou Sechel.

– Como saber se esse é o verdadeiro Lorde Scourge? Como saber que não se trata de outro assassino?

As perguntas pareceram pegar Sechel totalmente desprevenido.

– Eu não... Quero dizer, ele parece estar... hã, isto é...

– Não vou deixá-lo entrar até que eu tenha provas – declarou Murtog.

Sechel olhou por cima do ombro para Lorde Scourge, sua expressão uma mistura de humilhação e medo. Então ele se inclinou para perto do holocomunicador e, em voz baixa, disse:

– Isto é completamente inapropriado. Você extrapolou sua autoridade!

– Eu sou o chefe de segurança – Murtog o lembrou. – Isto está inteiramente dentro da minha autoridade. Dê-me apenas cinco minutos para confirmar se tudo procede.

Scourge deu um passo à frente, agarrando Sechel pelo ombro e empurrando-o para o lado.

– Você ousa me insultar fazendo-me esperar na chuva como um mendigo? – gritou para a tela. – Sou um convidado! A própria Darth Nyriss me convidou!

Murtog soltou uma risada aguda.

– Seria bom você verificar suas informações quanto a isso.

A holotela desligou abruptamente. Scourge virou-se e se deparou com Sechel encolhido contra a parede.

– Perdoe-me, meu senhor. Murtog tornou-se um pouco paranoico desde que...

Scourge o interrompeu.

– O que ele quis dizer quando falou para verificar minhas informações? Fui convidado ou não por Darth Nyriss?

– Foi convidado. Claro que foi. De certa forma.

Scourge levantou a mão em direção a Sechel e se conectou com a Força. O criado começou a ofegar e apertou a garganta enquanto seu corpo era erguido lentamente no ar por uma mão invisível.

– Você vai me dizer o que está acontecendo – ordenou Scourge, sua voz desprovida de qualquer emoção. – Você vai me contar tudo ou vai morrer. Está entendendo?

Sechel tentou falar, mas só conseguia tossir e balbuciar. Então, em vez disso, assentiu freneticamente. Satisfeito, Scourge o liberou de seu controle. Sechel desabou bruscamente, caindo estatelado no chão e grunhindo de dor, antes de se apressar para se pôr desajeitadamente de joelhos.

– Não foi ideia de Darth Nyriss contratá-lo – explicou, sua voz ainda áspera e rascante por causa do sufocamento. – Depois da segunda tentativa de assassinato, o Imperador sugeriu que sua própria gente pudesse estar envolvida. Ele recomendou que ela trouxesse alguém de fora.

De repente, tudo fez sentido. A vontade do Imperador era absoluta; uma "recomendação" sua era uma ordem de fato. Darth Nyriss o havia convidado porque não tivera escolha. Scourge presumiu que era um convidado de honra, mas, na verdade, não passava de um intruso. Sua presença era um insulto aos fiéis seguidores dela e um lembrete de que o Imperador duvidava da capacidade de Nyriss em lidar ela própria com os assassinos. Era por isso que recebera uma recepção tão simplória e que o chefe de segurança de Nyriss reagira com tamanha hostilidade.

Scourge percebeu que estava em uma situação precária. Seus esforços para investigar os assassinatos seriam recebidos com resistência e desconfiança. Quaisquer erros – mesmo aqueles que não eram sua culpa – seriam atribuídos a ele. Um único passo em falso poderia significar o fim de sua carreira, ou mesmo de sua vida.

Ele ainda estava ponderando sobre essa nova informação quando ouviu um speeder se aproximando na tempestade. O som em si era inócuo, mas instantaneamente colocou seus sentidos em alerta máximo. Seu coração começou a bater rápido e sua respiração acelerou. Uma descarga de adrenalina fez com que os apêndices de suas bochechas se contraíssem e seus músculos se retesassem.

Ele sacou o sabre de luz e olhou para o céu. A seus pés, Sechel gritou e cobriu o rosto, supondo que o sabre de luz era destinado a ele. Scourge o ignorou.

Na escuridão da tempestade, mal era possível distinguir a silhueta do speeder dirigindo-se diretamente a eles. Conectou-se com a Força, sondando o veículo e seus passageiros. Sentiu uma onda de raiva invadi-lo quando suas suspeitas se confirmaram: quem quer que fossem os ocupantes do speeder, estavam vindo para matá-lo.

Todo esse processo, desde a percepção inicial de Scourge sobre a aproximação do speeder até a confirmação de sua intenção hostil, levou menos de dois segundos. Tempo suficiente para o speeder diminuir a distância que os separava e avançar sobre Scourge.

Scourge pulou para o lado quando uma saraivada de disparos de blaster partiu do veículo. Caiu no chão já rolando e pôs-se de pé bem a tempo de se esquivar num salto de uma segunda série de tiros. Movendo-se com a velocidade ofuscante da Força, correu pelo pátio, disparos ricocheteando no chão logo atrás dele a cada passo. Buscou abrigo mergulhando atrás da estátua do Imperador, sua mente avaliando a situação.

O speeder devia estar equipado com um canhão blaster de mira automática; não havia outra forma de os tiros o terem perseguido tão de perto em sua corrida desesperada para se esconder. Até mesmo um Lorde Sith não conseguiria evitar esse tipo de poder de fogo indefinidamente. Ele tinha que neutralizar o veículo.

O speeder estava se afastando, dando a volta para atacar outra vez. Antes que pudesse completar a volta, Scourge saiu de trás da estátua e lançou seu sabre de luz através do pátio. A lâmina carmesim rodopiou pela noite, traçando um amplo arco em *loop*. Ela cortou a parte traseira do speeder, provocando uma chuva de faíscas e chamas, e continuou sua trajetória para retornar à mão estendida de Scourge.

O zumbido do motor do speeder se transformou num lamento estridente enquanto o veículo completava sua curva. Uma fumaça negra, praticamente indistinta contra as nuvens escuras, desprendia-se do motor traseiro. O veículo começou a bordejar e a chacoalhar, perdendo altitude rapidamente, e mesmo assim ainda abriu fogo mais uma vez.

Scourge recuou para trás da estátua do Imperador, pressionando firmemente as costas contra ela enquanto a saraivada de disparos chovia sobre ele. Um segundo depois, o speeder passou acima de sua cabeça, seu ângulo de ataque tão inclinado que acabou decapitando a estátua.

A pesada cabeça de pedra despencou na direção de Scourge, forçando-o a abandonar seu abrigo para evitar ser esmagado. Ao mesmo tempo, ele viu o speeder colidir contra o solo. Os campos repulsores de emergência absorveram o impacto, poupando o veículo de ser feito em pedaços, mas ainda assim com força suficiente para lançar longe uma parte do motor danificado.

Segurando o sabre de luz acima da cabeça com as duas mãos, Scourge partiu na direção do speeder abatido. Dois passageiros saíam com alguma dificuldade dos destroços, abalados, mas ilesos. Scourge ficou apenas levemente surpreso ao reconhecer os dois mercenários trajando roupas vermelhas com os quais cruzara na plataforma dos speeders próxima ao espaçoporto.

O homem estava do outro lado do speeder, lutando para tirar seu rifle blaster dos destroços. A mulher se encontrava do lado mais próximo, suas pistolas blaster já sacadas. Scourge estava a menos de cinco metros de distância quando ela abriu fogo.

Ele nem se deu ao trabalho de tentar bloquear os disparos. Em vez disso, lançou-se para cima, seu impulso projetando-o em um alto salto mortal que cobriu num arco tanto a mulher quanto o speeder danificado. O movimento repentino a pegou desprevenida, e embora ela tenha efetuado vários tiros apressados, nenhum deles o atingiu.

Girando cento e oitenta graus enquanto voava no ar, ele aterrissou do outro lado do speeder, bem próximo ao mercenário, no momento exato em que o homem levantava a própria arma. Antes que pudesse disparar, Scourge rasgou diagonalmente o torso do inimigo com seu sabre de luz.

Quando o corpo sem vida do homem tombou no chão, Scourge voltou a atenção para a outra mercenária. A essa altura, ela havia girado para encará-lo, e, quando o parceiro caiu, descarregou outra série de tiros, forçando Scourge a se abaixar atrás do speeder para ter cobertura.

Desta vez, vários disparos da mercenária acertaram o alvo. A armadura de Scourge absorveu a pior parte do ataque, mas ele sentiu uma dor lancinante no ombro quando uma pequena quantidade da energia do feixe de partículas atravessou uma junta da armadura e queimou sua carne.

Ele se concentrou na dor, transformando-a em fúria para alimentar a Força num contra-ataque selvagem. Ao mesmo tempo, instintivamente sorveu o medo de sua oponente, acrescentando-o à sua própria cólera, ampliando ainda mais o poder que estava reunindo.

Canalizando sua raiva, liberou uma onda concentrada de energia que atingiu a mulher bem no peito. O impacto a ergueu do chão e a fez voar para trás. A trajetória foi interrompida quando ela bateu contra a base de uma das estátuas abstratas. A parada repentina soltou os blasters de suas mãos, deixando-a momentaneamente indefesa.

Scourge colocou uma mão no capô do speeder e saltou sobre ele, aproximando-se rapidamente de sua adversária ainda caída, antes que ela voltasse a se pôr de pé. Mas a mercenária foi rápida: ainda cambaleando, sacou um cajado elétrico, sua ponta estalando com uma carga potente o bastante para deixar um oponente inconsciente até mesmo com um simples golpe de raspão.

Scourge parou de chofre. A mercenária agachou-se em posição de combate e os dois adversários rondaram-se cautelosamente, estudando-se.

Se quisesse, Scourge poderia ter terminado o confronto naquele momento. Sem seus blasters, com ou sem o cajado elétrico, a mercenária não tinha a menor chance contra um Lorde Sith com um sabre de luz. Mas matá-la não lhe daria o que ele realmente queria.

– Diga-me quem a contratou e eu a deixarei viver – ofereceu ele.

– Por acaso tenho cara de idiota? – ela rebateu, fazendo a finta e dando uma investida rápida que Scourge facilmente evitou.

– Você obviamente é habilidosa. Posso ver utilidade em alguém como você. Diga-me quem a contratou e eu permitirei que trabalhe para mim. Faça isso ou jogue sua vida fora.

Ela hesitou, e por um instante Scourge pensou que poderia largar a arma. Então a noite foi cortada pelo som de várias carabinas blaster. Os disparos atingiram em cheio as costas da mercenária, arremessando-a cambaleante na direção de Scourge. Ele viu uma expressão de total perplexidade em seu rosto quando ela caiu de joelhos. Sua boca se moveu, mas nenhuma palavra saiu. Ela caiu de cara no cascalho, morta.

Virando-se, Scourge viu meia dúzia de guardas em pé no pátio, perto da porta que conduzia à fortaleza. Entre eles, havia um humano trajando uniforme de comandante. Ele era baixo, de ombros e peito largos, com cabelo louro cortado rente e uma barba igualmente loura bem aparada que contrastava fortemente com sua pele marrom-escura. Scourge o reconheceu da holotela: Murtog, o chefe de segurança de Darth Nyriss.

Antes que Scourge pudesse dizer alguma coisa, Sechel exclamou:

– Já era hora de você chegar aqui.

Ele ainda estava encolhido contra a parede, quase no mesmo lugar que Scourge o deixara após o breve interrogatório que precedera a emboscada.

– Levante-se – Murtog disse a ele, e o lacaio Sith fez como lhe foi ordenado. – Limpem essa bagunça – Murtog gritou para seus guardas, que se apressaram a obedecer.

Satisfeito, o chefe de segurança pendurou a arma por cima do ombro e assentiu na direção de Scourge.

– Darth Nyriss vai recebê-lo agora.

2

Enquanto Murtog mostrava o caminho pelos corredores da Fortaleza, Lorde Scourge fez o máximo que pôde para ignorar a dor que irradiava de seu ombro ferido. Em vez disso, concentrou-se em seu entorno, esperando descobrir mais sobre Lorde Nyriss antes que se encontrassem cara a cara.

A arquitetura interna era típica da aristocracia Sith: uma série de longos e largos corredores com espessas paredes de pedra, tetos abobadados e inúmeras portas de aço imponentes, todas fechadas para ocultar os aposentos por trás delas. Os ambientes eram esplendidamente decorados em cores vivas: vermelho, preto e roxo. Luxuosos tapetes de tear cobriam o chão, e as paredes estavam forradas por uma coleção de pinturas, esculturas e holoprojeções dignas de um museu.

O ritmo das passadas de Murtog era rápido, dando a Scourge pouco tempo para admirar as obras. No entanto, Sechel, seguindo-os alguns passos atrás, ia descrevendo as peças importantes à medida que passavam por elas.

– Este é um busto do famigerado senhor da guerra Ugroth. Ele jurou lealdade a Darth Nyriss muitos anos atrás, quando ela liderou uma força Imperial em seu setor para conter um potencial levante.

– Esta holoprojeção foi um presente da Rainha Ressa de Drezzi em agradecimento a Darth Nyriss pelo tratamento misericordioso dispensado à família real quando o Império conquistou seu planeta. Seu marido foi executado, mas a rainha e seus filhos foram poupados.

– Este retrato homenageia a vitória de Darth Nyriss durante...

Dando-se conta de que não iria obter nenhum *insight* relevante com as descrições de Sechel, Scourge parou de prestar atenção nele. Mesmo assim, compreendia e apreciava aquela ostentação de opulência. Nyriss era membro do Conselho Sombrio; estava entre os doze indivíduos mais importantes e influentes do Império. Os tesouros materiais eram um símbolo de seu próprio valor; um lembrete a qualquer visitante de sua posição e poder.

Numerosas sentinelas montavam guarda ao longo dos corredores. Elas assentiam em reconhecimento quando Murtog passava. Um número tão alto de guardas postados no interior da fortaleza era um tanto incomum, mas não surpreendente considerando as recentes tentativas de assassinato. Scourge se perguntou se Murtog aumentaria seu contingente, devido ao incidente mais recente... embora não estivesse convencido de que fora realmente uma tentativa de assassinato.

O lado sombrio se alimentava da ira e das emoções em seu estado bruto, mas era importante moderá-las com a frieza da análise e da razão. Mesmo enquanto se punha em marcha para encontrar sua nova senhora, a mente de Scourge tentava montar as peças do quebra-cabeça que não pareciam se encaixar.

Os supostos assassinos haviam atacado no pátio, expondo sua presença enquanto ainda estavam do lado de fora dos muros e portões protegidos da fortaleza. Mesmo que Scourge não os tivesse detido, não havia a menor possibilidade de realmente terem entrado no prédio para atacar Nyriss. O que provavelmente significava que ela não era seu verdadeiro alvo: o objetivo era ele.

Mas quem havia armado para ele, e por quê? Murtog parecia um candidato provável. Embora fosse apenas um humano, ele fora alçado a um posto de destaque servindo a Nyriss – uma posição quase em pé de igualdade com o *status* recentemente atribuído a Scourge. A primeira lição que ele aprendera durante o período que passou na Academia foi que seus colegas podiam ser seus rivais mais perigosos, sendo sensíveis ou não à Força.

E Murtog tinha todos os motivos para se sentir ameaçado. Ele não conseguira descobrir os responsáveis por trás das tentativas de assassinato contra sua senhora. A chegada de Scourge era um desafio direto à sua competência como chefe de segurança. Que melhor maneira de eliminar um rival em potencial do que expor sua incompetência, matando-o em uma tentativa de assassinato forjada? Isso poderia explicar por que Murtog recusou-se a deixar Scourge entrar quando chegaram e por que seus soldados haviam matado a mercenária justo quando estava prestes a se entregar.

No entanto, Murtog não era o único suspeito de Scourge. Sechel tinha razões semelhantes, relacionadas à autopreservação. Se Scourge fosse bem-sucedido em sua missão, provavelmente seria recompensado com uma posição permanente que certamente estaria acima do servil conselheiro Sith na hierarquia de Darth Nyriss. Sechel dera um jeito de arranjar um lugar para si na sociedade Sith, agarrando-se com unhas e dentes a seu cargo de conselheiro de Nyriss. Fazia sentido supor que ele faria qualquer coisa ao seu alcance para eliminar um indivíduo que enxergava como uma ameaça à sua própria posição de poder.

Scourge testemunhara Sechel conversando com os mercenários anteriormente no espaçoporto. Naquele momento, parecera que os estava enxotando do caminho por respeito a um Lorde Sith de alta posição recém-chegado ao planeta. Scourge agora se perguntava se estaria dando instruções de última hora. O fato de Sechel ter sobrevivido à batalha no pátio também era suspeito. Era possível que tivesse simplesmente sorte, ou possuísse as habilidades de sobrevivência altamente desenvolvidas de um verdadeiro covarde, mas também era possível que os mercenários tivessem tido o cuidado de não atirar em nenhum ponto próximo a ele.

Murtog virou outra esquina. A dor no ombro de Scourge estava se tornando mais intensa conforme sua armadura roçava na carne ferida. No entanto, acompanhou o ritmo do humano robusto, recusando-se a mostrar qualquer sinal de fraqueza.

O corredor terminou em outra porta imponente. Esta, fechada como todas as outras, estava ladeada por aprendizes Sith. Ele duvidava que Nyriss tivesse feito os Sith responderem diretamente a um humano, então eles provavelmente não estavam sob o comando direto de Murtog. Mas, com base no fato de que não se moveram para interpelar o chefe de segurança quando ele se aproximou, ficou claro para Scourge que Murtog gozava de uma posição privilegiada no círculo de Nyriss.

Murtog avançou e bateu suavemente na porta com os nós dos dedos, depois recuou e colocou-se em posição de sentido.

Enquanto aguardavam uma resposta, Scourge percebeu que havia uma terceira possibilidade: Murtog e Sechel poderiam estar atuando em parceria para planejar o ataque no pátio. Na Academia, os alunos mais jovens às vezes conspiravam juntos para derrubar um indivíduo mais talentoso. Não era difícil imaginar o mesmo tipo de coisa acontecendo fora dos muros do complexo, também.

Por enquanto, não era possível saber qual das suas teorias estava correta – se é que alguma delas estava. Mas Scourge sabia que teria que tomar muito cuidado.

As portas se abriram para revelar uma jovem Twi'lek. Ela estava vestida com um manto negro, com a estrela de quatro pontas do brasão de Nyriss estampada em roxo tanto no peito quanto nas costas, envolta por um círculo vermelho. Usava uma coleira de choque presa firmemente em volta do pescoço, mas, mesmo sem ela, só por sua espécie seu *status* já teria ficado imediatamente óbvio.

Quando os Sith bateram em retirada por completo durante os últimos dias da Grande Guerra do Hiperespaço, levaram consigo vários prisioneiros capturados durante suas primeiras vitórias sobre os planetas da República. Esses prisioneiros, a maioria humanos e Twi'leks, haviam sido condenados a uma vida de escravidão.

Por ordem do Imperador, a nenhum escravo podia ser concedida a liberdade, e o *status* dos pais passava para os filhos geração após geração. Por causa dessa determinação, nunca houve dúvida sobre o papel de qualquer Twi'lek no Império: eles eram e sempre seriam escravos, descendentes de ancestrais fracos demais para se defenderem dos invasores Sith.

A escrava se curvou sobre um joelho e manteve os olhos direcionados para o chão enquanto Murtog, Scourge e Sechel entravam. Então ela fechou as portas atrás deles e se retirou para um canto.

A sala bem iluminada parecia ser um escritório ou biblioteca particular. As paredes eram tomadas por estantes, com suas velhas prateleiras de madeira empenadas pelo peso dos tesouros que sustentavam.

Scourge não pôde evitar encarar com admiração a coleção. Durante seu período na Academia, havia visto apenas um manuscrito físico – um tomo antigo, datado de mais de dez mil anos antes, sobre a chegada dos primeiros Jedi Sombrios a Dromund Kaas. O livro era considerado um artefato de valor inestimável, um dos maiores patrimônios da Academia.

No entanto, ali havia dezenas – se não centenas – de volumes ocupando as prateleiras na parede esquerda. A maioria dos livros era grande e grossa, com suas páginas cobertas por capas de couro ou uma proteção de material igualmente curtido... Scourge havia notado que nem todas eram feitas da pele de bestas irracionais. Tinham uma aparência um tanto envelhecida, apesar de a maioria parecer estar preservada em boas condições, quando muito ligeiramente gastas devido ao uso. Obviamente, Nyriss os lera muitas vezes.

As prateleiras situadas na parede direita continham material de referência que parecia ainda mais antigo e delicado. Folhas soltas de pergaminho amarelado eram presas por delicados grampos de arame;

manuscritos enrolados estavam guardados em tubos de proteção transparentes. Um invólucro de vidro com dobradiças acondicionava vários livros que pareciam correr o risco de virar pó se uma brisa forte varresse a sala.

Mas nem tudo ali era uma relíquia arcaica. Na parede dos fundos, havia uma grande fileira de holodiscos e cartões de dados e, no centro do aposento, um terminal de computador onde uma figura, que Scourge só poderia presumir que fosse Darth Nyriss, estava sentada curvada, olhando para a tela do monitor. O capuz de seu manto folgado – vermelho, adornado com detalhes em roxo e preto – estava puxado sobre sua cabeça, e as mangas compridas e largas cobriam suas mãos e dedos enquanto trabalhava no terminal.

Nem Murtog nem Sechel fizeram som algum para anunciar sua presença, então Scourge seguiu o exemplo e permaneceu em silêncio enquanto Nyriss se concentrava intensamente na tela do computador. Sua figura encapuzada bloqueava qualquer imagem da tela; por isso, era impossível ver o que ela estava estudando. No entanto, achou que poderia arriscar um palpite: Darth Nyriss era bem conhecida por seu domínio das antigas artes da feitiçaria Sith.

Durante o período em que esteve na Academia, Scourge descobriu que havia muitas maneiras de extrair poder da Força. Seus talentos naturais o haviam conduzido para o caminho do guerreiro: aprendendo a canalizar suas emoções, transformando-as em força e manifestações puras de energia letal. Mas outros alunos haviam treinado com os Inquisidores, estudando um currículo muito diferente.

Mil anos antes, aqueles que seguiam o lado sombrio haviam aprendido a dominar e moldar a Força por meio de rituais complexos que podiam controlar a mente de um inimigo e às vezes até distorcer sua própria realidade. Muito desse conhecimento misterioso havia sido perdido, mas aqueles que ainda conseguiam desvendar até mesmo um pouco dos segredos do passado eram frequentemente recompensados com uma forma mais sutil de poder – embora igualmente poderosa.

Havia rumores de que as tempestades perpétuas de Dromund Kaas deviam-se a um desses rituais, realizado pelo Imperador. Scourge não sabia se isso era verdade, mas sabia que Nyriss havia conquistado seu lugar no Conselho Sombrio graças a seu conhecimento e compreensão de coisas que ele jamais poderia esperar entender inteiramente.

Depois de vários minutos, Nyriss se afastou da mesa, levantou-se da cadeira e virou-se para encará-los, puxando o capuz do manto ao fazê-lo.

Scourge ficou surpreso com sua aparência, embora tenha feito o melhor que pôde para esconder sua reação. Assim como ele, ela era uma Sith puro-sangue. Mas seu rosto estava sulcado por rugas profundas, e os apêndices pendurados nas bochechas e no queixo estavam murchos. Sua pele era pálida, tendendo mais para o rosado do que para o vermelho, e salpicada por manchas senis marrom-escuras.

Ele não sabia quantos anos Darth Nyriss tinha, embora soubesse que integrava o Conselho Sombrio há quase duas décadas já; somente dois outros membros haviam tido mandatos mais longos. Apesar disso, ele estava esperando por alguém mais parecido com a mulher ferozmente bela representada na estátua do pátio. Em vez disso, estava diante de uma bruxa enrugada.

Subitamente, as palavras de um dos instrutores da Academia vieram-lhe à mente: *A Força pode se dobrar à sua vontade, mas geralmente há um custo. Os rituais mais poderosos do lado sombrio exigem um preço que poucos estão dispostos a pagar.*

Talvez Nyriss não fosse tão velha quanto aparentava. Uma vida inteira investigando os antigos segredos da feitiçaria Sith lhe proporcionara uma das posições mais altas do Império. Era possível que isso também houvesse esgotado sua juventude e vitalidade.

– Não era o que você esperava? – perguntou Nyriss como se estivesse lendo sua mente, um sorriso malicioso nos lábios rachados e descamados.

Em contraste com a aparência decrépita, sua voz era forte e vibrante, e a postura corporal, ereta e imponente. Um brilho aguçado em seus olhos desmentia ainda mais sua caducidade, levando Scourge a supor que sua aparência era intencional.

Havia inúmeras maneiras de permanecer jovem e bonita; Nyriss poderia facilmente bancá-las se quisesse. Em vez disso, optou por se deixar envelhecer prematuramente. Ou ela não se importava com a superficialidade da atratividade física ou escolheu ostentar os efeitos colaterais do lado sombrio como um símbolo de tudo o que havia aprendido e alcançado.

– Perdoe-me, meu Lorde – disse ele com um leve aceno de cabeça, empregando o título honorário e neutro de gênero usado para se dirigir aos Lordes Sith de ambos os sexos. – Houve um incidente em minha chegada que me deixou um pouco perturbado.

– Estou bem ciente do que aconteceu no pátio – disse Nyriss, apontando com a cabeça enrugada na direção do monitor. Uma imagem estática de Scourge nos primeiros segundos após a batalha estava congelada na tela, capturada por uma das câmeras de segurança da fortaleza. – Você lidou com os assassinos com bastante eficiência.

Scourge demorou uma fração de segundo antes de responder. Ele queria conversar com Nyriss sobre suas suspeitas, mas Murtog e Sechel estavam na sala. Mesmo que não estivessem, era perigoso lançar acusações infundadas envolvendo dois de seus seguidores do mais alto escalão sem provas; eles não estariam em suas posições atuais se ela não tivesse pelo menos algum nível de confiança neles.

– Acredito que este não será o último incidente desse tipo – observou ele, escolhendo suas palavras com cuidado.

– Parece que você está ferido – observou Nyriss, percebendo as marcas de queimadura nas placas dos ombros de sua armadura. – Precisa de cuidados médicos?

– Isso pode esperar. O ferimento não é grave e a dor é irrelevante. Preferiria que resolvêssemos este assunto.

Nyriss assentiu com aprovação.

– Gostaria de ouvir sua análise do ataque. Talvez possamos descobrir alguma coisa sobre quem estava por trás dele.

– Teria sido mais fácil se as tropas de Murtog não tivessem matado a segunda assassina no momento em que estava prestes a se render.

Pelo canto do olho, notou Murtog tenso, mas o chefe de segurança permaneceu em silêncio.

– Você acha que Murtog cometeu um erro? – Nyriss o pressionou.

– Digamos que tenha sido demasiadamente zeloso em seus esforços para eliminar uma ameaça imediata – respondeu Scourge, diplomaticamente.

Sechel abafou uma risada estridente e Nyriss lançou-lhe um olhar severo.

– Vamos continuar esta conversa em particular – disse ela, dispensando Murtog e Sechel com um gesto de mão.

Os dois rapidamente fizeram uma reverência e se voltaram para a porta, que já havia sido aberta pela escrava Twi'lek. Ela fechou a porta atrás deles antes de se retirar para o seu canto.

– Você tem algo a me dizer – disse Nyriss quando saíram. – Discrição e sutileza têm o seu lugar, mas agora, quando falar comigo, espero sinceridade total.

Scourge assentiu.

– Deixe-me adivinhar. Você suspeita que minha própria gente esteja por trás desses recentes atentados contra a minha vida.

– Ninguém está acima de qualquer suspeita – admitiu Scourge. – Mas presumo que você tenha investigado minuciosamente todos os seus subordinados. Se eles fossem culpados, você provavelmente já teria descoberto alguma coisa a esta altura.

– Fico feliz em ver que compreende que não sou completamente incompetente.

– Não acho que o ataque no pátio tenha sido outro atentado contra sua vida – disse Scourge. – Acho que os mercenários foram contratados para eliminar *a mim*.

– E como Murtog o vê como um rival e uma ameaça em potencial, você naturalmente suspeita que ele esteja por trás disso.

– Possivelmente. Ou poderia ter sido Sechel. Ou ambos trabalhando em conjunto.

– E com base em que você tira suas conclusões?

– Em grande parte, em evidências circunstanciais. Mas meus instintos me dizem que há o suficiente para agir com base nelas.

– Você espera que eu me volte contra dois dos meus subordinados mais confiáveis com base em pouco mais do que seu palpite?

– Meus instintos raramente estão errados – assegurou Scourge. – Minha reputação é bem merecida.

– Então o que você sugere que eu faça? Que eu os dispense? Que os execute?

De repente, a conversa parecia um teste, como se Nyriss estivesse tentando avaliá-lo com base em suas respostas. Se era esse o caso, ele estava pronto para o desafio.

– Seria estupidez livrar-se de alguém tão valioso quanto Murtog ou Sechel sem evidências concretas. Mas eu gostaria de ter oportunidade de interrogar os dois.

– Um bom interrogador pode fazer um sujeito admitir qualquer coisa. Mesmo algo que não seja verdade.

– Extrair uma confissão falsa por meio de tortura não serviria a nenhum propósito – garantiu-lhe Scourge. – Só me interessa a verdade, e eu tomaria cuidado para não causar nenhum dano físico ou mental permanente. Se um deles ou os dois se revelarem inocentes, tenho certeza de que você gostará que estejam tão aptos como eram antes do meu interrogatório quando retornarem aos seus postos.

Um lampejo de aprovação no rosto de Nyriss convenceu Scourge de que ele dera uma resposta satisfatória. No entanto, o teste ainda não havia terminado.

– Se eu permitisse que você os interrogasse, com quem você falaria primeiro?

– Com seu chefe de segurança. Murtog.

– Por que Murtog?

– Se ele for culpado, cederá mais fácil.

Nyriss levantou uma sobrancelha, surpresa.

– Você acha que Sechel aguentaria um interrogatório por mais tempo que Murtog?

Scourge sabia que isso parecia improvável: um soldado treinado com certeza deveria resistir mais do que um bajulador covarde.

– Murtog é fisicamente mais forte, mas a tolerância à dor é útil apenas contra os métodos de interrogatório mais simples e menos eficazes. Existem maneiras muito mais sutis e mais eficientes de obter respostas. Murtog, assim como a maioria dos soldados, deve ter recebido treinamento em resistência a interrogatórios. Conheço essas técnicas e sei como combatê-las. Sechel, por outro lado, é muito menos previsível. Por fora, parece fraco e indefeso. Mas ele alcançou uma posição de prestígio usando astúcia, criatividade e raciocínio rápido. Levarei tempo para realmente entender como sua mente funciona. Vou ter que aprender todos os seus truques antes que possa preparar minha armadilha. Seu interrogatório seria um processo muito mais sofisticado e complexo do que o de Murtog.

– Muito impressionante – observou Nyriss. – No entanto, os interrogatórios não serão necessários.

Scourge balançou a cabeça, confuso.

– Você estava certo a respeito dos mercenários, mas eu sei quem os contratou para tentar matá-lo.

– Quem?

– Eu.

– Você? – exclamou Scourge. Sua confissão o pegara de surpresa.

– Após a segunda tentativa de assassinato, Murtog e Sechel encontraram uma pista. Contratei esses mercenários para segui-la. Mas, antes que pudessem fazê-lo, o Imperador decidiu interferir, forçando-me a trazê-lo para cá. Sua chegada me deixou com um excesso de agentes externos, então eu disse a Sechel para instruir os mercenários a tentar eliminá-lo da equação. Considere isso um teste.

– Claro – Scourge murmurou, recriminando-se silenciosamente pela interpretação tão míope.

Presumira originalmente que Nyriss o trouxera até ali porque tinha ouvido falar de suas conquistas em seus postos anteriores. Se fosse esse o caso, ela não precisaria certificar-se de seu potencial.

Mas a verdade era muito diferente. Como ela mesma afirmara, sua presença ali se devia apenas ao que considerava interferência do Imperador em seus assuntos. Visto isso, era lógico que quisesse prova de sua competência.

– Se eles conseguissem matá-lo, então você não era digno de servir a mim – explicou Nyriss. – Agora, se você os matasse, provaria que eles eram um desperdício de recursos. De uma forma ou de outra, eu ficaria com o candidato mais adequado para o trabalho.

Scourge não estava ressentido com o que Nyriss havia feito; na verdade, admirava-a por isso. Só lamentava não ter enxergado suas maquinações.

– Passei muito tempo longe de Dromund Kaas – ele resmungou. – Esqueci-me dos métodos dos Sith.

– Foi esse tempo fora daqui que lhe rendeu este posto – ela o lembrou. – Não foi apenas o seu sucesso em aniquilar os rebeldes e eliminar seus líderes. O Imperador o escolheu porque sabia que você estava longe da política de Dromund Kaas e do Conselho Sombrio. Você não foi contaminado por nenhuma aliança com um senhor oculto que poderia estar envolvido na conspiração contra mim. Isso o fez um candidato ao qual eu não poderia oferecer qualquer objeção.

Havia algo quase insultante em seu tom de voz, como se a falta de experiência política de Scourge fosse uma fraqueza pessoal. Talvez fosse.

Nyriss conservara sua posição pelos últimos vinte anos; para isso era necessário tanto astúcia e inteligência quanto força bruta. Perto dela, ele não passava de uma criança ingênua.

Essa percepção o entusiasmou. Agora que havia sobrevivido à inesperada iniciação de Darth Nyriss, teria a chance de aprender com uma mestra da manipulação... contanto que não houvesse outro atentado contra a vida dela.

– Você disse que encontrou uma pista – disse ele, passando rapidamente para a razão pela qual fora trazido ali para começo de conversa. – Algo que você queria que os mercenários seguissem.

Nyriss não respondeu de imediato. Em vez disso, parecia estudá-lo.

– Você está por dentro dos detalhes do último atentado contra a minha vida? – ela questionou, afinal.

– Um de seus droides de serviço foi substituído por uma réplica – disse Scourge, rememorando os detalhes do arquivo. – O droide estava equipado com um raio desestabilizador, programado para disparar assim que a tivesse perfeitamente na mira, mas o tiro falhou e em vez disso atingiu um de seus criados.

– Minha melhor chef de cozinha. Ainda não encontrei um substituto para ela – disse Nyriss, com o que parecia um genuíno pesar. – O droide apagou seu núcleo de memória imediatamente após o atentado, mas Sechel conseguiu hackear o núcleo e salvar alguns dados.

– Ele conseguiu identificar quem programou o droide?

– Não, mas foi capaz de determinar onde foi montado: uma fábrica de propriedade privada em Hallion.

Scourge reconheceu o nome. Hallion era um planeta recentemente conquistado; fora incorporado ao Império somente na última década. A difícil transição da empresa privada para a economia Imperial ainda estava ocorrendo. Sem dúvida seria fácil convencer aqueles que possuíam um recurso como uma fábrica de montagem de droides a contra-atacar o Império antes que ele obtivesse o controle total da instalação.

– Você quer que eu investigue a fábrica – Scourge presumiu.

– Eu quero que Sechel investigue a fábrica. Uma vez lá dentro, ele pode invadir a rede de computadores interna para descobrir quem efetuou a compra. Contratei aqueles mercenários que você matou para fazê-lo passar pela segurança. Essa tarefa agora cabe a você.

– Quando partimos?

– Só daqui a alguns dias. Enviarei um arquivo a seus aposentos para mantê-lo atualizado. E um droide médico para dar um jeito no seu ombro.

Scourge assentiu e Nyriss voltou a sentar-se diante do computador, dispensando-o sem mais uma palavra.

Por um instante, ele simplesmente ficou parado ali, recompondo-se enquanto processava tudo o que havia acontecido. Sechel e Murtog não estavam por trás do ataque nos portões, mas isso não significava que os dois não estivessem conspirando contra ele. Ainda era um intruso, continuava sendo um potencial rival na disputa pelo favorecimento de sua senhora. Se vislumbrassem uma oportunidade de eliminá-lo, certamente não a deixariam passar.

Ele sentiu um delicado puxão no cotovelo. Olhando para baixo, viu a jovem escrava Twi'lek ao seu lado. A porta que dava para o corredor já estava aberta; ela o conduziu para fora do recinto em silêncio, e então fechou a porta atrás dele.

Sechel o aguardava no corredor.

– Lorde Scourge – disse ele com uma reverência –, eu ficaria honrado em acompanhá-lo até o seu quarto. Prometo que não haverá mais emboscadas durante o trajeto.

Havia um tom quase de zombaria em sua voz. O impulso inicial de Scourge foi desferir um tapa com as costas da mão na boca do miserável insolente, mas percebeu rápido que isso seria um erro. Nyriss obviamente valorizava mais Sechel do que ele, pelo menos por ora. Teria que lhe provar o próprio valor antes de poder tomar a liberdade de colocar o conselheiro bajulador em seu devido lugar.

– Mostre-me o caminho – ele ordenou. Seu tom era arrogante; no entanto, por dentro, já sentia os primeiros sinais de insegurança. Sua chegada a Dromund Kaas não saíra conforme o planejado. As coisas ali não eram tão simples como tinham sido na Academia ou nas regiões fronteiriças. Ali, mesmo um Sith não sensível à Força como Sechel era mais estimado do que ele, o que significava que Scourge era tanto dispensável como vulnerável. Teria que ter muito cuidado se esperava sobreviver tempo suficiente para cair nas graças de Nyriss.

3

O MERCADO GALÁTICO em Coruscant estava movimentado como sempre, mas ninguém prestou a mínima atenção em Revan enquanto ele abria caminho em meio à multidão. Quase dois anos haviam se passado desde que fora proclamado salvador da galáxia. Embora o Senado o houvesse condecorado com sua mais alta honraria, a Cruz da Glória, em uma cerimônia transmitida pela HoloRede, e seu nome fosse muito lembrado, seus traços comuns e pouco marcantes haviam desaparecido da memória pública. Após a homenagem, ele se tornou um herói recluso, evitando aparições públicas e recusando pedidos de entrevistas de todo e qualquer meio de comunicação. Havia raspado a barba e raramente usava suas vestes Jedi em público, tornando ainda menos provável que alguém o reconhecesse.

Ele apreciava o anonimato; essa era uma das razões pelas quais se estabelecera em Coruscant. Com uma população de um trilhão de habitantes, era fácil misturar-se à multidão. Ainda mais ali no Mercado Galáctico, a zona mais cosmopolita do planeta-capital da República. Comerciantes e fregueses de praticamente todas as espécies conhecidas aglomeravam-se para fazer negócios, em um caleidoscópio de cores, formas e tamanhos. Togrutas de pele vermelha misturavam-se com

Twi'leks de pele azul; Sullustanos diminutos pechinchavam com corpulentos Hutts; Mon Calamari, com suas caras de peixe, dividiam as ruas com os felinos Cathar. Entre um grupo tão diversificado e interessante, ninguém prestava atenção num humano solitário e seu droide astromecânico.

Infelizmente, o fato de não chamar a atenção significava que muitos na multidão acidentalmente chutavam, colidiam ou tropeçavam em T3-M4 enquanto ele corria junto aos calcanhares de Revan. O droide expressava seu descontentamento com um fluxo constante de bipes e apitos irritados.

– Agora você entende por que eu disse a HK-47 que ele não podia vir – explicou Revan a T3. – Ele provavelmente tentaria abrir caminho entre esses "montes de carne" com um lança-chamas.

O astromecânico respondeu com um apito longo e baixo, e Revan riu alto antes de acrescentar:

– Tá, a gente não faz e diz que fez, ok? Além disso, estamos quase lá.

Chegaram ao seu destino alguns minutos depois: o Dealer's Den, uma pequena taverna nos confins do Mercado Galáctico que oferecia bebidas, dançarinas e jogos de azar. O lugar era frequentado pelos piores elementos da sociedade de Coruscant: contrabandistas do mercado paralelo; capangas brutamontes e caçadores de recompensas; traficantes de drogas sintéticas. O resultado disso? Uma clientela composta predominantemente por uma mistura de espécies com reputação notoriamente duvidosa na Galáxia. Entre os Rodianos, Chevin e Kubaz havia um punhado de humanos, incluindo o homem que Revan viera procurar: Canderous Ordo.

O Mandaloriano estava sentado sozinho em uma pequena mesa no canto mais afastado, suas costas viradas para a parede, como de hábito. Usava sua costumeira indumentária, composta por calça marrom, colete de couro e uma camisa preta sem mangas que deixava à mostra seus braços musculosos a fim de exibirem a marca do clã tatuada em seu ombro esquerdo. Os cabelos com corte escovinha acentuavam seu queixo quadrado e os traços fortes e rudes. Tudo na sua aparência dizia que era um mercenário, embora Revan soubesse que não havia aceitado nenhum trabalho desde que se uniram para derrubar Darth Malak, dois anos antes.

Uma dançarina Twi'lek seminua fazia uma apresentação particular para Canderous enquanto ele bebericava uma bebida azulada. Apesar da distração, ele notou Revan imediatamente. Ergueu a mão grossa e enxotou seu entretenimento com um gesto.

A dançarina lançou um olhar zangado para Revan enquanto se afastava, os lekku em sua cabeça se contraindo de irritação.

T3 emitiu bipes de surpresa.

– Ele deve dar gorjetas muito boas... – respondeu Revan com um encolher de ombros.

Ninguém mais prestou muita atenção neles enquanto atravessavam a taverna e se sentavam à mesa do Mandaloriano.

– Você está um bagaço – observou Canderous como forma de cumprimento. – Ser casado com Bastila é realmente tão ruim assim?

– Não tenho dormido muito ultimamente – admitiu Revan. – Sonhos ruins – acrescentou, quando Canderous arqueou uma sobrancelha. – Aliás, olha só quem está falando. Parece que você não se barbeia há três dias.

O Mandaloriano sorriu e acariciou a barba incipiente nas bochechas e no queixo com uma palma aberta.

– As garotas por aqui curtem um charme rústico em seus homens. Quer beber alguma coisa?

Revan balançou a cabeça, negando.

– Não deste lugar. Esse troço que você está bebendo é capaz de tirar o esmalte dos meus dentes.

Canderous deu de ombros e levou o copo aos lábios. Deu um longo trago, fechou os olhos e estremeceu.

– Você aprende a gostar – ele reconheceu. – Então, por que está aqui? Tenho a sensação de que isso não é apenas um encontro social.

– Tenho algumas perguntas sobre a guerra.

Revan não precisava oferecer esclarecimentos adicionais; para Canderous, só havia uma guerra que importava. Ele e Revan tinham lutado em lados opostos, inimigos mortais que se conheciam só pela reputação até unirem forças contra Malak, muito tempo depois, e se tornarem amigos.

– Não há muito a dizer. Nós perdemos. Vocês ganharam – Canderous resumiu, dando de ombros. – Pensávamos que poderíamos conquistar a República, mas acabamos nos tornando um povo fragmentado.

Ele falou com uma indiferença casual, mas Revan o conhecia o suficiente para sentir a amargura e o arrependimento por trás de suas palavras. Os Mandalorianos tinham sido uma sociedade orgulhosa e nobre, travando batalhas para conquistar honra e glória; agora os clãs estavam dispersos por toda a galáxia, reduzidos a trabalhar como mercenários e capangas para quem pagasse melhor. Não agradava a Revan trazer à baila um assunto tão doloroso, mas ele precisava de informações e achava que essa era a única forma de obtê-las.

– Há uma coisa que eu nunca entendi a respeito das Guerras Mandalorianas – ele insistiu. – O que deu início a elas? Por que vocês, do nada, depois de tantos séculos, decidiram lançar uma guerra total contra a República?

– Foi ideia de Mandalore.

Revan sabia que Canderous não estava se referindo ao fundador original de seu povo. Por séculos, cada líder sucessivo dos clãs Mandalorianos adotou simbolicamente o nome de Mandalore como forma de honrar sua herança cultural e, ao mesmo tempo, reforçar sua própria autoridade. Para se distinguir dos governantes anteriores, cada um escolhia um honorífico para definir seu reinado, como Mandalore, o Conquistador, ou Mandalore, o Indomável. O governante mais recente chamou-se de Mandalore, o Supremo.

– Mandalore sentiu que a República estava fraca – prosseguiu Canderous. – Vulnerável. Ele convocou os guerreiros dos clãs, e nós o seguimos no que pensávamos que seria nossa maior conquista.

Não havia necessidade de perguntar se Canderous ou qualquer um de seus companheiros guerreiros havia hesitado. Quando o Mandalore convocava, os clãs respondiam. Embora ocorressem batalhas e disputas entre aqueles que buscavam ser o sucessor de cada Mandalore que caía, uma vez que a decisão era tomada, já não havia divergência ou discussão.

– As coisas estavam indo bem até você chegar – disse Canderous com um sorriso melancólico. – Você e seus seguidores mudaram todo o curso da guerra contra nós. No fim, você matou Mandalore, e tudo mudou.

Revan não conseguia se lembrar de nenhuma de suas batalhas contra os Mandalorianos; elas estavam enterradas na parte de sua mente que havia sido bloqueada quando o Conselho Jedi o fez voltar-se contra Malak. Mas ele estudara bastante sua própria história para preencher os detalhes que faltavam no relato de Canderous.

Batalha após batalha, Revan conduziu os Jedi e as forças da República à vitória. Percebendo que a derrota era inevitável, Mandalore, o Supremo, havia desafiado Revan a um combate individual, e Revan aceitou.

Embora o Mandaloriano tenha lutado bravamente, no final não foi páreo para o campeão mais poderoso da Ordem Jedi. Mas derrotar simplesmente seu inimigo não foi suficiente para Revan. Na cultura Mandaloriana, a morte de um líder significava apenas uma oportunidade para que outro guerreiro assumisse o controle dos clãs ao reivindicar o elmo do Mandalore caído. Para evitar isso, Revan removeu o elmo do cadáver de seu inimigo derrotado e o escondeu em um planeta desconhecido.

Para uma cultura guerreira definida e unida pelos códigos de tradição e honra, a perda da Máscara de Mandalore foi um golpe devastador. Desprovidos do único item reconhecido como o símbolo da liderança, os Mandalorianos não puderam escolher um novo Mandalore. Sem um governante universalmente aclamado, os vários clãs começaram a lutar entre si pelo poder. Seus exércitos tornaram-se fragmentados e ineficazes, e em poucas semanas uma série de vitórias decisivas pelas tropas de Revan forçou os Mandalorianos a aceitarem uma rendição incondicional.

A humilhante derrota e a perda da Máscara de Mandalore destruíram a cultura outrora orgulhosa. Canderous havia falado sobre isso certa vez durante o período que passaram juntos empenhados em deter Malak. Surpreendentemente, ele não culpava Revan pelo que havia acontecido aos Mandalorianos. Culpava Mandalore por não ser forte o bastante para vencer a batalha; culpava os irmãos e irmãs de seu clã por serem fracos demais para se reerguerem a fim de que pudessem reconstruir sua sociedade. Mas, na maior parte do tempo, ele simplesmente não falava a respeito disso.

Revan odiava botar o dedo na ferida antiga, mas sentia que não tinha escolha.

– Há mais alguma coisa que você possa me dizer? Sobre o que aconteceu antes de Mandalore declarar guerra à República? Algo incomum que possa ter sido um catalisador para a guerra?

Canderous inclinou a cabeça para o lado e apertou os olhos.

– Isso tem alguma coisa a ver com aqueles pesadelos que você mencionou?

– Talvez.

O Mandaloriano assentiu.

– Você está recuperando mais lembranças, não está?

– Apenas fragmentos. Continuo tendo visões de um planeta que não reconheço. O planeta inteiro é encoberto por tempestades elétricas, noite e dia.

– Não me parece familiar – disse Canderous após alguns momentos de reflexão. – O que você acha que isso significa?

– Gostaria de saber. Mas tenho um mau pressentimento a respeito.

– Acha que isso tem alguma ligação com a nossa guerra contra a República?

– Pense só – explicou Revan. – Mandalore, o Supremo, decide fazer algo que nenhum de seus antecessores sequer considerou: iniciar uma guerra total contra a República. Malak e eu derrotamos vocês. Mas, depois disso, nós misteriosamente pegamos nossas tropas e desaparecemos nas Regiões Desconhecidas além do espaço Mandaloriano. Quando voltamos, decidimos começar uma guerra contra a República também.

– Parece mesmo uma espécie de estranha coincidência – concordou Canderous. – Você acha que topou com esse planeta encoberto por tempestades nas Regiões Desconhecidas?

– Não tenho certeza. Mas algo aconteceu conosco por lá. Alguma coisa fez com que nos virássemos contra a República. Talvez tenha a ver com a própria decisão de Mandalore de atacá-la.

– E você acha que, seja lá o que for, ainda está lá? E ainda é perigoso?

– Sinto que as visões são uma advertência. Como se uma parte do meu antigo eu estivesse tentando me dizer algo que não posso me dar ao luxo de ignorar. – Revan suspirou. – Parece loucura, não é?

Canderous soltou uma risada.

– Depois de tudo o que passamos, isso parece apenas os velhos tempos. – Ele olhou para Revan. – Então, o que você quer que eu faça?

– Quero saber mais sobre Mandalore, o Supremo. Mas ninguém vai querer falar com um estrangeiro como eu. Preciso de alguém que possa conversar com os clãs e obter respostas.

Houve um longo silêncio enquanto Revan aguardava pela resposta de Canderous. Notou que os dedos do Mandaloriano seguravam seu copo com tanta força que estavam ficando brancos.

– Passei grande parte dos últimos cinco anos tentando evitar outros Mandalorianos – ele murmurou, por fim.

– Eu não lhe pediria se não achasse que fosse importante.

Canderous respirou fundo e virou o restante de sua bebida, fechando os olhos e estremecendo, como fizera com o gole anterior.

– Quer saber por que tenho passado tempo aqui neste bar de kriff há dois anos, recusando todo mundo que vem me oferecer um serviço?

– Nem se deu ao trabalho de esperar por uma resposta. – Eu tinha a sensação de que você iria se meter em algo interessante, e queria estar por perto para me juntar à diversão. Acho que chegou a hora.

– Eu sabia que podia contar com você, Canderous.

– Deixe-me conversar com algumas pessoas – disse o Mandaloriano. – Ver o que consigo apurar. Não posso prometer que vá descobrir alguma coisa.

– Estou meio que esperando que não descubra – respondeu Revan. – Mas nenhum de nós tem tanta sorte.

4

Localizado em um sistema remoto, longe de qualquer rota hiperespacial importante, Hallion era um planeta pequeno e insignificante dentre dezenas de outros dominados pelo Império Sith. Sua única característica notável eram os sete pequenos satélites naturais que o orbitavam, mal grandes o bastante para serem considerados luas. Naquela noite, quatro delas estavam completamente cheias, seu brilho combinado iluminando a escuridão o suficiente para Scourge distinguir claramente os detalhes do exterior da instalação da Fábrica de Droides Uxiol, mesmo sem seus óculos de visão noturna.

– Suas plantas não mostravam uma cerca de segurança – ele sussurrou.

Ele e Sechel estavam agachados em um pequeno bosque nos limites de um campo a apenas vinte metros do complexo.

– Talvez seja nova – respondeu Sechel, também falando baixinho. – Mas não deve ser um problema. Quando estiver do outro lado, basta você abrir o portão e me deixar entrar.

Scourge havia notado uma mudança impressionante em Sechel durante a missão. O bajulador choramingas que o havia recepcionado no espaçoporto de Dromund Kaas havia desaparecido e dado lugar a alguém inteligente e autoconfiante. Obviamente, a personalidade que mostrara em seu primeiro encontro havia sido um estratagema, um disfarce que usava para ocultar de estranhos sua verdadeira natureza. Provavelmente ele continuava não sendo de serventia alguma em uma luta de verdade, mas Scourge começava a compreender como o sujeito ascendera a uma posição tão proeminente no *entourage* de Nyriss. Ele havia compensado sua débil conexão com a Força desenvolvendo suas habilidades mentais; e, aparentemente, havia desfrutado de uma carreira muito bem-sucedida na Inteligência Imperial antes de se tornar conselheiro-chefe de Nyriss.

– Se eles tiverem armas automáticas no telhado, estaremos mortos antes de sequer chegarmos perto daquela porta de manutenção – resmungou Scourge.

– É uma instalação industrial, não uma fortaleza – assegurou Sechel. – A maior parte de sua segurança é eletrônica. Você sabe, coisas que eu posso hackear. A pior coisa com a qual você terá que lidar é um par de droides de segurança ambulantes.

– Drones de patrulha ou droides de ataque?

– Drones de patrulha. A FDU não fabrica droides de ataque. São caros demais para uma empresa pequena como essa. – Após uma breve pausa, Sechel acrescentou: – Você fica sempre assim tão apreensivo num serviço?

– Apenas os tolos empreendem um ataque sem saber o que os aguarda – respondeu Scourge entredentes.

Não foi apenas a insolência do outro que o irritou; a própria pergunta de Sechel tinha posto o dedo na ferida. Havia algo naquela missão que fazia Scourge se sentir desconfortável. Parte disso era ser forçado a trabalhar com um parceiro; normalmente, trabalhava sozinho. No entanto, havia algo mais em seu desconforto do que a presença do Sith agachado ao seu lado. Não era uma coisa que pudesse determinar com precisão, mas *algo* não parecia certo. Isso o deixou hesitante, mais cauteloso do que de costume.

– Tem certeza de que o código de acesso funcionará? Não vai acionar algum tipo de alarme? – ele perguntou, tentando pensar em qualquer coisa que pudesse dar errado. – Posso dar conta de alguns drones de patrulha, mas se uma dezena deles vier para cima de nós ao mesmo tempo, teremos problemas.

– O código vai funcionar – garantiu Sechel. – Este é um trabalho simples.

Ele tinha razão. Era um trabalho simples, e Scourge foi forçado a admitir que talvez o problema não fosse a missão.

– Dar as coisas como certas é uma boa maneira de ser morto – observou Scourge, levantando-se, tentando justificar seu comportamento enquanto lutava para afastar as dúvidas que se esgueiravam pelos cantos de sua mente.

Ele fez uma verificação final em seu equipamento e armadura, e então colocou os óculos de visão noturna. O mundo ganhou um fantasmagórico brilho verde quando a iluminação das luas acima foi ampliada em dez vezes. Sacou o sabre de luz, mas não o acionou.

De acordo com as plantas que haviam examinado, não deveria haver câmeras. Mas também não deveria haver uma cerca.

– Encontre-me no portão – disse Scourge. Sem se incomodar em esperar por uma resposta, ele deixou seu esconderijo, correndo em direção à cerca de segurança de três metros de altura. Aumentando a velocidade com uma série de passadas rápidas, lançou-se no ar, a capa ondulando atrás de si. Ultrapassou a cerca por apenas alguns centímetros, próximo o bastante para sentir um formigamento nas solas de suas botas devido à corrente elétrica letal que a percorria.

No ápice de seu salto, ficou suspenso no ar por apenas um momento; então a gravidade reafirmou seu controle e ele mergulhou para o chão. Aterrissou em uma postura de três pontos de contato com o solo, usando a mão livre para ajudar a absorver o impacto.

Virou a cabeça rapidamente de um lado para o outro, procurando ver se havia alguma reação à sua chegada repentina. Felizmente, sua entrada passara despercebida.

Agachado rente ao chão, correu ao longo do perímetro da cerca, dirigindo-se ao portão que ele e Sechel tinham avistado antes. Ao se aproximar, percebeu que havia um único droide postado como guarda.

Ele tinha um formato cônico, um pouco mais de um metro de altura e meio metro de largura em sua base. Flutuava um metro acima do solo, e três pernas longas e finas balançavam-se embaixo dele, cada uma terminando em uma garra de três dedos. Um anel de luzes rodeava o corpo principal a dois terços da parte inferior, piscando em um padrão indefinível. Os óculos de visão noturna de Scourge deturpavam todas as cores em vários tons de verde, mas ele conseguiu distinguir claramente um padrão de dois tons no casco do droide – provavelmente cinza e laranja, as cores comerciais da Fábrica da Droides Uxiol.

Não havia dúvida de que era um drone de patrulha, como Sechel havia prometido. Os droides de ataque eram muito maiores – tinham pelo menos o dobro do tamanho – e em geral eram concebidos como unidades que andavam sobre duas pernas. Eram revestidos por grossas placas blindadas e muitas vezes equipados com pesados canhões blaster externos – e a sentinela flutuante não apresentava nada disso.

Os sensores do drone de patrulha estavam fixos no portão, não no guerreiro Sith aproximando-se sorrateiramente por trás. Quando estava a dez metros de distância, Scourge acionou seu sabre de luz e o lançou com um rápido giro do pulso. A lâmina rodopiante cortou facilmente as placas não reforçadas do casco do droide e seus circuitos de controle, produzindo uma chuva de faíscas antes de retornar à mão de Scourge.

O drone flutuante caiu no chão, seus repulsores desativados. Duas de suas três pernas estavam presas sob o corpo cônico; a terceira se projetava para fora em um ângulo estranho, destruída pela queda. A fileira de luzes piscantes cintilava irregularmente, com os sensores internos sobrecarregados pelo dano arrasador. Um painel em seu compartimento se abriu e Scourge foi capaz de distinguir apenas a ponta circular de uma pequena arma blaster interna apontando para ele quando se aproximou para dar o golpe final.

O drone disparou, mas seu sistema de alvo não estava mais operante e o tiro passou longe. Scourge estava sobre ele antes que o drone tivesse a chance de tentar novamente. Deu-lhe um forte chute com a bota, tombando o drone para o lado e inutilizando-o. Dois cortes rápidos de seu sabre de luz terminaram o serviço, e a fileira de luzes piscantes se apagou.

Scourge arfava devido ao esforço. Derrotar um drone nunca lhe proporcionava a mesma carga de adrenalina que matar um inimigo de carne e osso, mas ele ainda podia senti-la pulsando em suas veias, afastando seu mal-estar anterior a respeito da missão.

Com o drone sentinela neutralizado, conseguiu se concentrar no painel de controle ao lado do portão, embora tenha mantido seu sabre de luz desembainhado e preparado, só por garantia. Felizmente, tinha um design padrão; foi capaz de cortar a energia da cerca e abrir o portão com alguns simples toques de botões. Sechel já estava esperando por ele do outro lado.

Ele espiou o drone de patrulha eliminado no chão quando atravessou o portão e lançou a Scourge um olhar que parecia dizer "Não falei?". Scourge o ignorou e se dirigiu para a porta de manutenção. Sechel apressou-se para acompanhá-lo.

A pequena porta de manutenção era feita de duraço fortemente reforçado. Scourge duvidava que até mesmo seu sabre de luz pudesse penetrá-la. Felizmente, não precisaria tentar.

Sechel aproximou-se do teclado de segurança ao lado da porta e introduziu uma longa série de números. Scourge permaneceu em guarda, caso algum outro drone de patrulha aparecesse. Depois de alguns segundos tensos, ouviram o bipe suave do teclado de segurança e a porta se abriu.

– Viu só? – disse Sechel. – Sem alarmes. Sem droides de ataque. Nada com que se preocupar.

– Ainda não terminamos – respondeu Scourge, empurrando com o ombro para passar por ele e entrar na instalação da fábrica.

Viram-se em um corredor estreito e pouco iluminado. Se as plantas que tinham estivessem precisas, ele deveria conduzi-los até o interior da fábrica pelos fundos. A partir daí, teriam que atravessar a sala de produção até o escritório de registros, onde Sechel invadiria a rede da fábrica para descobrir quem havia pago a FDU para construir o droide que tentara – inutilmente – matar Nyriss.

– Fique por perto – Scourge instruiu Sechel quando retirou os óculos de visão noturna com a mão livre e os prendeu no cinto. – Se encontrarmos problemas, esconda-se em um canto e tente não levar um tiro.

– É o que eu faço de melhor – assegurou Sechel.

Scourge começou a descer o corredor, seguido por Sechel alguns passos atrás. Ele prosseguiu em linha reta por cerca de trinta metros e depois fez uma curva acentuada à esquerda que terminava em uma porta fechada.

Ao contrário da porta que lhes dera acesso ao interior da fábrica, esta não parecia reforçada ou trancada. Do outro lado, Scourge podia ouvir claramente as batidas profundas e rítmicas de máquinas pesadas trabalhando.

Pressionou o painel de acesso na parede, seus músculos instintivamente se retesando enquanto assumia uma posição de combate. A porta se abriu, revelando a sala de produção principal da fábrica, e uma onda de calor intenso atingiu seu rosto, tirando-lhe momentaneamente o fôlego. Mas relaxou um segundo depois, quando percebeu que não havia emboscada alguma aguardando por eles do outro lado.

A sala de produção era enorme – pelo menos cem metros de largura e facilmente o dobro de comprimento. Inúmeras portas e passagens enfileiravam-se em cada parede, dezenas de saídas que levavam aos diferentes setores da fábrica. Uma rede de passarelas e escadas de metal cruzava a sala. No centro, a fonte do intenso calor: quatro enormes tanques de metal fundido, cada qual com dez metros de altura e vinte de diâmetro.

Meia dúzia de esteiras transportadoras se estendiam dos tanques para cobrir toda a extensão da sala de produção, cada uma coberta com milhares de componentes e peças individuais aguardando para serem montadas e virarem droides funcionais. O intenso ruído produzido pelos motores gigantes que moviam as esteiras abafava todos os outros sons.

Centenas de droides montadores bípedes estavam diante das esteiras transportadoras, mas Scourge sabia que não representavam nenhum tipo de ameaça. Droides montadores tinham sua programação bastante limitada; eram incapazes de realizar outra coisa senão as funções mais simples. Ao contrário do drone de patrulha que havia neutralizado antes, estes iriam ignorar a presença deles e continuar trabalhando nas tarefas que lhes tinham sido atribuídas. Tirando os droides montadores, parecia não haver ninguém por perto. Os supervisores de carne e ossos da fábrica haviam encerrado o expediente e deixado o serviço muito antes. Sondando com a Força, ele não conseguiu sentir nenhum outro ser vivo nas imediações.

– E aí? – perguntou Sechel, tentando enxergar além da enorme silhueta de Scourge para ter uma ideia melhor do que havia além da porta.

Embora Sechel estivesse logo atrás dele, era quase impossível ouvir sua voz com o martelar dos motores das esteiras transportadoras. Scourge fez um sinal indicando que o caminho estava livre e entrou.

O escritório de registros estava localizado no canto sudoeste da fábrica, adjacente à sala de produção. Tiveram que atravessar quase toda a extensão da sala para chegar lá, e Scourge já estava transpirando profundamente sob sua armadura apenas alguns segundos depois. O calor era opressivo; o ar quase parecia grudar em sua garganta. Os golpes ensurdecedores dos motores eram incessantes.

Ele olhou para seu parceiro. Embora Sechel não estivesse usando armadura, estava ficando para trás. Era óbvio que a vida de luxo das classes altas o deixara completamente despreparado para as demandas físicas e os rigores inesperados do ambiente da sala de produção. Mas ele resolutamente seguia adiante, ofegando a cada difícil passo.

Descobriram que a entrada do escritório de registros estava trancada.

– Apresse-se e coloque-nos lá dentro – Scourge gritou. Queria coletar logo as informações e dar o fora. E, o que era mais importante no momento, sabia que o escritório provavelmente tinha ambiente climatizado.

Cansado demais para assentir, Sechel se inclinou sobre a parede e digitou o código de segurança.

A porta não abriu.

– Tente de novo – pressionou Scourge, imaginando que em seu estado debilitado Sechel poderia ter digitado uma tecla errada. – Faça com atenção desta vez.

Com uma precisão meticulosa, Sechel introduziu o código uma segunda vez. O rugido dos motores abafavam qualquer som, mas Scourge pôde ver que o painel de controle ficou vermelho. As palavras ACESSO NEGADO piscaram na tela.

A boca de Sechel se moveu em um palavrão inaudível e ele tentou pela terceira vez, mas Scourge já sabia que era inútil. A porta exigia um código diferente daquele que haviam usado para passar pela entrada externa.

Scourge ergueu o sabre de luz e afastou Sechel do caminho com um puxão. Ele ouviu o homem gritar, mas não conseguiu entender as palavras. Segurando o punho do sabre de luz com as duas mãos, ele desceu a lâmina sobre o painel, dividindo-o em dois e talhando um longo e profundo sulco na parede atrás dele.

A porta se abriu – e de repente os tímpanos de Scourge quase foram estourados por uma alta e lamentosa sirene. Ele pegou Sechel pelo colarinho e o atirou para o escritório, recriminando-se em silêncio por cometer um erro tão tolo.

– Hackeie a rede e pegue o que precisa. Vou conter a segurança.

Sechel não perdeu tempo com uma resposta. Começou a digitar freneticamente em um dos terminais.

Scourge podia sentir o ar frio escapando do escritório de registros e envolvendo-o. Permitiu-se desfrutar por alguns segundos do luxo e depois se virou para enfrentar a inevitável ofensiva do inimigo, determinado a não cometer mais erros.

Dois drones de patrulha semelhantes ao que havia neutralizado antes foram os primeiros a chegar ao local, mergulhando ao nível do solo de uma das passarelas próximas à parede leste. Scourge avançou, movendo-se com a velocidade sobrenatural da Força.

Os drones abriram fogo, mas Scourge não mudou de direção, esperando que sua armadura amortecesse seus disparos blaster. Um dos tiros errou por pouco sua orelha; dois mais atingiram seu peito. Ele sentiu o impacto, que não foi suficiente para sequer fazê-lo diminuir as passadas.

Ele se lançou para frente numa cambalhota enquanto os drones liberavam uma segunda saraivada, sabendo que eles apontariam para seu rosto e cabeça expostos. Os disparos voaram inofensivamente acima dele quando se agachou, rolou e depois se levantou, finalmente perto o suficiente para revidar.

Os drones de patrulha não eram feitos para combate a curta distância. Uma série de cortes ferozes com seu sabre de luz rapidamente pôs fim ao confronto. Os drones caíram no chão em uma chuva de faíscas, suas pernas finas se contraindo por alguns segundos antes de pararem por completo.

Scourge voltou a atenção para os dois drones de patrulha seguintes. Neutralizou o primeiro arremessando seu sabre de luz, derrubando-o no ar com um único lançamento bem efetuado antes mesmo que o drone chegasse perto o suficiente para usar a blaster instalada internamente.

O segundo empreendeu manobras evasivas, descendo por trás da esteira transportadora e de uma fileira de droides de montagem. Planou próximo ao chão, diminuindo a distância até surgir por trás de sua cobertura para poder atirar à queima-roupa. Scourge certificou-se de que não tivesse chance de fazê-lo.

Estendendo o braço para agarrar o drone com a mão invisível da Força, ele o lançou violentamente de novo contra o chão. As pernas do drone se soltaram, sendo arremessadas para longe; seu casco externo se partiu em vários lugares; muitas de suas placas soldadas se romperam por completo. Todas as luzes do seu corpo foram se apagando.

As sirenes de alarme ainda estavam soando; não demoraria muito para que os droides de segurança postados em outros setores da fábrica aparecessem. Se os droides continuassem chegando em pequenos grupos de dois ou até três, Scourge sabia que poderia conter pelo menos mais algumas ondas. Se viessem em maior número, teria problemas.

Estava respirando com dificuldade, o suor tão espesso em sua pele vermelha que sentia como se estivesse nadando no oceano. A Força o sustentara até ali, protegendo-o da pior parte do calor e permitindo que se movesse mais rápido do que seus inimigos poderiam reagir. Mas ele só conseguiria tirar proveito dela durante algum tempo antes de chegar à exaustão. Já podia sentir o cansaço se manifestando. Sechel tinha que localizar logo as informações, ou teriam que recuar de mãos vazias.

Ele viu três drones de patrulha entrarem por uma das passagens na extremidade norte da instalação. Mais dois despontavam a leste. Fazendo uma careta, Scourge segurou firme seu sabre de luz e se preparou mais uma vez para o combate. No entanto, em vez de se aproximarem, os droides mantiveram distância.

A razão de seu surpreendente comportamento ficou clara instantes depois, quando um enorme droide de ataque surgiu pesadamente. Como os drones de patrulha, tinha o acabamento cinza e laranja comum a todos os modelos da FDU. Mas era aí que as semelhanças terminavam.

Com três metros de altura e revestido por espessas placas blindadas, o droide de segurança andava sobre um par de pernas com dobradiças de metal, cada qual tão grossa quanto a cintura de Scourge. Seu corpo sem braços era maciço e largo, medindo dois por dois metros, encimado por um par de pesados canhões blaster em vez de uma cabeça.

O droide correu em sua direção, movendo-se rapidamente apesar de seu porte robusto. Ao mesmo tempo, abriu fogo com ambos os canhões. Scourge, saltou buscando cobertura atrás da esteira transportadora mais próxima, hesitante em confiar em sua armadura contra tão imenso poder de fogo.

O droide de segurança não deu trégua; os tiros estraçalharam a esteira transportadora e os infelizes droides montadores alinhados ao longo dela.

Agachado, Scourge correu de volta para uma escada próxima que levava às passarelas estreitas que se estendiam sobre a sala de produção. Uma chuva de metal queimado e retorcido desabou em suas costas – pedaços e fragmentos daqueles droides montadores azarados o suficiente para estarem no caminho dos disparos do canhão.

Pelo canto do olho, viu os drones de patrulha mergulhando para se juntarem ao combate. Por causa dos motores e das sirenes, ele não conseguia ouvir o droide de ataque vindo atrás dele, mas podia sentir seus pesados passos fazerem o chão vibrar.

Ao chegar à escada, subiu os degraus de três em três. O droide de ataque continuava atirando, mas não havia sido projetado para eliminar alvos aéreos. Suas volumosas chapas blindadas limitavam sua amplitude de movimento vertical, e a partir do solo não lhe era possível obter o ângulo adequado para fazer um tiro certeiro na direção do teto. Seus disparos ricochetearam no metal reforçado do gradil de segurança e no piso da passarela, mas nenhum sequer chegou perto do alvo pretendido.

A posição elevada de Scourge na passarela não ajudava contra os drones de patrulha, no entanto. Seus repulsores lhes permitiam subir ao nível das passarelas com facilidade.

Com os cinco drones de patrulha flutuantes se aproximando dele, Scourge correu para os tanques de metal fundido no centro da sala de produção. A passarela em que estava situava-se bem ao lado do tanque mais próximo. Conforme ia chegando mais perto, o calor tornava-se quase insuportável. Sentiu bolhas se formarem na sua pele, mas ignorou a dor e continuou em frente.

Os drones estavam se aproximando rapidamente. Dois deles avançaram pelas laterais, tentando interceptá-lo. Seu trajeto os levou diretamente acima dos tanques, e Scourge aproveitou a oportunidade. Recorrendo às suas reservas em rápido declínio, ele usou a Força para desviar um dos drones de seu curso, lançando-o de lado contra seu parceiro. A colisão no ar não foi forte o suficiente para causar danos diretos, mas fez com que ambos perdessem o controle. Incapazes de corrigirem seu trajeto a tempo, eles caíram no tanque, onde o borbulhante metal derretido os engoliu.

Os três drones de patrulha restantes alteraram seu curso para ficar longe dos tanques, confirmando o receio de Scourge de que o truque funcionaria apenas uma vez. Eles abriram fogo, mas seu alvo mudou repentinamente de direção para correr de volta pela passarela até o droide de ataque no chão lá embaixo. Um dos tiros atingiu Scourge bem entre as omoplatas, mas felizmente não atravessou sua armadura.

O droide de ataque continuou atirando inutilmente contra Scourge por baixo enquanto o Lorde Sith avançava até ele. O guerreiro diminuiu a distância até estar diretamente acima do droide, então agarrou a grade de segurança da passarela e saltou sobre ela. Pousou bem em cima do topo quadrado e plano do droide de ataque e desferiu um golpe descendente com o sabre de luz.

A lâmina rasgou profundamente as placas blindadas do droide, mas não conseguiu alcançar nenhum dos circuitos internos. O droide chacoalhou furiosamente de um lado para o outro e Scourge foi atirado longe. Rolando para amortecer a aterrissagem, lutou para se levantar e deu a volta por trás do robô. Sabia que sua única chance era permanecer em seu ponto cego, para que não pudesse usar seus canhões blaster contra ele.

Golpeou o corpo de placas blindadas duas vezes mais. O primeiro corte deixou um sulco chamuscado. O segundo – desferido precisamente no mesmo ponto – atravessou-o completamente. O droide de ataque reagiu estremecendo, momentaneamente inclinando-se para um lado. Mas antes que Scourge pudesse prosseguir com outro ataque, o droide o chutou com sua enorme perna, atingindo-o no peito e arremessando-o com violência no chão.

Uma dor aguda irradiou da lateral de seu corpo e ele soube que pelo menos uma de suas costelas havia se quebrado. O droide de ataque estava se virando para ele devagar e aos solavancos. Os três drones de patrulha apontavam-lhe as armas outra vez, próximos o bastante para abrir fogo.

Scourge avançou engatinhando desajeitadamente. O droide de ataque era alto o suficiente para que pudesse se arrastar para debaixo de suas pernas e se proteger sob o seu corpo. Os disparos blaster dos drones de patrulha ricochetearam de forma ineficaz nas placas blindadas do droide maior. O droide de ataque atirou de volta, sua programação instintivamente identificando como uma ameaça hostil qualquer um que disparasse contra ele. Seus canhões blaster estraçalharam os drones de patrulha, reduzindo-os a sucata.

Ao mesmo tempo, Scourge cravava-lhe o sabre de luz por baixo. Para poupar gastos e melhorar a mobilidade, a parte inferior do droide não estava equipada com as grossas placas blindadas que protegiam o restante de seu exterior, e a lâmina penetrou profundamente. Scourge perfurou a base vulnerável duas vezes mais antes de rolar para sair de baixo dele e pôr-se de pé de novo.

Cambaleando, o droide tentou se virar para ficar de frente para Scourge. Vazava um óleo espesso e negro do ponto onde Scourge havia aberto um corte, o líquido formando uma poça que aumentava rapidamente sob suas pernas. Uma explosão abafada ocorreu em algum lugar no interior do droide e um fio de fumaça escapou. Suas pernas estremeceram e ele lentamente tombou para frente, ficando imóvel logo depois.

Scourge não teve tempo de saborear sua vitória. Um enxame de drones de patrulha invadiu a sala, surgindo sozinhos ou em pares de passagens nas paredes norte e sul. Ao mesmo tempo, dois outros droides de ataque apareceram marchando, e o Lorde Sith foi tomado pelo desânimo.

Não havia vergonha alguma em fugir de uma batalha que não podia ser vencida; apenas um tolo continuaria a lutar contra todas as possibilidades. No entanto, mesmo que estivesse disposto a arriscar despertar a fúria de Nyriss por abandonar Sechel, Scourge duvidava que fosse possível escapar. Havia muitos droides, e ele estava chegando ao ponto da exaustão total.

Com um sorriso melancólico, ergueu o sabre de luz, preparado para causar o máximo de dano possível antes de morrer. Então, de repente, tudo ficou escuro.

Scourge buscou rapidamente por seus óculos de visão noturna, sabendo que somente a iluminação de seu sabre de luz não seria suficiente para que enxergasse durante o combate. Retirou-os do cinto com um puxão, colocou-os no rosto e congelou, perplexo com o que estava vendo. Nenhum dos droides aproveitara a oportunidade para avançar em sua direção. Os droides de ataque não se mexeram; os drones de patrulha tinham todos caído no chão.

Só então se deu conta de que não estava apenas escuro: tudo estava em silêncio. O ruído ensurdecedor dos motores havia cessado. As esteiras transportadoras estavam paradas e até os droides montadores pareciam imóveis no lugar.

Ele apertou um botão no comunicador em seu pulso.

– Sechel? Você está aí?

– Você ainda está vivo? – perguntou Sechel. Ele parecia surpreso, mas antes que Scourge pudesse ponderar a respeito, o Sith logo acrescentou: – Que bom. Temia que você não fosse conseguir.

– O que foi que acabou de acontecer?

– Eu copiei os arquivos que precisava do escritório de registros. Depois, invadi a rede de energia e usei o controle manual para desligar tudo. Imaginei que você fosse precisar de ajuda.

– Eu poderia ter dado conta se não fossem os droides de ataque – disse Scourge, sem fazer nenhum esforço para esconder o tom acusatório.

– Droides de ataque? Sério? Deve ser um novo protótipo no qual a FDU está trabalhando.

– Onde você está agora? – Scourge perguntou.

– Ainda estou próximo ao escritório de registros.

– Fique aí. Vou pegar você.

– Acho que não temos tempo para isso – disse Sechel.

– O que quer dizer?

– Sabe aqueles tanques enormes? Eles usam geradores de trivium para fundir o metal. Desligar a rede elétrica desestabilizou os núcleos do reator.

– Quanto tempo temos antes que explodam?

– Não o suficiente para continuarmos discutindo.

Scourge entendeu a deixa. Forçando as pernas cansadas a correr, disparou pela sala de produção totalmente imersa na escuridão. Com suas costelas quebradas, era quase impossível recuperar o fôlego, e suas coxas e panturrilhas queimavam. Alcançou Sechel no meio do corredor de manutenção que eles haviam usado para entrar no prédio.

Scourge não disse nada enquanto corria, conservando o pouco ar que tinha para dar a arrancada final que o tirasse do raio de explosão. Irrompeu pela porta de manutenção no ar frio da noite, com Sechel poucos passos atrás dele.

Saltar sobre a cerca de segurança não era uma opção no estado em que se encontrava, por isso dirigiu-se para o portão que havia aberto para Sechel no início da missão. Estava avançando cada vez mais devagar, o peso de sua armadura esgotando suas últimas forças; recorreu à Força para dar a si mesmo um impulso final de velocidade. Sechel o alcançou a alguns passos diante do portão. A onda de choque os atingiu um instante depois.

Felizmente, a maior parte da explosão foi contida pela fábrica, impedindo que os dois fossem pulverizados pela força do impacto. Ainda assim, foram erguidos do chão e arremessados rolando através do portão de segurança por uma onda de ar deslocado, som e cacos de vidro. Scourge foi lançado ao chão, virou-se de bruços e cobriu instintivamente a parte de trás da cabeça enquanto os detritos caíam ao seu redor. Ficou deitado assim por cerca de trinta segundos, zonzo, seus ouvidos ainda zumbindo.

Forçou-se a levantar, o que lhe provocou um acesso de tosse. As costelas quebradas faziam parecer que seu peito estava sendo esfaqueado enquanto tossia catarro coalhado de sangue. A parte de trás da sua cabeça e pescoço também estavam sangrando: os cacos de vidro o haviam cortado em pelo menos uma dezena de pontos, embora sua armadura tivesse protegido a maior parte do corpo.

Seguro de que nenhum dos ferimentos colocava em risco sua vida, voltou a atenção para o parceiro. Sechel jazia no chão ao seu lado, imóvel. Ele não usava armadura e suas costas estavam cobertas de sangue. Embora os cacos de vidro houvessem penetrado suas roupas e a pele por baixo delas, todos os ferimentos pareciam superficiais.

Scourge cutucou-o com o pé até que Sechel finalmente respondeu com um grunhido.

– Levante-se – disse Scourge, respirando com dificuldade. – Estou fraco demais para carregá-lo.

Sechel obedeceu e a dupla voltou mancando pela floresta até a nave que os aguardava. Atrás deles, a instalação da FDU ardia em chamas.

5

Revan raramente visitava o Templo Jedi em Coruscant. Embora tecnicamente ainda fosse membro da Ordem, não pôde deixar de se sentir um intruso quando subiu os degraus e passou pelas fileiras gêmeas de estátuas que montavam guarda na entrada.

Muitos Jedi, particularmente os Padawans e os Cavaleiros Jedi mais jovens, consideravam-no um herói, uma lenda viva. Mas os mestres mais conservadores tinham uma visão muito diferente. Alguns se ressentiam por ele ter levado milhares de Jedi à morte na guerra contra os Mandalorianos. Outros não podiam perdoá-lo pelos milhões de soldados e cidadãos da República que morreram quando ele e Malak retornaram das Regiões Desconhecidas como conquistadores. Oficialmente, ele havia sido redimido e retornado à luz, mas havia aqueles que ainda sentiam que carregava a corrupção indelével do lado sombrio.

Na verdade, Revan pouco fez para tentar convencê-los do contrário.

No topo da escada, ele passou pela entrada do templo, atravessando o longo piso de mármore enquanto caminhava em direção ao pátio interno.

O Conselho havia se oferecido para encontrar um Mestre adequado para treiná-lo novamente na maneira correta dos Jedi – uma oferta que rejeitara categoricamente. Revan havia aprendido muito sobre a Força, tanto do lado da luz como do lado sombrio, para receber instruções como se fosse um simples Padawan. Sua recusa poderia ter sido ignorada se Bastila não tivesse escolhido um caminho semelhante. No passado, ela havia sido a jovem discípula mais talentosa da Ordem. Mas Malak a desviou temporariamente para o lado sombrio, e o Conselho acreditava que ela também precisava ser treinada novamente. Quando recusou, alguns viram um padrão familiar: Revan afastando uma jovem Jedi promissora dos ensinamentos aceitos pela Ordem.

O casamento deles exacerbou ainda mais a situação. A Ordem Jedi se opunha a apegos emocionais, acreditando que eram um primeiro passo para a destruição. Ensinavam que o amor gerava ciúmes, que levava para o lado sombrio. Mas Revan tinha testemunhado seus poderes redentores em primeira mão. Tinha sido o seu amor que trouxera Bastila de volta à luz; o vínculo emocional entre eles havia forjado a salvação para ambos.

Revan sentia que negar ou tentar controlar por completo as emoções era uma tolice. O ciúme era na verdade resultado de um Jedi despreparado sendo consumido por sentimentos que nunca havia aprendido a enfrentar. Ele acreditava que os Jedi podiam ser ensinados a usar emoções positivas como o amor e a felicidade para fortalecer sua conexão com a Força, da mesma forma que o ódio ou a raiva davam poder àqueles que seguiam o lado sombrio.

Emergindo do hall de entrada, Revan ficou maravilhado como sempre pela magnífica visão. O Templo Jedi havia sido construído no topo de uma enorme montanha, sua cobertura transformada em um enorme pátio ao ar livre com vista para a paisagem urbana sem fim de Coruscant a mil metros abaixo. Imponentes torres haviam sido construídas em cada ponta do pátio, e uma quinta, maior do que as outras, erguia-se do centro.

Pequenos grupos de figuras trajando mantos, uma mistura de Padawans, Cavaleiros e Mestres Jedi, espalhavam-se pela área. Alguns se deslocavam rapidamente pelos caminhos do jardim, atarefados. Outros descansavam em bancos ou próximos a fontes, fazendo um intervalo nos afazeres ou exercícios de treinamento.

Revan manteve o capuz marrom de seu tradicional manto Jedi puxado sobre a cabeça para evitar ser reconhecido. Queria cuidar da questão e seguir seu caminho o mais rápido possível. Quanto antes deixasse o templo, melhor.

Nem sempre se sentira assim. Nas primeiras semanas após a derrota de Malak, quando ainda estava sendo homenageado e celebrado como o salvador da galáxia, ele havia abordado o Conselho com uma oferta de compartilhar sua nova compreensão da Força com os outros membros da Ordem. Esperara encontrar alguma resistência, é claro. O Conselho estava preso aos antigos costumes. Não entendiam que a Força estava viva. Não podiam aceitar que ela houvesse evoluído para além de seus sérios ensinamentos. No entanto, não estava preparado para a reação completamente hostil do Conselho.

Não apenas haviam rejeitado sua oferta como alguns Conselheiros queriam inclusive expulsá-lo da Ordem. Felizmente, as cabeças menos exaltadas prevaleceram. Revan era um herói. A história de sua redenção e retorno à luz havia se espalhado por toda a galáxia... embora os detalhes sórdidos de como os Jedi haviam apagado sua identidade tivessem sido cuidadosamente eliminados. Os membros mais sábios do Conselho entenderam que a lenda de Revan era valiosa demais para ser descartada simplesmente porque não viam mais utilidade no homem em si.

No fim, chegou-se a um acordo. Os Jedi não manifestariam sua oposição contra o seu casamento com Bastila. Oficialmente, ambos ainda seriam reconhecidos como Jedi de boa reputação, com todos os respectivos direitos e privilégios. Em troca, Revan prometeu não disseminar sua heresia para outros membros da Ordem.

A princípio, Bastila quis rejeitar aqueles termos. Revan, porém, convenceu-a de que uma guerra ideológica contra o Conselho Jedi de nada serviria. Eles haviam feito sua parte; era hora de desaparecerem da história e viverem o restante de seus dias em paz.

E assim fizeram... até Revan começar a ter os malditos pesadelos.

Por isso estava ali agora. Canderous estava fora do planeta entre o seu próprio povo, vendo se conseguia descobrir alguma conexão entre a guerra e um planeta envolto pela escuridão de tempestades eternas. Ele havia partido há várias semanas e Revan ainda não tivera notícias. Em vez de ficar de braços cruzados e não fazer nada, decidiu iniciar uma pequena investigação por conta própria.

Movendo-se com passadas longas e rápidas, dirigiu-se para a torre no canto noroeste do pátio. Era o lar do Conselho do Primeiro Conhecimento, uma junta de cinco Mestres Jedi e seus subordinados especializada na história e na tradição de toda a Ordem. A construção também abrigava os Arquivos do Templo – sem dúvida a maior coleção de documentos, discos de dados e holocrons já reunida da galáxia. Costumava-se dizer que se algo não constava nos registros dos Arquivos, então não existia.

Apesar da afirmação ousada, Revan duvidava que encontraria escondido entre suas prateleiras algo que explicasse seus sonhos. Na verdade, fora até lá em busca de outra coisa. De uma *pessoa*. Alguém de seu passado.

Grandes partes de suas lembranças ainda estavam faltando. Para preencher as lacunas, precisava conversar com alguém que estivera com ele durante aquele período. Alguém que servira ao seu lado na guerra.

Malak tinha sido seu braço direito durante a campanha contra os Mandalorianos. Mas Malak estava morto; Revan não encontraria respostas aí. No entanto, havia outro alguém – uma poderosa Jedi chamada Meetra Surik. Meetra estava entre as primeiras a se juntarem à causa de Revan, e rapidamente provou ser uma estrategista e líder militar brilhante.

Reconhecendo seu potencial, Revan tornou-a general, dando-lhe o controle de quase metade das tropas da República e dos Jedi sob seu comando. Meetra havia contribuído positivamente para a derrota dos Mandalorianos, empreendendo um ataque devastador contra eles durante a Batalha de Malachor v... embora a um custo quase inconcebível.

Ele hesitou apenas por um instante em frente à porta que levava ao interior da torre, preparando-se para o que poderia encontrar. Então entrou no prédio e subiu a longa escada em espiral que conduzia ao primeiro andar dos Arquivos.

Revan derrotara Mandalore pouco depois da vitória de Meetra em Malachor v, encerrando de vez a guerra. Então, Malak e ele haviam partido para as Regiões Desconhecidas, enquanto Meetra retornara para enfrentar o julgamento do Conselho Jedi. Ela não falava com Revan desde então; ele sequer sabia onde Meetra estava.

Conhecia alguns detalhes do que havia acontecido. Ao retornar, o Conselho Jedi a havia declarado traidora por seguir Revan. Destituíram-na de sua posição e a expulsaram, marcando-a como Exilada. Segundo os rumores, ela havia deixado o território da República e simplesmente desaparecido. No entanto, Revan sentia que havia algo mais nessa história.

Meetra não tentara entrar em contato com ele após a derrota de Malak. Mesmo se tivesse deixado o território da República, certamente teria ouvido falar da redenção de Revan a esta altura. O fato de ela não ter dado sinal de vida era perturbador.

Certa vez, tentara comunicar-se com ela por meio da Força. Servir em batalha com alguém criava um vínculo especial; mesmo com toda a extensão da galáxia, ele deveria ter conseguido obter uma vaga sensação de sua presença. No entanto, não sentira coisa alguma. A explicação mais simples era que ela se tornara parte da Força, mas Revan não podia se permitir acreditar que estava morta. Depois de sobreviver aos horrores de Malachor v, uma morte anônima na Orla Exterior simplesmente não parecia justa.

Ele saiu da escada em espiral para o patamar do quarto andar da torre e empurrou a porta do segundo andar dos Arquivos, abrindo-a.

Ficou aliviado ao ver que não havia ninguém lá; queria fazer sua pesquisa reservadamente.

Passando pelas prateleiras lotadas de discos de dados, sentou-se em um dos holoterminais. Não tinha certeza do que estava procurando, então apenas digitou o nome de Meetra no diretório.

Várias menções apareceram, incluindo o relatório oficial sobre Malachor v elaborado por um dos Arquivistas Jedi. Guardou mentalmente o número de referência, buscou o disco de dados da prateleira e o inseriu no terminal.

Passou os minutos seguintes examinando o relatório, mas não conseguiu encontrar nada que já não soubesse. Malachor v havia sido uma armadilha, uma manobra para atrair a frota Mandaloriana para perto o suficiente do planeta para liberar o Gerador de Massa Sombria – uma superarma experimental que utilizaria as singulares anomalias gravitacionais do sistema Malachor para destruir instantaneamente todas as naves que orbitavam o planeta.

Revan dividiu sua frota em duas, dando o comando de uma a Meetra. Enquanto liderava suas forças contra a nave principal de Mandalore, ordenou que sua mais confiável general usasse sua frota como isca para atrair a maior parte das naves Mandalorianas para um ponto dentro do alcance do Gerador de Massa Sombria.

Os Mandalorianos tinham mordido a isca, e uma vez dentro do alcance, Meetra deu a ordem para ativar o Gerador de Massa Sombria. A atmosfera foi rapidamente consumida pelo fogo, deixando apenas cinzas. Tudo que havia na superfície de Malachor – cada planta e árvore, cada animal e inseto – foi instantaneamente incinerado pelo calor intenso. O solo rachou e se ergueu, deixando cicatrizes profundas na superfície arrasada.

Ao mesmo tempo, centenas de naves, tanto Mandalorianas como Republicanas, foram puxadas da órbita pelo surgimento de um poderoso vórtice gravitacional no centro do planeta. Elas colidiram contra a superfície, atingindo-a com tamanha velocidade que seus cascos na verdade penetraram o solo vários quilômetros, enterrando os destroços retorcidos e os corpos quebrados. Dezenas de milhares de vidas foram dizimadas em uma fração de segundo.

As naves de Revan e Meetra estavam ambas seguras além do alcance da superarma, embora Revan sinceramente não soubesse dizer se isso se devia à sorte ou ao planejamento.

Suas lembranças daquele tempo haviam desaparecido, e, olhando para suas ações do passado, não podia explicá-las ou justificá-las completamente. Será que sabia o que ia acontecer, sacrificando por vontade própria milhares de seguidores seus para alcançar a derradeira vitória sobre os Mandalorianos? Ou alguma coisa no plano dera terrivelmente errado?

O relatório não era assim tão vago: ele afirmava que tanto Revan como Meetra sabiam o que aconteceria. Declarava-os criminosos de guerra e assassinos em massa. A autora do relatório especulava que Malachor v era a prova de que, já naquele período, Revan havia adotado os métodos do lado sombrio.

Revan, no entanto, não estava interessado nas opiniões de uma Arquivista Jedi anônima; só lhe importavam os fatos... particularmente, o que acontecera com Meetra após a batalha. E quanto a isso o relatório carecia profundamente de informações.

Tudo o que conseguira concluir era que ela havia retornado por vontade própria para enfrentar o Conselho, que a expulsou sumariamente da Ordem Jedi e do território da República.

– Eu deveria ter adivinhado que era você.

A voz veio de trás, carregada de indignação.

Revan levantou-se da cadeira e virou-se para encarar a dona da voz. Ela estava trajando as tradicionais vestes de um Arquivista Jedi, embora Revan soubesse que, na verdade, era uma Mestra Jedi. Era jovem para o posto, regulava em idade com Bastila, mas seus cabelos eram brancos platinados. Tinha olhos azuis frios e uma pele que transparecia a vida passada dentro dos Arquivos, bem protegida dos raios do sol.

– Atris – Revan disse com um aceno de cabeça e um sorriso forçado, praguejando silenciosamente.

Amiga íntima de Meetra no passado, Atris recusou-se a juntar-se àqueles que partiram para a batalha contra os Mandalorianos. Tradicionalista ferrenha, compartilhara da opinião desfavorável sobre Revan comum aos Mestres mais velhos e mais conservadores. De todas as pessoas que poderiam ter interrompido sua pesquisa, conseguia pensar em muito poucas com quem menos desejasse topar.

– Ainda tentando recuperar as lembranças perdidas? – ela perguntou de forma um tanto presunçosa, e Revan percebeu que sua chegada não fora um mero acaso.

Atris deve ter marcado o relatório que estava lendo de modo que recebesse um alerta sempre que fosse consultado. Não havia normas ou regulamentos contra esse tipo de recurso de segurança, mas ele raramente era feito. Como regra geral, aqueles que serviam no Conselho do Primeiro Conhecimento respeitavam o direito à privacidade pessoal de um Jedi que visitava os Arquivos do Templo.

No entanto, apesar de Revan ter tentado manter sua investigação em sigilo, não fizera nada de errado. E ele ainda precisava de respostas.

– Este relatório parece abordar superficialmente alguns detalhes relevantes – disse ele. – Um trabalho de péssima qualidade – acrescentou, com base num súbito palpite.

Ele notou Atris enfurecer-se, e soube que havia presumido corretamente: ela não apenas tinha marcado o relatório, mas também o havia elaborado.

– Talvez você simplesmente não consiga enxergar a verdade óbvia na sua frente – ela retrucou.

Revan sorriu. Apesar de todos os ensinamentos Jedi sobre paz e serenidade, ele sempre teve um talento natural para irritar os membros da Ordem que se julgavam os donos da moral como Atris.

– Então acho que preciso da sua grande sabedoria para me ajudar a entender o que está me escapando.

– O que o faz pensar que eu faria algo para ajudá-lo?

– Ainda sou um Jedi, e a sentença de Meetra consta nos registros – ele a lembrou, subitamente sério. – Tenho o direito de saber a verdade sobre o que aconteceu. Toda a verdade.

– O que mais há para dizer? Ela cometeu o erro de segui-lo. Você a conduziu para o lado sombrio. Ela cometeu um ato imperdoável, e por isso o Conselho a expulsou.

– Foi um ato de desespero num momento de desespero – argumentou Revan. – E o Gerador de Massa Sombria era um protótipo experimental. Como o Conselho poderia ter certeza de que Meetra sequer sabia o que aconteceria? E se tudo não passou de um erro? Um terrível acidente?

– O Gerador de Massa Sombria era uma arma de guerra – Atris respondeu com uma calma fria e racional. – Seu único objetivo era causar morte e destruição, e ela deu a ordem para ativá-lo. Como isso pode ter sido um acidente?

– Mas ela obviamente se arrependeu de suas ações e entregou-se voluntariamente ao Conselho. Por que não mostraram misericórdia?

– Precisavam fazer dela um exemplo. – Atris fez um esforço para esconder a amargura em sua voz. – Tornou-se o símbolo de todos aqueles que haviam contestado a vontade do Conselho. Misericórdia não era uma opção.

– Não pode ser assim tão simples – Revan insistiu. – Meus crimes foram muito piores, e no entanto o Conselho me deu uma segunda chance.

– Você ainda poderia ser útil para nós.

Revan sentiu que havia algo que ela não estava contando.

– O que isso quer dizer? Meetra era uma Jedi poderosa. Por que o Conselho não tentou redimi-la?

A arquivista balançou a cabeça, incrédula.

– Você realmente não faz ideia do que fez a ela, faz?

– Não, não faço – Revan retrucou, permitindo que sua frustração se manifestasse. – Minha memória está com mais buracos do que uma esponja kaminoana. Por que não me conta?

Atris mordeu o lábio inferior e olhou feio para ele. Talvez percebendo que responder às perguntas era a maneira mais rápida de fazê-lo ir embora, começou a falar.

– Meetra estava muito mais próxima do Gerador de Massa Sombria do que você. Ela sentiu a onda de choque; isso quase a matou. Deixou-a vulnerável. Ao mesmo tempo, sentiu as mortes dos Mandalorianos e de seus companheiros soldados por meio da Força. Foi demais para suportar em seu estado enfraquecido. Isso a teria matado. – Atris pausou para dar ênfase, antes de prosseguir. – Instintivamente, ela se protegeu da única maneira que sabia. Ela se desconectou da Força... permanentemente.

– Sinto muito – lamentou Revan, sinceramente. – Eu não fazia ideia.

– Sério? – Atris respondeu com raiva. – Então por que você e Malak a deixaram para trás quando foram para as Regiões Desconhecidas? Você percebeu que ela não era mais útil para você e a abandonou. Foi por isso que ela retornou para a Ordem para enfrentar o julgamento.

– Não vi isso no seu relatório. Isso é um fato ou mera especulação?

Sua recusa em falar respondia à pergunta.

– Mesmo que o que diz seja verdade – continuou Revan –, não sou mais o mesmo homem. É certo ainda me responsabilizar por esses crimes?

– Um chalarax não pode mudar suas pintas – ela murmurou baixo.

Revan estava muito ocupado tentando processar tudo o que descobrira para reagir ao comentário. Se Meetra estava desconectada da Força, isso explicaria por que não tinha sido capaz de sentir sua presença. Isso significava que ainda poderia estar viva em algum lugar; ela ainda poderia saber de algo que o ajudasse a entender o significado de sua visão.

– Você sabe para onde ela foi? Preciso falar com ela.

– Você já não causou danos o bastante? – Atris retorquiu. – É culpa sua ela ter desafiado o Conselho e traído a Ordem. É culpa sua ela ceder ao lado sombrio e ser marcada como Exilada. É culpa sua ela ter se desconectado da Força. Para um Jedi, esse é um destino pior do que a morte!

– Estive mais perto da morte do que a maioria – respondeu Revan –, e posso garantir que isso não é verdade.

Atris bufou de desprezo.

– Essa é a diferença entre nós. Eu vivo para a Força. Você vive para si mesmo.

Revan deu de ombros, sabendo que uma discussão filosófica não o deixaria mais próximo de encontrar Meetra.

– Independentemente do que pense a meu respeito, eu não obriguei Meetra a fazer nada disso. Ela tomou suas próprias decisões. E a decisão de querer ou não falar comigo de novo agora deveria ser dela, não sua. Se sabe onde ela está, tem que me dizer.

– Não falo com ela desde o julgamento – Atris respondeu entredentes, e Revan sabia que estava dizendo a verdade. – Não sei para onde ela foi, e espero nunca mais vê-la novamente. A Exilada traiu a Ordem, assim como você. Você não é bem-vindo aqui. Volte para casa, para a sua *esposa*. – Atris proferiu a última palavra com tamanho rancor que quase engasgou.

– Opa, opa, opa – disse Revan, balançando o dedo para dela. – *Não há emoção, há paz.*

Seu lábio se retorceu num rosnado, ela girou nos calcanhares e saiu furiosa da sala. Revan esperou até o som de seus passos se distanciarem nas escadas e então voltou a se sentar lentamente na cadeira.

Com Atris longe, já podia tirar a expressão de sarcasmo do rosto. Apesar do que lhe dissera, não podia deixar de se sentir responsável por Meetra. Ele se recusara a dar a Atris a satisfação de testemunhar sua culpa e pesar, mas agora que estava sozinho as emoções afloravam. A maioria de suas lembranças específicas de Meetra havia desaparecido; só conseguia se lembrar de partes desconexas. Mas havia sido uma de suas amigas mais próximas, e ainda sentia uma poderosa conexão emocional com ela.

Inclinando-se para frente, enterrou o rosto nas mãos. Esperava que as lágrimas fluíssem, mas isso não aconteceu. Em vez disso, sentiu simplesmente um torpor, uma tristeza vaga. Depois de alguns minutos, respirou fundo para se recompor e se levantou. Saiu pela porta dos Arquivos e desceu as escadas.

Tinha ido ao templo procurar por uma velha amiga e confidente, esperando que pudesse ajudá-lo a entender os pesadelos que atormentavam suas noites. Em vez disso, encontrara um beco sem saída, e descobrira a terrível verdade sobre aquela a quem chamavam Exilada.

– Não admira que eu já não venha mais aqui – resmungou baixinho enquanto atravessava o pátio e se dirigia para a saída.

6

Uma semana se passara desde a missão em Hallion. Doses diárias de kolto haviam curado os ferimentos de Scourge; até mesmo suas costelas quebradas estavam completamente inteiras. A missão tinha sido um sucesso, mas as coisas não haviam corrido tão bem quanto gostaria. Sem dúvida o relatório de Sechel para Nyriss pintaria cada um de seus erros no tom mais berrante.

Estava desesperado para encontrar uma forma de aliviar suas frustrações, e finalmente se sentia bem o suficiente para visitar o pátio de exercícios da fortaleza para um treinamento muito necessário. Raramente ficava mais de dois ou três dias sem praticar seus exercícios, sabendo que sua sobrevivência contínua dependia frequentemente de sua experiência marcial.

Embora houvesse outros lutadores no pátio, nenhum era um parceiro de treino digno. Teria pouco a ganhar medindo-se contra qualquer um dos soldados de Murtog. Até mesmo o próprio capitão da guarda não representaria nenhum desafio real para um Lorde Sith totalmente treinado.

Em vez disso, executou uma rotina complexa de exercícios projetados para aperfeiçoar seus reflexos, enquanto usava a pesada armadura. Sua lâmina carmesim zumbia enquanto ele praticava ciclicamente os golpes e cortes agressivos de Juyo, a sétima forma de combate com sabre de luz. A arma se movia com tanta rapidez que não passava de um borrão, mas cada golpe era preciso e controlado.

No meio de sua rotina de exercícios, percebeu que a jovem escrava Twi'lek de Nyriss havia entrado no pátio. Ela se prostou pacientemente em um canto, com a cabeça baixa em respeitosa reverência.

Scourge interrompeu abruptamente a sessão, sabendo que ela só estaria ali se Nyriss a tivesse enviado. Desligou o sabre de luz e o prendeu no cinto antes de atravessar o pátio em sua direção.

– Darth Nyriss deseja falar com você – disse a Twi'lek num tom brando, mantendo os olhos fixos no chão.

– Sechel estará lá? – ele quis saber.

– Eu não sei, meu senhor.

Scourge franziu o cenho. Não vira nem falara com Sechel desde seu retorno.

– Leve-me até Nyriss.

A escrava assentiu, depois se virou e começou a andar. Scourge a seguiu.

Ele procurara por Sechel várias vezes durante a semana anterior, mas o assistente sempre parecia estar envolvido em alguma tarefa ou compromisso. Podia ser só coincidência, mas também era possível que Sechel o estivesse evitando.

Se fosse esse o caso, Scourge talvez soubesse o motivo. Durante sua recuperação, tivera tempo de sobra para rememorar a missão. Repassá-la em sua cabeça revelara várias incoerências – coisas que Sechel talvez não quisesse discutir com Scourge frente a frente.

A escrava o estava conduzindo pela ala leste da fortaleza. Ela caminhava rapidamente na frente dele, mas com suas pernas longas Scourge não tinha dificuldade em acompanhá-la. Enquanto andava, continuava a refletir sobre o caso de Sechel.

Na ocasião, havia dado ao assistente o crédito por salvar sua vida ao desligar a rede elétrica da fábrica e desativar os droides de segurança.

Agora, perguntava-se se aquilo acontecera por acidente. Quanto mais pensava sobre isso, mais evidências pareciam indicar que Sechel não queria que ele sobrevivesse à missão.

Sechel obviamente precisava da ajuda de Scourge para passar pelos drones e atravessar a cerca do lado de fora da fábrica. E precisava dele para manter a segurança afastada por tempo suficiente para hackear a rede de computadores da FDU. Mas, depois disso, Scourge tornara-se dispensável. Com os droides desativados, Sechel não precisava mais do Lorde Sith para protegê-lo.

O que a princípio parecia um delírio paranoico tornou-se cada vez mais plausível conforme Scourge ia se lembrando de detalhes específicos da missão. Ele não tinha como saber quanto tempo Sechel levara para invadir a rede, mas provavelmente encontrara os arquivos que procurava nos primeiros minutos. Olhando em retrospecto, parecia que poderia ter desligado a rede elétrica muito antes do que acabara fazendo.

E se Sechel houvesse aguardado o máximo possível para desativar os droides, esperando que tivessem tempo suficiente para matar Scourge? Da sala de registros, ele não conseguia ver o que estava acontecendo na sala de produção. Provavelmente presumira que Scourge já estava morto quando desligou tudo.

Isso também explicaria por que Sechel não se dera ao trabalho de contatá-lo para avisar que a usina estava prestes a explodir. Só mencionara os reatores porque Scourge o havia chamado no holocomunicador depois que tudo mergulhou na escuridão. Se ele não tivesse iniciado a chamada, Sechel poderia ter saído no escuro sozinho, sorrateiramente.

A convicção prévia de Sechel de que a FDU não tinha droides de ataque também era suspeita. Aquelas unidades podiam ser sido protótipos experimentais, como Sechel alegou, mas também era possível que ele soubesse delas o tempo todo e não houvesse dito nada, esperando que Scourge fosse pego de surpresa por sua chegada.

Três evidências circunstanciais – um possível atraso no desligamento dos droides, Sechel não tê-lo contatado para avisá-lo da explosão iminente e a presença inesperada dos droides de ataque – não eram suficientes para Scourge ter certeza de coisa alguma. No entanto, o fato de Sechel evitá-lo agora aumentava ainda mais o desejo do Lorde Sith de interrogá-lo em uma sessão bem longa e reservada. Infelizmente, essa conversa teria de esperar. Sechel ainda desfrutava da proteção de Nyriss, e Scourge não estava disposto a arriscar a fúria do membro do Conselho Sombrio por interrogá-lo. Pelo menos não por enquanto.

Chegaram à porta dos aposentos privados de Nyriss. Scourge considerou brevemente se deveria lhe contar algo sobre suas suspeitas, mas decidiu não fazê-lo. Sechel era um especialista em manobras políticas; se fosse culpado, envolver Nyriss só trabalharia a favor do conselheiro. Era melhor enfrentá-lo diretamente no momento oportuno.

A escrava Twi'lek bateu de leve na porta, e a voz de Nyriss respondeu:

– Entre!

Novamente Nyriss estava sentada no terminal do computador no centro da sala. Quando levantou-se da cadeira e virou-se para encarar Scourge, a escrava fechou a porta, trancando os três sozinhos na sala.

– Disseram-me que você se recuperou dos ferimentos.

– Nada sério, meu Lorde – respondeu Scourge.

– Você parece ter o hábito de se machucar a meu serviço.

– Os droides de ataque me surpreenderam.

– E estou surpresa de que tenham lhe causado tantos problemas.

Scourge permaneceu em silêncio.

Nyriss esticou os lábios secos e rachados em um sorriso perturbador que parecia preencher toda a metade inferior do rosto enrugado. Scourge suportou o esgar sem dizer nada, até a desagradável expressão felizmente desaparecer.

– Acho estranho alguém com a sua reputação ter dificuldade em derrotar um único droide de ataque e alguns drones de patrulha, e no entanto ter matado com facilidade meus mercenários.

Era óbvio que ela estava tentando dizer alguma coisa, mas Scourge não tinha ideia do que poderia ser.

– Eu... não entendo – finalmente admitiu.

– Não, não entende – ela concordou, abrindo brevemente outro sorriso perturbador. – Recite o Código Sith para mim – ela ordenou, parecendo um dos treinadores da Academia.

– A paz é uma mentira, existe apenas paixão. Com paixão, eu ganho força. – As palavras vinham fácil para Scourge; o mantra havia sido instilado em seu cérebro durante o treinamento até se tornar uma segunda natureza. – Com força, eu ganho poder. Com poder, eu ganho a vitória. Com a vitória, minhas correntes se partem.

– Você sabe as palavras, mas não as entende realmente – ela o repreendeu. – O lado sombrio usa as emoções mais poderosas: fúria, ódio, medo. Somos ensinados a usar nossas emoções para desbloquear nosso verdadeiro potencial e liberar a Força contra nossos inimigos.

Scourge conteve a impaciência que ameaçava aumentar dentro dele. Ela não estava dizendo nada que já não ouvira inúmeras vezes quando era aprendiz, mas parecia ter um motivo que ainda não via.

– A Força percorre todos os seres vivos – continuou ela. – Quando lutamos contra um oponente de carne e osso, também usamos as emoções *dele*. Todos nós que seguimos o lado sombrio fazemos isso instintivamente em um certo nível. É tão instintivo que a maioria dos instrutores sente que não é necessário ensinar isso. – Nyriss fez uma pausa, e Scourge novamente se perguntou onde ela queria chegar com tudo aquilo.

– Analisei seu arquivo da Academia e assisti sua batalha com os mercenários no meu pátio – disse ela, por fim. – Você tem um dom especial. Não apenas se alimenta das emoções em estado bruto de seu inimigo; você as devora e se empanturra. Você se banqueteia com o medo primitivo dele. Isso amplifica seu ódio e sua fúria, e alimenta o poder da Força. Transforma você em um instrumento de morte e destruição.

Scourge assentiu. Lutar com um inimigo vivo era inebriante; a cada ataque e contragolpe, sentia uma onda de calor correndo por suas veias, energizando-o e fortalecendo-o. No entanto, não sentira quase nada disso na instalação da FDU.

– Quando lutei contra o droide de segurança, não havia nada em que me agarrar. Era frio. Vazio.

– Precisamente. Você tentou se alimentar de suas emoções inexistentes e, ao fazê-lo, ficou apenas mais fraco. Estou surpresa que isso não tenha sido observado em você na Academia; até os dons mais poderosos precisam de orientação para serem usados com eficácia. – Ela balançou a cabeça. – Você está tão acostumado a usar seu dom que negligencia a fonte mais básica de poder: você mesmo. Na próxima vez em que se encontrar em uma situação semelhante, você deve voltar o foco para o seu interior. Use suas próprias emoções, e você destruirá seus inimigos mecânicos tão facilmente quanto mata os orgânicos.

Scourge assentiu. Não gostava de receber sermões, mas aquela observação era boa: ele percebeu que, de fato, aprendera a depender das emoções de seus inimigos para alimentar seu poder, e não reparou que esse dom também podia ser uma fraqueza. Mas uma que, com tempo e prática, podia ser superada.

– Uma lição valiosa, meu Lorde. Eu a levarei a sério.

– Já tenho bajuladores o bastante trabalhando para mim – respondeu ela, ignorando sua gratidão.

– Mas nenhum deles pode fazer o que faço – Scourge a lembrou.

Nyriss abriu os lábios em outro sorriso horrível, e Scourge resistiu ao impulso de estremecer quando um calafrio percorreu sua espinha.

– Espero que restaurar sua autoconfiança lhe seja útil em sua próxima missão. Os arquivos que Sechel obteve na FDU provaram ser bastante proveitosos. Ele rastreou o pagamento do droide personalizado enviado para me assassinar até um grupo de humanos separatistas radicais de Bosthirda dedicados a libertar seu planeta da tirania do Imperador e do Conselho Sombrio.

Um sarcasmo pesado escorria de sua voz, e Scourge compartilhou de seu desdém. Havia alguns inimigos que podia respeitar. Havia algumas causas que conseguia entender, mesmo que lutasse contra elas. Aquela não era nem uma coisa nem outra.

Havia planetas recentemente conquistados sofrendo sob o jugo do Império – planetas como Hallion, onde a rebelião era esperada. Mas Bosthirda fazia parte do Império há centenas de anos. Seu povo tinha *status* de cidadãos plenos, com todos os direitos e privilégios dos de Dromund Kaas.

A propaganda humana separatista poderia bradar contra o tratamento injusto de sua espécie, mas Scourge sabia que suas alegações eram infundadas. Os Jedi Sombrios originais que haviam ensinado às tribos Sith os métodos da Força milênios antes eram humanos. E embora suas linhagens tenham sido absorvidas pela aristocracia Sith muito tempo atrás, os humanos ainda compunham a grande maioria da população Imperial.

Havia escravos humanos, é claro, mas esses eram indivíduos nascidos nas classes mais baixas da sociedade, ou que haviam caído lá por causa de seus próprios fracassos e fraquezas. Ao contrário de outras espécies inferiores, eles não haviam sido perseguidos nem discriminados de maneira real. Não havia leis que limitassem sua circulação, nem restrições quanto a cargos ou posições que poderiam alcançar.

Os humanos podiam ascender às fileiras mais altas do exército Imperial. Um certo número de planetas era governado por famílias humanas ricas e poderosas, e o Imperador havia designado muitos humanos para servir no Conselho Sombrio. Dos doze membros atuais, cinco eram humanos, incluindo Darth Xedrix, o Conselheiro com mais tempo de serviço ativo.

Os humanos não tinham direito nem razão de reclamar sobre sua posição no Império. Os separatistas nada mais eram do que escória ingrata e traidores.

– Por que eles escolheram você como alvo? – Scourge pensou em voz alta. – Por que não atacar o próprio Imperador?

– O Imperador é muito bem protegido. Como não podem chegar até ele, um dos membros mais antigos do Conselho Sombrio é uma boa alternativa. E eles nunca atacariam Darth Xedrix. Ele é humano; provavelmente o consideram um dos seus.

– E quanto a Darth Igrol? – perguntou Scourge. – Ele é Sith, e serviu por mais tempo do que qualquer um, exceto Darth Xedrix.

– Igrol reside em Dromund Fels. Matar alguém do Conselho Sombrio em Dromund Kaas, a capital Imperial, atrai mais atenção. – Ela fez uma pausa. – Também podem ter me escolhido por causa da minha história com Darth Xedrix. Desde que ingressei no Conselho Sombrio, houve uma animosidade entre nós. Naquela época, ele era um dos membros mais poderosos, e mesmo assim desde o início sentiu o meu potencial e o temia. Por décadas conspirou contra mim, mas sempre fui mais astuta do que ele, aumentando lentamente meus aliados e minha influência, enquanto os dele diminuíam.

Nyriss não estava dizendo nada novo para Scourge. Todos sabiam que os membros do Conselho Sombrio normalmente se viam como rivais perigosos, e sempre havia rumores de disputas sombrias travadas nos bastidores. Scourge acreditava que o Imperador na verdade encorajava a luta interna, já que isso impedia os diferentes membros de unir forças contra ele.

Apesar do que Nyriss alegava, sua rivalidade com Darth Xedrix tinha sido tudo menos desigual. Ambos haviam visto seu poder crescer e diminuir e crescer novamente, sem conseguir obter uma vantagem superior o suficiente para eliminar o outro.

Por algum motivo, Scourge não achou sábio mencionar isso.

– Os separatistas provavelmente enxergam minha rivalidade com Darth Xedrix como prova de que não gosto da totalidade dos humanos. O que é falso, claro, mas uma mentira bem contada costuma servir onde a verdade não funciona.

Sua lógica era sensata, mas os motivos dificilmente importavam. Os separatistas haviam tentado matar um membro do Conselho Sombrio. Tinha que haver retaliação.

– Vou encontrar esses traidores e estripá-los – ele declarou.

– Eles já foram encontrados. Sechel conseguiu usar as informações que obteve na FDU para localizar sua base nas montanhas de Bosthirda. Se souberem da destruição da fábrica da FDU, podem suspeitar. Temos que atacar rapidamente, antes que possam mudar para um novo local. Meu pessoal parte para Bosthirda hoje à noite; você os acompanhará.

– Vai enviar Sechel comigo novamente?

Nyriss assentiu.

– Eles podem ter conexões com outros grupos terroristas. Sechel poderá hackear seus arquivos e descobrir com quem estão trabalhando. Também enviarei Murtog e seus soldados. Sechel será seu instrumento de precisão; os soldados, sua ferramenta bruta.

Scourge teria preferido deixar Sechel para trás, pelo menos até ter a oportunidade de confirmar suas suspeitas.

Considerou brevemente compartilhar suas preocupações com Nyriss, mas decidiu seguir o plano original de guardá-las para si. Teria que simplesmente monitorar Sechel de perto durante a missão e tomar cuidado para não cair em nenhuma armadilha. Haveria tempo de sobra para lidar com ele assim que os separatistas fossem eliminados e ele provasse seu valor aos olhos de Darth Nyriss.

– A escória humana morrerá, meu Lorde – prometeu Scourge, curvando-se profundamente. – Não vou falhar.

7

Pela segunda vez no espaço de um único mês, Revan se viu em uma mesa no fundo do Dealer's Den, rodeado pela escória de Coruscant.

– Você não poderia ter me contatado simplesmente pelo holocomunicador? – perguntou a Canderous, enquanto se sentava.

T3, obediente, rolou para baixo da mesa, a salvo e longe dos pés das garçonetes.

– Preciso falar com você cara a cara sobre isso – respondeu o Mandaloriano.

– Não parece coisa boa.

T3 trinou, demonstrando que concordava com a observação.

– Você ainda tem aqueles pesadelos? – perguntou Canderous.

– Às vezes. Estou lidando com isso.

Os sonhos vinham agora apenas duas ou três vezes por semana, em vez de todas as noites. Revan não sabia se isso era porque seu subconsciente estava obtendo mais controle sobre a lembrança reprimida ou se tinha algo a ver com o fato de que estava tomando medidas para investigar sua visão. Qualquer que fosse a explicação, durante a última semana ele finalmente conseguira algumas noites de descanso esporádico. Não era o suficiente para se livrar das olheiras, mas não se sentia mais exausto.

– Diga-me o que descobriu.

– Não encontrei coisa alguma sobre um planeta coberto de tempestades e noite eterna. Mas descobri algo em que você pode estar interessado.

O droide astromecânico aos pés de Revan assobiou duas vezes. Era óbvio até para ele que Canderous hesitava em falar.

– Espero que você não esteja esperando que eu tente comprar essas informações – brincou Revan. – Deixei a maioria dos meus créditos em casa.

Canderous se mexeu desconfortavelmente no lugar, depois se inclinou para falar em um sussurro baixo.

– Eu provavelmente não deveria estar lhe dizendo isso, sendo você um Jedi e tudo, mas acho que tem o direito de saber.

– Se está preocupado que eu corra para o Conselho com o seu segredo, não fique.

– Não apenas eles. Você também não pode contar ao Senado Galáctico.

– O que quer que tenha a me dizer deve ser muito ruim.

– Depende do seu ponto de vista.

O grandalhão recostou-se na cadeira e respirou fundo. Revan ficou em silêncio, dando ao amigo tempo para se preparar.

– Entrei em contato com algumas pessoas, exatamente como você me pediu – disse Canderous finalmente. – Descobri que dezenas dos chefes mais fortes estão reunindo seus clãs em Rekkiad.

Revan reconheceu o nome. Localizado no sistema da Orla Exterior de mesmo nome, Rekkiad era praticamente um desabitado planeta de gelo e neve.

– Eles estão planejando outra invasão – supôs, presumindo que era por isso que Canderous se preocupava de os Jedi ou a República descobrirem.

– Não, não estão – assegurou Canderous. – Ainda não, pelo menos. Eles estão procurando a Máscara de Mandalore. Acham que você a escondeu em Rekkiad.

Uma imagem piscou na mente de Revan: ele e Malak de pé no topo de uma geleira, cercados por uma tempestade de neve em turbilhão. A imagem desapareceu antes que pudesse compreendê-la, recuando para os cantos escuros de seu subconsciente. No entanto, o breve lampejo de uma lembrança vindo à tona foi suficiente para confirmar o que Canderous havia dito.

– Acho que eles podem estar certos – Revan murmurou.

Canderous ficou em silêncio, obviamente esperando que ele dissesse mais. Mas não havia nada que pudesse acrescentar. A lembrança se fora.

– Você sabe o que a Máscara significa para o meu povo. Sem ela, estamos perdidos, somos nômades percorrendo a galáxia sem um propósito. Recuperar a Máscara pode ser a chave para restaurar a honra Mandaloriana. E o poder.

Revan sabia de tudo isso. Era a razão pela qual escondera a Máscara depois de matar Mandalore, o Supremo: um ato final para desmoralizar um inimigo derrotado. Esperava que levasse gerações para os Mandalorianos se recuperarem da perda de seu símbolo cultural mais reverenciado. Sem ele, os clãs belicosos estariam ocupados demais lutando entre si pelo poder para sequer pensar em conquistar planetas da República. Mas se a Máscara fosse encontrada novamente…

– Quem a encontrar será saudado como o novo líder dos clãs – continuou Canderous. – Mandalore se erguerá novamente, e os Mandalorianos também.

Revan sabia que Canderous estava compartilhando esse conhecimento por lealdade. Haviam lutado tantas batalhas juntos que Canderous não esconderia esse segredo dele. No entanto, também entendia por que Canderous relutava em falar. Ele ainda era um Mandaloriano, e temia pelo futuro de seu povo.

As feridas das Guerras Mandalorianas ainda estavam frescas nas mentes dos Jedi e da República. O espectro iminente de um exército Mandaloriano reunido sob um único líder aguerrido não seria ignorado. Mesmo que o Conselho Jedi se recusasse a agir contra eles, o Senado enviaria suas frotas para esmagar a potencial ameaça antes que ela pudesse começar.

Em seu estado desorganizado e esgotado, os Mandalorianos dificilmente seriam capazes de resistir. Após a inevitável derrota, o Senado provavelmente iria impor a lei marcial aos clãs sobreviventes, forçando-os a se desarmar e abandonar os costumes e práticas de sua cultura guerreira. Se a República descobrisse isso, Mandalorianos como Canderous sabiam que deixariam de existir para sempre.

– Você acha que os Mandalorianos atacarão a República novamente se a Máscara for descoberta?

– Depende de quem a encontrar – respondeu sinceramente Canderous. – Alguns dos líderes dos clãs não desejam nada mais do que vingar nossa derrota. Outros prefeririam tentar reconstruir nossa sociedade. Nós éramos grandes guerreiros antes de começarmos a conquistar planetas da República; podemos restaurar nossa honra sem violar os termos do tratado com o qual concordamos.

Os termos que obriguei vocês a aceitarem, pensou Revan.

Era irônico que Canderous compartilhasse tudo isso com o arquiteto da maior derrota dos Mandalorianos. Quase uma década antes, Revan havia sido um dos poucos dispostos a agir contra os clãs invasores. Mas ele não era mais a mesma pessoa daquela época. Não se apegava mais aos ideais simplistas de certo e errado ou bem e mal. Entendera melhor do que ninguém que escuridão e luz se entrelaçavam de maneiras estranhas e complexas. E, em um certo nível primitivo, sabia que tudo isso estava de alguma forma conectado à sua visão do planeta escuro e varrido pelas tempestades.

Os Mandalorianos eram potencialmente uma ameaça muito real, mas suas visões o convenceram de que havia algo muito mais perigoso à espreita além das fronteiras do espaço conhecido. O destino de toda a galáxia poderia repousar nas lembranças reprimidas que tentavam se libertar da prisão de sua própria mente, e enviar uma frota Republicana hostil para dispersar os clãs não o levaria mais perto de desvendar a verdade.

– Não vou contar ao Senado ou ao Conselho sobre isso – assegurou Revan ao amigo. – Mas quem encontrar a Máscara de Mandalore forjará o destino do seu povo pelos próximos mil anos. Acho que pode ser uma boa ideia estarmos lá quando isso acontecer.

Um sorriso largo espalhou-se pela mandíbula quadrada e cheia de cicatrizes de Canderous, e ele compreendeu a mensagem, dando um tapinha no ombro do Jedi.

– Sabia que podia contar com você. É hora de reunir o antigo bando novamente para uma última aventura.

– Não todos – respondeu Revan. – Juhani e Jolee são Jedi; eles ainda respondem ao Conselho. Podem se sentir compelidos a dizer algo sobre isso.

– Não tenho nenhum problema em deixar para trás a garota cara-de-gato e o velho.

– Também não quero Mission e Zaalbar envolvidos nisso – prosseguiu Revan. – Eles trabalharam duro para construir um belo negócio de importação e exportação durante o ano passado. Não quero vê-los jogar fora tudo que conquistaram.

– Eles fariam isso se você pedisse – assegurou Canderous. – Sequer pensariam duas vezes.

– É por isso que não vou pedir. Mission passou por maus bocados a vida toda. Agora que as coisas finalmente estão correndo bem para ela, não vou estragar tudo.

– Ok, esqueça a garota Twi'lek. Mas e quanto a Zaalbar? Esse Wookiee sabe como cuidar de si mesmo quando as coisas ficam feias.

– Mission e o Grande Z são um time. Não podemos separá-los.

Canderous revirou os olhos.

– Estamos ficando sem pessoal.

T3 assobiou alto, e Revan estendeu a mão para lhe dar um tapinha tranquilizador na cabeça.

– Não se preocupe, amiguinho. Você é muito útil para ser deixado para trás.

O droide astromecânico assobiou novamente.

– Bem pensado – respondeu Revan. – HK tem o dedo um pouco explosivo demais com o gatilho para levá-lo nessa missão. As coisas tendem a ficar sangrentas quando ele está por perto.

– Você percebe que estamos indo para um planeta infestado de Mandalorianos? – Canderous o lembrou. – Sangue é provavelmente inevitável.

– Espero que possamos argumentar com pelo menos alguns dos clãs – explicou Revan. – Se levarmos um droide assassino conosco, não creio que nos darão muitas oportunidades para explicar por que estamos lá.

– Estamos ficando sem pessoal – insistiu Canderous. – E o outro Jedi que o ajudou durante a guerra? Não estou me referindo a Malak. Aquela que chamam de Exilada.

– Meetra – respondeu Revan.

– Ouvi dizer que ela e o Conselho tiveram um desentendimento.

– Não sei onde ela está.

– Pode valer a pena localizá-la – pressionou Canderous. – Ela provou seu valor durante a guerra.

Revan não tinha certeza do quanto Canderous sabia sobre Malachor v e o Gerador de Massa Sombria. O relatório da missão estava escondido nos Arquivos Jedi. Ele poderia não ter ideia de que ela atraíra milhares de seus companheiros soldados para uma armadilha. Também era possível que estivesse plenamente consciente das ações de Meetra e a respeitasse ainda mais por tomar a decisão cruel, mas taticamente brilhante de sacrificar milhares de seu próprio pessoal para obter a vitória. De qualquer forma, Revan não queria entrar na história trágica do banimento de Meetra e de sua separação da Força.

– Ela pode ter tido um desentendimento com o Conselho, mas ainda é uma Jedi – ele mentiu, tentando ao máximo ignorar a pontada de culpa que sentia por seu papel no destino de Meetra.

– Então, quem sobra com isso? Você, eu e esse minibalde de parafusos?

Canderous deu um chute brincalhão em T3 com uma de suas botas pesadas. O droide emitiu bipes raivosos em resposta.

– Não se esqueça de Bastila – acrescentou Revan.

– Pensei que quisesse deixar os Jedi fora disso.

– Ela é minha esposa. Não vou abandoná-la.

– Ei, a decisão é sua – disse Canderous, erguendo as mãos na defensiva. – Ela é bem-vinda para se juntar a nós. Quero dizer, se você realmente acha que consegue convencê-la de que ir à Orla Exterior para explorar os pântanos congelados de Rekkiad é uma boa ideia.

– Bem – Revan disse, encolhendo os ombros –, nunca viajamos em lua de mel.

Bastila estava sentada na sala quando ele chegou em casa, assistindo holovídeos enquanto aguardava seu retorno. Revan se perguntou se fazia tempo que esperava por ele.

Não havia lhe dito aonde estava indo e não comentara sobre enviar Canderous para investigar os Mandalorianos. Simplesmente não via sentido em preocupá-la se não havia nada que pudesse fazer para ajudar. No entanto, agora que tinham um plano, estava ansioso para compartilhar com ela. Só precisava ter cuidado com a forma de explicar tudo.

– Sinto muito – ele disse, enquanto atravessava a sala e se inclinava para beijá-la. – Eu não sabia que estava tão atrasado. Você não deveria ter me esperado.

– Tudo bem – respondeu ela, pegando-lhe a mão e puxando-o para se sentar no sofá ao seu lado. – Não consegui dormir.

Ainda segurando sua mão, ela se virou para encará-lo.

– Tenho algo para contar – disse ela.

– Eu também. Notícias importantes.

– Aposto que a minha é mais – retorquiu Bastila, com um leve sorriso.

– É uma aposta que você perderia – ele advertiu.

– Estou grávida.

Revan ficou tão chocado que mergulhou no silêncio por vários segundos. Quando finalmente conseguiu falar, tudo que lhe ocorreu dizer foi:

– Ok, você venceu.

Revan não podia acreditar que não notara antes a gravidez de Bastila. Embora não houvesse sinais físicos visíveis de sua condição, deveria ser óbvio. Quando lhe contou, ele sentiu claramente, através da Força, a vida crescendo dentro dela.

– Devo estar ficando caduco devido à minha idade avançada – disse ele, acariciando-lhe o ventre ainda plano.

– Você está com muitas coisas na cabeça – lembrou Bastila. – E não tem dormido muito.

Ainda era muito cedo para dizer se era menino ou menina, mas Revan não se importava. Ele e Bastila teriam um bebê; era o dia mais feliz de sua vida. Havia apenas um pequeno problema.

– Isso é que é momento ruim... – murmurou Bastila, ecoando os sentimentos dele.

Depois de se recuperar do alegre impacto das notícias de Bastila, Revan contou-lhe sobre o encontro com Canderous.

– Preciso fazer isso – ele disse baixinho. – É a única maneira de descobrir o que essa visão realmente significa.

– E se você não descobrir? Seus pesadelos estão desaparecendo. Talvez parem em alguns meses.

– Talvez – ele concordou, embora não acreditasse nisso. – Mas acho que eles são mais do que apenas lembranças antigas vindo à tona. Os pesadelos são um aviso. Mesmo que as visões parem, a ameaça que elas representam ainda estará lá.

– Você já não fez o suficiente? – perguntou Bastila, seu tom de voz subindo um pouco. – Você salvou a República dos Mandalorianos. Salvou a República de Malak. E, em troca, sua identidade foi destruída e você foi banido pelo Conselho.

Ela se afastou de Revan, sua fúria crescendo.

– Você não lhes deve mais nada – ela insistiu. – Pagou por seus erros. Já se sacrificou bastante. Conquistou o direito de viver seus dias em paz!

– Se eu não fizer nada, ninguém mais fará – argumentou ele, balançando a cabeça.

– E daí? Então ninguém vai fazer nada. Qualquer que seja o mal que se esconde nas Regiões Desconhecidas, talvez não apareça em décadas! Poderemos estar velhos e grisalhos até lá. Temos a oportunidade de viver toda a nossa vida em perfeita felicidade. Você está disposto a jogar tudo isso fora?

Era tentador ceder. Seria fácil fingir que nada estava errado e simplesmente viver em uma ignorância feliz, como trilhões de outros seres na galáxia. Havia apenas um problema com esse argumento.

– Não estou fazendo isso pela República. Não estou fazendo isso por você. Sequer estou fazendo isso por mim mesmo. Estou fazendo isso por nosso filho. E para os filhos do nosso filho. Pode ser que nós dois não vivamos o suficiente para ver os horrores que estão se aproximando, mas eles sim. – Abraçou-a mais apertado. – Temos que proteger a República para eles. Temos que arriscar nossa chance de felicidade para que eles possam ter uma vida que talvez nunca conheçamos.

Bastila não respondeu. Em vez disso, inclinou-se contra Revan, apoiando a cabeça no ombro do esposo, e ele soube que ela sentia o mesmo.

– Quando partiremos? – ela perguntou, depois de um longo momento de silêncio.

– Você não pode vir comigo – disse Revan, gentilmente. – E se eu encontrar algo em Rekkiad? Alguma pista ligada ao meu passado? E se isso me levar ainda mais longe? Ou mesmo para as Regiões Desconhecidas? Nós podemos ficar fora por meses. Talvez mais tempo ainda. Você realmente quer dar à luz num planeta desabitado nos confins da galáxia? E o que faremos então? Como vamos cuidar de um bebê nessas condições? Não arriscaria a vida de nosso filho dessa maneira. E sei que você também não.

Bastila estendeu dois dedos e pressionou-os gentilmente contra os lábios de Revan.

– Se eu disser que você está certo – ela sussurrou –, você vai calar a boca, por favor?

Ele assentiu em silêncio.

– Porque posso pensar em coisas melhores para fazer na última noite antes de sua partida do que conversar.

Revan não poderia ter concordado mais com ela.

Bastila acompanhou revan e T3 até o espaçoporto. Canderous já estava lá, carregando suprimentos na *Ebon Hawk*.

A *Ebon Hawk* havia servido bem a Revan durante sua perseguição a Malak. Tendo pertencido a uma sucessão de contrabandistas e piratas, era uma das naves mais rápidas da galáxia. Tinha espaço suficiente para acomodar confortavelmente uma tripulação de oito – com carga e suprimentos –, embora um único indivíduo pudesse pilotá-la se necessário.

Tecnicamente falando, a *Ebon Hawk* ainda pertencia a Davik Kang, um senhor do crime Tarisiano. Mas Davik não chegara a reivindicá-la: ele havia morrido há muito tempo, seu corpo enterrado sob as ruínas de Taris, quando Malak bombardeou a cidade-planeta a partir da órbita.

– Tenha cuidado lá fora – disse Bastila.

– Eu sempre tenho -- Revan respondeu com um sorriso, enxugando uma lágrima solitária no canto do olho da esposa.

Eles não precisavam dizer mais nada; já haviam se despedido pra valer na noite anterior, em particular. Os anos de treinamento Jedi de Bastila a deixavam desconfortável com demonstrações públicas de emoção, mas ela se inclinou sobre as pontas dos pés e plantou um beijo longo e firme nos lábios de Revan. Então virou-se e saiu do espaçoporto rapidamente.

Canderous levantou a sobrancelha, curioso, mas mostrou discrição suficiente para não perguntar por que ela não estava indo também.

Eles terminaram de carregar a nave em silêncio. Vinte minutos depois, a *Ebon Hawk* levantou voo.

8

O SOL ALARANJADO DE BOSTHIRDA SE PUNHA RAPIDAMENTE.

Scourge, agachado nas sombras de um beco estreito no distrito de armazéns nos arredores de Jerunga, a capital do planeta, observou-o desaparecer. Quando a escuridão caiu, os postes fotossensíveis se iluminaram, envolvendo todo o distrito em um brilho amarelo pálido.

A fraca luz artificial era suficiente para dar a Scourge uma visão clara do prédio de dois andares do outro lado da rua. Do lado de fora, não havia como dizer se a estrutura era a base dos separatistas. Não havia armas automáticas no telhado; nenhum guarda patrulhava o perímetro. As portas do compartimento de carga eram de duraço comum, em vez do tipo reforçado usado para construir as portas blindadas. As janelas tinham filme escuro e várias câmeras de segurança se moviam de um lado para o outro, vigiando a rua, mas nada disso era incomum nos edifícios daquele distrito.

Em vez de fortificações militares que poderiam atrair atenção indesejada, os separatistas confiavam no anonimato e discrição para protegê-los. Não estariam preparados para a fúria que estava prestes a desabar sobre eles.

Seu comunicador apitou baixinho, seguido pela voz sussurrada de Murtog.

– A equipe está em posição.

– Aguardem o meu sinal – respondeu Scourge. – Deem-me tempo para neutralizar essas câmeras.

– Pode haver droides lá – Sechel entrou na conversa. – Tem certeza de que não quer que a equipe de Murtog entre primeiro e abra caminho?

Scourge cerrou os dentes. Sechel sabia da dificuldade que Scourge tivera para neutralizar os droides na instalação da FDU? Suas palavras seriam uma maneira de dizer: *eu conheço seus segredos e suas fraquezas*?

Por outro lado, se Sechel estava apenas fazendo uma piada com base no que havia acontecido na missão anterior, a apreensão paranoica que tais palavras haviam produzido em Scourge eram prova de que o repugnante bajuladorzinho o afetara.

Nenhuma das opções era adequada para o Lorde Sith, principalmente porque ele ainda não tinha certeza se Sechel estava tentando fazer com que fosse morto.

– Atenham-se ao plano – Scourge respondeu de forma ríspida. – Vocês dois ficam para trás até eu dar o sinal verde. Não podemos arriscar que um disparo de blaster perdido acabe com o conselheiro favorito de nossa senhora; deixe o trabalho sujo para mim e sua equipe.

– Entendido – Murtog concordou.

Deixar Murtog fora da batalha não era a melhor opção tática, mas valia a pena manter Sechel longe da ação. Scourge não precisaria olhar por cima do ombro enquanto lutava contra os separatistas. Além disso, Murtog também estaria a uma distância segura – só para o caso de ele também se revelar um conspirador.

– Darei o sinal assim que neutralizar as câmeras – disse Scourge, levantando-se.

Tomando o cuidado de permanecer nas sombras, Scourge atravessou a rua até o prédio adjacente à base separatista e se esgueirou para os fundos. Localizou a escada de serviço que se elevava pela lateral do prédio e subiu até o topo, de onde podia olhar de cima o telhado da base. A distância entre os prédios era substancial: quase dez metros. Scourge calculou a distância, deu uma dúzia de passos para trás, correu até a beirada e pulou sobre o abismo.

Aterrissou rolando para frente, pondo-se rápido de pé, com o sabre de luz desembainhado e pronto. Havia quatro câmeras no telhado, montadas sobre armações em cada canto. Em uma rápida sucessão, por meio da Força, arrancou-as e fez com que despencassem de onde estavam empoleiradas, espatifando-se na rua abaixo.

– Os alvos estão sem visão. Entrem – disse em seu comunicador.

Lá embaixo, na rua, pequenos esquadrões dos soldados de Murtog se aproximaram do prédio. Scourge esperou enquanto eles lançavam sua primeira onda de granadas de atordoamento, seguidas por uma rajada de fogo de supressão, enquanto os soldados buscavam cobrir suas posições perto da porta. De dentro, veio o som das carabinas blaster quando os separatistas revidaram os disparos.

Movendo-se de forma rápida, porém calma, Scourge cruzou o telhado até a escotilha que havia no centro. Alguns segundos depois ela se abriu e uma dupla de separatistas emergiu da abertura: franco-atiradores subindo para o telhado para tomar posições contra os inimigos lá embaixo.

Scourge fez o primeiro em pedaços com seu sabre de luz, depois agarrou o segundo pela parte de trás da gola de seu traje e o puxou para cima para pô-lo de pé. O jovem humano olhou para ele tomado pelo horror, seu pânico tão avassalador que sequer pensou em erguer sua arma.

O Lorde Sith alimentou-se do medo do homem, saboreando-o enquanto o calor do lado sombrio o percorria. Levantando o atirador sem esforço, deu três passos rápidos em direção à borda do telhado e o lançou dali. O grito do atirador aterrorizado foi subitamente interrompido um segundo depois por seu impacto fatal no chão.

Scourge virou-se e correu de volta para a escotilha aberta. Podia ouvir gritos frenéticos e disparos de blaster. Um instante depois, uma explosão sacudiu o prédio inteiro, seguida por vários segundos de silêncio. Houve outra rodada de disparos, e gritos confirmaram que a equipe de Murtog havia invadido a entrada.

Scourge saltou pela escotilha que levava ao andar superior do armazém. Não havia paredes divisórias internas; o andar todo consistia numa única e enorme sala. No canto mais distante, uma escada conduzia ao andar de baixo. Uma fileira de colchões estendia-se ao longo de uma parede, mas o principal objetivo do espaço parecia ser armazenamento. Caixas e baús para objetos pessoais estavam espalhados por ali, assim como uma série de armaduras, armas e outros equipamentos militares díspares entre si. Um terminal de computador havia sido montado ao lado dos colchões, junto a quatro monitores com telas em branco que antes mostravam as imagens das câmeras de segurança do telhado.

Scourge registrou tudo isso sem esforço consciente; seu foco principal estava nos vinte e poucos humanos que lutavam para vestir seu equipamento de combate a fim de se juntarem à batalha no andar de baixo. Infelizmente para eles, isso nunca iria acontecer.

Como um vento vermelho, Scourge passou por suas fileiras, golpeando à esquerda e à direita, decepando membros e decapitando corpos. Explosões violentas da Força içavam suas vítimas e as arremessavam como bonecas de pano, quebrando ossos e rompendo crânios.

Os separatistas praticamente não ofereceram resistência. Tinham sido pegos desprevenidos; não esperavam uma emboscada vinda do telhado. Aquelas pessoas não eram soldados. Eram homens e mulheres comuns que só receberam o treinamento mais básico quando se uniram à causa. O ataque repentino e selvagem de Scourge, e o massacre sangrento que foi deixando pelo caminho, fizeram-nos entrar em pânico. Ele se alimentou de seus medos primordiais. Alguns matou; outros deixou mortalmente feridos contorcendo-se no chão, suas vidas durando trinta ou quarenta segundos mais, enquanto seus estridentes gritos de dor alimentavam sua sede de sangue.

Se os separatistas tivessem coordenado seus esforços em um contra-ataque concentrado e organizado, poderiam ter sido capazes de enfrentá-lo. Mas eles simplesmente se dispersaram, correndo para salvar suas vidas. Scourge absorveu seu terror e confusão e sentiu o poder crescente do lado sombrio. Canalizou esse poder e o redirecionou, irradiando-o em ondas que reverberavam pela sala, estimulando ainda mais o recuo aterrorizado de seus inimigos.

Quando duas mulheres conseguiram resistir à ofensiva do medo e revidar, ele logo estava sobre elas, rasgando-as com golpes rápidos de seu sabre de luz. O restante saiu correndo. Alguns fugiram escada abaixo. Scourge deixou-os ir; não conseguiriam passar pelo esquadrão de Murtog. Outros tentaram se esconder, ocultando-se atrás de caixas e baús. Mas Scourge não precisava vê-los para caçá-los. Podia senti-los através da Força, estremecendo e choramingando silenciosamente, suas mentes entorpecidas pelo choque, e ele os apanhou um a um, arfando não por exaustão, mas por excitação.

Acabou em minutos. Só então, em pé sozinho no meio dos corpos, Scourge percebeu que os sons do combate que vinham de baixo haviam cessado.

Movendo-se rapidamente, atravessou a sala e desceu as escadas. O andar de baixo era semelhante ao de cima: exceto pela fileira de escritórios ao longo do lado leste do prédio, não havia paredes internas; o piso estava repleto de caixas e suprimentos empilhando-se. Havia corpos espalhados por toda parte. A maioria era separatista, mas Scourge percebeu que três ou quatro deles usavam as cores de Nyriss. O restante da equipe de Murtog examinava metodicamente os mortos, procurando sobreviventes para interrogá-los.

Scourge balançou a cabeça, sabendo que era uma perda de tempo. O maior medo de qualquer organização separatista era uma traição interna. Somente dois ou três indivíduos da cúpula saberiam algo de utilidade, e jamais se deixariam capturar com vida.

Confiante de que o prédio estava seguro, desligou o sabre de luz e o prendeu ao cinto, ativando o comunicador do pulso.

– O caminho está livre, Murtog. Traga Sechel aqui.

– Já estamos dentro – respondeu a voz de Murtog. – Encontramos o centro de controle nos escritórios dos fundos.

Scourge teve de cerrar os dentes para evitar gritar de raiva. Dera-lhes ordens específicas, e Murtog e Sechel as haviam desobedecido intencionalmente.

Ele caminhou até os escritórios a passos largos e determinados. Quando se aproximou, sua fúria deu lugar à suspeita. Devia haver uma razão para o terem desafiado. Estavam simplesmente minando sua autoridade ou havia algo mais sinistro por trás? Será que estavam tramando algum tipo de armadilha?

Quando chegou aos escritórios, viu Sechel e Murtog debruçados em um terminal de comunicações. Curiosamente, não havia outros membros do esquadrão de Murtog por perto. Scourge aproximou-se com cuidado, sondando com a Força para ver se conseguia detectar alguma ameaça imediata.

Nenhum dos dois se virou quando chegou perto. Sua atenção estava totalmente voltada para o terminal.

– Existe algum outro? – Murtog perguntava.

– Não que eu possa encontrar – respondeu Sechel. – Mas talvez eu consiga…

– Eu dei a vocês uma ordem! – Scourge vociferou quando se aproximou por trás.

Os dois se viraram para encará-lo. Os lábios de Murtog estavam apertados com força, e ele pareceu empalidecer. Mas Sechel aparentava estar mais divertido do que assustado.

– Depois que você saiu, percebi uma falha no seu plano – disse ele, com um sorriso insinuante. – Se os separatistas tivessem algo incriminador aqui na base, provavelmente tentariam destruí-lo antes que pudéssemos pôr as mãos nele. Eu disse a Murtog que poderia salvar alguma coisa se ele conseguisse me colocar para dentro. Mas, quanto mais esperávamos, menor era a chance de recuperar algo útil.

Scourge não disse nada, seus olhos fixos em Sechel com uma expressão furiosa.

– Teríamos tentado contatá-lo, mas você já havia iniciado a missão. Não queríamos distraí-lo.

– Vocês acham que sou idiota? – Scourge questionou baixinho, a mão casualmente descendo até o punho do sabre de luz.

O sorriso de Sechel desapareceu, e Scourge vislumbrou um toque de medo em seus olhos.

– Normalmente eu não desobedeço ordens – adiantou-se Murtog, intervindo para tentar acalmar a situação. – Mas neste caso Sechel estava certo. Quando os separatistas souberam que a batalha estava perdida, rodaram um programa de limpeza em seus computadores para apagar todos os arquivos de dados. Se esperássemos por seu sinal, tudo estaria perdido.

Scourge deixou a mão cair da arma. Agora não era o momento de resolver isso. Mas era mais uma coisa pela qual Sechel responderia de uma vez por todas assim que Scourge finalmente tivesse a oportunidade de falar com ele a sós.

– O que descobriram?

– A gravação de uma ligação recente – respondeu Sechel, pressionando um botão no terminal.

Uma imagem azulada tridimensional e fantasmagórica estalou ao acender, flutuando alguns centímetros acima do holocomunicador. A imagem congelada tinha pouco menos de um metro de altura, uma miniatura perfeita do interlocutor.

– Darth Xedrix – Scourge ofegou.

– Grande parte da ligação já havia sido apagada pelo programa de limpeza – explicou Sechel. – Mas consegui salvar isso.

Ele apertou outro botão e a gravação começou a ser reproduzida. Encontrava-se visivelmente danificada; a imagem piscava, entrava e saía de foco, e o áudio estava prejudicado por explosões de estática que cortavam muito do que era dito.

– ... última tentativa fracassada... – dizia Xedrix, sua voz fraca e crepitante. – Nyriss é perigosa e não deve ser... manter as alianças ocultas... deter o Imperador... loucura deve acabar...

– Consegue mais alguma coisa? – Scourge perguntou.

– Não aqui – respondeu Sechel. – Dê-me tempo suficiente e o equipamento certo e terei condições de recuperar muito material.

– Diga ao seu esquadrão para carregar todos os terminais e arquivos de dados que encontrarem – instruiu Scourge a Murtog. – Nyriss não ficará satisfeita se deixarmos algo importante para trás.

Sechel não falou coisa alguma, mas o sorriso em seu rosto dizia muito.

A escrava pessoal de Nyriss os recebeu na porta da frente quando os três chegaram ao palácio.

– Minha senhora recebeu sua mensagem. Ela deseja uma reunião imediata.

– Comece a trabalhar nesses arquivos de dados assim que o esquadrão de Murtog terminar de descarregá-los – o Lorde Sith ordenou a Sechel.

– Perdoe-me, meu senhor – disse a jovem Twi'lek, sua voz tremendo ligeiramente. – Darth Nyriss deseja falar com vocês três.

Scourge olhou da escrava para Sechel e Murtog, imaginando se sabiam de algo mais do que ele. Simplesmente deram de ombros.

– Vamos – disse Scourge, com um rápido aceno de cabeça.

A Twi'lek se virou e os conduziu pelos corredores agora familiares até os aposentos privados de Darth Nyriss. Como sempre, bateu na porta uma vez e aguardou a permissão.

– Entre – disse Nyriss.

A escrava abriu a porta e deslizou para o lado a fim de permitir que Scourge, Murtog e Sechel se comprimissem na pequena sala onde

Nyriss estava sentada no terminal de seu computador, como se não houvesse se mexido desde a última vez que Scourge a vira ali. Ela desligou o terminal, girou na cadeira e se levantou.

– É verdade? – questionou ela, nem se dando ao trabalho de cumprimentá-los. – Darth Xedrix é um traidor do Império?

– Encontramos a gravação de uma ligação dele para a base separatista – disse Sechel. – Obviamente estavam trabalhando com ele.

Apesar das fortes evidências, Scourge não estava completamente convencido. Xedrix era humano, o que não agradava a algumas das famílias puro-sangue da nobreza do Império. No entanto, qualquer preconceito que houvesse sofrido em sua vida era insignificante em comparação a tudo o que conquistara.

Darth Xedrix era o mais antigo membro do Conselho Sombrio, tendo se juntado a ele uma década antes de Nyriss. Tinha alçado à penúltima posição no Império, e embora Scourge não conseguisse compreender seu desejo de eliminar Nyriss ou outros rivais em potencial, era difícil imaginá-lo sendo corajoso o bastante para desafiar o imortal e todo-poderoso Imperador.

– A traição de Xedrix não faz sentido – disse ele, sentindo-se confiante o suficiente em sua análise da situação para expressar sua opinião.

– Faria todo o sentido se você conhecesse o homem como eu o conheço – assegurou Nyriss. – Xedrix está velho e desesperado. Sabe que sua posição se tornou vulnerável. Em breve o Imperador não verá mais utilidade alguma nele. Em sua arrogância, acredita que pode usurpar a posição do Imperador e salvar a si mesmo. É por isso que conspirou com os separatistas para me assassinar. Ele sabe que aqueles de nós que estão atualmente no Conselho Sombrio se oporiam a ele em seu esforço para chegar ao poder. Quer nos substituir por novos membros, que são fracos e inexperientes. Acredita que será capaz de manipulá-los e assumir o controle total do Conselho, para que o sigam quando ele finalmente agir contra o Imperador.

Sua explicação fazia sentido. Scourge testemunhara em primeira mão como aqueles que estavam no poder ficavam desesperados quando sentiam que suas posições estavam ameaçadas.

– Não irá demorar muito para que Darth Xedrix descubra o ataque de Bosthirda – prosseguiu Nyriss. – Devemos agir rápido.

– Fico surpreso que o Imperador a tenha incumbido de lidar com isso – observou Scourge. – Eu esperava que ele ordenasse que a Guarda Imperial prendesse Xedrix.

– O Imperador não sabe – Nyriss revelou.

– Darth Xedrix aliou-se aos separatistas – insistiu Scourge. – Ele é um traidor do Império! É nosso dever informá-lo.

– Não creio que esse seja o melhor plano – advertiu Sechel, ignorando Scourge e dirigindo-se diretamente a Nyriss. – Temos poucas evidências, e sua rivalidade com Xedrix é bem conhecida. Se prosseguirmos com essas acusações, ele simplesmente as negará. É pouco provável que o Imperador aja sem coletar mais evidências primeiro. Isso dará a Xedrix a oportunidade de encobrir seu envolvimento ou se esconder.

– Sechel está certo – concordou Nyriss. – O elemento surpresa é nossa maior vantagem. Xedrix não sabe que descobrimos sua traição. Se o atacarmos agora, podemos pegá-lo desprevenido.

Era óbvio que sua decisão já havia sido tomada, e Scourge foi capaz de acompanhar a lógica de seus argumentos. No entanto, sentia-se desconfortável por não denunciar Xedrix ao Imperador.

– Um ataque à sua fortaleza será difícil – alertou Murtog. – Não temos contingente para superar suas defesas, e não gosto de contratar mercenários para um trabalho como esse. As chances de um deles nos vender para Xedrix são enormes.

– Talvez assassiná-lo seja o caminho a seguir – sugeriu Sechel. – Faça o que ele tentou fazer a você.

– Nós precisaríamos de um assassino particularmente habilidoso e talentoso – disse Nyriss. Ela olhou para Scourge. – Você acha que consegue se aproximar o suficiente de Xedrix?

Scourge considerou cuidadosamente todas as variáveis antes de responder. Seu primeiro instinto foi propor uma operação secreta, com ele buscando uma posição entre os funcionários pessoais de Xedrix. Durante várias semanas, poderia estudar as rotinas de sua suposta vítima e de todos os seus criados, esperando pacientemente por uma oportunidade de pegá-lo sozinho, desarmado e desprevenido. Mas não havia um Sith sequer entre os seguidores de Xedrix. Muitos tinham preconceito contra humanos. Sem dúvida o Conselheiro Sombrio jamais permitiria que um Sith se aproximasse tanto, temendo que um dia pudesse se voltar contra ele.

Scourge poderia encontrar outra maneira de se infiltrar no círculo interno de Xedrix, mas, como Nyriss havia ressaltado, eles precisavam agir rápido. Não havia tempo para uma longa missão secreta.

– Dentro de sua fortaleza ele é intocável – ele finalmente declarou.

– Pode haver uma maneira de atraí-lo – disse Sechel. – Os separatistas parecem usar ligações codificadas toda vez que contatam Xedrix. Se eu puder replicar o código, posso enviar uma mensagem solicitando uma reunião urgente em algum local remoto.

– Uma emboscada pode funcionar – concordou Murtog. – Xedrix não vai querer atrair atenção para sua traição. No máximo levará dois ou três de seus seguidores mais leais. Com tropas suficientes, devemos ser capazes de matá-lo.

– Não – disse Nyriss, balançando a cabeça enrugada. – Xedrix pressentiria isso. Quem quer que enviarmos, terá que esconder sua presença por meio da Força até Xedrix cair na armadilha.

Era óbvio a quem se referia, mas Scourge continuava relutante.

– Pedir-me para matar um membro do Conselho Sombrio não é tão simples quanto você faz parecer.

– Eu não esperava que você recusasse esta tarefa – disse Nyriss. – Ele cometeu traição. Pediu por isso.

– Acho que me entendeu mal – esclareceu Scourge, escolhendo as palavras com cuidado. – O traidor humano merece morrer. Mas ele é um Lorde Sombrio dos Sith. Sozinho, que chance tenho contra ele?

– Eu já deveria saber – disse Sechel, sorrindo. – Você está com medo.

– Travar um combate que não posso vencer não é bravura – Scorge redarguiu. – É estupidez.

– Pelo menos você tem a coragem de dizer o que pensa – disse Nyriss.

– Você já tem bajuladores demais – respondeu Scourge, fulminando Sechel com os olhos.

Nyriss deu um de seus medonhos sorrisos, provocando um calafrio na espinha de Scourge. Deu um jeito de conter um estremecimento.

– Acho que nós dois devemos continuar essa conversa em particular – disse ela.

Sechel e Murtog fizeram uma reverência e saíram sem dizer mais nada. Scourge ficou satisfeito ao ver que foram punidos com uma súbita exclusão. Nyriss não falou até a escrava Twi'lek fechar a porta atrás deles.

– Está certo em ser cauteloso – disse ela. – Mas você subestima suas próprias habilidades.

Os pensamentos de Scourge regressaram ao massacre no armazém separatista; lembrou-se da energia e euforia que experimentara. Podia sentir que seu poder estava crescendo. Sua conexão com o lado sombrio nunca estivera tão forte. Mas trucidar soldados mal preparados não era o mesmo que enfrentar um Lorde Sith altamente treinado.

– Xedrix não estará sozinho. Serei apenas um a lutar contra vários.

– Xedrix se cerca de acólitos do lado sombrio. Seu talento lhe permitirá alimentar-se do poder deles e virar tal poder contra eles próprios. Quanto maior a conexão do seu oponente com a Força, mais forte você se tornará.

– Forte o bastante para matar um membro do Conselho Sombrio?

– Contra mim, você não teria a menor chance – respondeu Nyriss. – Mas Xedrix está velho e fraco. E ele é humano... São uma espécie inferior. Ao longo das décadas, o lado sombrio exigiu um preço alto de seu corpo. Ele é uma sombra do que costumava ser. Mantém sua posição atual devido apenas à sua astúcia. Seus seguidores o obedecem sem questioná-lo, com medo demais de sua reputação para enxergarem como a idade devastou sua carne e o deixou enfraquecido.

Nyriss fez uma pausa, aguardando a resposta de Scourge. Ele não estava disposto a oferecer uma sem antes considerar cuidadosamente tudo o que sabia.

Acreditava no que Nyriss lhe dissera sobre suas próprias habilidades: experimentara a verdade disso em suas mais recentes lutas. Mas não estava pronto para confiar nela. Se Xedrix era realmente tão fraco quanto Nyriss alegava, ela não precisaria da ajuda de Scourge para eliminá-lo.

A verdade é que Scourge queria matar Xedrix. Não apenas por causa de sua lealdade ao Imperador, embora acreditasse firmemente que a única punição adequada pela traição fosse a morte. Ele queria testar a si mesmo contra um membro do Conselho Sombrio; queria provar a si próprio e a Nyriss que era digno de tal tarefa. Se Darth Xedrix perecesse por suas mãos, seu nome seria aclamado e temido por todo o Império. Nyriss seria grata a ele por eliminar seu rival, e o Imperador o recompensaria por executar um traidor.

Era improvável que fosse escolhido para substituir Xedrix no Conselho Sombrio. Scourge ainda era jovem demais, desconhecido demais. Não havia forjado as alianças políticas necessárias, nem constituíra um grupo de criados e seguidores. No entanto, seria um primeiro passo ousado; tornaria seu nome famoso nos salões do poder. E quando, futuramente, outra vaga fosse aberta no Conselho – em cinco ou talvez dez anos –, ele seria o candidato número um.

– Diga a Sechel para marcar o encontro.

Nyriss abriu outro de seus sorrisos, mas desta vez Scourge não o achou tão perturbador. Em vez disso, flagrou-se se perguntando se seria a ela que ele substituiria quando finalmente chegasse à sua posição de direito.

9

Revan olhou para o mapa topográfico tremeluzente de Rekkiad nas telas de navegação da *Ebon Hawk*. O planeta coberto de geleiras nunca havia sido colonizado. Nem cidades nem vilas apareceram em sua tela. Os scanners não revelaram nada, exceto um glacial deserto de gelo e neve estendendo-se por centenas de quilômetros em todas as direções.

Segundo Canderous, os Mandalorianos haviam estabelecido um campo de pouso temporário em algum lugar da superfície do planeta. Os clãs que se reuniram em Rekkiad trabalhavam juntos para manter e proteger as naves lá. Era um terreno efetivamente neutro. Fora do campo de pouso, cada clã reivindicava seu próprio território – uma reivindicação pela qual estavam dispostos a lutar.

Nem Revan nem Canderous achavam que era inteligente levar a *Ebon Hawk* para o campo de desembarque comunal. Os estrangeiros não eram bem-vindos entre os Mandalorianos. Canderous imaginou que eles teriam mais sorte em lidar diretamente com o Clã Ordo, seu próprio povo.

O plano original era pousar a uma distância do acampamento base do Clã Ordo que pudesse ser percorrida a pé e se aproximarem caminhando. O uso dos espaçoportos raramente era uma opção preferida para o tipo de contrabandistas e bandidos que possuíram a *Ebon Hawk* ao longo de sua história, e muitos instalaram atualizações personalizadas para permitir que a nave aterrissasse em condições abaixo do ideal. Revan, porém, duvidava que eles tivessem pretendido visitar um planeta tão inóspito quanto Rekkiad, e estava começando a mudar de ideia.

Ventos com força de tempestade atingiam o casco da nave, fazendo com que ela desse pinotes e guinadas, e um turbilhão de neve e gelo limitava o alcance dos sensores da *Hawk*.

Para se aproximar o suficiente para fazer o scanner topográfico, Revan precisava levar a nave a apenas algumas centenas de metros acima da superfície do planeta, perto o suficiente para que um movimento errado fizesse com que caíssem na superfície.

T3 apitou ansiosamente ao lado de Revan, comprimindo-se contra o lado do assento do piloto enquanto ele lutava para manter a nave nivelada.

– Mande Canderous subir aqui – Revan gritou. – Diga a ele para verificar essas coordenadas novamente.

O pequeno astromecânico virou-se e saiu às pressas para procurar o terceiro membro da tripulação.

Uma rajada de vento fez a nave embicar para baixo e virar para a esquerda. Os arneses de segurança machucavam a carne de Revan enquanto ele empurrava os impulsores para frente e puxava a alavanca de controle para trás, travando a descida íngreme da nave pouco antes de ela atingir o solo.

A nave saiu do rumo, e de repente uma enorme geleira ressaltada na superfície congelada do planeta se materializou na tela do navegador.

Revan inclinou-se com força para evitar colidir com a muralha de gelo, mas mesmo os reflexos rápidos como o relâmpago de um Jedi não conseguiram anular completamente o ímpeto da *Hawk*. A nave foi poupada de um impacto direto, mas seu fundo enganchou num afloramento afiado de gelo.

O impacto fez a *Hawk* espiralar. Revan moveu a alavanca de um lado para o outro, lutando para ganhar controle. Usando a Força, foi capaz de antecipar e reagir ao voo errático com ajustes instantâneos de precisão, mantendo a nave no alto até recuperar o equilíbrio.

Com a crise imediata evitada, Revan elevou a *Hawk* a uma altitude mais segura e acionou o piloto automático. Então recostou-se no assento e soltou um longo suspiro. Depois de alguns segundos, endireitou-se, reajustou as correias do cinto e verificou o painel de instrumentos.

Uma luz vermelha de advertência confirmou seus medos: o impacto na geleira havia danificado o equipamento de pouso.

Revan praguejou baixinho, ao mesmo tempo em que uma sucessão de palavrões num tom muito mais alto era proferida por Canderous, que cambaleou para dentro do cockpit. T3 rolou atrás dele, apitando de forma indignada.

– Por acaso você estava tentando fazer purê com a gente agora há pouco? – Canderous rosnou, desabando na poltrona do passageiro. – Pensei que soubesse pilotar essa sucata enferrujada.

– Pensei que você tivesse dito que o Clã Ordo havia estabelecido um acampamento em algum lugar nessa rocha congelada – respondeu Revan. – Não consegui ver nada nas coordenadas que me deu.

– Talvez eles tenham se mudado para outro local – respondeu Canderous, encolhendo os ombros. – Entretanto, não devem ter ido longe. Não nessas condições. Vasculhe as redondezas e eles provavelmente aparecerão.

– Era o que eu estava fazendo – Revan respondeu com os dentes cerrados. – Acontece que esse é um ótimo jeito de se ficar íntimo de uma geleira.

Canderous olhou para a luz de aviso.

– É por isso que a luz vermelha está piscando?

– O trem de pouso foi danificado quando batemos.

– Você não poderia simplesmente ter contornado a geleira?

Revan revirou os olhos.

– Desça para dar outra olhada – Canderous aconselhou após alguns momentos de silêncio tenso. – O Clã Ordo tem que estar perto.

– Mesmo se os encontrarmos, faremos o quê? Realmente espera que a nave aterrisse com um trem de pouso quebrado?

– Você é um cara esperto – respondeu Canderous, ajeitando-se para se sentir confortável em seu assento. – Vai pensar em alguma coisa.

Não fazia muito sentido continuar a discussão, e Revan deixou para lá. No entanto, não pôde deixar de se surpreender com a recente mudança que havia notado em Canderous.

Desde que conhecera o Mandaloriano, sentia nele uma tensão subjacente. Como soldado em território inimigo, estava sempre pronto para uma briga. Como Mandaloriano, nunca fora totalmente aceito pela República, e sabia disso.

Agora, no entanto, parecia diferente. Ainda era rude e taciturno. Mas desde que deixaram Coruscant, ficara menos sério, mais relaxado. Estava ansioso para voltar ao seu povo, e nem um pouco disposto a permitir que pequenos contratempos, como um acampamento desaparecido ou um trem de pouso danificado, o detivessem.

Para ser justo, Revan também não tinha intenção de abandonar sua busca. Havia muito em jogo para voltar atrás. O que significava que Canderous estava certo: a única opção real era continuarem procurando o acampamento do Clã Ordo e esperar ter sorte.

Revan baixou a *Hawk* novamente, mas desta vez reduziu a velocidade à metade. Os redemoinhos de vento ainda dificultavam o deslocamento, mas pelo menos ele teria mais tempo para reagir se algo desse errado.

– Veja se consegue fazer algo para melhorar nossos sensores – disse para T3.

O pequeno astromecânico vibrou de prazer e estendeu uma pequena sonda de um painel lateral para interagir diretamente com os sistemas da *Hawk*.

Enquanto T3 trabalhava, Revan iniciou uma busca padrão com as coordenadas originais do campo no centro. Girando a *Hawk* em círculos cada vez maiores, seguiu uma espiral expansiva, deixando os sensores vasculharem o terreno em busca de sinais de vida. De repente, T3 começou a emitir um sinal sonoro animado. Canderous se inclinou para frente, a fim de olhar a tela do scanner.

– Acho que o seu droide tem alguma ferrugem no cérebro. Não vejo nada.

Revan sabia que era melhor não duvidar do pequeno astromecânico.

– Você pode aumentar a imagem? – perguntou a T3.

T3 respondeu com um apito baixo e um segundo depois uma imagem térmica cheia de estática apareceu na tela. Os detalhes eram difíceis de discernir, mas parecia ser um pequeno agrupamento de tendas e abrigos temporários construídos ao pé de uma baixa montanha de gelo e neve, do lado protegido do vento.

– Pode ser que sejam eles – admitiu Canderous, estendendo uma das mãos enormes para dar um tapinha na cabeça de T3.

O droide gritou um protesto indignado e ele rapidamente retirou a mão.

– Parece não haver uma pista de pouso no acampamento – observou Revan. – Você vê algum lugar para descermos?

A imagem da tela diminuiu enquanto T3 ajustava os scanners da *Hawk* para se moverem rapidamente de um lado para o outro na neve. Alguns segundos depois, a imagem foi ampliada novamente.

– Perfeito – Revan disse com um sorriso. – Bom trabalho, T3.

– Hum... isso não é uma pista de pouso – alertou Canderous. – É um acúmulo de neve gigante.

– Com o trem de pouso quebrado, precisaremos de algo para amortecer o impacto quando atingirmos o chão.

– Você realmente acha que isso vai funcionar?

– Claro – respondeu Revan. – Mas é melhor você apertar o cinto, só por precaução.

Canderous atrapalhou-se para apertar o cinto de segurança enquanto Revan colocava a *Hawk* para descer. T3 correu pelo cockpit até os grampos de metal ancorados no chão e fixou suas rodas neles com um ruído metálico.

Lutando contra o vento e a gravidade, Revan esforçou-se para manter a nave danificada nivelada enquanto a baixava. Segundos antes de tocarem o chão, uma rajada de vento atingiu a *Ebon Hawk* e a lançou com força a estibordo. Revan puxou a alavanca de controle a bombordo, tentando desesperadamente impedir que a nave virasse. Ela bateu com força no banco de neve em um ângulo de 45 graus, escavando uma vala longa com cinquenta metros de comprimento na neve fofa antes de finalmente parar.

Espiando pelo pequeno canopi do cockpit, Revan não conseguia ver nada, exceto flocos branco-azulados; toda a metade da frente da nave havia sido enterrada ao deslizar. Mas os sensores indicavam que, afora o trem de pouso já danificado, a *Hawk* havia saído relativamente ilesa. Mais importante, seus passageiros também.

Revan soltou o cinto de segurança com cuidado, sabendo que estaria machucado onde as correias haviam pressionado durante a colisão. Ao lado dele, Canderous fazia o mesmo. T3 simplesmente soltou suas rodas dos grampos e rolou livre.

– Acho que às vezes não é tão ruim ser um droide – resmungou Canderous quando se levantou, esfregando o ombro direito com a mão esquerda.

– Você quer dizer quando se está caminhando através de uma nevasca? – perguntou Revan. – Esse acúmulo de neve está localizado a pelo menos cinco quilômetros do acampamento.

Canderous apenas grunhiu em resposta.

Enquanto o enorme Mandaloriano reunia no porão de carga os equipamentos e suprimentos para a expedição, Revan e T3 faziam diagnósticos na *Hawk* para determinar a extensão total dos danos.

– Não parece tão ruim – comentou Revan quando terminaram. – Você acha que pode consertar isso enquanto vamos para o acampamento?

T3 emitiu um bipe duplo.

– Será difícil para você manter o ritmo lá fora na neve – Revan o lembrou. – Além disso, alguém tem que ficar e proteger a nave.

O astromecânico assobiou seu consentimento com relutância.

– Você começa com os reparos; irei ajudar Canderous.

Levaram quase uma hora antes de estarem preparados para se aventurar no deserto gelado. Estavam agasalhados da cabeça aos pés, com roupas grossas de inverno: calças de neve, jaquetas com capuz, cachecóis, óculos protetores, botas pesadas e luvas forradas de couro – tudo branco para fornecer camuflagem no caso de se depararem com encrenca.

Canderous havia se armado com um pesado fuzil blaster. Ele ofereceu uma arma semelhante a Revan, mas o Jedi negou com a cabeça.

– Você não vai querer ficar exibindo esse seu sabre de luz quando chegarmos ao acampamento – disse Canderous. – Os Jedi não são muito populares por aí.

Revan franziu a testa e depois assentiu. Sabia que Canderous estava certo, mas não gostou da ideia de carregar a enorme arma. Pegou um par de pistolas blaster.

– Eu me viro com isso – disse ele, deslizando-as nos coldres de cada quadril.

– Como quiser – disse Canderous, dando de ombros. Então acrescentou: – Quando chegarmos ao acampamento, deixe que eu fale pelos dois. Lembre-se: este é o meu povo.

– Posso viver com isso – disse Revan, pressionando o botão para baixar a rampa de entrada do porão de carga. – Mas se quisermos chegar lá antes que escureça, é melhor irmos.

Manobraram o trenó flutuante que haviam carregado com os suprimentos para descerem a rampa até a nevasca furiosa. O vento uivante ameaçava derrubá-los e tornava a conversa praticamente impossível. Os redemoinhos de neve quase os cegavam, mas Revan havia introduzido as coordenadas do campo em um localizador portátil para manter o curso, e usava sinais manuais para comunicar sua rota a Canderous. As pesadas camadas de roupa tornavam as condições abaixo de zero suportáveis. O trabalho duro de caminhar pesadamente pela neve em terreno irregular também os ajudava a se aquecerem.

Depois de quase duas horas de lento progresso, Revan viu a tênue silhueta de uma pequena montanha diante deles. Gesticulou para Canderous, indicando que o acampamento estava do outro lado. O Mandaloriano assentiu e sinalizou que precisavam acelerar o passo. Revan balançou a cabeça em concordância. A luz ao redor deles ia desaparecendo enquanto o sol de Rekkiad, invisível através da tempestade, se punha lentamente. A última coisa de que precisavam era prosseguir na escuridão total.

Quando contornaram a base da montanha e alcançaram a parte protegida, o vento praticamente sumiu. Não demorou muito para que pudessem ver o brilho suave das luzes do acampamento.

Pouco a pouco, mais detalhes do acampamento apareceram. As pequenas tendas armadas a poucos metros de uma parede íngreme de gelo na base da montanha mal chegavam a uma dúzia. Situada longe das tendas, havia uma cabana de construção grosseira; Revan percebeu que dois geradores estavam ligados a ela, sem dúvida a fim de fornecer energia e calor, e imaginou que ela tinha a dupla função de sala de reuniões e centro de suprimentos para qualquer provisão que estragasse caso ficasse do lado de fora, no frio.

Vários trenós estavam espalhados entre as tendas, alguns carregados com suprimentos, outros vazios.

Na parte mais distante do acampamento, havia quatro montes grandes e cobertos por lonas impermeáveis. Revan ficou apreensivo.

Como parte dos termos da rendição, ordenara aos Mandalorianos que desmantelassem seus famigerados droides de guerra Basilisco – grandes bestas de metal que eles costumavam cavalgar em combate. A julgar pelo tamanho dos objetos cobertos e pelo que dava para adivinhar de seus contornos ainda que disfarçados pelas lonas impermeáveis, alguns dos derrotados haviam optado por ignorar seu decreto.

– Mais um passo e pintaremos a neve com o cérebro de vocês! – gritou uma voz.

Quatro sentinelas se ergueram e se mostraram por trás das pilhas, duas de cada lado de Revan e Canderous. Vestidas com roupas pesadas para o frio, principalmente em azul, dourado e marrom, estavam armadas com rifles blaster, firmemente apontados para os intrusos.

– Larguem suas armas e se identifiquem! – Quem falou, um homem, foi a sentinela mais próxima de Revan, à sua esquerda.

Pelo canto do olho, o Jedi podia ver que Canderous estava se mantendo firme, evitando cuidadosamente qualquer movimento repentino, mas sem obedecer à ordem. Revan decidiu que o mais inteligente seria seguir seu exemplo.

– Meu nome é Canderous do Clã Ordo – o grandalhão gritou. – E não baixo minhas armas para ninguém!

Pelo silêncio de espanto, ficou claro que seu nome havia chamado atenção.

– Como podemos ter certeza de que você realmente é Canderous? – quis saber uma das outras sentinelas. Também era a voz de um homem, mais grave do que a primeira.

– Bem, Edric – respondeu Canderous –, eu poderia socar a sua cara até endireitar esse nariz torto, mas provavelmente congelaríamos até a morte antes de eu acabar.

A sentinela soltou uma risada, pendurou a arma no ombro, abriu os braços e correu para envolver Canderous em um poderoso abraço.

– É bom vê-lo de novo, irmão! – ele gritou.

Revan ficou aliviado ao ver que as outras sentinelas também baixaram suas armas. Avançaram para formar um círculo estreito ao redor de Canderous, enquanto apertavam-lhe as mãos, davam tapinhas em suas costas e ofereciam as tradicionais saudações em Mando'a.

Depois de alguns minutos, aquele a quem Canderous havia chamado de Edric falou novamente.

– Tratemos de tirar você e seu amigo do frio – disse ele em Básico. – Deixem o trenó aqui; pediremos a alguém para buscá-lo.

As outras três sentinelas permaneceram em seus postos enquanto Edric conduzia Revan e Canderous pelo acampamento até a cabana de suprimentos no centro. Enquanto passavam pelas tendas, cabeças se punham para fora para ver o que estava acontecendo; pouco depois, uma pequena multidão seguia na esteira dos recém-chegados. Revan podia ouvir um crescente burburinho de animação, mas seu Mando'a estava muito enferrujado e ele não sabia dizer o que estavam falando.

À porta da cabana, Edric bateu as botas para remover a neve antes de entrar; seus convidados fizeram o mesmo.

A primeira coisa que Revan percebeu foi o calor. Seus óculos de proteção embaçaram, e ele ficou feliz em tirá-los para ter uma ideia melhor do ambiente.

Como suspeitava, a cabana servia para armazenar suprimentos e como sala de reuniões. Já havia sete ou oito Mandalorianos lá dentro, descansando entre caixas e pacotes, usando-os como móveis improvisados. No canto, uma enorme pilha de casacos, cachecóis e luvas. Edric já estava retirando seu equipamento de frio e jogando-o na pilha. Revan seguiu seu exemplo com rapidez e gratidão.

Canderous não teve oportunidade de fazer o mesmo. No momento em que tirou os óculos e soltou o capuz para expor o rosto, viu-se cercado. Outra rodada de saudações tradicionais em Mando'a surgiu entre os que lhe davam boas-vindas, e Revan não pôde deixar de notar a pura alegria no rosto de seu amigo enquanto confraternizava com os outros membros de seu clã.

Uma das coisas que Revan sempre admirara nos Mandalorianos, mesmo lutando contra eles, era a lealdade. Os laços que uniam um clã iam além da amizade e até da família; eram uma parte essencial da cultura, incutida nas crianças desde o dia em que nasciam ou eram adotadas pelo clã.

Não querendo atrapalhar aquele momento, manteve uma distância respeitosa. Justo quando começava a se perguntar por quanto tempo mais a calorosa recepção continuaria, a porta se abriu e uma figura alta e de ombros largos abriu caminho pela sala.

A porta se fechou ruidosamente e tudo ficou em silêncio. Ninguém falou enquanto a figura tirava as camadas de roupa, revelando o rosto de uma mulher atraente. Tinha pele morena, e os cabelos pretos e lisos na altura dos ombros tinham reflexos roxos e vermelhos. Suas maçãs do rosto proeminentes e bem definidas eram tatuadas com intrincados redemoinhos azuis. Seus olhos também eram azuis, mas tão claros que pareciam fragmentos de gelo.

Ao contrário de todos os outros que encontraram, ela não correu para cumprimentar Canderous. Em vez disso, olhou para ele sem dizer uma palavra.

– *Su cuy'gar*, Canderous – disse, afinal.

Era uma saudação Mandaloriana comum, mas algo na maneira como disse isso fez Revan pensar que a tradução literal das palavras – *Então você ainda está vivo* – estava mais próxima de suas verdadeiras intenções.

– *Su cuy'gar*, Veela – ele respondeu suavemente.

Ela deu um passo em sua direção, depois virou a cabeça para o lado para encarar Revan. Era alta o suficiente para olhá-lo diretamente nos olhos.

Sem olhar para Canderous, ela lhe fez uma pergunta em Mando'a:

– Você quer que eu fale Básico para que o Estrangeiro possa nos entender?

– Entendo bem o suficiente – respondeu Revan, na língua nativa da mulher.

Veela levantou a sobrancelha com moderada surpresa, depois voltou a atenção para Canderous.

– O que você está fazendo aqui?

– Isso é maneira de cumprimentar um irmão do clã? – perguntou Canderous.

– Você ainda é meu irmão de clã? Você nos deixou depois da guerra. Você deixou o Clã Ordo para se tornar um mercenário.

– Não havia Clã Ordo depois da guerra – retrucou Canderous. – Tegris estava morto. Não tínhamos líder. Estávamos dispersos. Alquebrados. Derrotados. Não fui o único que partiu.

– Ouvimos dizer que você estava trabalhando para os Jedi – disse Veela, num tom de voz baixo e cheio de ódio.

No silêncio que se seguiu, a sentinela de nome Edric falou.

– *Cin vhetin* – disse ele, e houve um murmúrio geral de consenso entre todos na sala.

A tradução literal da frase era "foi com a neve", o que era apropriado, dadas as condições externas. Revan, porém, sabia que o verdadeiro significado da frase estava mais próximo de "o que passou, passou". Os Mandalorianos acreditavam que, uma vez que você assumisse as armas e armaduras do clã, seu passado não importaria. O que Edric estava dizendo era que o que quer que Canderous tivesse feito nos últimos anos era irrelevante agora que retornara.

Pela expressão de Veela, era difícil dizer se concordava com ele. Mas deixou a questão do passado de Canderous para lá.

– Eu sou a líder deste clã agora – ela insistiu. – Ainda tenho o direito de saber por que você está aqui.

– Para ajudar o Clã Ordo a encontrar a Máscara de Mandalore.

Veela inclinou a cabeça para o lado, como se um ângulo diferente pudesse ajudá-la a ver se Canderous estava sendo completamente franco com ela.

– E esse Estrangeiro? – ela exigiu saber, apontando para Revan.

– É meu amigo. Meu irmão. Ele nos ajudará na busca.

– Você tem um nome, Estrangeiro? – perguntou Veela.

– O nome dele é Avner – disse Canderous, interrompendo Revan. – É um mercenário. Nós nos conhecemos quando eu trabalhava para Davik Kang.

– Você não pode falar por si mesmo? – ela questionou, ainda focada em Revan. – Pensei que entendesse Mando'a. Estou indo rápido demais?

– Eu entendo – respondeu Revan. – Você fala bem.

Houve um suspiro de surpresa na multidão, seguido pelo som de risadas sufocadas e nervosas.

Revan tinha perfeita noção do insulto que acabara de proferir. Os Mandalorianos eram guerreiros; não sentiam mais do que desprezo por diplomatas e políticos. Valorizavam mais ações do que palavras, e ele simplesmente sugerira que Veela só tinha lábia.

– O irmão Canderous se responsabilizou por você, então pode ficar – disse Veela entredentes. – Mas se nos trair, eu vou matá-lo. Se sua fraqueza causar ferimentos a um dos meus, eu vou matá-lo. Se você nos atrasar, eu vou matá-lo. Está claro?

– Espere... pode repetir o segundo item? Talvez eu deva anotar.

Houve outra rodada de risadas sufocadas. Veela fingiu não ouvir enquanto se voltava para Canderous.

– Bem-vindo ao lar, irmão – disse ela num tom frio.

Ela pegou seu equipamento de inverno, rapidamente o colocou e saiu sem dizer mais nada. Depois que se foi, os outros na sala pareceram relaxar.

Revan gesticulou para Canderous, chamando-o para encontrá-lo no canto antes que o amigo voltasse a ser engolido por uma multidão de velhos companheiros.

– *Avner?* – ele sussurrou em Básico. – Esse foi o melhor nome em que pôde pensar?

– O que há de errado com *Avner?*

– Você simplesmente reorganizou as letras de *Revan*.

– Relaxe. Ninguém aqui vai… – Canderous parou subitamente quando percebeu que Edric caminhava na direção deles.

– Não julgue Veela com muita severidade – disse a sentinela, interpretando mal o diálogo sussurrado entre eles. – Ela é uma boa líder, mas tem gênio forte. – Olhou para Revan. – Você deve se lembrar disso na próxima vez que a provocar.

– Fui o bode expiatório – protestou Revan. – É com Canderous que ela está realmente zangada. Tenho a sensação de que vocês dois têm uma história.

– Pode-se dizer que sim – admitiu o grandalhão. – Ela é minha esposa.

10

Scourge estava esperando dentro da caverna em Bosthirda por quase uma hora quando finalmente ouviu o som fraco de um speeder pousando do lado de fora. Alguns minutos depois, ouviu passos descendo a passagem. Sorriu. Ao contrário de suas missões anteriores para Nyriss, desta vez ele não estava atormentado por dúvidas e inseguranças. A expectativa pela morte que se aproximava o mantinha bem focado na tarefa atual.

Como esperado, Darth Xedrix não viera sozinho. Um par de acólitos Sith – humanos, um homem e uma mulher – o precederam, caminhando a passos largos pela caverna, empunhando seus sabres de luz. Usavam armaduras leves sob as capas azuis e douradas, as cores de seu senhor.

A caverna circular tinha apenas dez metros de diâmetro e estava escura. A única iluminação provinha de seus sabres e dos cogumelos brilhantes que pendiam das paredes ásperas da rocha. Scourge estava agachado nas sombras, envolto em um manto do lado sombrio que o tornava invisível na Força e o ajudava a se proteger do ar frio subterrâneo. Ele permaneceu imóvel quando a dupla passou a alguns metros de seu esconderijo, aguardando pacientemente.

Darth Xedrix seguia sua escolta a vários passos de distância. Ao contrário de seus acólitos, ele não tinha sacado a arma e não usava armadura visível sob a capa. Era vários centímetros mais alto que Scourge, porém muito mais magro. Tinha fartos cabelos brancos cortados na altura dos ombros, mas não usava barba. Seu rosto era enrugado, embora não tão extensa ou profundamente como o de Nyriss, e havia um ligeiro encurvamento em seus ombros, junto com fragilidade e cautela na maneira como se movia.

Sua aparência o fez lembrar das palavras de Nyriss: *Ele é humano – eles são uma espécie inferior. Ao longo das décadas, o lado sombrio exigiu muito de seu corpo. Não passa de uma sombra do que era antes.*

No entanto, Scourge podia sentir o enorme poder do conselheiro. Darth Xedrix ainda era membro do Conselho Sombrio, e subestimá-lo seria um erro fatal.

No momento em que o humano alto passou pelo local em que Scourge se escondia, o Lorde Sith saltou, acendendo seu sabre de luz enquanto voava pelo ar. Por um momento, pensou que seu primeiro golpe atingiria o alvo, e ele ficou quase desapontado com a ideia de acabar com a vida de Xedrix tão facilmente. Mas, no último momento, a lâmina do humano se materializou aparentemente do nada para interceptar o golpe.

Eles trocaram uma rápida sucessão de golpes e bloqueios. Scourge tentou e falhou em usar o medo e a fúria de seu inimigo – Xedrix era muito controlado, e pareceu-lhe mais estar lutando com um droide. Scourge forçou seus próprios medos a se afastarem e buscou em si profundamente a fúria de que precisava.

Manobrou para se colocar atrás de Xedrix, bloqueando a passagem que era a única rota para entrar e sair da caverna. Os dois acólitos já haviam se virado e se lançado para entrar na luta, e Scourge se preparou para lidar com eles também.

Mas subitamente só restavam os dois últimos adversários, já que Xedrix havia recuado. Ele parecia mais obcecado em preservar a própria vida do que em matar o inimigo – por fraqueza, ele se dava por contente em deixar seus dois capangas enfrentarem um inimigo desconhecido enquanto mantinha uma distância segura.

Os dois aprendizes se lançaram contra Scourge, liberando sua raiva enquanto usavam o poder do lado sombrio, sem perceber que sua fúria também alimentava seu oponente.

A mulher se elevou, pretendendo decepar a cabeça de Scourge com seu sabre de luz. Ao mesmo tempo, o homem se abaixou, tentando cortar as pernas do inimigo.

Scourge agachou-se sob os golpes da mulher, girando para o lado enquanto se desviava do sabre de luz que mirava seus joelhos. A dupla partiu para cima dele outra vez, coordenando mais uma vez os ataques, tentando desta vez atingi-lo pelos flancos. Scourge avançou, dividindo o ataque ao mergulhar numa cambalhota para frente que o colocou entre os dois oponentes.

Por um momento, ficou vulnerável; um corte rápido de qualquer um dos inimigos poderia ter posto fim em sua vida. Mas eles eram inexperientes, e não esperavam que Scourge *se aproximasse* deles. Quando a mulher reagiu com um golpe de sua arma, o momento havia passado. O sabre de luz zumbiu ao lado da bochecha de Scourge enquanto ele dava a cambalhota entre eles, mas saiu ileso.

O homem foi mais lento para reagir. Quando Scourge se pôs de pé, o acólito ainda começava a girar. O Lorde Sith deu um rápido chute na parte de trás do joelho do homem, cujos braços giraram como um catavento enquanto ele lutava para recuperar o equilíbrio.

Scourge viu nisso uma brecha e desferiu no adversário o que poderia ter sido um golpe letal, não fosse a mulher se jogar entre eles para desviá-lo. Seu movimento foi imprudente e arriscado, mas Scourge não estava esperando por isso, e aquela reação impulsiva salvou seu parceiro. E também expôs a fraqueza da mulher.

Ela era a oponente mais perigosa, mas obviamente se importava com seu parceiro. Estava disposta a colocar-se em perigo para defendê-lo – uma falha que Scourge podia facilmente explorar.

Ele rapidamente mudou de tática, passando das posições defensivas convencionais da forma Soresu para as sequências acrobáticas de ataque Ataru. Dando dois passos rápidos para ganhar velocidade, Scourge pulou em direção à parede próxima da caverna, plantou os dois pés na superfície vertical e se esforçou para se lançar em um impulso giratório em direção à cabeça do homem.

Seu oponente tentou se virar para manter Scourge à sua frente, mas a furiosa explosão de ação foi rápida demais para que seu sabre de luz o seguisse. Ele foi lento para erguer o sabre e proteger a cabeça, expondo-se novamente a um golpe letal.

Desta vez, quando a mulher interveio para proteger o parceiro, Scourge estava preparado. Havia propositalmente direcionado seu salto para se aproximar em um ângulo mais agudo do que o necessário, deixando pouco espaço para a mulher postar-se entre ele e seu suposto alvo. Quando repentinamente redirecionou seu sabre para um golpe mais curto para atingi-la em vez do outro, ela recuou instintivamente para absorver o impacto com sua própria arma. Mas, com seu parceiro colocado diretamente atrás dela, não havia espaço. Seus corpos colidiram e seus pés se enredaram, fazendo com que ambos desabassem no chão de forma desengonçada.

Scourge aterrissou ao lado das duas silhuetas caídas. Baixou a pesada bota bem no rosto de sua inimiga, saboreando o úmido barulho de ossos e cartilagens esmagados sob seu calcanhar. O corpo da mulher teve um espasmo, os músculos presos nas convulsões da agonia da morte.

O homem lutou para se levantar, mas em vez de se lançar na direção de Scourge, apenas olhou para o cadáver espásmico da mulher. Scourge podia saborear seu horror e medo; davam-lhe um novo ímpeto de energia. Ele o chicoteou com a Força, fazendo o homem recuar cambaleando vários passos até a parede da caverna.

O homem bateu na pedra dura com força suficiente para lhe arrancar o sabre de luz da mão, deixando-o desarmado. Com um movimento displicente do pulso, Scourge enviou seu sabre de luz movendo-se em espiral na direção de seu inimigo indefeso. No último segundo, o homem levantou as mãos em um esforço vão para se proteger, mas a lâmina brilhante cortou suas palmas e garganta antes de ricochetear de volta para a mão que a aguardava.

Enquanto o cadáver humano desabava no chão, Scourge já se virava para o último inimigo restante. Darth Xedrix estava imóvel no centro da caverna, assistindo à ação com um distanciamento frio. Seu sabre de luz ainda estava desembainhado, mas ele o segurava casualmente ao seu lado, com a lâmina apontada para o chão.

– Eu conheço você – disse ele, sua voz retumbando através das paredes de rocha da câmara. – O novo bichinho de estimação de Nyriss. Lorde Scourge. – Ele torceu as feições com nojo. – Por que vocês puro-sangue sempre escolhem nomes tão ridículos? Acham intimidador?

Scourge não respondeu. Em vez disso, ergueu o sabre e iniciou um avanço lento e cauteloso.

Xedrix gargalhou.

– Você é assim tão tolo, Scourge? Nyriss realmente o convenceu de que tem força para se opor a um membro do Conselho Sombrio? Ela lhe prometeu riqueza e poder se você me derrotar?

– Ela não precisou me prometer nada. Você é um traidor do Império. É uma honra e um dever matá-lo.

– Oh, agora entendo – disse Xedrix com um sorriso, girando o sabre de luz ao seu lado. – Ela jogou com sua lealdade ao nosso glorioso Imperador. Que original.

Scourge parou, subitamente consciente de que não sentia medo emanando de seu inimigo. Também não havia raiva. Ele não captava nenhuma emoção partindo de Darth Xedrix, e percebeu que o velho se blindava de forma deliberada contra a consciência de Scourge.

Scourge intensificou sua concentração, atuando com a Força para perfurar o escudo que Xedrix havia colocado à sua volta, sem nada descobrir a não ser um poderoso turbilhão de energia do lado sombrio.

Scourge irrompeu numa corrida, atacando seu inimigo no momento em que entendeu a natureza da armadilha. Xedrix o mantivera falando enquanto reunia seu poder para um único ataque letal.

Xedrix levantou a mão esquerda e liberou seu poder em uma tempestade de raios púrpura. Scourge instintivamente usou a Força para erguer uma barreira invisível para se proteger. Os raios formaram um arco no ar, quebrando o escudo para envolver Scourge em elétrica agonia.

Ele gritou, sua voz se elevando por cima do silvo e crepitar da feroz energia que corria em suas veias. Cada nervo de seu corpo explodia em uma dor excruciante enquanto os raios queimavam sua carne, cozinhando-o em sua própria armadura. Ele caiu no chão, curvado sobre si mesmo, a pele cheia de bolhas e queimaduras. A coisa toda levara apenas alguns segundos.

– Você não percebeu que Nyriss o enviou aqui para morrer, certo? – Xedrix zombou. – Ela nunca esperou que você me matasse. Você não era mais do que uma mensagem, um aviso.

Ignorando a dor terrível, Scourge de alguma forma se levantou. Xedrix ergueu uma sobrancelha com moderada surpresa.

– É assim que você chama os atentados contra a vida dela? – Scourge ofegou. – Um aviso?

Xedrix riu novamente.

– Você acha que fui eu quem contratou aqueles assassinos ineptos? Nyriss o torceu até dar um nó. Está usando-o para um jogo que está muito além de qualquer coisa que possa imaginar.

Scourge balançou a cabeça, tentando se libertar dos efeitos residuais dos raios e negar as palavras de Xedrix.

– Você sente sua força retornando, não é? – Xedrix observou. – Pense com cuidado antes de me desafiar novamente. Eu posso não deixá-lo viver da próxima vez.

– Por que me *deixou* viver? – Scourge perguntou.

– Você tem potencial – respondeu Xedrix. – E, graças a você, preciso de novos aprendizes. Poderia encontrar utilidade para alguém com seus talentos.

– Você quer que eu traia Nyriss?

– O que você deve a ela? Ela o usou. Enviou-o aqui para morrer apenas para se afirmar.

Scourge não respondeu. Em vez disso, pensava em tudo o que havia acontecido desde que começara a servir Nyriss. Esta admitira ter contratado os mercenários para testá-lo, mas, mesmo depois disso, ele ainda suspeitava que Sechel conspirasse para matá-lo. O intrigante conselheiro estivera apenas seguindo as ordens de Nyriss o tempo todo?

– Nyriss o traiu. Jure lealdade a mim e prometo-lhe a oportunidade de se vingar.

O que Xedrix dizia fazia muito sentido, mas, em um nível profundo e primitivo, Scourge sentiu que estava sendo confundido e manipulado. As palavras do velho humano pareciam infiltrar-se através das rachaduras e recessos de sua mente, embrenhando-se em seus pensamentos.

Não!, gritou sua mente num protesto silencioso. *É um truque!*

Mas era mesmo? Nyriss o convencera de que ele poderia matar Darth Xedrix, mas um único raio do lado sombrio quase o destruíra. A única razão pela qual ainda estava vivo era porque Darth Xedrix estava brincando com ele.

E se ele não estiver apenas brincando comigo?, Scourge se perguntou de repente. *E se ele tentou me matar, mas falhou?*

Nyriss havia dito que Xedrix era velho e frágil. Explicara que a Força havia causado estragos ao seu corpo. Que ele só se apegava ao seu poder através da reputação e da astúcia. E se ele estivesse se agarrando aos mesmos artifícios agora?

Scourge usou a Força novamente, tentando mais uma vez captar um vislumbre de uma coisa qualquer sob o escudo de Xedrix. Para sua surpresa, sentiu algo dessa vez. Medo. Desespero. E quase nenhum traço do lado sombrio queimando dentro de seu inimigo.

Todas as peças se encaixaram. Nyriss estava certa: Xedrix era apenas uma sombra do que havia sido um dia. Durante todo o tempo que Scourge lutara com os dois aprendizes, Xedrix estava reunindo forças para um único ataque surpresa. Quando seus aprendizes caíram, ele ficara parado ainda um pouco mais provocando Scourge. E mesmo assim não tinha sido capaz de reunir força suficiente para matar seu inimigo.

O raio exauriu tudo o que o velho tinha reservado. Em Xedrix, a chama do lado sombrio havia se tornado uma luzinha bruxuleante. Quando viu que Scourge havia sobrevivido, percebeu que sua única chance de escapar era induzi-lo a mudar de lado. Tentou usar o eco fraco da Força para dominar a mente de Scourge, reforçando-o com palavras persuasivas numa forma de hipnose temporária. Mas ele não tinha forças, nem mesmo para aquele jogo desesperado.

O brilhante blefe quase funcionara.

– Suas palavras estão vazias, Xedrix. Assim como seu poder.

Scourge avançou com sombria determinação. Xedrix ergueu o sabre de luz, mas Scourge usou sua própria lâmina para neutralizá-lo facilmente. A força de seu golpe fez com que a arma caísse das mãos fracas do velho, com a lâmina se extinguindo quando a empunhadura caiu com estrondo na rocha a seus pés.

Xedrix cambaleou para trás. Já não fingia ter poder: parecia desesperado e assustado.

– Por favor, Lorde Scourge, eu lhe darei o que quiser. Escravos. Riqueza. Poder.

– Poder? – Scourge bufou com desdém. – Você não pode dar o que não tem.

Ele rasgou o peito de Xedrix diagonalmente com o sabre de luz, cortando-o do ombro até o quadril.

O velho ofegou uma vez antes de cair para trás, com uma expressão de horror, os olhos arregalados e vidrados parecendo encarar as estalactites do teto da caverna.

Sabendo que Nyriss iria querer uma prova de sua morte, Scourge se abaixou e agarrou os cabelos do velho com a mão livre. Então lentamente deslizou o sabre de luz pela garganta do conselheiro sombrio, a lâmina brilhante cauterizando o corte enquanto cortava a cabeça de maneira limpa.

Deixou na caverna o que restava do conselheiro – junto com os corpos dos dois aprendizes – e percorreu penosamente a passagem que levava à superfície. Enquanto caminhava, não pôde evitar de pensar nos avisos de Xedrix sobre Nyriss.

Muito do que o velho lhe dissera era mentira, mas Scourge sabia que as melhores mentiras costumam ser construídas sobre um fundo de verdade. Era perfeitamente possível que ela o estivesse usando. No mínimo, podia supor que escondesse segredos.

Confrontá-la diretamente seria uma perda de tempo. Felizmente, havia outras maneiras de obter informações.

Apesar das possíveis consequências, Scourge decidiu que finalmente chegara a hora de ter uma conversa particular com Sechel.

11

Revan estremeceu no frio. *Ao seu lado, Malak disse alguma coisa, mas o vento feroz que soprava através do platô devorou suas palavras.*

– O que disse? – Revan gritou.

– Você tem certeza que está aqui? – perguntou Malak.

– Está aqui – Revan confirmou com um aceno de cabeça. – Posso sentir.

– Talvez esteja do outro lado.

Revan olhou para o outro pico que se erguia ao lado deles, pouco visível através do redemoinho de neve. Era quase idêntico àquele em que estavam: uma coluna alta e estreita de gelo e neve esculpida pelo vento, que se elevava a vários quilômetros da superfície de Rekkiad, com seu pico desgastado resultando numa planície lisa e chata de gelo.

– É este aqui – respondeu Revan, confiante. – A entrada está aqui em algum lugar.

As duas figuras se deslocavam lentamente de um lado para o outro pelo platô exposto, procurando com a Força e com os olhos.

– Aqui! – gritou Malak. – Encontrei!

Revan acordou do sonho com um sobressalto, sua mente grogue enquanto tentava se recuperar.

Estava gelado na tenda térmica que Canderous e ele compartilhavam. O revestimento isolante mantinha a pior parte do frio do lado de fora, mas as temperaturas noturnas ainda eram baixas o suficiente para Revan sentir um calafrio através das duas camadas de roupa e seu saco de dormir.

Enquanto seus olhos se ajustavam ao brilho suave do pequeno aquecedor no centro da tenda, ele foi capaz de descobrir mais detalhes do ambiente. Canderous ainda estava dormindo ao seu lado, bem embrulhado em seu saco de dormir e roncando alto.

A mente de Revan começou a juntar as peças da noite anterior.

Esperava que Canderous oferecesse mais detalhes sobre seu casamento com Veela depois que ela saiu impetuosamente da cabana de suprimentos, mas ele permaneceu calado sobre o assunto. Apesar de sua curiosidade, Revan não o pressionou.

Em vez disso, passaram o restante da noite comemorando o retorno do grandalhão ao seu povo. Edric e os outros contaram inúmeras histórias da juventude de Canderous. Suas muitas batalhas e vitórias contra probabilidades esmagadoras se tornaram legendárias entre o Clã Ordo.

Eles também serviram muita *kri'gee*, uma cerveja amarga Mandaloriana. Não querendo que se ressentissem dele como estrangeiro, Revan havia ombreado com os outros festejadores copo a copo. A tosca beberagem era muito forte; ele não tinha uma ressaca assim desde sua noite de núpcias. Sua cabeça rodava, seus olhos estavam nublados e o gosto em sua boca era como se tivesse mastigado os pelos de um bantha. Ele ainda estaria dormindo se não fosse pelo sonho.

Não, não um sonho. Outra lembrança vindo à tona.

Ele e Malak haviam estado procurando algo ali em Rekkiad. Algo que de alguma forma estava conectado à Máscara de Mandalore. Ele não sabia o que era, mas, com uma pequena ajuda, poderia usar os detalhes de seu sonho para descobrir o lugar onde estavam procurando.

Ele se desvencilhou do saco de dormir e imediatamente sentiu a pele se arrepiar sob a camisa de mangas compridas. Ignorando o frio, atravessou a escuridão parcial até encontrar seu holocomunicador pessoal debaixo de uma pilha de roupas em um canto da tenda.

Correndo para retornar para calor do saco de dormir, Revan ativou o dispositivo.

– T3, na escuta?

Uma pequena imagem holográfica do droide materializou-se diante dele, emitindo bipes de preocupação.

– Está tudo bem – Revan assegurou-lhe com um sussurro. – Apenas tente falar abaixo. Canderous ainda está dormindo.

A resposta do astromecânico foi um apito agitado, embora o volume tenha sido ligeiramente menor do que antes.

– Viu só? Eu sabia que você seria capaz de consertar a *Hawk* sem a minha ajuda.

T3 soltou bipes de indignação.

– Sim, essa neve entra em tudo que é lugar. Mas vai derreter. Além disso, você pode se preocupar com isso mais tarde. Preciso que você faça algo por mim. Comece a analisar os mapas de topografia em busca de duas enormes colunas de gelo próximas. Dois ou três quilômetros de altura, pelo menos. Quando as encontrar, envie-me as coordenadas.

Não mais de trinta segundos de silêncio do outro lado se passaram antes que T3 trinasse em resposta.

– Ótimo trabalho, T3. Lembre-se, fique de olho na nave. Ligo se precisarmos de mais alguma coisa.

Revan desligou o holocomunicador, sabendo que a parte mais fácil havia terminado. T3 podia ter ficado um pouco zangado com ele, mas lidar com o droide seria muito mais fácil do que fazer o gigante roncador ao seu lado se levantar e pôr-se em movimento.

– Acorde – disse ele, estendendo a mão além do aquecedor para sacudir Canderous e despertá-lo de seu sono profundo. – Precisamos conversar.

Canderous murmurou algo rude em Mando'a e virou para o outro lado.

– É importante – insistiu Revan, sacudindo-o ainda mais. – Você tem que fazer Veela mudar o acampamento de lugar.

– Hein? O quê? O que há com Veela? – Canderous grunhiu, abrindo um olho.

– Você tem que fazer Veela mudar o acampamento de lugar.

O olho se fechou novamente.

– Essa é uma decisão dela, não minha. Ela é a líder do clã.

– Acho que eles estão procurando a Máscara de Mandalore no lugar errado.

Os dois olhos se abriram e Canderous se ergueu para sentar.

– Bem, por que não disse logo?

– Todo mundo está aqui – declarou Veela. – Diga o que você tem a dizer.

A cabeça de Revan ainda estava latejando com a *kri'gee*, e, no pequeno espaço da cabana de suprimentos, a voz dela soou alto o suficiente para fazê-lo estremecer.

Incluindo Canderous e Revan, um total de oito pessoas se aglomeravam para o conselho improvisado. Veela os convocara para a reunião por insistência de Canderous: três homens e duas mulheres. Edric estava lá, e Revan reconheceu a maioria dos outros da noite anterior, embora não conseguisse se lembrar de seus nomes.

– Temos que mudar o acampamento de lugar – disse Canderous.

Assim como quando chegaram, Revan e Canderous decidiram que era melhor deixar Canderous falar pelos dois. Seria mais fácil convencer os Mandalorianos se a ideia fosse proposta por alguém do próprio povo – desde que Veela estivesse disposta a ouvir qualquer coisa procedente de seu marido.

– Mudar o acampamento de lugar? – ela perguntou incrédula. – Você acha que é tão fácil simplesmente juntar tudo e sair?

– Nossos batedores levaram semanas para encontrar esse local – interveio uma das outras mulheres.

– Este é um bom lugar – concordou Edric. – Estamos abrigados do pior do vento e da neve. A montanha nos protege de sermos atacados pelos flancos, e a única maneira de entrar é passando por nossas sentinelas.

– Dê-me uma boa razão para mudarmos – exigiu Veela.

– Porque nunca encontraremos a Máscara de Mandalore se ficarmos aqui – respondeu Canderous. Houve um longo momento de silêncio, suas palavras pairando no ar.

– Ninguém sabe onde Revan escondeu a Máscara – Veela disse calmamente. – Cada um dos clãs demarcou seu território, esperando que seja seu destino encontrar o que todos procuramos.

– Acho que é uma péssima maneira de escolher um líder – observou Revan.

Veela olhou para ele, mas foi uma das outras mulheres quem respondeu.

– O destino fará a escolha por nós. Qualquer que seja o clã destinado a encontrar a Máscara, ele a encontrará.

– Foi assim que todos os clãs acabaram aqui em Rekkiad? – Revan respondeu. – Pelo destino? Por casualidade? Golpe de sorte?

– Você mostra sua ignorância quando fala sobre coisas que não entende – disse Veela. – Sina e destino não são o mesmo que sorte. Não foi o acaso que nos trouxe aqui. Foi a persistência. Perseverança. Estamos aqui porque somos *fortes*. – Ela parou por um momento e depois continuou um pouco mais calma. – Quando Revan escondeu a Máscara de Mandalore, a maior parte do nosso povo se dispersou em desgraça. Mas alguns de nós se recusaram a ir embora. Ficamos para trás para procurar o que foi perdido, em vez de fugir para virar mercenários e capangas contratados.

Enquanto ela falava, seus olhos de repente se voltaram para Canderous. Revan seguiu seu olhar e viu o amigo olhando para o chão, envergonhado.

– Durante anos, continuamos nossa busca – prosseguiu ela. – Sabemos que Revan desapareceu por três dias após o massacre de Malachor v. Há apenas algumas rotas estáveis de hiperespaço nesse setor e apenas algumas dúzias de planetas habitáveis para os quais ele poderia ter viajado naquela ocasião. Então, temos buscado em um planeta por vez, vasculhando a superfície metro a metro. No primeiro planeta, tínhamos menos de cinquenta de nós; levamos dois anos para explorá-lo inteiro. Mas a cada planeta mais gente foi chegando. Mais clãs se juntaram à busca, e o número de membros de cada clã aumentou. Essa busca nos deu um propósito; uniu-nos como povo outra vez.

Ela olhou de volta para Canderous.

– Aqueles que viraram as costas para sua herança Mandaloriana retornaram pouco a pouco. Agora somos milhares. Mais de cem clãs se reuniram em Rekkiad. Se não conseguirmos encontrar a Máscara aqui, vamos passar para o próximo planeta. E mais gente continuará a chegar. No final, encontraremos o que estamos procurando. E quando um dos nossos finalmente reivindicar a Máscara de Mandalore, seremos já uma legião. Nesse dia, o novo Mandalore chamará os exércitos de nosso povo, e nós responderemos!

Ela se virou e olhou feio para Revan mais uma vez.

– É isso que queremos dizer quando falamos sobre destino – concluiu. – Nós vamos encontrar o que estamos procurando. É inevitável. É o destino do nosso povo.

O final de seu discurso foi marcado por um silêncio solene. Olhando ao redor da sala, Revan pôde ver o poder que suas palavras tinham sobre os outros Mandalorianos. Mesmo Canderous estava comovido.

– Eu posso ajudá-los a alcançar seu destino – prometeu Revan. – Eu sei onde Revan escondeu a Máscara. Ouça-me e irei ajudá-los a encontrá-la.

– Impossível – Veela negou com a cabeça. – Ninguém sabe onde a Máscara de Mandalore foi escondida.

– Tenho acesso a recursos que vocês não têm – Revan insistiu, escolhendo suas palavras com cuidado. – Arquivos da República. Transcrições militares. Planos de batalha. Trajetos de voo e cartas de navegação. Você disse que não tem certeza de que a Máscara está em Rekkiad. Eu tenho. A Máscara está aqui, neste planeta. E com a minha ajuda, o Clã Ordo será quem irá encontrá-la.

Veela não disse nada a princípio. Em vez disso, virou-se e fixou o olhar em Canderous.

– Avner é seu amigo – disse ela, suas palavras quase uma acusação. – Podemos confiar nele?

– Eu não teria lhe contado sobre nossa busca se não confiasse nele minha própria vida – respondeu Canderous sem hesitar. – E não o teria trazido se não acreditasse que poderia nos ajudar.

Todos os olhos se fixaram em Veela, enquanto ela considerava tudo o que ouvira.

– Para onde você sugere que mudemos nosso acampamento? – ela perguntou afinal.

– A cerca de cinquenta quilômetros daqui existem duas colunas de gelo, que se elevam vários quilômetros acima da superfície de Rekkiad.

– As Lanças Gêmeas – deixou escapar Edric, empolgado. – Você está dizendo que a Máscara está lá?

– Há uma entrada para um túnel no topo de um dos pilares. O túnel desce fundo até o centro do gelo. Acho que foi onde Revan escondeu a Máscara de Mandalore.

– As Lanças Gêmeas estão no território do Clã Jendri – alertou Veela. – Se eles nos pegarem entrando em seu território, haverá derramamento de sangue.

– Você realmente esperava encontrar a Máscara sem ter que lutar por ela? – perguntou Canderous.

Veela balançou a cabeça negativamente. Voltou então a atenção para o restante de seus conselheiros, examinando seus rostos e lendo suas emoções.

– Levantemos acampamento – ela gritou finalmente, erguendo o punho no ar. – Partamos para as Lanças Gêmeas!

Revan ficou surpreso com a eficiência dos Mandalorianos. A ordem de Veela rapidamente se espalhou pelo acampamento inteiro, mergulhando a todos em frenética atividade. Cada indivíduo tinha uma tarefa específica, que cumpria com precisão militar. Alguns desmontaram as tendas, enrolando-as em fardos muito bem embrulhados e embalando-as em baús juntamente com pequenos itens pessoais. Outros esvaziaram a cabana de suprimentos, carregando caixas de alimentos, geradores, aquecedores e combustível em trenós de carga pesada.

Em uma hora estavam a caminho, deixando os vestígios de seu acampamento para trás, enquanto três dúzias de homens e mulheres punham-se em marcha numa coluna longa e bem espaçada.

Uma equipe de seis batedores, liderada por Edric, explorava adiante para encontrar o melhor caminho e garantir que estivesse livre. Outra meia dúzia seguia na retaguarda para guardar o flanco da coluna. O restante marchava em pares entre as duas patrulhas; enquanto um empurrava o trenó de carga, o outro seguia ao seu lado com arma em punho, alerta para uma emboscada. A cada hora, os parceiros trocavam de posição.

No meio da coluna, os seis droides de guerra Basiliscos se deslocavam pesadamente, cada um rebocando um enorme trenó carregado com centenas de quilos de equipamento. Para Revan, pareciam dragões com cinco metros de altura e duas pernas. Suas passadas eram lentas e arrastadas, e suas asas estavam dobradas sob os grandes corpos de metal. Canhões blaster de alta potência haviam sido montados em seus pescoços flexíveis e blindados, permitindo que os droides atirassem em todas as direções. Cada um era controlado por um único piloto sentado em suas costas curvas.

Não era de surpreender que Veela fosse um desses pilotos; comandar um droide de guerra Basilisco era uma honra reservada apenas aos guerreiros mais reverenciados do clã. Revan não pôde deixar de perceber que Canderous lançava olhares tristes para os grandes animais de metal, lembrando-se de seus próprios dias de glória, agora que se limitava a caminhar ao lado deles.

Veela impunha um ritmo extenuante, que não deixava muito espaço a pensamentos ociosos e ao frio cortante. Quando pararam ao meio-dia para fazer uma pausa de uma hora, Revan estava a ponto de desabar no banco de neve mais próximo. Tudo o que ele queria era comer sua comida e descansar para a próxima etapa da viagem, mas isso não aconteceu.

Como na noite anterior, uma torrente constante de visitantes vinha conversar com Canderous. Os membros mais antigos do Clã Ordo passavam para rememorar histórias de aventuras passadas que haviam compartilhado com ele. Alguns dos mais jovens, que haviam sido criados com as histórias de suas façanhas, queriam ver a lenda viva com seus próprios olhos.

Mesmo como estrangeiro, era óbvio para Revan que seu amigo havia sido completamente aceito de volta no clã. Mas havia algo mais do que mera alegria pela volta do filho pródigo. Os Mandalorianos estavam motivados, animados. As fofocas se espalharam pelo campo e todos pareciam saber que a Máscara de Mandalore logo estaria em suas mãos. E embora tecnicamente houvesse sido Veela quem dera a ordem para transferirem o acampamento, todos pareciam entender que a chegada de Canderous fora o verdadeiro catalisador para essa ação.

O intervalo terminou cedo demais para o gosto de Revan, mas evocando a Força para revitalizar seus membros cansados, ele conseguiu se levantar e mover os pés quando se puseram novamente em marcha.

A escuridão baixou muito antes de chegarem ao seu destino. Edric e seus exploradores descobriram um pequeno vale mergulhado no gelo onde poderiam se refugiar durante a noite, e Veela ordenou que fizessem uma parada. O acampamento foi montado tão rápido e habilmente quanto desmontado naquela manhã, e Revan logo se viu em uma barraca com Canderous, enroscado no saco de dormir e a ponto de adormecer.

Calculou terem percorrido trinta quilômetros do trajeto. A constatação de que haviam viajado mais da metade da distância foi um alívio bem-vindo, que lhe permitiu mergulhar no sono tão necessário.

Não houve sonhos para perturbá-lo naquela noite, embora tenha acordado uma vez quando ouviu alguém tateando na entrada da tenda.

– Tem alguém lá fora – sussurrou para Canderous, antes de perceber que estava sozinho na tenda.

Alguns segundos depois, a aba externa foi afastada, deixando entrar uma rajada de ar frio. Canderous entrou em seguida. Selou a aba, silenciosamente se arrastou de volta para seu saco de dormir e se embrulhou lá dentro.

– Onde você esteve? – Revan sussurrou.

– Sinto muito. Tentei não te acordar – respondeu Canderous.

– Você não respondeu minha pergunta.

– Veela e eu tínhamos que recuperar o tempo perdido – respondeu o grandalhão, e mesmo no escuro Revan percebeu que o amigo sorria de orelha a orelha.

Eles não voltaram a falar, mas Revan não pôde deixar de perceber a ironia. Quando deixou sua esposa para trás para ir para lá, nunca imaginou que Canderous encontraria a dele. Não invejava a felicidade de Canderous, mas aquilo fez com que sentisse muito mais a falta de Bastila.

Levantaram acampamento cedo na manhã seguinte, e quando pararam para almoçar, podiam ver distintamente os contornos das Lanças Gêmeas através da perpétua névoa de gelo e dos turbilhões de neve.

– Estamos dentro do território do Clã Jendri – disse Veela, sentando-se ao lado de Revan e Canderous enquanto atacavam suas rações. – Temos que ficar alertas.

– Você acha que eles sabem que estamos aqui? – perguntou Revan.

– É difícil dizer. Se estivessem em algum lugar perto das Lanças Gêmeas, seus exploradores já teriam nos visto. Mas é um território grande. Podem estar a cem quilômetros em qualquer direção.

– Talvez tenhamos sorte e nunca saibam que estamos aqui – Revan disse, otimista.

Veela olhou para Canderous e balançou a cabeça.

– Nós, Mandalorianos, temos um ditado – explicou Canderous. – Um guerreiro que não anseia por uma batalha não tem chance durante a batalha.

– É um bom ditado – Revan admitiu. – Mas aqui está um que aprecio: não se pode perder uma batalha que não é travada.

– Tampouco se pode vencê-la – disse Veela.

Terminaram a refeição em silêncio. Quando acabaram, o grupo se pôs em movimento outra vez. Duas horas depois, chegaram ao seu destino final, um pequeno e baixo terreno abrigado entre as Lanças.

– Durmam bem – Veela anunciou a seus seguidores quando montaram o acampamento. – Amanhã o Clã Ordo reivindicará seu destino!

O ataque aconteceu pouco antes do amanhecer. Subconscientemente, Revan sentiu o perigo através da Força, fazendo com que seus olhos se abrissem um décimo de segundo antes das sentinelas soarem o alarme.

Ele estava sozinho na tenda de novo. Obviamente Canderous decidira passar outra noite com Veela.

Sabendo que seu amigo o encontraria no campo de batalha, Revan se livrou do saco de dormir com um chute e lutou para entrar rapidamente em suas camadas de roupa. Lembrando-se de sua promessa a Canderous, escondeu o sabre de luz debaixo do cinto, municiando-se, em vez disso, com os dois blasters que carregava desde que deixaram a *Ebon Hawk*.

O som da batalha já podia ser ouvido do lado de fora, e Revan deixou a barraca correndo para se juntar à contenda. Ao seu redor, viu os homens e mulheres do Clã Ordo, a maioria trajando apenas roupas íntimas e algumas peças de armadura, lutando contra as forças do Clã Jendri que surgiam de todos os lados. O Clã Jendri superava o Clã Ordo em número na proporção de quase dois para um, embora Revan percebesse que tinham apenas quatro Basiliscos.

Os Basiliscos sobrevoavam o campo de batalha de um lado para o outro, fazendo chover fogo do céu. Revan imediatamente reconheceu a estratégia Jendri: eles haviam concentrado seu ataque perto dos Basiliscos do Clã Ordo, na esperança de impedir Veela e seus colegas pilotos de alcançarem as letais máquinas.

Revan abriu fogo com seus blasters, usando a Força para aumentar sua precisão. Sua primeira rajada derrubou um soldado inimigo prestes a atacá-lo; a segunda liquidou um franco-atirador meio escondido em uma colina a mais de vinte metros de distância. Mas ele sabia que a batalha não seria vencida apenas com blasters.

Correu pelo centro do acampamento, dirigindo-se para a parte de trás, onde os Basiliscos do Clã Ordo estavam estacionados. Os disparos blaster do inimigo tentaram detê-lo, forçando-o a se abaixar e a esquivar-se movendo-se de um lado para o outro, mas nenhum dos tiros atingiu o alvo.

Canderous e Veela tinham chegado lá antes dele. O fogo dos Basiliscos inimigos os prendera atrás de um afloramento de rochas pontiagudas e de cume nevado, junto com o restante dos pilotos.

Revan parou derrapando, caindo de joelhos e deslizando os últimos metros pela superfície gelada para encontrá-los. Canderous deu-lhe um sorriso feroz.

Movendo-se em uníssono, Canderous e Veela saíram de trás das rochas para atirar nos droides de guerra inimigos. Seus disparos blaster ricochetearam inofensivamente nas placas blindadas, e eles foram forçados a se abaixar novamente quando o cavaleiro do Basilisco inimigo deu a volta para revidar o ataque.

– Bem-vindo à festa! – Canderous gritou para Revan. – Tem alguma ideia brilhante?

– Já tentaram atirar nos pilotos? – perguntou Revan.

– Mais fácil falar do que fazer – respondeu Veela.

Era verdade; os Mandalorianos montados nas costas de droides de guerra eram mantidos no lugar pelas selas fortemente blindadas que protegiam a maior parte de seus corpos. Alguns pontos-chave perto de suas cabeças e ombros eram vulneráveis, mas atingir um alvo em movimento daquele tamanho exigiria um pequeno milagre, mesmo para Revan.

– Tudo que precisamos é de alguns segundos – disse Veela. – Apenas tempo suficiente para alcançarmos nossos Basiliscos e matá-los.

Revan cutucou Canderous com o cotovelo, chamando a atenção do grandalhão enquanto ele largava o blaster e movia a palma da mão para cobrir o punho do sabre de luz sob o cinto. Canderous concordou com um leve aceno de cabeça.

– Posso criar uma distração – disse Revan. – Mas vocês terão que se mover rápido.

– Seja lá o que estiver pensando em fazer, faça – disse Veela. – Se não alcançarmos nossos Basiliscos, não teremos chance.

Descartando um de seus blasters, Revan saltou por cima da rocha, desembainhando e acendendo seu sabre de luz com um único movimento. A lâmina verde brilhante atraiu instantaneamente a atenção dos quatro Basiliscos Jendri, enquanto os pilotos viraram suas bestas para atacar o odioso Jedi que aparecera de repente no meio deles.

Revan havia lutado com muitos Basiliscos durante sua campanha contra os Mandalorianos. O truque era manter-se em movimento e se aproximar o suficiente para limitar a eficácia de seus canhões blaster. Embora capazes de atingir altas velocidades durante um bombardeio ou ataque contra as linhas inimigas, os droides eram retardados por sua armadura pesada toda vez que tentavam se virar ou mudar de rumo.

Ele atacou o cavaleiro mais próximo, ziguezageando para impedir que o Basilisco tivesse uma mira certeira. Correndo diretamente sob a barriga da besta que voava baixo, ele saltou alto no ar para cortar a cauda do droide com o sabre de luz. A lâmina ricocheteou na chapa blindada, mas não antes de cortar as barbatanas estabilizadoras da ponta.

O piloto tentou levar o Basilisco em direção a uma encosta íngreme para poder dar a volta e mergulhar em direção a Revan – uma manobra difícil mesmo sem uma barbatana estabilizadora perdida. O droide danificado tentou responder à sua ordem, mas ficou descontrolado, girou de lado e quase derrubou o cavaleiro no chão.

Revan aproveitou a oportunidade para pular nas costas do Basilisco, agarrando-se à parte de trás do encosto do banco do piloto. O Mandaloriano estendeu o braço por cima do ombro para agarrar o carona, mas o Jedi facilmente o evitou enquanto passava a ponta do sabre de luz pelas costas do assento e pelo torso do piloto.

O Basilisco gritou quando o droide semissenciente sentiu a morte de seu cavaleiro através do elo simbiótico que os Mandalorianos mantinham com suas montarias mecânicas. Deixado sem orientação ou direção, o programa simples de inteligência artificial reverteu para uma tentativa primordial de se livrar de seu novo cavaleiro, o que resultou num mergulho mortal para o Basilisco.

Revan pulou antes de bater no solo, e sua queda foi abafada pela neve. Ele rolou, pôs-se de pé num salto e voltou sua atenção para os três Basiliscos restantes.

Não ficou surpreso ao constatar que estavam circulando bem acima dele, totalmente fora de alcance, mesmo do salto de um Jedi. Assim como ele aprendera a lutar com os Basiliscos durante as Guerras Mandalorianas, seus cavaleiros também aprenderam as melhores estratégias a serem usadas ao confrontar um membro da Ordem Jedi. Se ficassem a uma certa distância e coordenassem seus disparos, era apenas questão de tempo até que derrubassem Revan.

Felizmente, ele não estava lutando sozinho. Sua distração havia dado a Veela e aos outros cavaleiros do Clã Ordo o tempo de que precisavam. Enquanto os pilotos Jendri se preparavam para se vingar de Revan, os seis Basiliscos Ordo decolaram em formação de ataque.

Agora na proporção de dois para um, os pilotos Jendri deram meia--volta com seus droides de guerra para afastá-los do esquadrão inimigo e fugiram. Em vez de persegui-los, os pilotos Ordo voltaram sua atenção para as forças inimigas em terra.

A batalha rapidamente se transformou em derrota. Mesmo com sua superioridade numérica, as tropas Jendri não conseguiam fazer frente ao fantástico poder de fogo de meia dúzia de Basiliscos. A carnificina durou menos de cinco minutos antes que as fileiras Jendri fossem desbaratadas.

Revan não se deu ao trabalho de participar dos estágios finais do massacre. Soube que a batalha terminara no momento em que Veela e os outros levantaram voo.

Procurou por Canderous e o encontrou em um dos Basiliscos, entoando um grito de guerra Mandaloriano enquanto ia de um lado ao outro do campo, destruindo seus inimigos. Essa selvageria atroz era típica da guerra dos Mandalorianos; no entanto, Revan sabia que quando a batalha terminasse, o Clã Jendri não guardaria rancor contra os vencedores. Se Mandalore se levantasse novamente e os chamasse para lutar ao lado do Clã Ordo, eles responderiam sem hesitar.

Seus pensamentos foram interrompidos quando uma grande sombra passou por ele, seguida um segundo depois pelo forte estrondo quando Canderous pousou seu Basilisco a alguns metros de distância.

– É melhor você guardar isso – disse ele, pulando no chão e apontando para o sabre de luz de Revan.

– Por quê? Você acha que Veela vai esquecer que o carrego? – perguntou Revan. Mas desligou a lâmina enquanto falava.

– Duvido que alguém além dos pilotos tenha visto o que aconteceu. Não faz sentido alardear por aí o que você realmente é mais do que o necessário.

Revan mudou de assunto.

– Você acha que eles tentarão outro ataque?

– Não – disse Canderous.

– Tem certeza? Tenho a sensação de que eles não gostam da nossa presença em seu território.

– Eles fugiram da batalha. – Canderous sorriu. – O território é nosso agora. – Seu sorriso se ampliou. – Foi bom voar novamente em batalha.

– Onde você conseguiu a montaria? – perguntou Revan.

– Pertence a um jovem chamado Grizzer. O rapaz ainda não foi testado em batalha, por isso Veela me disse que eu poderia usá-lo se nos deparássemos com problemas.

– Quando ela lhe disse isso?

– Na noite passada.

– Quer dizer, quando estava compartilhando sua tenda?

Canderous deu de ombros.

– O que Grizzer pensa sobre isso?

– Veela é a líder do clã. Ele fará o que ela disser.

– E o que ela vai dizer agora que sabe que sou um Jedi? – perguntou Revan.

– Acho que já vamos descobrir – respondeu Canderous, quando o Basilisco de Veela arremeteu para pousar ao lado deles.

A líder do Clã Ordo não disse uma palavra quando saltou do droide. Caminhou em direção aos dois homens com uma expressão indecifrável.

– Vá ajudar com os feridos – disse a Revan. – Vocês Jedi são bons nisso, certo?

Ele assentiu.

– Depois descanse um pouco. Descansem ambos. Amanhã vamos escalar a primeira Lança. Preparem-se para partir ao amanhecer.

Suas palavras foram calmas, quase casuais, mas havia uma intensidade feroz em seus olhos que fez Revan se perguntar se não havia cometido um enorme erro.

12

– Não me disseram para esperá-lo de volta tão cedo, Lorde Scourge – disse o guarda na porta.

– Talvez Darth Nyriss não tenha achado que você precise conhecer minha agenda – Scourge respondeu, num tom ácido.

O guarda assentiu e abriu a porta.

Scourge se moveu rapidamente pelos corredores da fortaleza, esperando que sua repreensão tivesse surpreendido o guarda a ponto de ele não reportar sua chegada. A verdade era que Nyriss ainda não sabia que Scourge estava de volta. Ele ficara de contatá-la imediatamente após o término da missão de matar Darth Xedrix, mas permanecera em silêncio, acelerando sua viagem de volta a Dromund Kaas para que pudesse interrogar Sechel antes que alguém soubesse que havia aterrissado no planeta. Chegara tarde da noite, e, se tivesse sorte, pegaria Sechel adormecido em seu quarto.

Na ala dos criados, ele parou na grande porta de madeira e testou a maçaneta, esperando que estivesse fechada. Para sua surpresa, ela se virou silenciosamente em sua mão. Sechel esperava alguém? Ou ele apenas confiava tanto em sua posição como favorito de Nyriss que acreditava estar seguro?

Scourge entrou no quarto, fechando a porta silenciosamente atrás de si, e depois se esgueirou no escuro até a cama onde Sechel dormia debaixo das cobertas. Estendendo o braço, colocou a mão enluvada firmemente sobre sua boca.

Sechel acordou assustado, debatendo-se e soltando gritos abafados pela palma de Scourge. O Lorde Sith pressionou com mais força e se inclinou para mais perto.

– Grite por ajuda e você está morto – sussurrou no ouvido do conselheiro. – Você entendeu?

Sentindo o assentimento do conselheiro, Scourge lentamente afastou a mão.

– Lorde Scourge? – perguntou Sechel baixinho. – É você? É difícil vê-lo no escuro.

– Sem luzes – advertiu Scourge, sabendo que alguém podia ver o brilho por baixo da porta e decidir investigar.

– Espero que sua missão tenha corrido bem.

Scourge não conseguiu distinguir a expressão no rosto do conselheiro, mas detectou um levíssimo tremor em sua voz.

– Você vai responder minhas perguntas – disse Scourge.

– Claro, meu senhor – respondeu Sechel, retomando o tom bajulador e obsequioso que adotara no primeiro encontro.

– A humildade não vai salvá-lo hoje – assegurou Scourge. – A verdade é sua única esperança de sobreviver a este interrogatório.

Ele puxou uma faca curta e afiada do cinto e a pressionou contra a bochecha de Sechel.

– Minha primeira pergunta é simples: Nyriss está me usando?

– Meu senhor, por que você acha que... *mmph!*

Scourge apertou a mão sobre a boca de Sechel, interrompendo suas palavras. Então arrastou a ponta da faca lentamente ao longo da base de um dos apêndices carnudos que pendiam de sua bochecha.

O Sith menor berrou em agonia, mas seus gritos foram sufocados pela luva de Scourge. Ele manteve uma pressão constante na faca, de modo que o gume afiado deslizasse de maneira limpa pelo apêndice, cortando-o fora. O sangue começou a jorrar do ferimento.

Scourge esperou até que os espasmos de Sechel parassem antes de afastar a mão. A seu favor, ele fora inteligente o suficiente para limitar sua reação a um gemido suave.

– Quando faço uma pergunta, quero uma resposta direta e imediata. Vou perguntar novamente: Nyriss está me usando?

– Claro que está – Sechel resmungou. – Ela usa todo mundo.

– Darth Xedrix estava realmente trabalhando com os separatistas humanos?

– Sim.

Scourge analisou a resposta, concentrando-se no tom, entonação e inflexão. Sechel estava dizendo a verdade.

– Xedrix realmente tentou matar Nyriss?

Quando Sechel hesitou, Scourge respondeu tapando-lhe a boca com a mão novamente. Ignorando as súplicas abafadas, ele baixou a faca para o rosto do conselheiro e cortou outro apêndice.

– Da próxima vez vou arrancar um olho – ameaçou ele quando Sechel se recuperou da dor. – Lembre-se: respostas diretas e imediatas.

Mentir exigia pensamento e esforço. Isso demandava tempo. Forçar um indivíduo a responder rapidamente era uma ferramenta simples, mas eficaz.

Voltou a retirar a mão, pronto para cortar a garganta de Sechel se ele gritasse por ajuda. Mais uma vez o conselheiro teve o instinto de sobrevivência de segurar a língua.

– Mais uma vez: Xedrix realmente tentou matar Nyriss?

– Não.

A resposta foi dita de forma carrancuda e ressentida, mas Scourge podia sentir a verdade por trás da atitude.

– Quem contratou os assassinos?

– Foi Nyriss. Ela queria afastar suspeitas sobre si.

– Suspeitas? Suspeitas de quê?

– Pergunte a ela você mesmo! – Sechel respondeu malcriado.

Scourge suspirou e colocou a mão de volta na boca de Sechel. Mas, antes que pudesse levantar a faca para usá-la, a porta se abriu com tanta força que quase foi arrancada das dobradiças.

Darth Nyriss estava do outro lado, emoldurada pela luz das lâmpadas brilhantes do corredor.

– Responderei a todas as suas perguntas – disse ela calmamente –, mas se você machucar Sechel novamente, vou matá-lo.

Scourge jogou a faca para o lado e lentamente se levantou da cama. Seu coração batia forte, e ele teve que lutar contra a vontade de pegar seu sabre de luz. Sabia que havia riscos em ir atrás de Sechel; agora tudo o que podia fazer era esperar que suas ações não lhe custassem a vida.

– Suponho que será uma conversa particular? – ele perguntou.

Ela assentiu e se virou. Scourge sequer olhou para Sechel quando o deixou para trás para seguir Nyriss pelo corredor.

Darth Nyriss permaneceu calada até chegarem a seus aposentos privados. Scourge ficou surpreso ao descobrir que sua escrava Twi'lek não estava presente. Parecia que o que quer que fosse dizer não podia ser confiado nem mesmo aos ouvidos leais da Twi'lek.

– Você é leal ao Império? – perguntou Nyriss.

– Pensei que seria eu a fazer as perguntas – respondeu Scourge.

– Lembre-se de qual é o seu lugar – ela advertiu. – Escute o que tenho a dizer. Quando terminar, terá a chance de falar.

– Sou leal ao Imperador – declarou Scourge.

– Leal ao Imperador ou ao Império? – ela pressionou. – São duas coisas diferentes.

– Como assim?

– O Imperador é louco. Se não for impedido, destruirá a todos nós.

– Por mil anos o Império prosperou sob seu domínio – Scourge contestou-a.

Suas palavras eram traição, mas havia pouco que pudesse fazer sobre isso. Se tentasse acabar com ela, tinha certeza de que não seria capaz de enfrentá-la. Diferente de Darth Xedrix, ela era um membro do Conselho Sith no auge de seu poder. Agora que ela havia contado seus verdadeiros sentimentos, não podia deixá-lo sair vivo daquele quarto. Não se sentisse que ele iria denunciá-la ao Imperador. Sua única opção – sua única esperança de sobrevivência – era entrar no jogo.

– O Imperador expandiu nossas fronteiras – admitiu Nyriss. – Isso nos fortaleceu. Mas ele está fazendo isso apenas com um propósito. Está planejando um ataque contra a República. Pretende começar outra guerra com os Jedi.

– Não – disse Scourge, balançando a cabeça. – Impossível.

A Grande Guerra do Hiperespaço havia sido uma das épocas mais sombrias da história dos Sith. Sob a liderança de Naga Sadow, eles invadiram a República recentemente descoberta, tentando conquistá-la da mesma forma como haviam conquistado todas as outras civilizações que encontraram. Mas, apesar das primeiras vitórias, rapidamente perderam terreno. A República não apenas derrotou as frotas Sith; ela as aniquilou. E depois os Jedi perseguiram pela galáxia os sobreviventes que fugiram, caçando os Sith até quase extingui-los.

As ações decisivas do Imperador os salvaram. Ele levou os Sith restantes para as regiões inexploradas da galáxia, uma jornada de décadas que só terminou quando redescobriram e reivindicaram Dromund Kaas, seu lar ancestral há muito perdido. Felizmente, a República e os Jedi nunca os descobriram ali – um pequeno golpe de sorte que permitiu a sobrevivência do Império.

Nos séculos seguintes, os Sith reconstruíram lentamente o que haviam perdido, e começaram a expandir seu Império novamente. Conquistaram planetas recentemente descobertos em setores nos confins da galáxia, muito além das fronteiras do espaço explorado pela República, a salvo da sempre vigilante Ordem Jedi.

Todos os Sith conheciam a história; ela lhes era ensinada desde cedo. E embora a posição oficial fosse a de que o Império estava lentamente reunindo forças para devolver o golpe aos inimigos algum dia, a verdade era diferente. Scourge e Nyriss entendiam a loucura daquela opção; entendiam que o Império só poderia sobreviver enquanto os Jedi continuassem ignorando que os Sith ainda estavam vivos.

Se o Imperador de fato planejava atacar a República novamente, estaria repetindo os erros de Naga Sadow. Começaria uma guerra que não poderiam vencer, e desta vez os Jedi não parariam até aniquilar completamente os Sith.

– Você está mentindo – insistiu Scourge. – Atacar a República não faz sentido. O Imperador não é burro.

– Não – ela admitiu. – Ele não é burro. É arrogante. É poderoso. E é louco. – Ela olhou diretamente para Scourge. – Alguns de nós no Conselho Sombrio descobriram seu plano. Para salvar o Império, para salvar toda a nossa espécie, formamos uma aliança, prometendo trabalhar juntos para derrubar o Imperador.

– Darth Xedrix fazia parte dessa aliança?

– Fazia.

– No entanto, você o traiu.

– Tornou-se um sacrifício necessário pela causa.

– Se era seu aliado, por que tinha que morrer?

– Se o Imperador suspeitasse que os membros do Conselho Sombrio haviam se aliado contra ele, mataria a todos nós. Tivemos que tomar medidas para nos proteger. Para dissipar as suspeitas, era preciso nos distanciar dos separatistas que se opunham abertamente ao Imperador.

– Foi por isso que você encenou as falsas tentativas de assassinato contra si mesma. Se os separatistas visavam você, era menos provável que o Imperador suspeitasse de que estava colaborando com eles.

Nyriss assentiu.

– O plano era fazer com que meu próprio pessoal "investigasse" os atentados contra minha vida e colocasse a culpa de acordo. Mas então o Imperador enviou você, e o plano teve que mudar. Sua chegada significou que o Imperador suspeitava que isso fosse maior do que um simples levante separatista. Não seria suficiente implicar um grupo marginal de terroristas radicais.

– Então você armou para Xedrix.

– Você não pode "armar" para alguém que é culpado – corrigiu Nyriss. – Eu apenas o denunciei. Xedrix estava *realmente* trabalhando com os separatistas. Todas as evidências que você descobriu em sua missão eram reais. Tinham que ser. Eu não podia me dar ao luxo de ser pega em uma mentira se você ou o Imperador examinassem o assunto mais a fundo. Permitir que Xedrix leve a culpa confirmará as suspeitas do Imperador de que os separatistas estavam trabalhando com alguém no Conselho Sombrio. Sua morte manterá meu envolvimento, e o de meus conspiradores, secreto.

– E de quebra você consegue eliminar um rival de longa data – acrescentou Scourge.

– Um bônus fortuito – concordou Nyriss, seu rosto se abrindo em um de seus horrendos sorrisos. – Xedrix não fará falta – ela acrescentou. – Era o elo mais fraco da nossa cadeia. Ele era humano e seu poder estava diminuindo. Se um de nós tinha que ser sacrificado, ele era a escolha mais lógica.

– Por que você está me contando tudo isso? – Scourge questionou.

– Você suspeitou que algo estava errado. Por que mais você teria tentado interrogar Sechel? Se eu simplesmente o matasse, no entanto, poderia alimentar ainda mais as suspeitas do Imperador. Ele enviou você para investigar as tentativas de assassinato; seria melhor se dissesse a ele que Darth Xedrix foi o responsável.

Ela parou por um longo momento antes de continuar.

– Durante seu serviço, você me mostrou seu valor. Você é forte na Força. Inteligente. Perspicaz. Tem um potencial incrível. Minha esperança é que, revelando-lhe a verdade, eu possa convencê-lo a se juntar à nossa causa. Odiaria eliminar uma ferramenta valiosa sem uma boa razão.

Scourge estreitou os olhos. Aquilo estava sendo fácil demais. Mesmo que jurasse lealdade a Nyriss, ela não poderia simplesmente deixá-lo sair da sala. O risco de que ele a denunciasse ao Imperador era muito grande. Ela tinha que ter outra maneira de se proteger, algum aspecto que ele não havia considerado.

Sentia que havia algo que lhe escapava. Desde que viera trabalhar para Nyriss, ela brincara com ele. Confundira-o e o manipulara para seus próprios propósitos, e o fizera dançar como uma marionete presa aos cordões.

– Qual é a armadilha? – ele perguntou, finalmente. – Como você sabe que não trairei sua confiança?

– Muito bem – disse ela, sorrindo diabolicamente em aprovação. – Eu ficaria desapontada se você tivesse simplesmente aceitado minha oferta. Afora matá-lo, não há como eu eliminar completamente o risco de você tentar me denunciar. Mas que prova você tem? Acuse-me e simplesmente alegarei que você é o verdadeiro traidor, que tenta me culpar falsamente depois que matou Darth Xedrix. – Ela fez uma pausa, então prosseguiu: – Lembre-se: qualquer evidência autêntica envolve você, não eu. Ele morreu por suas mãos. Tem certeza de que não deixou nenhuma evidência que possa implicá-lo no assassinato dele? Nenhuma gota de sangue? Partículas de pele? Não há testemunhas que possam colocá-lo no espaçoporto de Bosthirda no dia em que Xedrix morreu?

Scourge assentiu com reverência. Não pôde deixar de admirar a forma como Nyriss o havia enredado em sua teia.

– Deixe-me adivinhar. Os arquivos que Sechel recuperou da instalação da FDU e da base separatista também me implicarão?

– Sechel é muito bom no que faz. Mesmo os especialistas não são capazes de detectar que ele alterou um arquivo de dados – ela assegurou. – Mesmo com todas as evidências apontando em sua direção, é possível que o Imperador ainda acredite mais em você do que em um membro do Conselho Sombrio, mas, francamente, é provável que mate a nós dois apenas para ter certeza. O destino do traidor é a morte, não importa qual de nós seja o culpado. E não acho que você seja do tipo que se deixa martirizar por lealdade ao Imperador.

– Então o que fazemos a partir daqui?

– Agora eu devo persuadi-lo a realmente crer em nossa causa. Não basta garantir seu silêncio através de ameaças e chantagens. Quando finalmente agirmos contra o Imperador, quero você do nosso lado.

– E como pretende me convencer?

– Você já ouviu as histórias da infância do Imperador?

Scourge balançou a cabeça.

– Nem sei de que planeta ele é.

– Poucas pessoas sabem. Ele esconde seu passado, porque se a verdade vier à luz ninguém o seguirá.

Scourge ficou interessado, a despeito de si mesmo.

– Ele nasceu há quase mil anos – continuou ela –, nas décadas que antecederam a Grande Guerra do Hiperespaço com a República. Passou a infância em Nathema, um planeta agrícola exuberante e vigoroso nos confins do Império.

– Nathema? Nunca ouvi falar.

– Naquele tempo, ele era conhecido por outro nome, mas esse nome já foi esquecido... assim como o próprio planeta. O Imperador apagou Nathema dos livros de história e cartas de astronavegação para esconder todas as evidências de seus crimes.

– Crimes?

– Por meio dos perdidos rituais dos antigos, ele usou o lado sombrio para vencer a morte e se tornar imortal. Mas a imortalidade tem um preço. Contar o que aconteceu não é suficiente. Você deve ver por si mesmo. Só então entenderá o preço que o Imperador está disposto a pagar. Só então entenderá por que ele deve ser detido.

– E como vou encontrar esse planeta perdido?

– Vou levá-lo até lá. Então você pode testemunhar o horror com seus próprios olhos.

– Como posso saber que isso não é uma armadilha? – Scourge exigiu saber. – Outro truque elaborado para me manipular a fazer a sua vontade?

– Você não pode – admitiu Nyriss. – Mas que outra escolha tem?

Ela estava certa.

– Quando nós vamos?

– Paciência, Lorde Scourge. Levará vários dias para estarmos prontos para partir. A jornada é longa e devemos nos certificar de que o Imperador jamais a descubra. Viajar para Nathema é punível com a morte.

– Sechel irá conosco?

– Não. Isto é apenas para os seus olhos.

Scourge assentiu, silenciosamente se perguntando se o conselheiro tentaria se vingar do interrogatório brutal.

– Agora você faz parte do meu círculo íntimo – assegurou Nyriss. – Sechel não se atreverá a machucá-lo. Cuide de seus ferimentos – ela instruiu, notando as queimaduras deixadas pelo ataque de raios de Darth Xedrix. – Depois volte para o seu quarto e descanse um pouco.

Quando ele se virava para sair, ela lhe deu outro de seus perturbadores sorrisos.

– Embora você possa querer dormir com um olho aberto. Por via das dúvidas.

13

As celebrações pela vitória do Clã Ordo continuaram até muito tarde naquela noite. Seis membros do clã, quatro homens e duas mulheres, haviam morrido em batalha, um quarto das baixas que eles haviam infligido ao Clã Jendri.

Veela ordenou que os trinta corpos fossem reunidos em uma enorme pira funerária. Revan entendeu a mistura de amigos e inimigos: todos eram Mandalorianos mortos em batalha. Por costume, a todos se devia um funeral de guerreiro, independentemente do clã pelo qual estavam lutando. A pira ardeu por horas, com as chamas iluminando a noite e aquecendo o acampamento, enquanto os irmãos e irmãs dos mortos relembravam histórias de sua bravura. Eles honraram sua memória com música e banquete, simultaneamente em luto por suas mortes e comemorando a retumbante vitória do Clã Ordo.

A cerveja correu livremente, mas Revan se limitou a um único jarro. Por ter lutado com o Clã Ordo, teve a permissão de participar da celebração. Mas, embora conhecesse seus costumes, não era um Mandaloriano. Era difícil para ele se alegrar com a perda de seus companheiros, por mais honrosas que houvessem sido suas mortes. Também estava alerta sobre o que Veela poderia fazer agora que sabia que ele era um

Jedi. Felizmente, ela achou que ele fosse apenas um mestre renegado anônimo. Se soubesse quem realmente era, poderia haver problemas.

Muitos Mandalorianos desprezavam os Jedi – e Revan em particular. Ele tinha sido responsável por inúmeras mortes de Mandalorianos, e roubara e ocultara a Máscara de Mandalore, um ato considerado crime de guerra. Levando-se em conta o orgulho feroz de Veela por seu povo e sua cultura, ela provavelmente não o perdoaria. Felizmente, parecia que ela não estava ciente de sua verdadeira identidade.

No decorrer da noite, Edric e vários outros vieram falar com ele, fazendo questão de incluí-lo nas festividades do clã. Todos pareciam saber que ele havia atraído para si o fogo dos Basiliscos inimigos, permitindo que os pilotos chegassem às montarias. Curiosamente, porém, nenhum deles conhecia os detalhes do que havia acontecido além dos limites da batalha principal. Era óbvio que Veela fizera os outros pilotos jurarem segredo.

Deveria ter tomado isso como um bom sinal, mas continuava vendo Veela e os outros pilotos olhando-o com desconfiança. Podiam não saber que ele era Revan, mas sabiam que era um Jedi, e isso claramente os preocupava.

Não tinha certeza se Veela havia ordenado que ficassem em silêncio por respeito ao que havia feito durante a batalha ou porque achava que ainda precisavam dele para encontrar a Máscara de Mandalore, ou mesmo por causa de seus sentimentos por Canderous. Mas qualquer que fosse a explicação, seu segredo parecia seguro... por ora.

Tarde da noite, quando ele finalmente se deitou, ficou surpreso ao ouvir Canderous entrar furtivamente na tenda alguns minutos depois.

– Pensei que você estaria com Veela.

– Ela não está muito feliz comigo agora. Vou deixá-la esfriar a cabeça durante a noite.

– Sinto muito por isso.

– Você fez o que tinha que fazer – respondeu o amigo, enquanto entrava em seu saco de dormir. – Mais cedo ou mais tarde, viria à tona.

– Quão ruim está a situação?

– Veela não gosta dos Jedi – admitiu Canderous. – Mas é difícil interpretar. Com alguma sorte ela apenas guardará rancor por alguns dias. – O grandalhão virou-se para o lado. – Ou isso ou tentará nos matar na escalada amanhã.

Revan não sabia dizer se ele estava brincando.

Pela manhã, o clima era o mesmo de qualquer outra manhã em Rekkiad: frio congelante, com ventos fortes e redemoinhos de neve que limitavam a visibilidade. Revan esperava que fosse um dia claro e calmo, para que os Basiliscos pudessem levá-los voando para o topo. Mas, ali mesmo, na base, as rajadas de vento inesperadas tinham força suficiente para quase derrubá-lo. Lá em cima, a turbulência e a falta de visibilidade tornariam suicídio uma tentativa de aterrissar no cume, mesmo para os pilotos mais habilidosos. Apesar de perigosa, a escalada até o pico era a única opção real.

– Más condições para uma escalada – observou Canderous enquanto estavam na base da primeira Lança.

– Não fica melhor do que isso – disse Veela. – Se você estiver com medo, mandarei Edric tomar seu lugar e você pode ficar de olho no acampamento.

– O velho provavelmente teria um ataque cardíaco no meio do caminho – respondeu Canderous com um sorriso.

– É apenas um ano mais velho do que você.

– Mas sou como um bom vinho. Melhoro com a idade.

A conversa divertida tranquilizou algumas das preocupações de Revan sobre a missão, embora ainda não estivesse muito animado com a composição da equipe de escalada. Ao todo, eram oito: Revan, Canderous, Veela e os outros cinco cavaleiros de Basilisco, incluindo Grizzer, o jovem que havia cedido a Canderous sua montaria.

As escolhas de Veela faziam algum sentido. Ir atrás da Máscara de Mandalore era uma grande honra, e os cavaleiros de Basilisco estavam entre os guerreiros mais respeitados do clã. A única outra pessoa que poderia ter sido incluída era Edric, mas ele fora escolhido para ficar para trás e liderar o Clã Ordo, no caso de Veela e os outros jamais voltarem.

No entanto, Revan não pôde deixar de perceber que todos os escaladores sabiam que ele era um Jedi. E Edric, o amigo mais antigo e leal de Canderous, estava sendo deixado para trás. Desejou ter tido chance de conversar com Canderous antes de sair. Agora, tudo que podia fazer era ficar em guarda durante a subida, por precaução.

Eles se separaram em dois grupos de quatro, com os membros de cada grupo conectados por um longo pedaço de corda de escalada. Canderous, Revan e dois dos pilotos formavam o primeiro grupo, e Veela e os outros três pilotos o segundo. Além de roupas e equipamentos de inverno, cada um tinha uma mochila de vinte quilos de suprimentos e rações amarrados aos ombros.

As duas equipes começaram sua ascensão simultaneamente, subindo por caminhos paralelos ao longo da superfície vertical da parede de gelo que formava a face da Lança. Cada metro de progresso era alcançado apenas cortando o gelo, moendo-o com um bico pontiagudo para criar um pequeno suporte para uma mão ou um pé, e em seguida empurrando uma polia de sustentação na parede para prender a corda de escalada. O padrão foi repetido várias vezes.

O progresso era lento e cansativo. Um único passo em falso poderia levar um escalador a uma morte rápida e horrível. Teoricamente, as cordas e polias que conectavam cada equipe deveriam permitir que os outros três membros suportassem o peso se um deles caísse, mas ninguém estava inclinado a testar a teoria.

Depois de apenas cinquenta metros, o rugido do vento já estava forte o suficiente para suplantar-lhes a voz, forçando-os a se comunicarem com gestos simples com as mãos. Apesar do frio, Revan suava pesadamente sob as camadas de roupa, com o corpo aquecido pelo esforço físico constante, enquanto lutavam para percorrer dolorosamente o caminho metro a metro até o topo.

Pelo menos durante esse tempo, Revan estava a salvo de Veela. A difícil subida exigia total atenção e concentração de cada escalador enquanto trabalhavam em conjunto para alcançar o pico. Mesmo que os pilotos do Clã Ordo estivessem conspirando contra ele, simplesmente não poderiam tentar nada até chegarem ao platô do cume.

No início da subida, o topo estava invisível, perdido no turbilhão de neve e nuvens. Mas lá pela quinta hora de escalada haviam ultrapassado a pior parte da tempestade, e obtiveram o primeiro vislumbre do pico da Lança, iluminado pelo sol laranja pálido de Rekkiad.

Estavam bem acima da metade de seu objetivo, mas a exaustão e o cansaço já começavam a impedir seu progresso. À medida que a altitude aumentava, o ar ficava mais rarefeito, deixando os escaladores ofegantes pela respiração difícil. A mochila amarrada às costas de Revan parecia ter dobrado seu peso, e ele podia sentir as tiras cavando seus ombros, mesmo através das roupas. Mas pouco podia ser feito, exceto ignorar a dor e concentrar-se na escalada.

A equipe de Veela estava cerca de cinquenta metros à frente. De repente, um dos cavaleiros perdeu o equilíbrio e escorregou. Caiu dez metros antes que as cordas subitamente interrompessem sua queda, deixando-o pendurado impotente no final da linha. A súbita frenagem girou parcialmente sua mochila, torcendo as alças de modo que seus braços ficaram parcialmente presos atrás das costas. Isso, combinado com os ventos uivantes que o sacudiam de um lado para o outro, o deixava incapaz de restaurar sua aderência à montanha.

Veela e os outros começaram o processo lento e cuidadoso de voltar para ajudá-lo. Levou cerca de dois minutos para a equipe de Revan alcançar o nível de Veela e sua equipe enquanto desciam para resgatar o escalador caído. Percebendo que a situação estava sob controle, a equipe continuou rumo ao topo.

Cinco minutos após a queda, Revan olhou para baixo e viu que todos na equipe de Veela estavam em uma posição segura novamente. Não estavam tentando recuperar a liderança; moviam-se com mais lentidão e cuidado do que antes.

Duas horas depois, a equipe de Revan chegou ao cume. Canderous foi o primeiro. Plantando os pés firmemente, estendeu a mão para agarrar o braço de Revan e içá-lo para cima. Revan fez o mesmo pela mulher que o seguia, e ela fez o mesmo pelo homem atrás dela.

O topo da primeira Lança era um platô de gelo escorregadio, sem características salientes, coberto por uma fina camada de neve. Olhando através do espaço entre as duas Lanças, Revan pôde ver que o outro topo era tão vazio e desprovido de características distintivas como aquele em que estavam.

– E agora, o que fazemos? – gritou Canderous acima do rugido do vento.

– Se este for o cume certo, deve haver uma entrada aqui em algum lugar – berrou Revan.

Uma rajada de vento o empurrou de lado e ele quase tropeçou.

– Uma entrada para o quê?

Revan apenas deu de ombros. Sua visão não lhe mostrara o que ele e Malak descobriram, e nenhuma outra lembrança surgira durante a escalada.

Todos deixaram as mochilas no chão e começaram a efetuar a busca num padrão de grade na superfície do platô. Não demoraram muito para encontrar o que procuravam.

Perto do centro do platô, sob a fina camada de neve, havia uma pequena portinhola de duraço. Revan segurou a maçaneta e puxou com vontade, pedindo à Força resistência quando sentiu seus músculos começarem a se cansar. Lentamente, com relutância, a pesada tampa se abriu para revelar uma escada que levava à escuridão.

– Vocês ficam aqui para esperar por Veela – ordenou Canderous aos outros dois Mandalorianos. – Vamos descer e checar.

Ele tirou vários bastões luminosos de sua mochila no chão, e também um blaster. Revan não levava uma arma na mochila. Todos na escalada já sabiam de sua condição Jedi, e ele estava confiante de que o sabre de luz no cinto era suficiente para lidar com qualquer coisa que encontrassem.

Não que esperasse problemas. Era difícil imaginar um local mais remoto, isolado e inóspito. Era fácil ver por que ele havia decidido esconder a Máscara de Mandalore ali.

Mas ali *onde*, exatamente? Por que havia uma câmara subterrânea secreta construída na Lança, e como ele e Malak a encontraram para começo de conversa?

Canderous se aproximou da portinhola e jogou um bastão luminoso na abertura, que desceu rodopiando, iluminando toda a extensão do poço enquanto caía. Parou cerca de trinta metros abaixo, quicando e rolando, e depois ficou parado no chão.

– Vá você na frente – disse Canderous.

Quando Revan iniciou a longa descida, sua mente começou a girar. Breves lampejos de lembranças adormecidas explodiram em sua consciência, desaparecendo antes que ele pudesse compreendê-las por completo.

Tinha uma sensação avassaladora de *déjà vu*. Sabia com certeza que ele e Malak haviam explorado a câmara escura sob o gelo, exatamente como ele e Canderous faziam agora. *Flashes* e sons de sua visita anterior se mesclavam ao atual entorno, as imagens se sobrepondo, obscurecendo sua visão e deixando-o tonto. Tornou-se tão ruim que Revan teve que fechar os olhos, agarrando-se aos degraus da escada com um aperto tenso.

– Você está bem? – Canderous perguntou, alguns metros acima. Sua voz retumbou alto contra as paredes de pedra talhada grosseiramente.

– Meu passado está me alcançando – Revan explicou, balançando a cabeça para dissipar a vertigem.

Ele esperou mais alguns segundos e, quando abriu os olhos novamente, tudo voltara ao normal. Respirando fundo, continuou a descer até chegar ao fundo.

O poço terminava em um túnel estreito e sinuoso que seguia horizontalmente. Resistindo ao desejo de puxar seu sabre de luz, Revan pegou outro bastão luminoso e começou a descer a passagem. Canderous seguiu-o de perto.

O túnel era estreito, forçando-os a caminhar em fila indiana, mas o teto era alto o suficiente para que nem Canderous tivesse que se abaixar. Revan não demorou muito para perceber que estavam descendo um ligeiro declive, indo cada vez mais fundo no coração da Lança. O ar ao redor deles ficou mais quente, fazendo com que as jaquetas fossem desabotoadas, e os capuzes baixados.

À medida que foram avançando, Revan começou a sentir a presença inequívoca do lado sombrio. Sua mão baixou sobre o sabre de luz em seu cinto, mas ele relaxou quando percebeu que a sensação era fraca demais para significar uma ameaça imediata. Houvera uma época em que a Força havia sido poderosa naquele lugar, mas, com o tempo – muitas décadas, ou mesmo séculos –, ela foi se esvaindo, e agora era quase apenas uma lembrança.

No final, a passagem os conduziu a uma grande câmara circular escavada na rocha. Com cerca de trinta metros de diâmetro, a sala estava vazia, exceto por uma grande cripta de pedra no centro.

– Que lugar é esse? – sussurrou Canderous.

– Acho que é a câmara funerária de um antigo Lorde Sith. Como os túmulos de Korriban.

– Por que o enterrariam aqui neste deserto congelado?

Para sua própria surpresa, Revan sabia a resposta à pergunta.

– Ele era um Exilado. Fugiu para cá com um punhado de seus seguidores fanaticamente leais muitos séculos atrás. Quando morreu, eles escavaram esta câmara secreta para enterrá-lo, para que seus inimigos não o encontrassem e profanassem seus restos mortais.

– Como sabe disso?

Revan encolheu os ombros.

– Eu simplesmente sei. Malak e eu viemos aqui procurar esta cripta. Alguém deve ter nos falado sobre ela.

– Você quer dizer alguém como Mandalore?

Outra lembrança veio à tona em Revan, desencadeada pelas palavras de seu amigo.

Mandalore, o Supremo, estava morrendo aos seus pés. Tossindo o sangue que subia de seus pulmões, ele estendeu a mão e removeu sua Máscara, o símbolo mais sagrado de seu povo.

– Não era para terminar assim – disse ele, sua voz suave e baixa. – Eles me prometeram vitória. Só agora vejo como fui traído.

Revan inclinou a cabeça para o lado, perplexo.

– Do que você está falando?

– Eles me enganaram. Nós nunca quisemos esta guerra. Eles usaram a mim e ao meu povo para testar a força da República.

– Quem usou vocês?

– Os Sith.

A lembrança terminou de repente, deslizando rapidamente de volta a seu subconsciente. Mas, ao borbulhar até a superfície, ela liberou muitas outras lembranças represadas, e elas varreram Revan como uma onda, fazendo-o cambalear.

– Eu me lembro – ele murmurou, colocando a mão na parede em busca de apoio. – Eu me lembro.

– Do quê? – Canderous perguntou ansiosamente. – Do que você se lembra?

Revan não respondeu. Em vez disso, atravessou a sala até o sarcófago no centro. Entalhado nas laterais do granito havia um padrão entrelaçado de círculos e linhas diagonais, provavelmente um brasão ou selo de família. O pesado tampo de pedra da tumba era polido e sem ornamentos, mas quando Revan se aproximou, notou marcas e arranhões nas bordas, sinais de que havia sido movido várias vezes.

Recorrendo à Força, Revan concentrou-se no tampo. Após um momento, ele começou a se mover, a extremidade rangendo ao longo da borda da metade inferior do sarcófago enquanto se elevava lentamente no ar.

Com cuidado para não deixar o pesado tampo cair, ele o empurrou para o lado e delicadamente o baixou até o chão. Então aproximou-se do sarcófago e olhou lá dentro.

Não havia restos mortais para ver. Com certeza os inimigos do anônimo Lorde Sith do túmulo o haviam encontrado, afinal, e roubado o seu cadáver mumificado com algum propósito sombrio e perverso. A ausência do corpo não foi uma surpresa para Revan, e ele subitamente se lembrou que ele e Malak também encontraram o sarcófago vazio.

Mas não o deixaram dessa maneira. Dentro, havia um datacron – um pequeno cubo semelhante aos holocrons usados pelos Jedi e pelos Sith para registrar seus ensinamentos para as gerações futuras. Entretanto, diferentemente desses poderosos artefatos, o datacron não fora criado com o uso da Força; tratava-se tão somente de um mero repositório de informações.

Mas Revan mal olhou para o datacron. Sua atenção foi capturada pelo objeto que repousava ao seu lado: a Máscara de Mandalore. E, quando ele estendeu a mão e pegou a relíquia sagrada, sua mente retornou repentinamente ao momento em que a deixara ali.

– Então Mandalore estava dizendo a verdade – disse Malak.

– Você realmente achou que suas últimas palavras seriam mentiras? – Revan perguntou.

– E agora?

– Temos nossa prova. Os Sith não estão extintos. Eles devem ser detidos.

– E os Mandalorianos?

– Sem a Máscara, eles não são nada – disse Revan, colocando a Máscara dentro do túmulo vazio.

A lembrança terminou, trazendo Revan bruscamente de volta. Ele levantou a Máscara e a ergueu para que Canderous pudesse vê-la.

O grandalhão caminhou lentamente em sua direção, como se estivesse em transe. Não falou, mas, quando se aproximou, suas mãos se levantaram quase involuntariamente, seus dedos procurando o símbolo perdido de seu povo.

Nenhum deles percebeu que Veela e os outros estavam entrando na câmara.

– Como ousa profanar a Máscara de Mandalore com suas mãos imundas de Jedi! – gritou Veela, quebrando o feitiço que momentaneamente cativara os dois homens.

Revan olhou para cima e a viu parada na entrada da caverna, ladeada pelos outros escaladores. Os seis Mandalorianos estavam armados com pistolas blasters apontadas diretamente para os dois homens na cripta.

– Veela! – Canderous exclamou. – O que você pensa que está fazendo?

– Largue a Máscara e afaste-se do sarcófago – ela ordenou, ignorando-o.

Movendo-se lentamente para não alarmar ninguém, Revan colocou a Máscara de volta no sarcófago.

– Avner lutou ao nosso lado – protestou Canderous. – Ele nos trouxe até a Máscara de Mandalore. Você retribui com traição?

Veela deu uma risada áspera.

– Quem é você para falar sobre traição? Você deu as costas ao seu povo. E para quê? Para jogar fora seu destino com Revan, o Açougueiro?

– Quando você descobriu? – Canderous perguntou, sem se preocupar em negar a verdade.

– Uma vez que ele revelou que era um Jedi, ficou óbvio – ela disse com desdém. – Especialmente com esse nome. Você realmente achou que a reorganização das letras de *Revan* para *Avner* nos enganaria?

– O problema não é ele – disse Canderous. – Sou eu, certo?

Veela mordeu o lábio, mas não respondeu.

– Não estou aqui para reivindicar a Máscara – Canderous assegurou. – Você é a líder por direito do Clã Ordo. Eu não estou aqui para desafiá-la.

– Você ainda não entendeu – disse Veela, balançando a cabeça. – *Você* deveria ser nosso líder, não eu! *Você* era o nosso melhor guerreiro. *Você* era o nosso campeão. Nosso herói. Quando Mandalore caiu, você deveria ter tomado o lugar dele! – Ela o olhou com tristeza. – Em vez disso, você nos abandonou. Você *me* abandonou.

– Sinto muito – Canderous disse suavemente. – Quando nosso clã se separou, fiquei perdido. Tive que ir embora. Não sabia mais o que fazer.

– Você poderia ter ficado e nos ajudado a reuni-lo novamente – disse Veela, sua voz falhando um pouco quando ela baixou o blaster em sua mão.

– *Cin vhetin* – disse Canderous. – Não posso desfazer o passado. Mas estou aqui agora.

– Foi por isso que não contei aos outros no acampamento – ela admitiu. – Não quero destruir sua reputação dizendo a eles que você se juntou a Revan.

– Você não contou a eles porque temia que concordassem comigo – retorquiu Canderous. – Revan não é nosso inimigo. Agora não. Sem ele, o Clã Jendri teria nos matado. Sem ele, nunca teríamos encontrado a Máscara de Mandalore. Revan provou ser nosso irmão; e o que você está fazendo traz desonra ao nosso clã!

– Não – insistiu Veela. – Você está errado. O Clã Ordo poderia aceitar um Jedi, mas não ele. Qualquer um, menos ele.

– Existe apenas uma maneira de termos certeza. Vamos deixar o clã inteiro decidir.

– Isso não é uma opção – respondeu Veela, erguendo o blaster novamente. – Revan não pode deixar esta câmara vivo.

– Você conhece a reputação de Revan – alertou Canderous. – E a minha. Pode haver seis de vocês, mas você realmente acha que tem uma chance contra os dois?

– Não estamos aqui para matar você. Apenas ele.

– E você espera que eu fique de fora e não faça nada?

– Espero que você se junte a nós! – gritou Veela. – Você é Mandaloriano! O Clã Ordo é sua família, não Revan. Você tem que escolher: nós ou ele.

– Não precisa ser assim – disse Canderous em voz baixa. – Abaixem as armas. Parem com essa loucura. Levaremos a Máscara de Mandalore para o acampamento juntos.

– Esta é sua última chance, Canderous – advertiu Veela. – Escolha!

A mão de Veela tremia, o que lhe dificultava mirar. Mas os outros cinco seguravam seus blasters firmes e nivelados.

– Vocês não têm chance de vencer esta batalha – assegurou Revan em voz baixa, falando mais aos outros do que a Veela.

– Matamos dezenas de Jedi durante a guerra – Veela respondeu sombriamente.

– Eu não sou um Jedi como os outros.

– Veela – implorou Canderous –, por favor, não faça isso.

Os ombros de Veela baixaram em desânimo, e ela soltou um suspiro de resignação.

– Matem os dois.

Revan já estava em movimento, com seu sabre de luz aceso, antes que as palavras terminassem de sair de sua boca. Quando Veela e dois dos outros – reagindo ligeiramente mais rápido do que os demais – dispararam suas armas, a lâmina verde se transformou em um borrão rodopiante enquanto ele a usava para desviar os tiros na direção daqueles que os dispararam.

Um dos tiros desviados atingiu o alvo, matando a mulher à esquerda de Veela. Canderous e Revan se agacharam para se esconder atrás do sarcófago bem no momento em que os outros Mandalorianos abriram fogo. Canderous ergueu-se brevemente para atirar, fazendo com que os Mandalorianos se separassem procurando proteção. No entanto, havia bem poucos lugares para se esconderem na câmara aberta, e Canderous liquidou dois deles antes que chegassem a um lugar seguro.

Veela e os outros dois sobreviventes lutaram para retornar à passagem perto da entrada da câmara, abaixando-se fora de vista atrás da quina da parede para se reorganizarem. Um segundo depois, um trio de granadas foi lançado ao chão, quicando e rolando até pararem perto da base do sarcófago.

No instante antes de as granadas detonarem, Revan recorreu à Força e jogou o pesado tampo de pedra do sarcófago em direção aos explosivos. Ele funcionou como um escudo, absorvendo a maior parte do impacto antes de se desintegrar em pedrinhas e poeira.

No entanto, a explosão foi ensurdecedora, a intensidade da onda de choque forte o suficiente para derrubar ambos. Enquanto Revan lutava para se levantar, o único som que conseguia captar era um zumbido alto em seus ouvidos.

Veela e sua equipe aproveitaram a vantagem e avançaram pela câmara, disparando seus blasters impiedosamente. Os três apontavam para Revan, que mal teve tempo de rolar para escapar.

Pelo canto do olho, viu Canderous deitado de bruços, os braços estendidos para apoiar seu blaster no chão enquanto mirava com cuidado. Um instante depois, Veela foi derrubada por um tiro certeiro e letal no coração.

Com a atenção desviada apenas um instante pelo corpo de sua líder desabando no chão, os dois Mandalorianos restantes hesitaram. Revan aproveitou esse momento para desferir um ataque lateral com seu sabre de luz. A lâmina partiu girando em um amplo arco que acabou com suas vidas antes que pudessem se mexer.

Revan agarrou firme seu sabre de luz pelo punho quando ele voltou para sua mão e se endireitou lentamente, seus ouvidos ainda zumbindo. Perto dele, Canderous ainda estava deitado no chão, congelado na mesma posição de momentos antes. Lentamente, Revan se aproximou dele, tentando ver se estava ferido.

O grandalhão não se mexeu até o amigo estender a mão e pousá-la em seu ombro. Então virou a cabeça, surpreso. Seus lábios se moveram, mas Revan não conseguiu ouvir o que ele estava dizendo. Por isso, apenas encolheu os ombros em resposta.

Canderous deixou aquela posição e se levantou, deixando sua pistola no chão. Caminhou até Veela, que jazia de bruços no chão, e a virou.

Seus olhos estavam bem abertos, olhando para o teto sem ver nada. Ternamente, fechou-lhe as pálpebras e cruzou suas mãos sobre o peito. Então Canderous levantou e se virou, contemplando com o olhar vazio um canto qualquer da câmara.

Depois de alguns minutos, Revan foi ficar ao lado dele.

– Sinto muito. – A própria voz soou-lhe estranha. Sua audição ainda estava distorcida pelas granadas, e ele não tinha certeza se Canderous o tinha ouvido. – Sinto muito – ele repetiu, desta vez mais alto.

Canderous virou a cabeça para olhá-lo.

– Eu também – ele respondeu, antes de se virar para encarar a parede novamente, suas palavras ocas e sem entonação. – Eu também.

14

Canderous continuou a olhar para a parede da caverna enquanto Revan permanecia em silêncio respeitoso. Passado um tempo, virou-se e disse:

– Não devemos deixá-los largados aqui assim. É desrespeitoso.

Revan assentiu. Os Mandalorianos ainda estavam onde haviam caído, com seus corpos tombados em posições não naturais.

Juntos, os dois homens os levantaram um a um e os colocaram lado a lado no centro da câmara. Como fizera com Veela, Canderous fechou-lhes os olhos e cruzou suas mãos sobre o peito.

Se houvesse alguma forma de fazer uma pira funerária, Revan sugeriria que fossem queimados de acordo com os costumes Mandalorianos. Mas sem combustível isso era impossível.

– O que dizer aos outros? – Canderous se perguntou, quando terminaram de arrumar os corpos.

Revan entendeu seu dilema. Haveria muitas perguntas quando voltassem sozinhos com a Máscara de Mandalore, e Canderous não queria desonrar o nome de Veela.

– Simplifique – sugeriu Revan. – Diga que nos deparamos com uma resistência inesperada de droides guardiões programados para proteger a cripta. Diga-lhes que Veela e os outros morreram em batalha e lutaram como verdadeiros guerreiros antes de cair.

Canderous assentiu e depois caminhou lentamente até o sarcófago. Apanhou a Máscara de Mandalore e, quase por impulso, resolveu pegar também o datacron.

– O que é isso? –perguntou, olhando com curiosidade para o pequeno cubo.

– É uma crônica do Lorde Sith que foi enterrado aqui – esclareceu Revan. – Acho que Malak e eu o encontramos escondido na tumba da última vez que estivemos aqui.

– Você se lembra do que há nele?

– A maior parte.

– Conte-me.

Revan sabia que Canderous esperava que houvesse algo na história que o ajudasse a entender por que Veela se voltara contra ele. O que se lembrava não lhe traria muito consolo, mas não negaria o pedido.

– O nome dele era Lorde Dramath Segundo. Há mil anos, seu pai, o Lorde Dramath original, governava um planeta chamado Medriaas. Ele foi derrubado por outro Sith chamado Lorde Vitiate, que mudou o nome do planeta para Nathema. Com a morte de seu pai, o jovem Lorde Dramath fugiu. Ele se escondeu em Rekkiad com um punhado de seguidores leais e, quando morreu, eles o enterraram aqui com o datacron.

– Então não tem nada a ver com Mandalore ou sua Máscara? – perguntou Canderous, balançando a cabeça. – Você simplesmente decidiu escondê-lo aqui também?

Revan hesitou por um momento.

– Na verdade, tem tudo a ver com Mandalore – disse finalmente.

Canderous tinha o direito de saber a verdade, mas primeiro Revan precisava juntar todas as peças novamente para si próprio. A chegada à câmara funerária subterrânea provocara o retorno de muitas lembranças perdidas. Fragmentos desconectados e *flashes* momentâneos de compreensão tinham surgido. Precisava de tempo para processar as informações, organizá-las em algo que fizesse algum sentido.

– Podemos conversar sobre isso mais tarde? – foi tudo o que disse.

Canderous estudou o rosto de Revan, pareceu prestes a dizer algo, mas depois assentiu.

– Vamos descansar um pouco. De qualquer forma não podemos sair da montanha hoje à noite. Podemos conversar de manhã.

Passar a noite ao ar livre na superfície do platô não era uma opção; não enquanto pudessem permanecer em uma caverna subterrânea geotérmica aquecida, protegida dos elementos naturais. Eles desenrolaram seus sacos de dormir perto da extremidade da câmara, o mais longe possível de Veela e dos outros corpos. Dividir o aposento com seis corpos era desagradável, mas era melhor do que morrer de frio.

Nenhum dos dois dormiu bem. Revan podia ouvir Canderous se revirando agitado. Em certo momento, pensou tê-lo ouvido sussurrar o nome de Veela.

Seus pensamentos também não o deixaram dormir. Ele esperava que encontrar a Máscara de Mandalore fosse uma grande conquista, a chave para desvendar suas lembranças perdidas. Mas, quanto mais tentava recompor as imagens fragmentadas que se amontoavam em sua cabeça, mais entendia o quanto ainda faltava. Dera apenas um pequeno passo à frente, e suspeitava que a jornada estava longe de terminar.

Quando o sono finalmente o venceu, sonhou novamente com o planeta de tempestades infinitas e noite perpétua. Parecia mais vívido do que antes; mais concreto. Mais *real*.

Ele não soube dizer o quanto dormira; era difícil estimar a passagem do tempo na câmara. Quando acordou, não se sentiu revigorado, mas sabia que não havia sentido em tentar adormecer novamente.

Canderous já estava de pé, caminhando lentamente de um lado para o outro, olhando para a Máscara que segurava nas mãos.

Revan levantou e se espreguiçou, estalando o pescoço e os ombros.

– Estou pronto para lhe contar o que me lembro sobre Mandalore – disse ele. – Se você ainda desejar escutar.

– Desejo, sim.

Respirando fundo mais uma vez para ajudar a concatenar os pensamentos, Revan começou a contar a história.

– Cerca de dois anos antes de declarar guerra à República, Mandalore foi abordado por um homem com a pele cor de sangue: um Sith.

– Pensei que os Jedi haviam aniquilado os Sith.

– Os Jedi também pensavam. A espécie Sith desapareceu após a Grande Guerra do Hiperespaço. Nenhum deles era visto no espaço da República há mais de mil anos. Mas esse ser de pele vermelha chegou até Mandalore. Alegou ser o emissário de um poderoso Senhor, um descendente do Lorde Sith que levou Dramath ao exílio, e convenceu Mandalore a ajudá-lo a encontrar o túmulo do inimigo.

Revan estava falando devagar, com as palavras na velocidade com a qual os detalhes iam se encaixando. Suas lembranças ainda estavam turvas e embaralhadas. O momento e o local original de cada lembrança específica não estavam claros. Mandalore havia lhe contado parte disso. Outros detalhes vieram do datacron da tumba. A maioria descobriu muito mais tarde, depois que ele e Malak viajaram para as Regiões Desconhecidas.

Era impossível organizar tudo. Por necessidade, sua mente danificada fundira as lembranças umas com as outras num todo semicoerente enquanto dormia.

– Mandalore ajudou o Sith a encontrar a cripta escondida de Dramath – prosseguiu. – O Sith pegou os restos mortais para entregá-los a seu Senhor, e em troca contou a Mandalore uma visão que seu Senhor tinha dos Mandalorianos se levantando contra a República. Falou que conquistariam planeta após planeta, esmagando seus inimigos até que a República implodisse. Prometeu aos Mandalorianos uma vitória gloriosa, e Mandalore acreditou nele.

– Mandalore, o Supremo, não nos levaria à guerra contra a República apenas porque um estranho disse a ele que venceríamos – protestou Canderous.

– É mais complicado do que isso. O Sith usou o poder do lado sombrio para manipulá-lo. Somente quando Mandalore estava morrendo aos meus pés foi que o encantamento finalmente se rompeu e ele entendeu que havia sido enganado. Foi por isso que me falou sobre este lugar. Para que eu pudesse vir e ver por mim mesmo.

– Isso não faz sentido. Você diz que os Sith enganaram Mandalore para atacar a República. Mas por quê?

– Eu não sei – Revan admitiu. – Talvez para testar sua força. Ou a nossa. Talvez os Sith estejam planejando outra invasão e tenham procurado enfraquecer a República.

– Mas você não tem certeza?

– Estou me lembrando cada vez mais, mas ainda falta muito – Revan fez uma pausa antes de acrescentar: – Talvez encontre as respostas em Nathema.

– Nathema?

– As coordenadas do hiperespaço estão no datacron. Acho que Malak e eu fomos lá para tentar descobrir mais.

– Nathema é o planeta com o qual você anda sonhando? Aquele coberto de tempestades e trevas?

Revan fechou os olhos e se concentrou, invocando a imagem que o assombrava há tantas noites. Tentou associar a visão ao nome, mas de alguma forma sabia que não se encaixava.

– Não. O planeta dos meus sonhos não é Nathema.

– Tem certeza?

– Não consigo ter certeza de nada – confessou Revan. – Mas isso simplesmente não parece certo. Acho... acho que fomos para lá depois de Nathema.

– E quando você voltou, tentou conquistar a República. Assim como Mandalore.

Revan balançou a cabeça.

– Não foi a mesma coisa. Mandalore era um guerreiro e não tinha lealdade à República. Convencê-lo a atacar era mais persuasão que dominação. O Sith apenas lhe disse o que ele queria ouvir; ele estava brincando com os desejos secretos de Mandalore. – Fez uma pausa e continuou: – Mas Malak e eu éramos Jedi. Seria necessário mais do que algumas palavras persuasivas e um empurrão sutil da Força para nos virar para o lado sombrio. Outra coisa aconteceu conosco lá. Descobrimos algo que nos mudou.

– Você não acha que ir a Nathema novamente é um pouco arriscado?

– Eu tenho que fazer isso. É a única maneira de descobrir o que aconteceu.

– E se acontecer a mesma coisa novamente?

– Terei mais cuidado desta vez. Estarei em guarda.

– Você acha que isso fará diferença?

– Espero que sim.

– Então, quando partimos?

– Você não vai – disse Revan. – Tem que ficar aqui com seu povo. – Ele levantou a mão para interromper qualquer protesto. – Veela estava certa sobre uma coisa: você deveria ser o líder dos Mandalorianos. A Máscara está aqui, apenas esperando que você a reivindique.

– Você precisa da minha ajuda – insistiu Canderous. – Virei as costas para Veela quando ela precisava de mim. Não vou cometer o mesmo erro com você.

– É por isso que você precisa ficar. Os Mandalorianos foram levados a uma guerra que quase os destruiu. Eu não sei quem era o Sith ou o que ele pretendia, mas ele sabia que vocês não podiam vencer. Sabia que uma guerra contra a República devastaria os Mandalorianos.

– Se os Sith estão planejando outra invasão da República, terão que atravessar o espaço Mandaloriano primeiro – murmurou Canderous. – Talvez estivessem tentando nos tirar do caminho.

– Talvez. Ou talvez quisessem distorcer sua cultura e suas crenças na esperança de que vocês se juntassem a eles. Muitos dos Mandalorianos estão amargos e sedentos de vingança. Sem um novo Mandalore, que dificuldade alguém teria em manipulá-los para voltarem à guerra? – Revan franziu a testa. – Seu povo se perdeu, Canderous. Você precisa ajudá-los a se encontrar. O destino da galáxia pode depender disso.

Canderous olhou para Revan e depois para a Máscara em suas mãos. Congelou por um momento. Então, lentamente, ergueu a Máscara e a colocou sobre a cabeça.

– Mandalore está de volta – declarou. – Eu sou Mandalore, o Preservador, e restaurarei a honra e a glória do meu povo!

Quando revan retornou à *Ebon Hawk*, foi recebido com uma torrente estridente de bipes e assobios de T3-M4. O astromecânico estava girando no lugar tão rapidamente que Revan temia que algum circuito pudesse queimar.

– Acalme-se, amiguinho – disse ele, estendendo a mão para acariciá-lo. – Estou feliz em vê-lo também.

T3 parou de girar e respondeu com um trinado questionador.

– Canderous vai ficar aqui – explicou Revan. – Este é o seu povo. Aqui é o seu lugar.

T3 emitiu um bipe duplo.

– Não, ainda não vamos para casa – disse Revan, colocando-se no assento do piloto e digitando suas coordenadas do hiperespaço. – Estamos indo para as Regiões Desconhecidas, para um planeta chamado Nathema.

15

SCOURGE SABIA QUE Nyriss o observava atentamente. Durante a semana anterior, desde que havia contado a verdade sobre Xedrix, ele sentia sua presença constantemente. Prometera não agir de acordo com o que sabia até ver Nathema por si mesmo e pretendia cumprir a promessa. Sabia que ela não confiava nele, e sabia que tentaria matá-lo se se sentisse ameaçada – e também sabia que era poderosa o bastante para ter uma boa chance de conseguir. Mas ele tinha seus próprios motivos para obedecer. Estava curioso sobre o que ela havia lhe contado. Queria saber mais sobre o passado misterioso do Imperador. E se Nyriss estivesse dizendo a verdade – se o Imperador estivesse realmente louco o suficiente para iniciar outra guerra contra a República –, talvez Scourge devesse considerar se bandear para o lado dela.

Agora era a hora da verdade. Nyriss o procurara cedo, acordando-o com um sussurro sutil no ouvido.

– Chegou o momento.

Ele se vestiu rapidamente e a seguiu até o espaçoporto, onde um ônibus espacial particular os esperava. Ao contrário do restante da frota, este não ostentava nem suas cores nem seu emblema. A viagem seria realizada em total sigilo.

O ônibus espacial fora claramente construído para ser rápido; havia pouca blindagem e, à primeira vista, era fácil ignorar o único canhão blaster montado sob o cockpit. Scourge não era especialista em armamento de naves espaciais, mas imaginou que aquilo só seria eficaz a curta distância.

O interior era mais funcional do que luxuoso, com espaço para seis. Nessa viagem, ele e Nyriss seriam os únicos passageiros.

Ela se colocou no assento do piloto, seus dedos se movendo rapidamente sobre os controles com uma habilidade que desmentia sua aparência carcomida e enrugada. Nenhum dos dois falou enquanto o ônibus espacial decolava, subindo rapidamente através das nuvens e dos relâmpagos até se libertar da atmosfera.

Nyriss fez mais alguns ajustes, digitou sua rota e a nave pulou no hiperespaço, deixando Dromund Kaas – e os seguidores leais de Nyriss – para trás.

– Nada do que eu disser pode prepará-lo para o que verá em Nathema – alertou Nyriss. – Mas vou lhe contar a história do Imperador e de seu planeta natal.

– Como posso saber que você está dizendo a verdade?

Ela encolheu os ombros.

– Acredite ou não, como achar melhor. Quando nada, ajudará a passar o tempo.

Ela se posicionou com mais conforto e, enquanto falava, sua voz adotou a entonação um tanto melodiosa de um contador de histórias para crianças.

– O nome do Imperador era Tenebrae. Dizem que nasceu com olhos tão negros quanto o vazio do espaço e nunca chorou, mesmo quando bebê. Nenhum animal se aproximava dele, e, quando começou a falar, sua voz tinha o peso e o poder que não deveriam vir de uma criança. Aos seis anos, começou a mostrar sinais da Força, marcando-o como um da elite dominante. Mas seus pais eram meros agricultores e a Força não era intensa neles. Suspeitando do poder do garoto, seu pai confrontou sua mãe, que admitiu ter um caso com o Lorde Sith que os governava. O pai ficou furioso, atacando a mãe do menino. Tenebrae o deteve, alimentando-se da fúria e do ódio do pai para recorrer ao lado sombrio. Quebrou o pescoço do pai com um mero pensamento, matando-o instantaneamente. Sua mãe morreu mais devagar. Tenebrae a fez sofrer por meses como punição por trair sua família, torturando-a com a Força enquanto aperfeiçoava seus poderes. Órfão agora por suas próprias mãos, fez com que outros em sua aldeia se curvassem diante dele. Aqueles que se recusaram a fazê-lo, torturou e matou por meio da Força. Nos anos seguintes, sua reputação e influência se expandiram para aldeias próximas e ele acumulou legiões de seguidores fanáticos ou aterrorizados. Matou milhares durante sua ascensão ao poder. Muitos morreram apenas para alimentar seu apetite insaciável pelo sofrimento, torturados por dias em execuções públicas para que ele pudesse saborear a agonia de suas mortes.

– Isso parece mais uma lenda do que uma história – observou Scourge.

– Não posso garantir a autenticidade dessa história – admitiu Nyriss. – Aqueles que testemunharam tais eventos já não vivem para atestá-los. Mas se você conhecesse o Imperador pessoalmente, não hesitaria tanto em aceitá-la como fato.

– E o governante de Nathema? O pai do garoto? Você afirmou que ele era um Lorde Sith. Certamente não ficou sentado sem fazer nada enquanto uma criança conquistava seu povo de aldeia em aldeia.

– O pai de Tenebrae se chamava Lorde Dramath. Ele ouviu rumores, mas eles vinham de um território remoto e insignificante. Havia esquecido há muito a simples plebeia que lhe dera um filho, e considerou os problemas de algumas aldeias pequenas indignos de sua atenção. Se Dramath tivesse agido mais rapidamente, o Imperador poderia ter sido detido. Mas se passaram quase quatro anos antes que ele decidisse ir ver Tenebrae por si mesmo. Lorde Dramath pretendia julgar o poder da criança para determinar se ele era digno de servir ao

Lorde Sith ou se deveria simplesmente ser executado. Mas Tenebrae não tinha nenhuma intenção de servir – nem de morrer. Quando se encontraram cara a cara, Tenebrae provou ser o mais forte. Com apenas dez anos, tomou o poder e a mente de seu pai. Lorde Dramath passou seus últimos momentos chorando de terror e olhando para os olhos negros do filho. Levou três anos mais para Tenebrae ganhar o controle do restante de Nathema. O filho mais velho de Dramath fugiu antes de confrontar seu formidável meio-irmão, mas outros poderosos Sith tentaram tomar o trono vazio. Todos caíram diante do prodígio sombrio, e a cada vitória ele se tornava mais poderoso e cruel. Aos treze anos, ele se apresentou a Marka Ragnos, o Senhor de todos os Sith e governante do Conselho Sith. Impressionado com a ambição e o poder do adolescente, Ragnos concedeu a ele o título de Lorde Vitiate. Com sua posição de governante de Nathema oficialmente reconhecida, Lorde Vitiate voltou para casa para conduzir sua pesquisa sobre as profundezas do poder do lado sombrio. Ficou lá por cem anos. Quando Marka Ragnos caiu, Lorde Vitiate não se juntou à louca corrida para reivindicar sua posição. Não participou da Grande Guerra do Hiperespaço contra a República. Quando Naga Sadow e Ludo Kressh lutaram pela liderança dos Sith, ele não tomou partido. Mas após a guerra – após nossa derrota nas mãos da República e nossa fuga para escapar do massacre de nosso povo pelos Jedi –, ele emergiu de sua solidão para convocar um grande conselho de todos os Lordes Sith remanescentes. Convidou-os para seu palácio em Nathema, construído no lugar de sua casa de infância, o local onde matara seu pai adotivo e torturara sua mãe até a morte. Propôs que participassem de um ritual para liberar todo o potencial do lado sombrio; prometeu-lhes que liberariam um poder além de tudo o que haviam testemunhado ou imaginado.

– Eles suspeitaram de uma armadilha?

– Talvez. – Nyriss deu de ombros. – Alguns se recusaram a atender seu convite. Mas muitos compareceram. Afinal, o que um só homem poderia fazer contra cem Lordes Sith? Lembre-se, ele não era Imperador naquela época. Era apenas Lorde Vitiate, governante de um único planeta que não tinha particular importância. Ele não havia travado nenhuma batalha digna de nota, nem alcançado nenhuma grande vitória ou conquista além de seu próprio planeta. Tinha a reputação de um estudioso, não de um guerreiro. E os Lordes Sith foram movidos pelo medo. Muitos pensavam que os Jedi logo exterminariam todos eles. Estavam desesperados para encontrar qualquer coisa que pudessem usar como arma contra os servos do lado luminoso. Lorde Vitiate manipulou esses medos, convencendo aqueles que responderam ao seu chamado a deixar de lado suas suspeitas em relação a ele e entre si para se unirem a uma única e gloriosa causa. Quando chegaram a Nathema, rapidamente caíram sob o controle de Lorde Vitiate. Ele dominou suas mentes e esmagou sua resistência. Tornou-os escravos de sua vontade, forçando-os a participar do ritual mais complexo de feitiçaria Sith que ele já havia tentado. Convocando o lado sombrio, Lorde Vitiate os devorou. Alimentou-se do poder deles, absorvendo-o em si mesmo, apagando completamente todos os vestígios de suas vítimas. Mas o ritual não se limitou aos Lordes Sith condenados. Eles não foram mais do que o olho do furacão; o centro de um vórtice que se expandiu por todo o planeta. Cada homem, mulher e criança de Nathema morreu naquele dia. Todo animal, pássaro e peixe, todos os insetos e plantas, todo ser vivo tocado pela Força foi consumido. Quando o ritual terminou, Nathema não era mais um planeta. Era uma casca vazia. Lorde Vitiate sacrificou milhões, roubando sua força vital para se tornar imortal. Suas mortes também o tornaram mais forte do que qualquer Sith que já existira antes, e ele deixou de ser conhecido como Lorde Vitiate. Naquele dia, o Imperador realmente nasceu.

Scourge se perguntou se Nyriss esperava que ele ficasse horrorizado com a história. Nesse caso, estava prestes a ficar desapontada.

– O Imperador apoderou-se do que era dele por direito – disse ele. – Os fortes tomam dos fracos. Esse é o nosso costume. Fazer isso em uma escala de milhões não muda nada; apenas mostra que ele merece ser nosso Imperador.

– Era o que eu pensava – disse Nyriss, sorrindo repugnantemente. – E então eu vi Nathema com meus próprios olhos.

Ela não disse mais nada durante o restante da viagem, deixando Scourge se perguntar silenciosamente por que estava tão confiante de que ele se viraria para o seu lado.

Sentiu os primeiros vestígios do que o aguardava quando o ônibus espacial saiu do hiperespaço. Pelo canopi do cockpit, viu um planeta cinza e marrom crescer diante deles. Olhando-o com atenção, sentiu algo estranho e perturbador. Algo que não era natural.

Levou alguns momentos para perceber o que havia de errado, e mesmo quando o fez, não entendeu completamente as implicações. Ele não estava sentindo a Força.

A sensação era completamente estranha. A Força era onipresente. Irradiava fortemente em certos lugares e em certos momentos, e o equilíbrio entre o lado sombrio e o luminoso mudava constantemente. Mas estava sempre lá de algum jeito, estado ou forma.

Agora, no entanto, não sentia nada. Estava tão acostumado à presença da Força em segundo plano que sua completa ausência era quase esmagadora, deixando-o incapaz de falar.

– Prepare-se – disse Nyriss. – Vamos descer à superfície.

A ausência tornou-se cada vez mais acentuada quando o ônibus espacial se aproximou e pousou em Nathema.

– Venha comigo – ordenou Nyriss, levantando-se de seu assento.

Ainda em silêncio, Scourge seguiu-a, descendo pela rampa da nave e pisando o solo do planeta.

Eles haviam pousado no espaçoporto de uma cidade. Ou o que costumava ser uma cidade. O espaçoporto estava cercado por prédios, plataformas de speeder e ruas que se esperaria ver em um grande centro metropolitano de um planeta. Mas tudo estava misteriosamente silencioso; o murmúrio incessante das multidões e o zumbido constante do tráfego correndo pelas ruas movimentadas não estavam lá.

Não havia nem vento, e o ar tinha um gosto estagnado na boca de Scourge. A temperatura não estava fria nem quente, mas ele sentiu que estava começando a tremer.

– Você sente o frio do Vazio – disse Nyriss. – A Força é energia; aquece nossas emoções e nossas mentes. Mas aqui foi eliminada.

Ela o conduziu pelas ruas desertas, enquanto Scourge observava horrorizado, tentando entender a magnitude do que estava testemunhando. Os prédios pareciam quase intactos; não havia nada do dano e destruição normalmente associados a milhões de mortes simultâneas. No entanto, havia outros sinais do que havia acontecido ali.

Speeders e ônibus espaciais danificados espalhavam-se ao redor dele, destroços de veículos em movimento que se acidentaram quando seus pilotos foram consumidos pelo ritual. E, em toda parte, Scourge viu que havia pequenas pilhas de roupas: jaquetas, calças e botas que sobreviveram a seus donos. Normalmente, tais restos teriam sido corroídos por detritívoros, mas em Nathema até mesmo vermes e insetos haviam sido extintos.

– Onde estão os droides? – Scourge perguntou.

Ele ficou surpreso com o som de sua própria voz. Era plano e monótono, como se até as ondas sonoras tivessem sido distorcidas pelo ritual.

– O ritual sobrecarregou seus circuitos – explicou Nyriss, sua voz tão vazia e desprovida de emoção quanto a dele. – O dano foi irreparável; até seus núcleos de memória foram completamente excluídos.

Scourge olhou para cima e notou algo incomum. O sol sobre eles – uma estrela que parecia brilhante e alaranjada quando se aproximavam do planeta – tinha agora um tom marrom-claro. De fato, tudo à sua volta era marrom ou cinza, como se as cores tivessem sido consumidas.

Scourge estava muito familiarizado com a morte. Não tinha problemas para entender massacres e assassinatos em massa. Morte e destruição liberavam emoções poderosas como medo, sofrimento e ódio; elas alimentavam o poder do lado sombrio. Mas o que havia acontecido em Nathema era diferente, e isso o perturbava de uma forma intensa e profunda.

O Imperador havia consumido tudo. Vida, som, cor, até a Força – não havia restado mais nada. Não se tratava de conquista, dominação ou destruição do inimigo – todos conceitos endossados por Scourge. Tudo em Nathema havia simplesmente sido apagado, tão completamente extinto que deixara de ter qualquer significado ou propósito. Era um vácuo de existência; um dano à ordem natural.

– Já vi o suficiente – declarou ele.

Nyriss assentiu, e eles se viraram e voltaram para a nave.

Scourge finalmente entendeu por que Nyriss e os outros queriam derrubar o Imperador. Destruir seus inimigos – até mesmo destruir um planeta – era compreensível. Mas aquilo não era simples destruição. Era aniquilação; obliteração. O próprio tecido da Força havia sido rasgado. Qualquer pessoa capaz de converter um planeta inteiro em uma abominação niilista tinha que ser completamente louca. Depois de ver os horrores de Nathema, ele realmente acreditava que o Imperador poderia declarar outra guerra contra a República, expondo-os aos Jedi e levando-os à eventual extinção de sua espécie.

Quando chegaram ao ônibus espacial, o estômago de Scourge estava embrulhado. Vivera toda a sua vida em harmonia com a Força; experimentar sua ausência o deixara fisicamente doente. A nave estremeceu quando decolaram, e ele lutou contra o desejo de vomitar.

Quando romperam a atmosfera do planeta amaldiçoado, alguma similaridade de normalidade retornou. Scourge sentiu a Força correr para preencher o vazio dentro dele; sentiu seu poder revigorá-lo e restaurar suas energias. Ao mesmo tempo, também sentiu outra coisa: a presença de alguém poderoso na Força – alguém que não estava ali na nave.

Nyriss de repente começou a pressionar os controles do ônibus espacial, examinando o sistema em busca de outra nave, e Scourge soube que ela também sentira aquilo.

– Aí está – ela disse, apontando para a leitura. – Uma nave acaba de sair do hiperespaço neste sistema.

– O Imperador poderia ter enviado alguém para nos seguir? – Scourge perguntou.

– Acho que não – respondeu ela, olhando para as telas. – Sua assinatura não combina com nenhum design que eu já tenha visto.

Por seu tom de voz, ficou claro que ela estava tão perplexa quanto ele. Se a nave não os seguira, as probabilidades contra ela aparecer do nada ao mesmo tempo em que estavam ali eram astronômicas. Mas Scourge entendia bem demais os caminhos da Força para acreditar em coincidências. Tinha que haver uma conexão entre eles e o visitante inesperado.

– Parece ser uma espécie de pequeno cargueiro – Nyriss murmurou. – Não acho que nos viram.

Scourge percebeu que tinham duas opções. A primeira era saltar rapidamente no hiperespaço, num esforço para escapar antes de serem notados.

Nyriss decidiu pela segunda opção. Esticando um dedo, ativou o canhão de íons do ônibus espacial, mirou a nave não identificada e disparou.

No instante em que a *Ebon Hawk* deixou o hiperespaço perto de Nathema, Revan sentiu-se subjugado por uma enxurrada de imagens mentais. Tudo desabou sobre ele, as lembranças que estivera tão desesperado para recuperar misturando-se com o trauma que ele tanto tentara reprimir. Pego entre os dois opostos, gritou e agarrou a cabeça com as mãos.

Por vários segundos, não se mexeu, seu desejo consciente lutando contra o inconsciente fugitivo. Uma a uma, foi capaz de incorporar suas lembranças, processá-las e armazená-las, recuperando lentamente o controle.

Sabia com absoluta certeza que já estivera naquele planeta antes. Lembrava-se de sua cidade deserta e superfície sem vida. Lembrou-se de vasculhar os prédios vazios com Malak, procurando arquivos, registros e cartas de astronavegação para guiá-los na próxima etapa da viagem. Mas, acima de tudo, ele se lembrava do horror de um planeta morto, completamente despojado da Força.

T3 estava ao seu lado, emitindo bipes de preocupação. Revan piscou para se livrar do que restava de seu estado de fuga e olhou para os sensores da *Hawk*, para ver o que tinha deixado o pequeno droide tão transtornado.

Os sensores haviam localizado outra nave no sistema. Era difícil usar a Força tão perto do planeta desolado, e ele esforçou-se para captar alguma sensação dos passageiros da outra nave. Quando sua mente grogue registrou a ameaça que representavam, era tarde demais.

A descarga de íons atingiu a *Hawk* com o máximo impacto, causando um curto em seus circuitos e motores e deixando-os à mercê do campo gravitacional do planeta abaixo.

Revan lutou para dominar a nave enquanto ela era arrastada para a atmosfera de Nathema, imaginando as chances de sobreviver a uma segunda colisão consecutiva. O disparo de íons danificara os controles de voo e os estabilizadores, e a nave virou desgovernadamente enquanto despencava em direção à superfície. Não tinha ideia se a outra nave o estava seguindo. Seus sensores haviam desligado junto com todo o restante. Mas sabia que, se não reiniciasse os motores e os repulsores novamente, a *Ebon Hawk* se arrebentaria na queda.

– T3! – ele gritou, mas o astromecânico já estava em ação.

T3 havia se conectado ao painel de controle principal com uma ferramenta de hackeamento de vinte centímetros de comprimento. As luzes no console do cockpit começaram a tremeluzir e piscar quando T3 redirecionou a energia dos circuitos danificados. Pelo canopi do cockpit, Revan podia avistar a silhueta distante da cidade bem abaixo, com os arranha-céus parecendo crescer rapidamente enquanto a *Hawk* se lançava em direção a eles em velocidade terminal.

Dentro do painel de controle, algo estalou e explodiu. O cockpit se encheu de fumaça. T3 gritou em alarme, mas seu aviso foi abafado pelo som dos motores da *Hawk* voltando à vida.

Revan puxou com força a alavanca de controle e o nariz da *Hawk* se inclinou para cima com relutância, os repulsores de emergência berrando.

– Prepare-se para o impacto! – ele gritou um instante antes de colidirem contra a beirada de um dos enormes arranha-céus, despejando uma chuva rodopiante de permacreto e plasteel na rua vazia lá embaixo.

A *Hawk* ricocheteou contra o prédio e começou a girar loucamente. Então bateu no solo num ângulo estranho, quicando pela rua como uma pedra atirada na superfície de um lago antes de finalmente parar.

16

Scourge não sentia a menor vontade de retornar a Nathema, mas não fez objeção quando Nyriss redirecionou o ônibus espacial de volta à superfície do planeta atrás do cargueiro danificado. Tinham que descobrir quem estava naquela nave, por que estavam ali e se ainda estavam vivos.

Ela colidira com uma das poucas cidades que pontilhavam o planeta, deixando um rastro de prédios danificados e speeders quebrados. A nave em si ainda parecia relativamente intacta; jazia encostada na base de um arranha-céu no final de uma rua principal.

Nyriss dirigiu o ônibus espacial com cuidado, alerta para responder a ataques enquanto examinava a nave inimiga.

– Tem alguém vivo aí? – Scourge perguntou.

Em qualquer outro lugar da galáxia, ele seria capaz de sentir os sobreviventes por meio da Força. Ali em Nathema, no entanto, as repercussões do ritual sombrio do Imperador cegavam suas habilidades.

– Estou recebendo leituras de um modo de vida orgânico a bordo – confirmou Nyriss.

Eles pousaram o ônibus espacial a cerca de cinquenta metros da outra nave. Não houve reação da nave inimiga enquanto se aproximavam.

– Inspecione o interior – Nyriss ordenou. – Vou esperar aqui.

Ao desembarcar, Scourge deu sua primeira boa olhada na nave. Tinha um formato incomum – plana e circular, como um disco. Ele se aproximou com cuidado, com o coração batendo forte. Normalmente usava a Força para avisá-lo sobre potenciais perigos; sem ela, sentia-se vulnerável e quase desamparado. Era um sentimento do qual definitivamente não gostava.

Estava a meio caminho da nave quando outro pensamento lhe ocorreu. E se Nyriss simplesmente decidisse decolar em seu ônibus espacial e o largasse lá? A possibilidade o deixou congelado por um momento, até que entendeu quão ridícula era a ideia. Se Nyriss quisesse se livrar dele, já poderia ter feito isso de dezenas de maneiras diferentes. Não havia motivo para deixá-lo em Nathema – não depois de arriscar sua própria vida levando-a ali, para começo de conversa.

Scourge se preparou para enfrentar o desafio e prosseguiu seu caminho até alcançar a parte inferior da estranha nave. Empurrou o painel de acesso no casco e a rampa desceu lentamente. Não ficou surpreso por encontrá-la destrancada; a maioria das naves contava com desativação de emergência em seus sistemas de segurança em caso de colisão, para permitir que equipes de resgate entrassem e ajudassem os feridos.

Scourge ativou seu sabre de luz. O zumbido e o assobio familiar da arma quando ela era acionada soaram fracos e distantes, e a lâmina carmesim pareceu desbotada. Nem sua arma era imune aos efeitos do planeta morto. Mas ele desconfiava que ela ainda seria capaz de dar conta do recado se encontrasse alguma resistência.

Subiu a rampa de acesso e entrou na nave. Acompanhou o layout circular, checando brevemente as salas de armazenamento e os beliches dos passageiros em busca de quem estava a bordo. Não encontrou nada até chegar ao cockpit.

Preso ao assento pelo cinto de segurança, havia um humano inconsciente – ou morto – vestido com um traje marrom simples. Aparentava ter cerca de quarenta anos. Era magro e alto, com cabelos pretos na altura dos ombros e uma barba negra incipiente nas bochechas e no queixo. Sangue escorria de um corte profundo na testa e cobria seu rosto; durante a colisão, algo que não estava preso devia tê-lo atingido.

Aproximando-se, Scourge colocou dois dedos na lateral do pescoço do homem, verificando se havia pulsação. Mal acabara de registrar o fraco sinal vital quando seu olhar bateu sobre o punho preso no cinto do homem: um sabre de luz. Instintivamente tentou usar a Força para ter uma noção de seu poder, mas apenas sentiu o vazio de Nathema.

Pegando o sabre de luz e prendendo-o em seu próprio cinto, soltou o homem, jogou-o por cima do ombro e o levou para fora da nave.

O peso do humano inconsciente dificultava um deslocamento mais rápido do que uma caminhada enérgica, mas Scourge acelerou o passo. Estava ansioso para deixar Nathema para trás e para sempre desta vez. Nyriss aguardava por ele no ônibus espacial, parada no alto da rampa de acesso. Scourge passou por ela e entrou na nave, onde largou bruscamente o homem inconsciente no chão. Estava prestes a mencionar o sabre de luz, mas Nyriss falou antes que ele tivesse a oportunidade.

– Eu conheço esse homem – disse ela, num tom sombrio. – O nome dele é Revan. Ele é Jedi e espião da República.

– Espião da República? – O cérebro de Scourge recebeu a notícia e pulou para a próxima conclusão lógica. – Se os Jedi souberem de nossa existência, virão atrás de nós. Tentarão completar o extermínio de nossa espécie que começou na Grande Guerra do Hiperespaço!

– Nossa existência ainda está oculta – ela assegurou. – Revan e outro Jedi, um homem chamado Malak, descobriram Dromund Kaas por acidente. Eles foram capturados antes que pudessem retornar e relatar suas descobertas à República.

– Quando tudo isso aconteceu?

– Faz cinco anos. O Imperador condenou Revan à morte.

– Então o que ele está fazendo aqui?

– Eu não sei – admitiu Nyriss. – Mas ele não poderia ter escapado das masmorras da cidadela a menos que o Imperador assim permitisse.

É de se concluir que ele não estaria vivo a menos que estivesse trabalhando para o Imperador.

– Como isso é possível? – Scourge objetou. – Os Jedi são nossos inimigos jurados.

Nyriss não respondeu.

– Vigie-o de perto – disse ela, voltando ao assento do piloto. – Ele é poderoso, e extremamente perigoso.

– Por que simplesmente não o matamos?

– Ainda não. Não até sabermos por que ele está aqui. Vamos levá-lo de volta à minha fortaleza para interrogá-lo.

– Eu nunca interroguei um Jedi – disse Scourge após um momento. E sorriu. – Estou ansioso por isso.

Revan não tinha ideia de onde estava quando acordou, embora obviamente fosse algum tipo de cela de prisão. Estava apoiado numa cadeira de metal frio. Suas mãos estavam amarradas aos braços da cadeira, e os tornozelos às pernas. No momento, estava sozinho.

Sua mente parecia lenta e embotada, e ele sabia que estava drogado. Era difícil se concentrar, e impossível focar seus pensamentos o suficiente para usar a Força. Precisava de toda a sua força de vontade apenas para se lembrar dos últimos momentos da colisão da *Ebon Hawk* em Nathema.

Esforçou-se para avaliar sua situação, mas não conseguia atravessar a névoa das drogas.

A porta de sua cela se abriu e duas figuras entraram, uma masculina e outra feminina. A visão de suas peles vermelhas cutucou algo em seu cérebro lento, mas levou vários segundos antes que pudesse fazer a conexão.

– Sith – ele sussurrou, sua garganta seca e a voz rouca.

– Bem-vindo novamente, Revan – disse a mulher em Básico.

Ele olhou para o rosto murcho e enrugado, tentando lembrar o nome dela, sem êxito.

– Conheço você?

O Sith alto ao lado dela estendeu a mão e casualmente aplicou uma bofetada na face de Revan.

– Não temos tempo para joguinhos.

Sua voz não soou zangada nem ameaçadora; apenas calma e direta.

Revan provou o sangue; o golpe havia cortado o lado interno de sua boca. Podia sentir a fisgada do ferimento e o inchaço dos lábios. Aparentemente as drogas usadas para entorpecer sua mente haviam sido cuidadosamente selecionadas para não interferir na sensação de dor física.

– Não acho que isso seja um jogo – disse a mulher, erguendo uma sobrancelha. – Acho que ele realmente me esqueceu.

Ela se inclinou ao lado dele e sussurrou em seu ouvido:

– O que aconteceu com você, Revan? Para onde você foi? Por que voltou?

Como ele não respondeu, ela recuou e assentiu. Então acenou com a mão e um droide interrogador – Revan nem o notara pairando atrás dos dois Sith – flutuou para frente e estendeu uma agulha longa e fina para o seu pescoço.

O Jedi fez uma careta de dor quando a agulha perfurou sua pele, e depois gritou quando o objeto lhe aplicou uma poderosa descarga elétrica, incendiando seus nervos.

O Sith acenou com a mão e o droide interrogador se retirou.

– O que aconteceu com seu parceiro? – ele perguntou. – Malak?

– Eu o matei.

– Por quê?

– É complicado.

A expressão do homem não mudou, mas a mulher sorriu divertida, sua expressão transformando suas feições enrugadas nas de uma caveira sorridente.

– No final, você vai nos contar tudo o que queremos saber – assegurou o homem.

– Talvez – Revan admitiu. – Mas vou fazê-lo trabalhar para isso.

Após quatro horas interrogando o prisioneiro, Nyriss ordenou que Scourge fizesse uma pausa. Deixaram-no em sua cela, amarrado à cadeira, sem falar nada até que estivessem no corredor e a porta da cela se fechasse atrás deles.

– Quanto tempo vai demorar para quebrar sua resistência? – perguntou Nyriss.

Scourge considerou a pergunta cuidadosamente antes de responder. No início de seu treinamento, demonstrou um talento natural para tortura e interrogatório, habilidades que o instrutor havia incentivado durante seus anos na Academia. Ele era um especialista na área; sabia que obter informações de uma fonte relutante era muito mais do que apenas infligir dor.

Sabia que aplicar punição suficiente fazia qualquer um falar, mas a maior parte do que era dito nessas condições acabava sendo mentiras balbuciadas em desespero, ilusões e meias-verdades. Sem nenhuma maneira de verificar sua veracidade, as informações coletadas pela tortura geralmente não eram confiáveis, e nem sempre valiam a pena.

O interrogatório eficaz era uma arte e Scourge tinha uma capacidade inata de distinguir fatos de ficção. Sabia que perguntas fazer e em que ordem; entendia quando aumentar a intensidade e quando recuar. Sabia como usar a ameaça da dor e a recompensa da misericórdia para controlar seus interrogados.

Suas técnicas avançadas, combinadas com sua capacidade de usar o lado sombrio, permitiam-lhe dominar rapidamente mentes fracas. Indivíduos com grande força de vontade representavam um desafio maior, embora no final ele sempre obtivesse resultados. Até agora.

Interrogar aquele Jedi não o levara a nada além de frustração e becos sem saída. Sua vontade era forte, assim como seu domínio da Força. Mesmo drogado à beira da inconsciência, ele fora capaz de usá-la para ajudá-lo a suportar a dor e a incansável enxurrada de perguntas. Mas havia também outra coisa.

Nyriss queria saber como ele havia escapado das masmorras da cidadela. Queria saber sobre seu relacionamento com o Imperador. Queria saber por qual razão havia retornado a Nathema. Em todas essas averiguações, Scourge havia retornado de mãos vazias. Revan estava resistindo a ele, é verdade, mas às vezes parecia quase como se o próprio Revan não soubesse as respostas – como se a informação tivesse sido apagada de sua mente.

– Podemos estar perdendo nosso tempo – ele finalmente admitiu. – Sua resistência à dor é alta, e já estamos no limite do que um ser humano pode suportar. Se eu pressionar mais, corremos o risco de matá-lo. – Scourge já tinha visto isso acontecer muitas vezes. Interrogadores inexperientes ou muito ansiosos podiam facilmente ir longe demais em sua pressão. Na sua opinião, essa era a falha extrema: não se pode obter respostas de um cadáver.

Com interrogados difíceis, era preciso paciência. Várias sessões por vários dias para obter algo útil. Mas, mesmo sabendo disso, Scourge não tinha muita esperança em relação a Revan.

– Eu poderia interrogá-lo por meses, mas as informações que você deseja simplesmente não estão lá.

– Isso é lamentável. – Nyriss suspirou. – Esperava comprovar minha teoria.

– Que teoria?

– O Imperador tem a capacidade de dominar e escravizar a mente daqueles que o servem. É uma das razões pelas quais ele governa há tanto tempo. Aqueles que são transformados tornam-se fanáticos que vivem para servi-lo; eles não são capazes de traí-lo. – Ela olhou para a porta atrás da qual eles haviam deixado o Jedi. – Suspeito que, em vez de executar Revan como proclamou publicamente, o Imperador o tenha transformado em um fantoche à mercê de sua vontade e o enviado de volta à República para coletar informações.

– Se ele coleta informações sobre a República há cinco anos, o Imperador deve estar mais perto de iniciar sua invasão do que pensávamos – disse Scourge, alarmado por quão perto seu governante louco já estava de expô-los aos Jedi.

Nyriss balançou a cabeça.

– O Imperador é mais paciente e cuidadoso do que qualquer outro ser da galáxia. Ele viveu por quase mil anos; poderia viver por mais dez mil. Não deixa nada ao acaso. Se necessário, gastará décadas, talvez até séculos, em preparação. Não, ainda temos tempo. E Revan ainda pode ser útil.

– De que forma?

– Você mesmo disse: algo aconteceu com sua mente. Suas lembranças foram perdidas, mas também o conhecimento do Imperador e sua lealdade a ele. O que quer que tenha sido feito, libertou-o do domínio do Imperador. Se pudermos descobrir como isso aconteceu, poderemos usar tal conhecimento para derrubar o Imperador. Lembre-se de que todos aqueles que têm acesso direto a ele; a Voz do Imperador, a Mão do Imperador, os soldados da Guarda Imperial estão sob seu feitiço. Quebrar esse feitiço, colocar seus seguidores mais leais contra ele, é nossa melhor chance de derrotá-lo e salvar o Império de seu plano alucinado de atacar a República. Precisamos de Revan vivo para poder estudá-lo – concluiu. – É um recurso muito valioso para ser desperdiçado.

Aquilo fazia sentido, mas Scourge sabia que seria muito mais difícil e complicado do que ela fazia parecer.

– Pode levar anos até que você possa entender o que aconteceu com ele – alertou-a.

– O Imperador não é o único que pode ser paciente.

PARTE DOIS

17

Bastila colocou o filho na cama e se inclinou para beijá-lo na bochecha. Na porta de seu quarto, ela se virou e voltou a espiá-lo, maravilhada ao constatar como o menino de três anos era parecido com o pai. Ele tinha os mesmos cabelos escuros que lhe caíam na altura dos ombros e o rosto fino e anguloso. Seus olhos estavam fechados agora, mas ela sabia que eles eram escuros e pensativos... assim como os de Revan. E, embora ele já estivesse adormecendo, sua expressão ainda era inusitadamente séria e intensa para uma criança da sua idade.

Ela suspirou e se virou. Bastila costumava se preocupar com o efeito que a turbulenta infância do filho teria sobre ele. Crescer sem um pai já era bastante difícil, mas os primeiros anos de sua vida haviam sido marcados pela guerra e pelo terror.

Depois que Malak foi derrotado, Bastila, como a maioria dos cidadãos da República, esperava desfrutar de muitas décadas de paz. Em vez disso, um grupo de Jedi renegados rompeu com a Ordem, mergulhando a galáxia mais uma vez em uma guerra civil.

Liderados por uma mulher chamada Kreia, os Jedi renegados haviam se voltado para os ensinamentos do lado sombrio descobertos por Malak e Revan. Kreia adotou o nome de Darth Traya e seus seguidores se autodenominavam Sith por causa da espécie há muito desaparecida que invadira a República um milênio antes. Começaram um expurgo sistemático da galáxia, perseguindo aqueles que ainda se aferravam ao Código Jedi, matando-os às dezenas de milhares. Sua incansável perseguição praticamente aniquilou a Ordem, e apenas aqueles poucos que conseguiram fugir ou se esconder sobreviveram.

Se Revan tivesse voltado para enfrentar essa nova ameaça, Bastila teria lutado alegremente ao seu lado. Juntos, poderiam ter sido capazes de acabar com a revolta, antes que os horrores da guerra assolassem a República e milhões perdessem a vida. Mas ela não tivera notícias do marido desde que ele partira com Canderous quatro anos antes.

Sozinha, Bastila não se atreveu a desafiar Darth Traya e seus seguidores. Em vez disso, concentrara-se em manter seu filho vivo. Fora a Exilada – Meetra Surik – quem se ocupara de lutar contra os Jedi renegados. Três anos após a tentativa frustrada de Revan de localizá-la, ela surgira por conta própria para se opor e eventualmente derrotar Darth Traya. Como Revan antes dela, tornou-se a salvadora da galáxia. E também como Revan, muitos pensaram que suas ações recentes não podiam expiar os pecados do passado.

E agora essa mulher – heroína para alguns, vilã para tantos outros – estava sentada na sala de estar do apartamento de Bastila, aguardando pacientemente que ela colocasse o filho na cama.

– Ele está dormindo – disse Bastila quando retornou, falando baixinho.

– Ele é bonito – respondeu Meetra, acrescentando: – Parece com o pai.

Bastila assentiu em resposta ao elogio. Não tinha certeza do que pensar a respeito da mulher na sua frente. Meetra tinha cabelos castanhos curtos, pele branca pálida e penetrantes olhos azuis. Era mais alta que Bastila e quase uma década mais velha, embora ainda fosse considerada bela por qualquer medida empírica. Tinha presença e autoconfiança, além de uma graça natural invejável. Trajava o manto simples de um Mestre Jedi, mas de alguma forma conseguia fazer com que até mesmo as vestes marrons monótonas parecessem elegantes.

Apesar de ser uma tolice, Bastila não podia deixar de sentir um ligeiro ciúme. Meetra conhecia Revan há mais tempo do que ela; respondera à sua convocação para ir à guerra contra os Mandalorianos e, ao fazê-lo, tornou-se uma de suas conselheiras mais confiáveis, e uma das amigas mais íntimas. Bastila sabia que eles tinham um vínculo especial não muito diferente do de um Padawan com seu Mestre. O pior de tudo é que Meetra era parte integrante do passado perdido de Revan – um passado que ele se sentira compelido a investigar, embora isso significasse deixar sua esposa grávida para trás.

Não há emoção, há paz, ela pensou. As palavras familiares do mantra Jedi eram fáceis de recitar, mas muito mais difíceis de seguir.

– Você disse que precisávamos conversar.

– Eu não tinha certeza se deveríamos ter vindo – admitiu Meetra. – Imagino que isso deva ser difícil para você. Mas T3 insistiu. – Ela estendeu a mão e deu um tapinha na cabeça do pequeno astromecânico que a acompanhava.

Na última vez que Bastila vira T3-M4, ele estava embarcando na *Ebon Hawk* com Revan e Canderous. O marido ainda estava desaparecido, mas o droide havia retornado. Era visível que havia se apegado a Meetra, seguindo-a pra lá e pra cá como fazia com Revan... mais um pequeno detalhe para alimentar o ciúme irracional de Bastila.

– Por mais que eu tentasse, não consegui fazê-lo me dizer nada – acrescentou Meetra.

Bastila sorriu debilmente.

– Dei a ele instruções específicas na noite anterior à sua partida com Revan. Disse que, se ambos se separassem, ele devia vir me procurar. Programei-o para que ele não falasse a ninguém sobre o que tinha acontecido até que eu o ouvisse primeiro.

Meetra assentiu.

– Foi uma jogada inteligente. Nós duas experimentamos traição suficiente para entender que nunca se sabe em quem confiar.

– Nunca imaginei que estaria escondida quando ele retornasse – prosseguiu Bastila. – Sinto muito por isso, T3. Se soubesse que tinha voltado, tentaria entrar em contato com você.

O droide assobiou, aceitando seu pedido de desculpas.

– Felizmente, ele me encontrou – disse Meetra. – Acho que pensou que eu era a segunda melhor opção, dado o meu histórico com Revan.

Bastila mordeu o lábio para evitar comentar alguma coisa. Ela sabia que seus sentimentos de mágoa não eram justificados ou justos, mas nem mesmo seu treinamento Jedi conseguia apaziguar suas emoções.

– Ou talvez ele soubesse que eu precisaria da sua ajuda – Meetra apressou-se em acrescentar, talvez ciente de que havia de alguma forma ofendido sua anfitriã.

– Esse carinha tem um talento natural para se unir a salvadores da galáxia – comentou Bastila, tentando manter a voz neutra.

O droide emitiu bipes de agitação.

– Sinto muito – disse Bastila novamente. – Tem razão. Você tem sido muito paciente até agora. Só não tenho certeza se estou preparada para ouvir o que você tem a me dizer.

Ela sempre se perguntara se Revan ainda estava vivo. Sempre imaginara que o amor deles a faria senti-lo por meio da Força, mesmo através da extensão de toda a galáxia. Depois que ele partiu, descobriu que isso não era verdade. Algumas noites sonhava com ele, mas nunca teve certeza se eram visões autênticas ou apenas manifestações da solidão que sentia desde que se fora.

Ainda assim, acreditava que teria sentido um distúrbio na Força caso ele tivesse morrido. Agarrar-se a isso lhe dava esperança. Agora, no entanto, sua crença poderia não passar de mera ilusão, caso T3 lhe dissesse que Revan estava morto. Queria ouvir a verdade, é claro, mas estava determinada a manter a fantasia apenas por mais alguns segundos.

– Não tenha pressa – Meetra disse. – Sei que é difícil. T3 esperou três anos por isso; pode esperar um pouco mais.

O objetivo de suas palavras era confortá-la, mas tiveram o efeito oposto.

– Talvez fosse mais fácil se T3 e eu conversássemos em particular – sugeriu Bastila.

Ficou evidente que o pedido pegara Meetra desprevenida, mas ela rapidamente recuperou a compostura.

– Entendo que você queira ser cautelosa – disse ela de forma compreensiva –, mas Canderous me contou tudo sobre Revan e sua busca pelo planeta assolado por tempestades.

Bastila fez uma careta. Ouvira rumores de que um Mandaloriano havia ajudado a Exilada em sua batalha contra Darth Traya.

– É verdade? Canderous é o novo Mandalore?

Meetra assentiu.

– Revan o ajudou a encontrar a Máscara de Mandalore antes de prosseguir sozinho.

– O que mais você sabe que eu não sei? – quis saber Bastila, tentando conter a amargura em sua voz.

– Jamais ocultaria propositalmente de você qualquer coisa que sei sobre Revan – garantiu-lhe Meetra, seriamente. – Você é a esposa dele; tem mais direito à verdade do que qualquer outra pessoa.

Bastila engoliu em seco, sentindo-se subitamente envergonhada.

– Você tem o mesmo direito – disse ela. – Você estava ao lado de Revan no começo; ele não tinha amiga mais verdadeira. O que quer que T3 tenha a dizer, devemos ouvir juntas.

Meetra assentiu para mostrar sua gratidão, mas não disse nada.

Respirando fundo, Bastila sentou-se na poltrona, de frente para os convidados. Cruzou as mãos sobre o colo, preparando-se mentalmente para o que estava por vir.

– Estou pronta.

Com uma série de bipes, apitos e hologravações, T3 transmitiu sua história. Ele começou com Revan retornando à *Ebon Hawk* em Rekkiad. Contou como os dois haviam deixado Canderous para trás e viajado para Nathema sozinhos. Descreveu o inesperado ataque à *Ebon Hawk* e a colisão quase fatal ao pousar na superfície de Nathema.

Explicou como examinara Revan, que ficara inconsciente, para se certificar de que ainda estava vivo, e como foi forçado a se esconder quando alguém entrou na nave.

Quando reproduziu a hologravação que fez do homem de pele vermelha que tirou Revan da nave, Bastila ofegou.

– Acho que os Sith não estão tão extintos quanto os Jedi pensavam – comentou Meetra.

– A Ordem está errada mais uma vez – murmurou Bastila. – Que grande surpresa.

T3 soltou um assobio baixo, desculpando-se por sua covardia, mas Bastila balançou a cabeça.

– Não foi covardia – assegurou ao pequeno droide. – Se você não tivesse se escondido, eles também o teriam capturado. Ou transformado você em sucata.

– A única maneira de ajudar Revan era conseguindo regressar inteiro – acrescentou Meetra.

Tranquilizado, T3 continuou seu relato. Contou como Revan foi levado para um ônibus espacial que aguardava e rapidamente levado dali. Com a partida de seu mestre, retornar a Bastila tornou-se o principal objetivo do astromecânico, de acordo com as instruções de última hora antes de deixarem Coruscant.

O primeiro passo era fazer a *Ebon Hawk* voltar a levantar voo. O droide descreveu em detalhes seus árduos esforços para reparar os danos causados pela colisão. Por meses, vasculhou as ruas da cidade deserta, recolhendo sucata, peças de reposição e outros itens necessários.

– E você nunca viu ninguém durante esse tempo? – perguntou Meetra. – Nenhum refugiado? Nada de saqueadores?

T3 gorjeou uma confirmação.

Bastila piscou de perplexidade, surpresa.

– Nenhum animal? Nenhum inseto? Nem mesmo plantas? Como é possível que toda a população de um planeta inteiro tenha sido simplesmente exterminada?

Meetra mexeu-se desconfortavelmente em sua cadeira, e Bastila sabia que ela estava pensando em seu papel no massacre de Malachor v. Sentiu uma repentina explosão de empatia pela outra mulher. Bastila não aprovava o que ela havia feito, mas entendia o que era ter vergonha dos atos do passado. Ela própria permitira que Malak a desviasse para o lado sombrio; somente o poder do amor de Revan a redimira.

Bastila sentiu que, apesar de tudo que Meetra havia feito para deter Darth Traya, ela era atormentada pela culpa e pelo remorso. Ainda buscava redenção.

Alheio à estranha tensão na sala, o droide prosseguiu com seu relato. Depois de quase um ano, ele finalmente conseguiu colocar a *Ebon Hawk* em condições de voar, embora o núcleo de seu hiperpropulsor estivesse operando apenas com eficiência mínima. A *Hawk* retornou ao espaço da República. Quando chegou, Traya e seus seguidores haviam sido quase todos exterminados pelos Jedi. Bastila havia partido; T3 não sabia onde procurá-la, ou mesmo se estava viva.

Foi durante esse período que o pequeno droide astromecânico se deparou com as partes desmontadas de HK-47, abandonadas em um planeta remoto e sem nome. Reconhecendo seu ex-parceiro, juntou os pedaços e os armazenou na *Ebon Hawk*.

O encontro fortuito era o tipo de coincidência que Bastila teria atribuído à influência da Força se T3 fosse um ser orgânico.

– Você faz alguma ideia de como ele foi parar lá? – ela perguntou. – Eu sempre me perguntei o que aconteceu a ele depois que desapareceu.

Meetra balançou a cabeça, respondendo pelo droide.

– Seu núcleo de memória foi danificado. Mesmo depois de eu tê-lo consertado, ele não conseguia se lembrar de nada. Na verdade –

ela admitiu –, esperava que você pudesse me contar o que aconteceu com ele.

Bastila deu de ombros.

– Quando descobriu que Revan havia partido, HK decidiu ir atrás dele. Mas me recusei a lhe dizer para onde meu marido tinha ido.

– Jogada esperta – disse Meetra. – A última coisa que Revan precisava enquanto ajudava Canderous e os Mandalorianos era de um droide homicida o seguindo.

– HK partiu furioso, jurando que encontraria Revan por conta própria. Essa foi a última vez que o vi até que ele apareceu novamente com você.

– Deve haver alguma parte em sua programação que o obriga a procurar por Revan – murmurou Meetra. – Se eu soubesse disso, teria sido mais cuidadosa.

– O que quer dizer?

– Deixei HK sob a supervisão do novo Conselho Jedi. Não achava seguro tê-lo zanzando pela galáxia, e presumi que ele ficaria contente em ficar com os Jedi, aguardando ordens. Mas ele desapareceu logo depois que eu parti. Agora percebo que provavelmente foi atrás de Revan novamente.

– Existe alguma probabilidade de ele encontrá-lo? – quis saber Bastila, subitamente preocupada, dirigindo sua pergunta a T3. – Você lhe contou algo sobre o que aconteceu com Revan?

T3 respondeu com um zumbido negativo que soava quase ofendido. O astromecânico claramente sentia o mesmo receio que suas companheiras humanas quanto ao envolvimento do droide assassino.

– Alguém deveria tentar rastreá-lo – Bastila murmurou, aliviada. – Encontrá-lo e desativá-lo antes que ele machuque mais alguém.

Havia pouca convicção por trás de suas palavras; por mais perigoso que HK fosse, ele era apenas um droide. Bastila tinha coisas mais importantes em mente. Seu marido ainda estava desaparecido e, pela primeira vez em anos, ela estava prestes a fazer algo a respeito.

– Os Jedi já estão procurando por HK – assegurou Meetra. – Não se preocupe com ele.

Bastila assentiu.

– T3, conte-nos o restante da sua história. O que aconteceu depois?

O astromecânico continuou o relato.

Depois de encontrar as peças desmontadas de HK-47, ele se juntou a Meetra, acompanhando-a como havia feito com Revan muitos anos antes. Quando descobriu que Bastila estava viva, viu-se novamente em uma batalha pela sobrevivência da República. Apesar de suas instruções, ele sabia que não poderia deixar Meetra até que a segurança da República estivesse assegurada.

A confissão fez Bastila sentir outra onda de amargura. T3 havia escolhido ajudar Meetra em vez de seguir suas instruções. Colocara a missão da Exilada acima de sua lealdade a Revan.

O sentimento logo se foi, sendo substituído por culpa e vergonha. O amor de Bastila por Revan novamente a havia cegado momentaneamente para a lógica e a razão. Seu marido era apenas um homem; seria estúpido valorizar sua vida acima do destino de milhões. Se Revan estivesse na sala, teria parabenizado o droide por colocar o bem maior acima das necessidades e desejos pessoais.

– Revan ficaria orgulhoso de você – disse ela ao pequeno droide. – Assim como eu estou.

– Acho que nosso curso de ação é claro – declarou Meetra. – Irei para Nathema e verei se consigo descobrir qual foi o destino de Revan.

– Você? – disse Bastila, sua voz carregando mais fúria e surpresa do que ela pretendia. – E quanto a mim? Espera que eu fique aqui sentada e aguarde, sem nem mesmo saber se ele está vivo ou morto?

– O que mudou desde que Revan se foi? – perguntou Meetra, suavemente. – Você ficou para trás para cuidar de seu filho. Está preparada para deixá-lo para trás agora?

– Claro que não! – exclamou Bastila. Ela quase acrescentou: *Vou levá-lo comigo*, mas no último segundo deu-se conta de quão imprudente e ridículo isso seria.

Revan partira porque acreditava que havia algo nas Regiões Desconhecidas que era uma ameaça muito maior do que qualquer outra coisa que a República já havia enfrentado. Guiado por suas visões de um planeta assolado por tempestades, achava que sua jornada era a única maneira de proteger o futuro de sua família. Seguir seus passos poderia expor seu filho à mesma ameaça que Revan estava tentando deter; seria uma traição aos próprios princípios que o haviam feito partir, e colocaria em risco o filho deles.

– Sinto muito – sussurrou Bastila. – Não tive a intenção de... É que eu apenas... Sinto falta dele. Eu me sinto tão impotente. Tão inútil. Tudo o que faço é esperar. Você não entende como tem sido difícil.

– Posso apenas imaginar como você sofreu – Meetra respondeu, gentilmente. – Gostaria de poder dizer que vai ficar mais fácil. Mas receio que não seja o caso. Todos temos nossos fardos para carregar, e este é o seu.

Suas palavras ofereceram pouco conforto, mas Bastila apreciou sua sinceridade.

– Farei tudo que estiver ao meu alcance para encontrar Revan – prometeu Meetra. – Se ele ainda estiver vivo, farei o que for preciso para trazê-lo de volta para você.

T3 emitiu um bipe duplo.

– Ficaria honrada se você viesse – Meetra lhe disse –, desde que Bastila não se oponha.

Bastila queria que T3 ficasse com ela; suas hologravações e bancos de memória eram tudo o que lhe restava do marido. Mas agora ela estava pensando racionalmente.

– Você vai precisar de sua ajuda – reconheceu. – Ele passou meses explorando Nathema enquanto procurava por peças para reparar a *Hawk*.

– Então devemos partir o quanto antes – disse Meetra, levantando-se.

– Por favor, espere um momento – pediu Bastila.

Deixando Meetra e T3 na sala de estar, apressou-se até o quarto e abriu o baú de madeira guardado no fundo do armário. Apanhou dois objetos e voltou para seus convidados, que a aguardavam.

– Dê isso a Revan – disse ela, depositando os itens nas mãos de Meetra.

O primeiro era uma hologravação que ela fizera da comemoração do último aniversário do filho deles. O segundo, um objeto pesado envolvido em um pedaço de pano preto.

Meetra olhou para ela, pedindo silenciosamente permissão para espiar seu conteúdo. Bastila respondeu com um aceno sutil de cabeça. Meetra desenrolou o tecido com cuidado, revelando um elmo de metal gasto e arranhado com um visor frontal vermelho e cinza.

– A máscara de Revan! – Meetra ofegou. – Achava que havia se perdido quando ele foi capturado pela unidade de assalto Jedi.

– Eu estava liderando aquela unidade de assalto Jedi – lembrou-a Bastila. – Não sei por que, mas eu a recolhi quando Revan caiu. Talvez mesmo naquele momento eu já sentisse que nossos destinos estavam entrelaçados. Nunca contei a ninguém. Nem ao Conselho. Nem mesmo a ele.

– Por que não?

Bastila hesitou, e depois decidiu que Meetra merecia saber a verdade.

– Revan usou a máscara durante as Guerras Mandalorianas e durante o período em que foi Darth Revan. Para mim, ela simboliza seu passado sombrio; uma relíquia de uma época anterior a ele se tornar o homem que eu amava. Temia que, se lhe mostrasse a máscara, ela pudesse desencadear algo em sua mente. Despertar algum mal adormecido e reacender a centelha do lado sombrio.

– Então por que entregá-la para mim agora?

– Tentei manter o passado de Revan afastado, mas agora entendo que isso foi errado. Eu estava sendo egoísta. Seu passado é parte dele, quer eu goste disso ou não. – Ela desviou o olhar da máscara. – Quando encontrá-lo, dê-lhe a máscara. Pode não significar nada para ele agora, mas há uma chance de que traga de volta um pouco do que ele perdeu. Vê-la pode restaurar lembranças cruciais e ajudá-los a retornarem sãos e salvos.

– E se os seus temores estiverem certos? – questionou Meetra, sua voz melancólica. – A máscara pode trazer de volta suas lembranças. Mas e se ela fizer mais do que isso? E se despertar o poder do lado sombrio nele?

– Eu não me importo – disse Bastila, desafiadoramente. – Não se esse poder ajudar a trazê-lo de volta para mim.

Como Jedi, suas palavras eram blasfêmias. Ela meio que esperou que Meetra jogasse a máscara no chão, enojada. Em vez disso, a outra mulher a envolveu novamente no pano e a guardou em segurança debaixo do manto, sem dizer uma palavra.

18

Meetra não sabia o que esperar quando a *Ebon Hawk* saiu do hiperespaço e começou a se aproximar de Nathema. T3-M4 havia lhe dito que o planeta era deserto, mas o pequeno droide não havia encontrado uma causa aparente para a extinção em massa. Enquanto explorava a superfície durante sua última visita, havia feito testes confirmando que o ambiente estava livre de toxinas e radiação; tirando isso, tudo mais não passava de especulação.

Quando a nave se aproximou do planeta marrom e lúgubre, a sensação de inquietação e desconforto foi crescendo dentro dela. De certa forma, lembrava-a de Malachor v – a colossal e instantânea perda de vidas naquele planeta condenado criara uma ferida na Força. A ativação do Gerador de Massa Sombria aniquilara dois exércitos, quebrando os elos da Força que conectavam todos os seres vivos.

Meetra estivera próxima o suficiente para sentir a onda de choque; para sobreviver, desconectara-se da Força, protegendo sua psique contra os horrores do que havia liberado. Muitos anos se passaram até ela recuperar sua ligação com a Força, mas sobreviver ao trauma de Malachor v acabou lhe dando forças para derrotar Darth Traya e seus seguidores.

A princípio, ela presumiu que alguma tragédia semelhante havia ocorrido em Nathema; uma superarma capaz de extinguir um planeta inteiro deixaria um eco amortecido de morte e escuridão. Quando a *Ebon Hawk* desceu à atmosfera, percebeu que a sensação ali era nitidamente diferente.

Levou alguns segundos para descobrir o que exatamente havia acontecido, sua mente analisando o problema mesmo enquanto suas mãos automaticamente faziam os ajustes necessários para conduzir a nave a uma aterrissagem próxima às coordenadas que T3 lhe transmitira.

Os eventos de Malachor tinham deixado uma cicatriz na Força; uma ferida que não se curaria. Ali, no entanto, a Força simplesmente... havia desaparecido. Era como se alguém a tivesse arrancado, deixando apenas um vazio no lugar.

Seu desconforto foi aumentando à medida que a nave se aproximava da superfície. Aquele planeta não era natural, e a reação instintiva de seu corpo foi de indisposição e repulsa. Olhou para T3 que pairava ansiosamente ao seu lado no cockpit, mas o droide não parecia afetado. Sua falta de reação apenas reforçava a natureza do sofrimento que ela experimentava: sendo um droide, T3 não podia sentir a Força, e não perceberia se ela sumisse repentinamente.

Pelo canopi do cockpit, Meetra viu um rastro de destruição serpenteando pela cidade lá embaixo: os destroços da queda de Revan. Um enorme pedaço de permacreto havia sido arrancado de um arranha-céu pelo lado de estibordo da nave enquanto passava. Um trecho da rua e da calçada havia sido destruído quando a nave quicou e derrapou pela via principal. Os resquícios amassados dos deslizadores formavam um rastro irregular na rua, os pequenos veículos esmagados pela passagem da nave estelar que era muito maior.

Meetra selecionou seu local de pouso e aterrissou a nave com cuidado. A opressão do Vazio a pressionava, mas fez o que pôde para ignorá-la.

– Venha, T3 – disse ela, soltando o cinto de segurança do assento do piloto. – Vamos dar uma olhada por aí e ver o que conseguimos descobrir.

Quando Meetra desceu do ônibus espacial, foi como tivesse levado um soco no estômago; ela se curvou, e T3 apitou de preocupação.

– Estou bem – ela ofegou, endireitando-se lentamente.

Visitara Malachor v anos depois do cataclismo do Gerador de Massa Sombria. Atravessar sua superfície tinha sido uma agonia. Mentalmente, ainda sentia a angústia de todos os que haviam perdido a vida lá. Fisicamente, a intensa gravidade do planeta a oprimia com sua pressão esmagadora, fazendo-a lutar para respirar. Tinha sido a experiência mais terrível e horripilante de sua vida... até o presente momento.

Em Malachor, sentira ecos de dor e sofrimento inimagináveis – mas pelo menos havia sentido *alguma coisa*. Ali em Nathema havia apenas um frio vazio. Não era natural; era uma abominação. Em Malachor, ela sentira o eco de uma grande destruição; ali havia apenas o insuportável vácuo da aniquilação.

Seu corpo reagiu com uma aversão tão intensa que ela se sentiu fisicamente doente. Sua mente tentou brevemente imaginar o que havia acontecido para causar tamanha aberração, e então fugiu das respostas. Sua mente ficou em branco, e seu corpo, entorpecido.

Ela permaneceu imóvel por vários minutos, ou talvez várias horas; o tempo não tinha significado ali. Mas a incessante chiadeira de T3 acabou por tirá-la de seu torpor.

Usando as técnicas de concentração mental que aprendera quando era Padawan, ela se forçou a focar em algo – qualquer coisa –, além da inevitável ausência da Força.

Você veio até aqui para encontrar Revan, pensou. *Tem que haver alguma pista de para onde os Sith o possam ter levado.*

– Precisamos encontrar algum tipo de arquivo – disse ela em voz alta. – Algo que possa nos dizer mais a respeito deste planeta.

Sua voz soou vazia e cansada, mas era apenas mais um detalhe perturbador de Nathema sobre o qual ela se recusou a refletir.

As luzes de T3 piscaram de forma acelerada enquanto o astromecânico analisava rapidamente seus circuitos de memória. Alguns segundos depois, ele emitiu bipes animadamente e começou a descer a rua.

Meetra o seguiu, suas pernas longas permitindo que ela logo alcançasse e acompanhasse o droide. A caminhada revigorante a fez se sentir mais normal; a atividade física parecia ajudar a manter afastado o vazio opressivo de Nathema.

O droide a levou para a entrada do que parecia ser um tipo de prédio oficial do governo. Do lado de fora, havia caracteres que ela não conseguiu compreender. Na República, todas as questões governamentais eram tratadas em Básico. E, embora fosse provável que os habitantes de Nathema estivessem familiarizados com o Básico – a língua franca do comércio interestelar era conhecida por praticamente todas as espécies que viajavam pelo espaço na galáxia –, eles obviamente haviam identificado seus edifícios em um idioma nativo.

O prédio tinha três andares, com apenas algumas janelas voltadas para a rua e duas portas pouco convidativas que pareciam ser a moda comum das fortalezas burocráticas em todas as culturas da galáxia.

As portas estavam fechadas, mas ela cortou o ferrolho com seu sabre de luz, tentando ignorar o aspecto desbotado e sem brilho da lâmina.

Concentre-se na tarefa diante de você, lembrou a si mesma. *Encontre as informações que procura o mais rápido possível e você poderá dar o fora deste maldito planeta.*

Ela entrou, com T3 seguindo-a de perto. Estava escuro por dentro; qualquer que fosse a fonte de energia que antes alimentava o edifício, havia se deteriorado há muito tempo. Meetra puxou um bastão luminoso de um dos muitos bolsos costurados no largo cinto de tecido em sua cintura e o acendeu, iluminando o que estava ao seu redor com seu fantasmagórico brilho verde.

A primeira coisa que chamou sua atenção foram as pilhas de roupas espalhadas aleatoriamente. Imaginou que elas deviam ter desabado no chão quando aqueles que as trajavam desapareceram. Foi preciso aplicar toda a sua disciplina para impedir que sua mente especulasse sobre que tipo de evento poderia ter causado o bizarro fenômeno.

A exploração do nível térreo revelou que era algum tipo de área de recepção ou lobby. Havia uma grande mesa de frente para a porta, perfeitamente posicionada para que a pessoa atrás dela recepcionasse os visitantes. Com exceção de várias cadeiras de aparência desconfortável dispostas no que provavelmente era uma sala de espera central, não parecia haver nada de interesse no andar de baixo.

Havia um elevador no canto que levava aos andares superiores, mas sem energia ele era inútil. Felizmente, uma rápida busca localizou uma escada atrás de uma porta não identificada próxima aos fundos do edifício.

– Vamos verificar os andares superiores – disse ela, e T3 emitiu bipes concordando.

Para alguns droides astromecânicos, as escadas podiam ser um problema, mas T3 era surpreendentemente versátil. Travando suas rodas para evitar rolar para trás, ele foi capaz de usar as pernas dianteiras para se içar nos degraus, um de cada vez. Demorou um pouco mais que sua parceira humana para chegar ao topo, mas pelo menos Meetra não teve que tentar carregá-lo.

O segundo andar estava cheio de terminais de dados e cubículos – estações de trabalho para drones do governo que antes povoavam os escritórios e corredores. Infelizmente, sem energia, a rede de computadores havia parado de funcionar, tornando os terminais inúteis.

– Vamos ver se conseguimos encontrar o banco de dados principal no próximo andar – sugeriu Meetra.

Alguns minutos depois, estavam no terceiro andar. Como no nível inferior, parecia consistir principalmente de escritórios, cubículos e estações de trabalho. Próximo aos fundos do edifício, encontraram uma única porta de duraço. Na parede ao seu lado havia o que parecia ser um teclado de segurança.

– Mostre-me o que você sabe fazer – disse Meetra, apontando para o painel.

T3 rolou até a parede. Um painel se abriu em seu corpo revelando uma sonda elétrica longa e fina, que ele estendeu para penetrar no teclado de segurança. Houve uma breve pausa e então o *zap* inequívoco de uma poderosa descarga elétrica. O teclado se iluminou e a porta se abriu.

Como Meetra esperava, a sala do outro lado abrigava os principais bancos de dados.

– Pegue qualquer coisa que pareça útil para que possamos cair fora daqui – instruiu ela.

T3 correu para obedecer, inserindo sua versátil sonda na porta de uma interface para poder invadir a rede de dados desativada. Como havia feito com o teclado de segurança da porta, T3 aplicou ao banco de dados uma poderosa descarga elétrica para reativá-lo temporariamente a fim de que pudesse baixar os arquivos relevantes.

O processo inteiro levou menos de cinco minutos, mas para Meetra pareceu uma eternidade. Até ali, ela havia conseguido se manter ocupada, mas, enquanto aguardava ociosamente que T3 terminasse, começou a perceber novamente a ausência da Força.

Ela podia sentir o Vazio pressionando-a por todos os lados. Ao mesmo tempo, ele a estava puxando, tentando arrancar a própria essência de sua existência. A natureza abomina o vácuo; o vazio estava tentando se preencher com a energia de Meetra. Por um momento, ela sentiu como se fosse se desfazer, seu corpo físico se desintegrando em trilhões de partículas subatômicas que se espalhariam por toda a superfície de Nathema.

Não!, gritou em sua mente. *O Vazio não vai me pegar! Sou mais do que um mero conjunto de matéria e partículas aleatórias! Eu sou um ser vivo. Eu sou Meetra Surik!*

A afirmação de sua própria existência pareceu fazer o Vazio recuar, pelo menos por ora. Mas Meetra sabia que não conseguiria aguentar muito mais tempo. Por mais que tentasse ignorar o que sentia – ou, mais precisamente, o que não sentia – ao seu redor, sabia que era apenas uma questão de tempo até que os horrores de Nathema a destituíssem de sua sanidade.

Estava prestes a dizer a T3 que era hora de partirem quando ele assobiou triunfantemente e retirou a sonda.

– Preciso voltar para a nave – disse-lhe. – Você pode me contar o que encontrou quando estivermos fora deste planeta.

Uma vez em movimento, ela começou a melhorar, mas ainda podia sentir o Vazio pairando nos limites de sua consciência. Era como ser perseguida por alguma criatura sem nome, sem face e invisível. Ela a sentia à espreita em cada canto, apenas esperando que baixasse a guarda para que pudesse pegá-la.

Acelerou o passo, contando que seu companheiro droide acompanhasse seu ritmo, concentrada demais em controlar suas emoções e se acalmar para responder aos chiados indignados dele.

Quando chegou à *Ebon Hawk*, ela estava correndo, embora nem tivesse se dado conta disso. Um único pensamento dominava sua mente consciente: *Fuja!*

Ela ajustou o cinto de segurança do assento do piloto e acionou os motores no exato momento em que T3, que havia sido deixado para trás, subiu pela rampa de embarque.

– Segure-se – ela avisou quando fechou a escotilha e imprimiu força total nos motores.

A *Ebon Hawk* decolou, lançando-se para o céu e além. Eles romperam a atmosfera, mas Meetra não desacelerou a nave. Manteve os motores no máximo até alcançarem os limites do sistema solar. Só então, com vários milhões de quilômetros entre ela e Nathema, sentiu-se segura o suficiente para diminuir a velocidade.

T3 rolou até ela e soltou um assobio de preocupação.

– Você não entenderia – disse-lhe. – Mas agora estou bem. Dê-me apenas alguns minutos e daremos uma olhada no que você conseguiu daqueles bancos de dados.

Demorou mais do que Meetra esperava para T3 decodificar e traduzir os arquivos de Nathema para algo que ela pudesse analisar com o computador da nave. Levou quase dois dias para que pudesse começar a revisar os arquivos. No entanto, lembrou a si mesma, considerando que o droide estava processando milhões de terabytes de dados compilados originalmente em computadores que usavam tecnologia basicamente desconhecida, o fato de ele ter conseguido alguma coisa já era um pequeno milagre.

Durante suas investigações iniciais, várias coisas logo ficaram claras. O prédio que invadiram tinha sido um tipo de escritório de armazenamento de arquivos, um componente comum, mas vital, de qualquer governo complexo. Continha documentos do governo, arquivos históricos, transcrições e, o que era mais promissor, registros de censo detalhados de vários planetas.

A partir dos dados do censo, ficou evidente que Nathema já fizera parte do Império Sith. Estranhamente, todos os arquivos pareciam ser anteriores à Grande Guerra do Hiperespaço. Qualquer que tenha sido o evento que extinguira toda a vida de Nathema e o deixara desprovido da Força, deveria ter ocorrido quase mil anos antes.

Por causa disso, era impossível dizer se o Império Sith, como descrito nos registros, ainda existia. Mas, pela hologravação de T3 do ser de pele vermelha que levara Revan, Meetra estava inclinada a acreditar que ele sobrevivera de alguma forma.

Revan havia deixado Bastila para trás porque temia que a maior ameaça à sobrevivência da República estivesse espreitando nas Regiões Desconhecidas. Isso certamente batia com o ressurgimento do Império Sith.

A teoria também se encaixava no que Canderous lhe havia dito. O Mandaloriano alegara que Revan havia lhe pedido que restaurasse a glória e a força de seu povo, para que eles pudessem lutar contra os Sith caso tentassem novamente invadir a República.

Segundo os registros do censo, o Império Sith compreendia várias dezenas de planetas. O Sith que havia levado Revan poderia ser proveniente de qualquer um desses lugares; se conseguisse descobrir qual deles era o seu lar, Meetra poderia restringir sua pesquisa.

No entanto, enquanto cruzava os nomes com as coordenadas galácticas dos planetas listados, ela rapidamente se deu conta de que todos eram já conhecidos pela República. Nos últimos mil anos, os Jedi haviam expurgado sistematicamente todos os planetas mencionados no censo de sua influência Sith: aqueles eram registros de um Império Sith que não existia mais.

Recusando-se a desistir, investigou mais a fundo os arquivos de dados recolhidos, examinando os registros referentes ao próprio planeta Nathema. Por vários dias, ela ficou absorvida nos arquivos, não parando nem para comer ou dormir. A cada poucas horas, renovava-se com uma rápida pausa para meditação, recorrendo à Força para repor suas reservas de energia em queda e sua concentração mental para que pudesse continuar seu trabalho.

Havia dezenas de milhares de documentos e relatórios do governo reunidos por mais de cinquenta agências diferentes, mas Meetra recusou-se a ficar intimidada pela tarefa monumental. Continuou a analisar os arquivos, e aos poucos um quadro começou a se formar.

O povo de Nathema passara seus últimos dias em um estado de pavor e desespero. Sabiam que era apenas questão de tempo até que os Jedi os encontrassem, e o governante de Nathema – um Sith chamado Lorde Vitiate – aproveitou-se do medo de seu povo. As transcrições dos discursos públicos de Vitiate estavam repletas de advertências gráficas do que os Jedi fariam quando chegassem. Os registros confirmaram que seus discursos haviam sido transmitidos e difundidos por todo o Império, plantando sementes de terror entre todos os planetas Sith. Vitiate consciente e cuidadosamente levou as pessoas a um estado de pânico, sabendo que seguiriam cegamente qualquer um que lhes oferecesse esperança.

Ele não tardou em ocupar esse papel, e fez um apelo a todos os outros Lordes Sombrios para que se reunissem com ele em Nathema para um ritual que, segundo prometeu, levaria os Sith à salvação.

Ao mesmo tempo em que fazia isso, Vitiate também tinha os melhores historiadores e cientistas tentando determinar a localização de um planeta chamado Dromund Kaas – o planeta natal há muito perdido da espécie Sith original.

Meetra somente descobriu isso graças às excepcionais habilidades de hackeamento de T3. O astromecânico não apenas havia copiado e traduzido todos os dados dos arquivos, mas também descriptografado os códigos de acesso para liberar arquivos confidenciais do governo, que então marcou como prioridade para ajudar a simplificar as investigações de Meetra.

A equipe que Vitiate designou para procurar Dromund Kaas havia operado em total sigilo, mantida enclausurada noite e dia em um laboratório de pesquisa enquanto estudava os antigos mapas estelares e cartas de astronavegação. Felizmente, a líder da equipe havia registrado tudo meticulosamente e cada etapa do processo fora documentada com precisão – incluindo o momento de triunfo no qual eles finalmente foram capazes de teorizar sobre uma rota do hiperespaço que os levaria com segurança a Dromund Kaas, onde os Jedi jamais poderiam segui-los.

A anotação final da líder da equipe no diário do projeto detalhava seus esforços para apresentar pessoalmente suas descobertas a Vitiate. Este anunciou publicamente o início de seu grande ritual apenas três dias depois.

Cronologicamente, não havia registros após o anúncio. Nada da equipe de pesquisa; nada de qualquer outro departamento. Era como se cada membro do amplo governo de Nathema tivesse simultaneamente sido varrido da existência. No entanto, mesmo sem nenhum registro oficial do que havia acontecido a seguir, não foi difícil para Meetra juntar as peças que faltavam.

O ritual obviamente destruíra Nathema, extinguindo toda a vida no planeta. Lorde Vitiate havia oferecido esperança ao seu povo, e em vez disso trouxe-lhes um destino pior que a morte – a total erradicação da vida, da existência e até mesmo da Força.

Meetra não era especialista em feitiçaria do lado sombrio, mas era seguro presumir que Vitiate não apenas sobrevivera ao ritual, mas emergira mais poderoso do que nunca. E, com a destruição de todos em Nathema, incluindo a equipe de pesquisa, apenas ele saberia a localização de Dromund Kaas.

O plano era tanto horrendo quanto brilhante. Além de se tornar mais poderoso do que Meetra poderia imaginar, Vitiate poderia culpar os Jedi pela extinção de seu planeta, aterrorizando ainda mais os planetas Sith remanescentes. E então oferecer-lhes um vislumbre de esperança, prometendo levar todos aqueles que lhe jurassem lealdade a um lugar onde os Jedi nunca os encontrariam.

Se Vitiate tivesse sido tão astuto quanto Meetra imaginava, não teria levado seus seguidores diretamente a Dromund Kaas.

Em vez disso, ele os conduziria num êxodo longo e difícil, durante o qual os Sith seriam forçados a recorrer a ele várias vezes para obter apoio e orientação, com sua dependência crescendo até que ele se transformasse de líder a herói, e de herói a salvador. Quando finalmente chegassem a Dromund Kaas, provavelmente já adorariam Vitiate como um deus – todo-poderoso e onisciente.

Era uma história fascinante, com certeza, mas Meetra não sabia como isso poderia ajudá-la a encontrar Revan. O grande plano de Vitiate havia ocorrido mais de mil anos antes. Certamente o próprio Vitiate já morrera há muito tempo, e, mesmo que tivesse levado os Sith a Dromund Kaas, não havia garantia de que eles ainda continuavam lá.

Havia também outras possibilidades a considerar. Os Sith eram uma espécie agressiva e belicosa; era possível que Dromund Kaas fosse apenas um dos muitos planetas nas Regiões Desconhecidas que haviam caído sob seu controle nos últimos mil anos. Era possível – e até provável – que o indivíduo de pele vermelha que capturara Revan o tivesse levado para um planeta completamente diferente, um sobre o qual Meetra nunca ouvira falar. Mas pelo menos ela tinha uma pista. E, por menores que fossem as chances de encontrar seu mentor,

Meetra não estava disposta a desistir. Confiava na Força; no final, isso a levaria até ele.

A partir dos registros do censo, ficou claro que os humanos eram – ou haviam sido – parte do Império Sith. Se os seguidores de Vitiate tivessem se estabelecido em Dromund Kaas, ela poderia se misturar a eles se passando por mercenária, um papel que conhecia bem dos anos em que vivera como Exilada na Orla Exterior.

Enquanto inseria as coordenadas do hiperespaço tiradas do caderno de registro da líder da equipe de pesquisa no computador de navegação, T3 se aproximou e trinou inquisitivamente.

– Estamos indo para um planeta chamado Dromund Kaas – explicou Meetra, quando a *Ebon Hawk* saltou para a velocidade da luz. – Se Revan estiver lá, nós o encontraremos.

19

Scourge introduziu o código de acesso para abrir a porta que levava às celas de detenção subterrâneas construídas sob a fortaleza de Nyriss. Não deu a mínima atenção aos guardas que estavam de vigia quando entrou, e eles também não fizeram nenhum movimento para detê-lo. Scourge passara pelo posto de controle centenas de vezes, e eles haviam parado de se preocupar com os protocolos oficiais de segurança de Murtog há muito tempo.

Ele desceu a escada que dava para o corredor pouco iluminado e sem saída lá embaixo. Havia quatro portas, duas de cada lado. Ao lado de cada porta havia um monitor exibindo um holovídeo do que estava acontecendo no interior das celas. Três delas estavam vazias; a quarta vinha sendo ocupada pelo mesmo prisioneiro nos últimos três anos.

A imagem mostrava Revan sentado numa posição já familiar, as pernas cruzadas e as palmas das mãos voltadas para cima, descansando sobre as coxas. Seus olhos estavam fechados, seu rosto sereno... embora Scourge soubesse que isso tinha tanto a ver com a medicação quanto com a meditação.

O prisioneiro não havia deixado sua cela nem por um único momento desde sua captura. Havia um vaso sanitário no canto, uma pequena pia e uma cama encostada em uma das paredes. A princípio, haviam trazido uma cadeira para amarrá-lo durante as sessões de interrogatório, mas, após os primeiros meses, Scourge convenceu Nyriss de que torturar Revan era um desperdício inútil de tempo e recursos.

Àquela altura, Revan já havia lhes contado tudo – pelo menos tudo o que conseguia lembrar. Revelara que os Jedi tinham apagado grande parte de suas antigas lembranças, incluindo todos os vestígios do que lhe acontecera nas masmorras do Imperador. Confessara ter ido a Nathema na esperança de recuperar seu passado perdido, seguindo o mesmo caminho no qual embarcara anos antes.

Não pôde dizer a Nyriss nada do que ela realmente queria saber. E, embora ela ainda suspeitasse que ele havia sido dominado pela vontade do Imperador e depois se libertado, os cientistas que trouxera para analisá-lo não conseguiram encontrar nada útil em todos os seus testes e investigações.

Seis meses depois, Nyriss havia perdido o interesse em seu prisioneiro Jedi. Sua atenção voltou-se para outras conspirações e intrigas, embora o mantivesse vivo por precaução. Mas, enquanto Nyriss ignorava Revan, Scourge havia ficado obcecado por ele.

O controle da Força pelo Jedi e sua conexão com ela eram diferentes de tudo que Scourge havia sentido em qualquer outro indivíduo. Embora Revan estivesse constantemente dopado, era impossível não sentir seu poder. Depois de anos estudando-o, Scourge passou a entender por que os Jedi tinham uma reputação tão temível entre os Sith. Com homens e mulheres como Revan em suas tropas, era fácil ver como haviam repelido a invasão Sith mil anos antes. E isso confirmou o que ele já suspeitava: o plano do Imperador de tentar outra invasão contra a República naquele momento significava suicídio.

No entanto, era mais do que a energia pura dos Jedi o que interessava a Scourge. Ao contrário de todos os instrutores da Academia, ou mesmo da própria Nyriss, Revan havia experimentado tanto o lado luminoso da Força como o sombrio. Ele era dotado de uma perspectiva única de seus pontos fortes e fracos, e Scourge estava ávido por aprender com sua experiência.

Não tinha sido fácil, é claro. Revan o via como um inimigo a princípio: Scourge era o sujeito que o torturara para obter informações. Mas, com o passar do tempo, isso gradualmente foi mudando. Revan era mantido em isolamento quase total. Os guardas estavam proibidos de falar com ele, e, uma vez que Nyriss praticamente o esquecera, as visitas semanais de Scourge eram sua única fonte de conversa ou contato.

Scourge compreendeu que longos períodos de confinamento solitário poderiam ser ainda mais difíceis de suportar do que o sofrimento físico brutal dos interrogatórios. Solidão e isolamento consumiam a mente e o espírito; era inevitável que Revan desenvolvesse uma relação com a única pessoa com quem tinha contato.

Fora um processo lento e sutil, e mesmo agora eles ainda se viam com desconfiança e suspeita. Mas, no final, a necessidade instintiva de interação havia feito Revan se abrir. Ele dava respostas muito bem calculadas às perguntas de Scourge sobre suas crenças e filosofias, ou deixava escapar pequenos detalhes de seu conhecimento sobre a Força.

Não importava quanto tempo conversassem, Revan tinha o cuidado de dizer muito pouco, mas ao longo dos anos as pequenas gotas de sabedoria haviam se acumulado em uma grande reserva para Scourge utilizar. Nyriss podia não ver mais utilidade em Revan, mas Scourge exploraria esse valioso recurso o máximo possível.

Ele destrancou a porta da cela de Revan. O Jedi ainda usava as mesmas vestes marrons com as quais havia sido capturado; as roupas – assim como o próprio prisioneiro – não eram devidamente lavadas há três anos. Scourge fez uma careta ante o cheiro rançoso e forte que provinha do humano, mas era um preço pequeno a pagar, considerando o quanto ele já havia conquistado em suas visitas regulares.

– Revan – chamou ele, notando que os olhos do prisioneiro ainda estavam fechados. – Quero falar com você.

Revan abriu os olhos como se tivesse respondido à voz do Sith, embora na verdade houvesse sentido sua aproximação desde o momento em que começou a descer as escadas. Era difícil recorrer à Força através do véu de substâncias químicas que alteravam sua mente, mas ao longo dos anos ele havia aprendido alguns truques.

Embora já tivessem conversado centenas de vezes, o Sith nunca havia dito a Revan seu nome. Não que isso importasse. Para Revan, ele não passava de uma ferramenta – sua única esperança de escapar daquela cela com vida.

Durante os primeiros meses, esperara que alguém viesse resgatá-lo: Canderous ou T3-M4, ou talvez até mesmo Bastila, guiada até ele pela Força. Mas, conforme o tempo foi passando, seu cérebro entorpecido pelas drogas por fim percebeu que ele estava realmente sozinho.

Tentara se comunicar com Bastila por meio da Força, mas os medicamentos e a vasta distância de uma galáxia inteira deviam tê-la impedido de sentir o seu chamado. Ele quase desistiu quando se deu conta de que não haveria resgate; sua situação parecia irremediável. Então, sua mente confusa fixou-se no interrogador Sith.

Estava claro que o ser de pele vermelha era subserviente à bruxa carcomida presente durante os primeiros interrogatórios. Também era óbvio que ele era mais do que um mero capanga contratado para extrair informações dos prisioneiros por meio de tortura. Revan sentira a Força nele; ele tinha um potencial incrível. Felizmente para Revan, ele também era arrogante, autoconfiante demais e ambicioso.

Ao longo de muitos meses, Revan estimulou essa ambição com pequenas migalhas que tinham como objetivo atrair a curiosidade do Lorde Sith. Ele lhe contou sobre o seu passado, sabendo que suas vitórias sobre Malak e outros indivíduos poderosos alimentariam o desejo do jovem Sith de ascender de sua posição atual.

Também insistia em mencionar a Força com regularidade. Ele já havia servido ao lado sombrio e compreendia seu desejo insaciável por poder. A oportunidade de aprender algo novo sobre a Força – qualquer coisa que fosse – era uma tentação à qual o Sith não poderia resistir.

Ele estava disposto a dar ao Sith vislumbres de sua sabedoria, porque a cada conversa ele aprendia um pouco mais sobre seus captores. O interrogador era cuidadoso; tentou revelar o mínimo possível sobre si mesmo e o mundo do lado de fora da cela. Mas, depois de muitos meses e centenas de conversas, era inevitável que algumas coisas escapassem.

Para facilitar o processo, Revan forjou cuidadosamente uma relação com o Sith anônimo, estabelecendo uma afinidade que tornava mais fácil para ele abrir-se e falar sobre si mesmo inconscientemente, mesmo quando pensava estar usando Revan.

Seus esforços foram bem recompensados. Nos últimos três anos, havia descoberto muito sobre a sociedade Sith que a República acreditava estar extinta. Soube que eles eram governados por um Imperador; soube que controlavam centenas de planetas.

Cerca de um ano antes, descobrira o nome da mulher que havia supervisionado os primeiros interrogatórios. Seu nome era Nyriss, uma das conselheiras escolhidas a dedo pelo Imperador.

A certa altura, seu captor deixara escapar que o Imperador planejava secretamente uma invasão contra a República. E, o mais importante, havia revelado que ele e Nyriss – junto com muitos outros Sith –, estavam determinados a detê-lo.

Revan se agarrara a esse objetivo compartilhado, e nos últimos meses vinha explorando a questão sempre que tinha oportunidade.

Poderia não dar em nada. Todos os seus esforços poderiam não passar, no final das contas, de um mero passatempo para ajudá-lo a suportar as intermináveis horas de cativeiro. Mas se houvesse uma oportunidade, mesmo que pequena, de que pudesse de alguma forma usar esse conhecimento para escapar de sua prisão, ele pretendia aproveitá-la.

O Jedi abrira os olhos, mas ainda parecia perdido em seus pensamentos. Scourge perguntou-se se haviam mudado sua medicação recentemente. De poucos em poucos meses, era necessário que alterassem para uma nova fórmula, quando seu corpo se tornava mais resistente à dose diária de medicamentos destinados a mantê-lo dócil e indefeso. Durante os primeiros dias após cada troca de medicação, Revan parecia ainda mais ausente do que o habitual.

– Revan – ele repetiu, falando mais alto. Bateu as palmas estridentemente, o som ecoando pelas paredes da cela.

– Perdão, meu senhor – disse Revan em resposta, arrastando levemente as palavras. – Estou tendo dificuldades para... me concentrar. É bom vê-lo novamente. – Ele acrescentou com um débil sorriso. – Sempre aprecio suas visitas.

Scourge jamais admitiria isso a alguém, é claro, mas ele também as apreciava. Havia desenvolvido grande respeito e até admiração por Revan; o que era irônico, considerando como sua opinião a respeito de Nyriss nos últimos meses havia mudado para pior.

– Você parece preocupado, meu senhor.

– Nyriss continua se recusando a tomar qualquer providência concreta contra o Imperador – ele rosnou.

Fazia-lhe bem dizer as palavras em voz alta. Esse era um benefício inesperado de ser a única pessoa que já conversara com o prisioneiro. Qualquer coisa que dissesse na cela jamais sairia daquelas paredes; ali, Scourge podia desabafar suas frustrações em voz alta sem medo de represálias.

– Ela me diz que devemos ser pacientes, mas suas energias e recursos estão concentrados em derrotar seus rivais no Conselho Sombrio.

– Nyriss é movida pelo medo – explicou Revan, falando com a cadência lenta e monótona com a qual Scourge nunca realmente se acostumara. – Atacar abertamente o Imperador coloca a vida dela em perigo. Sua própria sobrevivência imediata é mais importante para ela do que o destino do seu Império.

– Existem aliados poderosos que podem ser persuadidos a ajudá-la – respondeu Scourge. – Tudo o que precisam é que alguém se voluntarie e assuma o controle. Tudo o que precisam é de um líder para incentivá-los a agirem.

– Eu fui traído por Malak – Revan o lembrou. – Nyriss tem medo de que o mesmo possa acontecer a ela. Se ela se oferecer para liderar, não poderá mais se esconder nas sombras com os outros. Ficará exposta, e basta apenas um rival ambicioso traindo-a junto ao Imperador para que tudo desmorone.

Scourge assentiu, lembrando-se de como Nyriss tinha feito o mesmo para eliminar Darth Xedrix. Naquela época, acreditara quando ela disse que era pelo bem da causa, mas agora suspeitava que havia sido apenas uma desculpa para eliminar um rival do Conselho Sombrio.

– Se todos os conspiradores ficarem temerosos demais para darem um passo à frente, o Imperador nunca será detido – murmurou Scourge. – No fim, isso acabará nos levando a uma guerra que não podemos vencer, e os Jedi nos liquidarão em retaliação. Em última análise, não fazer nada é a mais perigosa de todas as escolhas.

– Nyriss não enxerga isso. Assim é o lado sombrio – disse Revan. – Aqueles que o seguem são movidos pelo medo e pela ambição. São egoístas demais para ver que grandes vitórias geralmente exigem sacrifícios.

Scourge fez uma careta. Às vezes ele se cansava dos sermões de Revan contra o lado sombrio. Nesse caso, no entanto, o Jedi estava pelo menos parcialmente certo. Nyriss não pensaria duas vezes em sacrificar um aliado ou um seguidor, mas nunca consideraria sacrificar a si mesma.

Revan, por outro lado, havia cruzado a galáxia apesar dos riscos desconhecidos porque achava que poderia existir algo que ameaçava sua amada República. Ele se colocara em uma situação de perigo por algo em que acreditava.

Um ano antes, Scourge teria rido de sua estupidez; afinal, o que Revan conseguira além de se tornar um prisioneiro? Agora, porém, compreendia que, embora o Jedi tivesse fracassado, pelo menos ele havia se esforçado. Pelo menos tivera uma chance de ter sucesso. Nyriss, ao que parecia, sequer faria a tentativa. Falhara em deter o Imperador antes mesmo de ter começado.

– Você precisa encontrar outro aliado para sua causa – sugeriu Revan. – Alguém poderoso, mas que não esteja envolvido com a política do Conselho Sombrio.

Scourge riu alto em reação ao que Revan estava claramente insinuando.

– Você deve estar ficando cada vez mais desesperado se acha que pode me convencer a ajudá-lo a escapar.

Em sua mente, Revan imediatamente recriminou-se. Ele havia pressionado rápido demais. Em vez de uma manipulação sutil, tinha dado um passo em falso, revelando um estratagema mal feito e óbvio. Nunca teria cometido um erro tão estúpido se sua mente estivesse desanuviada.

Mas pensou que ainda era possível salvar a situação. Ele tinha que dar ao Sith outra coisa no que se focar, algo que lhe interessava acima de tudo o mais.

– Compartilhamos um objetivo em comum – admitiu Revan. – Nós dois queremos impedir que o Imperador invada a República. Mas não estou propondo uma aliança. – Ele fez uma pausa. – Não preciso da sua ajuda para escapar. A Força me mostrou que minha liberdade está próxima.

– A Força mostrou a você? O quer dizer? Você teve uma visão?

Como Revan suspeitava, seu carcereiro jamais experimentara uma visão proporcionada pela Força. Não era incomum: o fenômeno era muito mais raro entre os que seguiam o lado sombrio. Seu foco era interno – usavam a Força como uma ferramenta, em vez de enxergarem a si próprios como instrumentos da vontade da Força. Eles não estavam acostumados a se abrir para a Força em busca de aconselhamento e orientação.

– A Força me mostrou que meu futuro está além desses muros – mentiu Revan.

– Não deposito muita fé em visões e profecias.

– Você já teve uma sensação de perigo através da Força? – Revan perguntou, tentando ajudá-lo a compreender. – Sentiu uma ameaça antes de ser revelada?

– Claro.

– Visões são apenas uma extrapolação disso. A Força flui através do espaço e do tempo; ela une passado, presente e futuro.

– Dizem que Naga Sadow tinha visões dos Sith destruindo a República durante a Grande Guerra do Hiperespaço – argumentou Scourge. – Nós dois sabemos que isso nunca aconteceu.

– O futuro está sempre em movimento. A Força nos concede visões que nos mostram apenas um dos muitos resultados possíveis.

– Então, para que servem?

– Elas podem guiar nossas ações, nos dar orientação. Podem nos mostrar um caminho que queremos seguir, ou um que podemos tentar evitar.

– Como a visão que o trouxe até aqui? – Scourge perguntou. – O sonho com Dromund Kaas e seu céu coberto de tempestades?

– Isso era uma recordação, não uma visão – Revan o lembrou. – Mas a Força às vezes fala conosco através dos sonhos.

– O que a sua visão lhe mostra? Como você empreende sua grande fuga desta masmorra?

Revan escolheu suas palavras seguintes com cuidado, seus sentidos entorpecidos percebendo uma oportunidade. Sabia que sua melhor chance de escapar – talvez a única – era com a ajuda do Sith. Mas não poderia sugerir a aliança; o Lorde Sith tinha que achar que a ideia era dele.

Por isso inventara a mentira sobre a visão: para desviar a atenção de sua tentativa desajeitada de convencer o Sith a ajudá-lo. Agora, no entanto, tinha a oportunidade de plantar uma semente.

– Você entenderá com o tempo – disse ele enigmaticamente, sabendo que o outro ficaria remoendo o significado por trás de suas palavras.

O Sith já estava obcecado por ele. Ansiava por beber da fonte da compreensão da Força que Revan possuía, e o Jedi sabia que dominava os pensamentos conscientes e inconscientes do ser de pele vermelha. Seria natural que Revan vez ou outra povoasse os sonhos do Lorde Sith.

Com sorte, o Sith começaria a acreditar que seus sonhos comuns eram na verdade visões concedidas pela Força. Se tudo desse certo, passaria a crer que havia um poder maior tentando uni-los. Poderia decidir por conta própria que Revan era a chave para derrotar o Imperador, levando-o a ajudar o Jedi a escapar.

Era uma possibilidade muito remota, mas Revan não tinha mais nada a que se agarrar.

– Não tenho qualquer intenção de entrar no seu jogo – retrucou o Sith, irritado com a resposta enigmática. Girou nos calcanhares sem dizer mais nada e deixou a cela decidido, trancando a porta atrás de si. Revan sabia por experiência própria que levaria pelo menos uma semana para ele retornar. O fim abrupto da conversa e a ausência prolongada iminente pretendiam ser um castigo; seu interrogador há muito havia substituído a tortura física por uma suposta angústia mental provocada pelo isolamento.

Para a maioria dos prisioneiros, teria sido uma ferramenta eficaz, mas Revan era capaz de suportar longos períodos sozinho apenas meditando na Força. Em momentos como esse, tentava se comunicar com Bastila, esperando pelo menos fazê-la saber que ainda estava vivo.

Abriu-se para a Força. Enquanto ela fluía através dele, imagens da mulher que amava dançaram em sua mente. Então elas desapareceram de repente, sendo substituídas pela face amorfa de outra.

– Meetra – Revan ofegou quando as feições ganharam nitidez. Permaneceram lá por um momento e depois sumiram.

Revan sabia que aquilo fora mais do que uma mera recordação de uma amiga perdida. Tinha sido intensa e poderosa demais para ser uma lembrança. Era quase como, ao descrever a natureza das visões da Força para o Sith, ele próprio houvesse desencadeado uma.

Embora tivesse durado apenas um segundo, o significado era perfeitamente claro. Meetra estava vindo resgatá-lo.

20

Meetra esforçou-se para manter firme a *Ebon Hawk* em sua descida através das tempestades violentas que atingiam o céu sobre o espaçoporto da Cidade Kaas.

Sabia que o tempestuoso planeta tinha que ser aquele sobre o qual Canderous havia falado; o que Revan tinha visto em seus sonhos. O lado sombrio era poderoso ali. Forte o suficiente para lhe causar um arrepio na espinha, mas a sensação era infinitamente melhor que o terrível vazio de Nathema.

Quando estava se preparando para pousar, soube com uma segurança repentina e inabalável que Revan estava em algum lugar daquele planeta.

– Ele está aqui, T3 – informou ao seu parceiro, tentando conter a emoção. – Posso senti-lo.

O droide produziu bipes ansiosos.

– Não será tão fácil – ela respondeu. – Vou precisar explorar um pouco por aí, sentir como é o planeta.

O droide emitiu bipes de apreensão.

– Apenas fique por perto e me siga. Nós ficaremos bem.

Alguns minutos depois, ela havia descido a *Hawk* com sucesso em uma das muitas áreas de pouso do espaçoporto.

– Ninguém aqui sabe que sou Jedi – ela lembrou a seu colega astromecânico antes de descer a rampa de acesso. – Vamos tentar manter assim.

Seu sabre de luz estava fora de vista em segurança, e ela havia trocado o traje marrom por calças pretas e uma blusa vermelha sem mangas. Era improvável que alguém ali reconhecesse o traje tradicional da Ordem Jedi, mas ela não queria arriscar.

Um funcionário da alfândega os aguardava do lado de fora da nave – uma mulher humana de meia-idade. O fato de os humanos poderem ocupar cargos de funcionários do governo era um bom sinal: eram obviamente comuns o suficiente em Dromund Kaas para que ela não atraísse automaticamente atenção por causa de sua espécie.

– Sua nave não está registrada – disse a mulher em Básico, num tom de voz simultaneamente acusador e entediado. – Terão que vir comigo.

Meetra não ficou surpresa ao ser recebida na linguagem familiar. Os Sith já haviam sido um Império que controlava múltiplos planetas, culturas e sociedades; naturalmente recorreriam a uma linguagem comum, e o Básico era de longe a escolha mais simples e mais difundida.

– Gosto de manter minhas idas e vindas em segredo – respondeu ela.

– Podemos dar um jeito – disse a mulher, com um rápido olhar para garantir que ninguém pudesse ouvi-las. – Naturalmente, cobramos uma taxa por esse tipo de serviço premium.

Meetra não tinha ideia do tipo de dinheiro que era usado em Dromund Kaas, mas duvidava que aceitassem créditos republicanos.

– Converti meus fundos em algo um pouco mais fácil de carregar – explicou ela, levantando um diamante pequeno, mas perfeitamente cortado.

Os olhos da funcionária da alfândega brilharam quando fitou a valiosa joia.

– Se mantiver minha chegada em sigilo, assegurarei que seja recompensada assim que eu transformar essas pedras em algo um pouco mais fácil de gastar – prometeu Meetra.

Os olhos da mulher se estreitaram em desconfiança.

– Tenho uma rígida política de pagamento adiantado – disse ela.

– Talvez você possa abrir uma exceção dessa vez, já que ambas somos humanas – sugeriu Meetra, usando a Força para dar um empurrãozinho na psique da mulher.

– Acho que posso abrir uma exceção dessa vez – respondeu a mulher com um gentil encolher de ombros –, já que ambas somos humanas.

– Sabia que poderíamos nos acertar – Meetra disse com um sorriso. – Agora, será que por acaso você saberia o nome de alguém na cidade que me pagaria um preço justo por minhas pedras?

– Larvit é sua melhor aposta. Ele sabe pechinchar, mas não tentará enganá-la. Deixe-me lhe dar o endereço.

Meetra decidiu caminhar até a loja de Larvit, em vez de alugar um speeder. Vagar a pé pelas ruas da Cidade Kaas lhe daria uma melhor percepção do planeta e de seu povo, facilitando sua integração.

A população parecia ser composta principalmente pelos Sith de pele vermelha e humanos, todos vestidos com uniformes padronizados ou trajes militares. Percebeu que havia um punhado de Zabraks e Twi'leks; ao contrário dos Sith e dos humanos, eles não trajavam uniformes, e todos usavam, sem exceção, coleiras de choque. Com um sobressalto, Meetra percebeu que os infelizes escravos eram provavelmente descendentes dos prisioneiros que haviam sido tomados pelos Sith mil anos antes, durante a Grande Guerra do Hiperespaço.

O endereço que a funcionária da alfândega havia lhe dado era simples, e ela encontrou seu destino sem nenhum problema. Do lado de fora, a loja de Larvit não parecia o tipo de lugar que alguém escolheria para conduzir negócios ilegais. Estava localizada no meio da rua, e sua vitrine ostentava o mesmo selo oficial do governo que ela vira praticamente em todos os prédios pelos quais passara.

Entrou no estabelecimento e fez uma rápida avaliação do ambiente. Parecia um cruzamento entre uma loja de penhores e um posto de suprimentos. O homem alto e de cabelos grisalhos atrás do balcão usava camisa vermelha e calça preta, ambas impecavelmente passadas. No ombro esquerdo havia várias barras que provavelmente representavam algum tipo de posto militar, e o bolso esquerdo do peito estava decorado com o mesmo símbolo que adornava a vitrine.

Meetra esperara fazer uma negociação clandestina no mercado paralelo, mas era óbvio que aquilo era algum tipo de negócio oficial controlado pelo governo. Mesmo assim, não tinha outro lugar para ir, então foi direto até o homem de cabelos grisalhos e esparramou um punhado de pedras preciosas no balcão.

– Por favor, apresente seu cartão de identificação Imperial... – ele começou a dizer, mas a saudação de rotina morreu em sua boca quando viu a pequena fortuna espalhada na superfície de seu balcão.

Seus olhos se arregalaram, primeiro por ganância e depois por medo. Pulando de trás do balcão, ele correu para a frente da loja e rapidamente fechou a porta e a trancou.

– O que você acha que está fazendo? – perguntou baixinho, espiando pela vitrine para ver se alguém havia notado sua corrida repentina pela loja.

Meetra lentamente levou a mão direita para o sabre de luz escondido em seu cinto.

– Disseram-me que você é o homem certo para fazer negócios que quero manter em segredo.

– Eu sou, eu sou – assegurou Larvit, recuperando um pouco a compostura. – Mas você não pode simplesmente jogar suas coisas sobre o balcão para todo mundo ver. O que aconteceria se um inspetor entrasse?

– Sinto muito – disse Meetra. – Não percebi que era algo importante.

Larvit bufou ironicamente.

– Ótimo. Uma Subjugada. Aqui vai uma dica, estrangeira. Da próxima vez que visitar Dromund Kaas, aprenda primeiro os costumes.

Meetra assentiu e largou a mão do sabre de luz, mas permaneceu vigilante.

– Como você me descobriu? – Larvit perguntou. – Quem a enviou?

– Isso importa?

Larvit balançou a cabeça e voltou para inspecionar as pedras que ainda estavam sobre o balcão.

– Estas são tudo o que você tem? – ele perguntou, pegando uma das pedras preciosas e levantando-a em direção à sua vista cansada pela idade, a fim de inspecioná-la mais de perto.

– É tudo que estou disposta a vender agora.

– Entendo – ele disse com um sorriso. – Você precisa dos créditos imediatamente ou pode esperar algumas semanas?

– Qual é a diferença?

– Posso oferecer mais se tiver tempo para encontrar o comprador certo.

Meetra balançou a cabeça.

– Não tenho esse tipo de tempo.

– Que pena – disse ele, compreensivamente. – Isso se refletirá no preço, é claro.

– Claro.

– Estou disposto a oferecer sete mil créditos Imperiais pelo lote – disse ele, recostando-se e cruzando os braços para sugerir que o preço não era negociável.

Meetra não iria cair num truque tão antigo. Embora não tivesse ideia do valor real de um crédito Imperial, já havia barganhado bastante para saber que sua oferta de abertura era apenas uma referência.

– Vinte mil – respondeu ela, sabendo que era uma quantia ridiculamente alta.

– Mesmo se você pudesse esperar para encontrar um comprador, eu nunca poderia ir além de dezoito mil – respondeu ele. – Eu lhe pago dez.

– Faça por quinze e eu prometo que procuro você primeiro na próxima vez que quiser vender mais pedras.

– Eu lhe dou doze – disse ele, agitando o dedo na cara dela. – Você não encontrará ninguém que pague mais do que onze!

– Vendo-as por treze e mais algumas informações – respondeu ela.

– Que tipo de informação?

– Estou procurando por alguém. Um amigo. Preciso do nome de um contato que saiba como encontrar pessoas.

– Pessoas que não querem ser encontradas?

– Prefiro não dizer.

O dono da loja cruzou os braços novamente e acariciou o queixo, pensativo.

– Que sejam doze mil e quinhentos e fechamos negócio. Eu até arranjo o encontro.

Dez minutos depois, Meetra deixou o estabelecimento com doze mil e quinhentos créditos Imperiais e um compromisso marcado para conhecer alguém chamado Sechel dentro de dois dias.

Meetra ficou surpresa com a atmosfera sofisticada do Nexus Room.

Nos últimos dois dias, descobrira que tudo na sociedade Imperial girava em torno de *status*, castas e classes. Obviamente seu contato era um indivíduo de posição significativa.

Foi recebida na porta por um jovem humano vestindo roupas caras e uma proeminente coleira de escravo. Larvit devia ter fornecido uma descrição sua, porque ele parecia saber quem ela era.

– Bem-vinda ao Nexus Room – disse o jovem, respeitosamente baixando o olhar para o chão. – Mestre Sechel está à sua espera.

Aos olhos de Meetra, a escravidão era uma das práticas mais vis e desprezíveis da galáxia. A República havia banido oficialmente a escravidão, embora ela soubesse que a prática ainda existia sob eufemismos como *criado vinculado por contrato* ou *assistente pessoal vitalício*. E, nos planetas controlados pelos Hutts, que estavam fora da jurisdição da República, os indivíduos eram comprados e vendidos abertamente como bens pessoais. Mas de alguma forma o que ela encontrou em Dromund Kaas parecia muito pior.

No Império Sith, a escravidão era uma instituição social, governada por leis e regulamentos e aparentemente aceita sem questionamento pelos cidadãos. Escravos eram símbolos de posição; os ricos e poderosos os usavam como evidência de seu *status*, para serem exibidos diante de seus pares.

Havia um desamparo abjeto nos olhos dos escravos; estavam condenados a uma vida de servidão sem chance de liberdade. Mesmo nos planetas controlados pelos Hutts, os escravos podiam pelo menos sonhar em fugir para a República um dia e começar uma nova vida. Mas, no Império Sith, eles não tinham para onde fugir. Todos os planetas os condenariam; na melhor das hipóteses, um escravo fugitivo seria devolvido a um proprietário enfurecido ou reivindicado por um novo. Muitas tentativas de fuga acabavam em execução pública, numa morte lenta e dolorosa, de acordo com o que Meetra vira nos arquivos oficiais de Nathema.

– Perdoe-me, senhora – disse o jovem, inclinando a cabeça e unindo as mãos em um gesto universal de súplica –, mas droides não são permitidos dentro do clube.

– Espere aqui, T3 – disse Meetra. Sua voz tornou-se rude enquanto tentava controlar sua fúria pela situação de servidão do jovem. Infelizmente, o escravo pensou que sua raiva mal contida era dirigida a ele, e começou a tremer.

O terror em seus olhos era visível, e ela só podia imaginar a que castigos ele estaria sujeito se ofendesse um convidado do clube. Mas sem dúvida enfrentaria consequências ainda piores se violasse as regras e deixasse T3 acompanhá-la lá dentro.

Não se atreveu a lhe oferecer nenhuma palavra de conforto. Não podia fazer nada que pudesse atrair atenção para si mesma. Então simplesmente teve que deixar o jovem sofrer, desejando que a angústia mental do escravo passasse rapidamente quando ela entrasse.

– P-por favor, siga-me – ele gaguejou.

Ainda tremendo, ele a levou a uma mesa nos fundos, onde um Sith com roupas caras de cortesão já estava acomodado. Ela percebeu por sua aparência – e até pela maneira como estava sentado – que ele estava mais para um diplomata do que para um guerreiro. Havia algo de lânguido e brando em sua aparência. Seus músculos não eram bem definidos, e ele não parecia possuir a consciência física comum entre aqueles que confiavam em suas habilidades marciais para sobreviver. Fazia parte da aristocracia, obviamente.

Meetra fez uma anotação mental para não subestimá-lo; o que lhe faltava de habilidades físicas provavelmente era mais do que compensado por intelecto e astúcia.

Sechel dispensou o jovem escravo com um mero movimento do pulso, e depois fez um gesto para Meetra se sentar à mesa em uma cadeira diante dele.

Assim que o fez, ele lhe exibiu um sorriso estudado, e ela percebeu algo estranho em seu rosto. Além da pele vermelha, eram característicos nos Sith uns apêndices carnudos que pendiam de suas bochechas e queixo. Em Sechel, dois dos apêndices eram tocos desfigurados; parecia que tinham sido cortados.

Ela desviou a atenção das bochechas do indivíduo e a ergueu para os olhos, por medo de que ele a pegasse olhando para sua deformidade.

– Larvit me diz que você está procurando alguém – disse Sechel, indo direto ao assunto.

– Ele disse que você poderia me ajudar a encontrá-lo.

– Pelo preço certo, posso encontrar quase qualquer pessoa – assegurou Sechel. – E acontece que eu sei que você tem fundos mais do que suficientes para cobrir os meus custos.

– Vejo que Larvit não acredita em discrição quando se trata de discutir negócios – resmungou Meetra.

– Se você não quisesse que ele discutisse os termos do nosso acordo, deveria ter negociado isso no preço. Devo presumir que deseja que nossa discussão seja mantida em sigilo?

Meetra assentiu, imaginando quanto custaria essa compensação.

– Conte-me sobre a pessoa que você está procurando.

– Estou procurando alguém da sua espécie.

Meetra não era estúpida o suficiente para admitir que estava procurando por Revan. Sem saber quem o havia levado ou por que razão, até mesmo mencionar seu nome seria um risco muito grande.

Graças à hologravação de T3, entretanto, ela sabia como era o Sith que o havia capturado. Com sorte, se conseguisse encontrar seu sequestrador, ele poderia levá-la a Revan.

– E esse alguém tem um nome?

– Provavelmente ele tem, mas não sei qual é.

– Oh, nós progredimos – disse Sechel, batendo as mãos e esfregando-as com expectativa. – Agora sabemos que é do sexo masculino. Você pode me dar uma descrição?

– Posso fazer algo melhor do que isso – respondeu ela, puxando um holoprojetor pessoal de um dos bolsos.

Apertou um botão e mostrou uma imagem estática que havia copiado da hologravação de T3. A imagem havia sido cuidadosamente cortada para remover qualquer vestígio de Revan ou da *Ebon Hawk*, deixando apenas um close do Sith que o havia levado.

A reação de Sechel à imagem foi tão sutil que Meetra quase não percebeu. Seus olhos se arregalaram um pouco, reconhecendo-o. Uma reação instintiva e inconsciente. Durou apenas uma fração de segundo, e Meetra ficou impressionada com quão bem ele conseguiu esconder sua surpresa.

– Interessante – disse o Sith, fingindo estudar a imagem. – Parece ser um Lorde Sith. Isso significa que terei que cobrar mais.

Não havia dúvida na mente de Meetra de que Sechel sabia exatamente quem era o Lorde Sith, mas acreditou que havia mais benefício em seguir o jogo do que desmascarar sua mentira.

– Preciso falar com ele sobre um assunto urgente.

– Talvez, se você me revelar a natureza de seus negócios, isso me ajude a encontrá-lo. É um amigo? Um inimigo?

– Ele não é exatamente um amigo – disse Meetra, evasiva. – Mas certamente não é um inimigo. Possui informações sobre um assunto particular que desejo discutir.

– Ocultar informações tornará meu trabalho mais difícil – alertou Sechel. – Isso aumentará o preço substancialmente.

– Você já sabe que eu posso pagar – ela o lembrou. – Meus assuntos permanecerão privados.

– Se eu localizá-lo, o que devo dizer a ele?

Meetra hesitou. Ela não sabia a natureza exata do relacionamento entre Sechel e o misterioso Sith. Se fossem amigos, ele não diria simplesmente onde encontrá-lo. Não sem antes avisá-lo.

– Gostaria que você marcasse um encontro entre nós – ela disse finalmente, esperando que sua resposta fosse vaga o suficiente para que Sechel ainda pensasse que não pretendia fazer mal ao outro Sith.

– Um encontro privativo, não é? – ele perguntou com um sorriso.

Meetra assentiu.

– Muito bem. Vou tentar localizá-lo e arranjar um encontro. Claro que não posso prometer que ele concordará em vê-la.

– É do interesse dele – garantiu-lhe Meetra. – Estou certa de que você pode ser muito convincente.

– Com certeza. Mas isso também eleva os custos.

Meetra suspirou cansada.

– Quanto?

– Cinco mil créditos.

Sechel provou ser um negociador muito mais inteligente que Larvit; ele sabia que tinha todas as vantagens. No final, acertaram em quatro mil créditos, muito mais perto de sua oferta inicial do que o que Meetra originalmente pretendia.

Enquanto se levantava para deixar a mesa, teve uma inspiração repentina.

– Quanto custa o escravo da porta?

Se ela pudesse comprar o jovem, poderia libertá-lo.

– Se você estiver interessada em comprar escravos, encontrará uma seleção muito melhor no mercado central da cidade – assegurou-lhe.

– Estou interessada neste, especificamente – respondeu ela.

– Por quê?

Não havia dúvida na súbita desconfiança na voz de Sechel, e Meetra sabia que havia feito uma jogada ruim.

– Gosto de sua aparência – alegou, com um sorriso tímido.

– Você pode contratar seus serviços conversando com o concierge do clube.

– Isso é algo que vou ter que estudar – disse Meetra, frustrada ao perceber que não podia fazer nada pelo jovem no momento.

Sechel não iria simplesmente esquecer seu interesse incomum por um escravo anônimo. Se fizesse algo para ajudá-lo a alcançar a liberdade, isso certamente voltaria à mente de Sechel, e ela não podia arriscar destruir seu disfarce.

– Você gostaria que eu o fizesse acompanhá-la até lá fora? – ofereceu Sechel.

– Obrigada – disse ela, sorrindo lascivamente.

O jovem foi chamado à mesa, e ela pôde sentir o medo do rapaz por ser escolhido especificamente pela mulher que ele pensava ter ofendido antes. Não falou nada quando a levou até a porta, onde T3 esperava por eles.

– Foi um prazer atendê-la, senhora – disse ele, com a voz embargada.

– Tudo foi satisfatório – ela respondeu, carregando seu tom de voz com desdém e desprezo.

O escravo se curvou e recuou, obviamente aliviado com o que percebeu ser uma reação mais normal de uma cliente do clube. Quando voltou para dentro, Meetra girou nos calcanhares e se afastou rapidamente, ansiosa para deixar o clube para trás.

T3 correu para alcançá-la, fazendo uma pergunta.

– Estamos chegando perto – prometeu. E acrescentou: – Quanto antes sairmos deste maldito planeta, melhor.

21

Você entenderá com o tempo.

De volta a seus aposentos particulares, Scourge tentou tirar da cabeça as últimas palavras de sua conversa mais recente com Revan, mas elas continuavam voltando.

Fazia quase uma semana desde que o abandonara para sofrer os tormentos de seu confinamento solitário. Haviam conversado sobre visões: de como a Força poderia falar diretamente se você prestasse atenção; de como poderia mostrar visões de seu possível futuro.

O Jedi havia sugerido que testemunhara algo que tinha a ver com sua eventual libertação da prisão de Nyriss, mas Scourge sabia que era melhor não levar a sério tudo o que o prisioneiro dizia.

Revan era esperto. Ao mesmo tempo em que Scourge o usava para aprender sobre a Força, o Jedi tentava manipulá-lo para que o ajudasse a escapar. Era possível que tudo o que havia dito não passasse de mentiras. Também era possível que estivesse dizendo a verdade. Talvez ele realmente tivesse visto algo que lhe dava a esperança de escapar.

Scourge sabia que deveria contar a Nyriss sobre esse último desdobramento, mas até agora ficara em silêncio sobre o assunto. Se ela soubesse, havia uma forte possibilidade de que preferisse simplesmente executar Revan, em vez de lhe dar oportunidade de escapar.

E esse era o verdadeiro problema. Se Revan morresse, será que qualquer chance real de deter o Imperador morreria com ele? Quando o Jedi disse que Nyriss nunca tomaria medidas efetivas para liderar os outros contra o Imperador, suas palavras soaram verdadeiras. Revan, por outro lado, sempre se demonstrou ansioso e disposto a impedir que os Sith invadissem a República. Aludira a uma aliança entre eles, e por mais ridículo que isso tenha parecido a princípio, Scourge não pôde deixar de ver algum mérito na ideia.

Ambos compartilhavam um forte compromisso com um objetivo comum; alianças haviam sido forjadas por muito menos. Mas concordar em trabalhar com o Jedi não significaria apenas libertá-lo de sua cela. Significaria trair Nyriss, e Scourge ainda não estava pronto para enfrentar a ela e ao Imperador.

Especialmente quando tudo isso era baseado em uma suposta visão da Força alegada por um prisioneiro, que talvez nem houvesse ocorrido de verdade.

As batidas abruptas em sua porta foram um alívio. Sua mente andava em círculos; seria bom ter algo para distraí-lo.

Quando abriu a porta, ficou surpreso ao ver Sechel parado do outro lado. Sempre que possível, aquele Sith bajulador o havia evitado nos últimos três anos, em parte por medo e em parte porque Nyriss o proibira de se vingar do interrogatório brutal que o deixara marcado pelo resto da vida.

Houve ocasiões em que eles foram forçados a cooperar em alguma tarefa ou missão para Nyriss, mas a desconfiança inata que todos os Sith sentiam uns pelos outros havia aumentado de tal forma entre os dois que chegara ao ponto de realmente impactar a capacidade de trabalharem juntos de forma eficaz. Nyriss não demorou para entender que seus talentos eram mais proveitosos se usados independentemente.

– Por que está aqui? – Scourge questionou.

– Tenho notícias que são do seu interesse – respondeu Sechel, sorrindo de uma forma que fez Scourge querer estrangulá-lo.

– Nyriss o enviou?

– Estou aqui por vontade própria.

– O que é? – Scourge quis saber.

– Você não vai me convidar para entrar?

– Não.

Sechel deu de ombros.

– Eu só estava tentando ser discreto. Para o seu bem.

– Vá direto ao ponto – disse Scourge com os dentes cerrados.

– Alguém veio me ver hoje. Uma humana. Ela está procurando por você.

– Uma humana? Por quê?

– Ela não falou. Também não me disse como se chamava e, dada sua relutância em discutir o assunto, não perguntei.

– Se ela encontrou você, então já sabe onde me encontrar – observou Scourge.

Sechel balançou a cabeça.

– Nossos caminhos se cruzaram por acaso. Ela não faz ideia de que você e eu nos conhecemos. Simplesmente me contratou para encontrá-lo.

– Talvez seja melhor você entrar e me contar a história toda – sugeriu Scourge, cedendo e abrindo caminho.

– Pensando melhor, acho que vou ficar aqui fora. Tenho a sensação de que você não está gostando das respostas que estou lhe dando.

– Você acha que preciso pegá-lo a sós para lhe infligir dor? – Scourge perguntou, recorrendo casualmente à Força para apertar rapidamente a traqueia de Sechel.

Sechel ofegou e levou as mãos à garganta, seus olhos arregalados de medo.

– Nyriss vai pedir sua cabeça se me machucar de novo! – ele se vangloriou.

– Isso não o trará de volta se estiver morto. Agora pare de joguinhos e me conte exatamente o que aconteceu.

– A tal mulher foi encaminhada a mim por um parceiro de negócios. Ela me ofereceu uma quantia substancial para encontrar o homem em sua holoimagem.

– Uma holoimagem?

– Ela aparentemente nem sabe seu nome. Mas tem uma excelente imagem do seu rosto, e está disposta a pagar uma quantia substancial para se encontrar com você.

– E você não tem ideia do porquê?

– Posso especular.

– Claro que sim – disse Scourge, soturnamente.

– Pense em quantas vidas você tirou. Quantos assassinatos já cometeu. Não é possível que em uma dessas missões seu rosto tenha sido capturado por uma câmera de segurança?

Scourge sempre fora cuidadoso em suas missões, mas ninguém é perfeito.

– É possível – ele admitiu com relutância.

– Agora imagine que alguém que conhece a vítima encontre a gravação. Talvez a esposa ou a filha. Movida por sua sede de vingança, ela poderia vasculhar todo o Império em busca daquele que a prejudicou.

– Você acha que ela quer me matar?

– Provavelmente. A maioria das pessoas quer matá-lo. Mas ela insistiu em encontrá-lo pessoalmente.

– Por que você está me contando isso? – Scourge perguntou de repente.

– Tenho uma reputação a proteger. Ela me pagou para fazer um trabalho; não quero que se espalhem rumores de que eu enganei um cliente. Isso é ruim para os negócios.

– Nyriss conhece esse seu suposto negócio?

– Ela me permite ser autônomo, desde que isso não interfira em meu trabalho para ela. E, neste caso, isso pode de fato beneficiá-la. E beneficiar você também – acrescentou. – Se essa mulher pretende prejudicá-lo, você precisa lidar com ela adequadamente. É por isso que acho que deveria marcar o encontro.

– E sempre há a possibilidade de ela realmente ter sucesso, certo?

– Duvido. Embora, só para termos certeza, sugiro que você não a encontre sozinho.

– Você está querendo ir comigo?

– De maneira nenhuma – Sechel assegurou. – Isso parece mais um trabalho para Murtog e seus homens.

Scourge não respondeu nada de imediato. Repassou tudo o que Sechel havia lhe dito, tentando determinar se estava armando alguma coisa contra ele. O simples fato de Sechel não ter simplesmente despachado a mulher já era suficiente para deixar Scourge com um pé atrás a respeito do encontro.

Se alguém realmente estava querendo prejudicá-lo, era duvidoso que Sechel o avisasse simplesmente porque ambos estavam a serviço de Nyriss. Mas, se ele suspeitasse que a mulher estava ligada a algo do passado de Scourge – algum segredo obscuro ou verdade inconveniente –, trazer isso à luz era uma forma eficaz de manchar sua imagem.

Se ficasse claro que a mulher estava em busca de vingança, isso mostraria que Scourge fora negligente no passado, semeando dúvidas sobre ele na mente de Nyriss. E, mesmo que ela não estivesse buscando vingança, a situação provavelmente ainda criaria algum tipo de confusão que Scourge teria que consertar. Só isso já seria motivo suficiente para convencer Sechel a ajudá-la.

No entanto, simplesmente recusar o encontro não era uma opção. Agora que Scourge sabia de sua existência, tinha que agir. Fosse qual fosse a razão de ela estar à procura dele, tinha que encará-la. Era a única maneira de esclarecer o mistério.

Sechel sabia disso tudo, é claro. Fora por isso que havia sugerido enviar Murtog junto. À primeira vista, parecia a melhor maneira de lidar com uma potencial inimiga, mas Scourge sabia que o que ele realmente queria era ter mais alguém lá para testemunhar e relatar o encontro, se a verdade fosse embaraçosa.

Por outro lado, se decidisse encontrá-la sozinho, estava se colocando em grande perigo. Também poderia parecer que ele tinha algo a esconder, e sem dúvida Sechel distorceria esse fato para atender às suas próprias necessidades em algum momento ao longo do caminho.

– Parabéns – disse ao franzino Sith. – Você me encurralou. Marque o encontro e diga a Murtog e seus homens para estarem lá.

– Claro, Lorde Scourge – disse Sechel com uma reverência zombeteira. – Fico sempre feliz em ajudar.

Meetra percebeu A armadilha antes mesmo de sentir as premonições de advertência por meio da Força.

Sechel havia lhe passado um horário e um local para o encontro; até lhe dissera o nome do homem no holovídeo – Lorde Scourge. Mas ainda assim ela não confiava nele.

A chegada ao local apenas confirmou suas suspeitas. As instruções de Sechel a levaram a uma caverna isolada fora da cidade – o lugar perfeito para uma emboscada. Um único speeder estava estacionado em uma clareira a cerca de cinquenta metros da entrada, prova de que alguém já estava lá. Era possível que o Sith tivesse ido sozinho, mas Meetra estimou que o veículo poderia transportar até seis humanoides adultos. Havia também a possibilidade de que outros speeders estivessem escondidos nas proximidades, o que significava que Meetra não tinha ideia de quantos poderiam estar esperando por ela no interior da caverna.

T3-M4 obviamente compartilhava de suas preocupações. O droide chilreou nervosamente quando ela pousou o speeder em um trecho de terra próximo ao outro veículo.

– Eu sei, eu sei. Mas esta é a única pista que temos.

Ela desceu do speeder e estendeu uma pequena rampa de carga para que T3 também pudesse sair do veículo. A entrada da caverna estava bem diante deles, escura e ameaçadora.

Mais cedo, havia discutido dezenas de estratégias com T3, traçando planos de emergência para os cenários concebíveis mais óbvios. Felizmente, o planejamento incluía uma potencial emboscada de inimigos ocultos sob o manto da escuridão.

– Operação supernova em andamento – ela sussurrou.

T3 emitiu bipes, incerto.

– Daremos a eles todas as oportunidades para se renderem – ela assegurou. – Mas esteja preparado para que isso fique feio. Espero que não chegue a isso – acrescentou. – Talvez Lorde Scourge esteja curioso o bastante sobre o motivo de eu estar aqui para me ouvir antes de tentar qualquer coisa.

T3 não respondeu; ela interpretou o súbito silêncio como um mau sinal.

Andando devagar, Meetra entrou na caverna. Estava escuro demais para enxergar mais de um metro à sua frente, mas podia sentir vários outros indivíduos lá dentro, observando-a se aproximar. Presumiu que estavam usando óculos de visão noturna; era a única forma de alguém enxergar qualquer coisa na escuridão da caverna.

Ela tentou agir como se fosse medrosa e insegura, como uma vítima inocente caminhando descuidadamente para a armadilha que a aguardava. Quanto mais vulnerável aparentasse ser, mais próximo deixariam que chegasse antes de tomar qualquer medida.

– Fique por perto, T3 – ela sussurrou, mantendo a voz baixa para que apenas ele pudesse ouvi-la. – Tem alguém aqui? – ela gritou, fazendo sua voz tremer ligeiramente.

Ela deu outro passo aparentemente receoso para frente.

– Olá? Tem alguém aqui?

– Não se mova! – advertiu uma voz da escuridão. – Você está cercada.

– Lorde Scourge – gritou. – É você? Só quero conversar.

– Deite no chão e coloque as mãos atrás da cabeça – ordenou a voz. – Caso contrário, abriremos fogo.

– Agora, T3!

O pequeno droide acendeu a lâmpada em sua cabeça na potência total. No espaço apertado, tinha a intensidade de um pequeno sol, iluminando facilmente a caverna inteira. O repentino clarão também sobrecarregou os óculos de visão noturna de seus adversários, cegando-os temporariamente.

Meetra levou menos de um segundo para ver e processar as probabilidades da situação em que se encontrava. Quatro soldados – dois homens e duas mulheres, cada qual trajando pesadas armaduras e carabinas blaster – haviam se posicionado pelo espaço, formando um semicírculo aberto ao redor de sua suposta vítima. Um Sith alto estava de pé em uma alcova próxima ao fundo da caverna.

Os quatro soldados abriram fogo. Mesmo cegos pelo clarão da lâmpada de T3, eram disciplinados o suficiente para reagir lançando uma rajada de disparos blaster na direção da última localização conhecida de seu alvo. Infelizmente para eles, a resposta de Meetra foi mais rápida.

Quando os tiros atingiram o ponto em que estivera anteriormente, Meetra já estava em movimento. Rapidamente deu uma cambalhota para trás para se esquivar dos disparos, então inverteu a direção com um salto veloz na direção do agressor mais próximo.

Seu sabre de luz já estava em sua mão quando ela aterrissou e cravou a lâmina na junção vulnerável entre a placa do peitoral e a proteção do ombro direito do traje de combate do soldado. Ao contrário de sua armadura de cortosis temperado, a carne e os ossos do homem não ofereceram quase nenhuma resistência ao sabre de luz enquanto ele perfurava seu coração.

Enquanto o homem caía no chão, Meetra estendeu a mão livre em direção à soldada mais próxima, a palma aberta. Ela voou para trás, arrancada do chão e arremessada pela caverna por meio da Força até colidir com a face rochosa da parede mais distante. Deslizou para o chão, morta.

Os outros dois soldados haviam retirado rapidamente os óculos de visão noturna e aberto fogo novamente. Meetra repeliu os tiros com seu sabre de luz.

Com a atenção voltada para a Jedi que causava estragos em seu grupo, os soldados se esqueceram de T3-M4. O droide aproveitou ao máximo a situação, rolando para frente até chegar perto o suficiente para lançar um jato de chamas através do pequeno bocal que se projetava do centro de seu tronco.

As chamas engoliram o soldado mais próximo; quando seus guinchos de agonia distraíram momentaneamente sua parceira, Meetra avançou numa arrancada para desferir com seu sabre um golpe feroz usando as duas mãos, que atravessou as placas da armadura da mulher e atingiu-a profundamente no peito.

Finalmente, Meetra se virou para encarar o Sith. Agora que tinha a chance de examiná-lo mais atentamente, reconheceu-o do holovídeo de T3. Pelo jeito, Lorde Scourge decidira comparecer.

Curiosamente, ele não fizera coisa alguma para ajudar os soldados durante o breve e violento confronto. Também não tentara fugir. Na verdade, não pareceu ter feito movimento algum a não ser desembainhar e acender a lâmina carmesim de seu sabre de luz.

Ele segurava a arma à sua frente em uma postura defensiva padrão, encarando Meetra com uma expressão de total incredulidade no rosto.

Cautelosa, caso se tratasse de uma armadilha, Meetra deu um único passo em sua direção.

– Você é uma Jedi – disse ele, suas palavras fazendo-a congelar no lugar. – O que ele disse era verdade. Ele viu você. Ele sabia.

Meetra não iria atacar alguém que parecia não querer causar-lhe mal; isso ia contra tudo em que acreditava. Mas também não iria baixar a guarda.

– Do que está falando? – ela demandou.

– Você está aqui por causa de Revan – disse ele, sua voz cheia de admiração. – Você veio resgatá-lo.

– Estou impressionada que tenha descoberto isso tão rapidamente – ela admitiu.

– Eu não descobri. Revan me contou.

No instante em que o sabre de luz de lâmina azul se materializara na mão da humana, Scourge percebeu que ela era uma Jedi. E só conseguia pensar em uma razão pela qual um Jedi viria a Dromund Kaas para procurá-lo – ela estava aqui para resgatar Revan.

Estava impressionado com a facilidade com que a mulher eliminara Murtog e seu esquadrão de soldados selecionados a dedo. Podia senti-la canalizando a Força, embora de certa forma fosse diferente do que ele próprio sentia quando lutava com outros Sith.

Ela não tinha medo de matar, mas Scourge percebia que não extraía real prazer em fazer isso. Em vez de alimentar sua fúria e ódio, era como se tentasse manter suas emoções a uma certa distância para que a Força pudesse fluir através dela sem obstáculos.

Parte dele queria entrar na contenda: lutar com aquela Jedi seria um verdadeiro teste para suas habilidades. Não sabia qual deles provaria ser o mais forte, mas o desafio o intrigava. Por outro lado, sabia que ela representava algo muito mais significativo do que um adversário digno.

– Como assim Revan lhe contou? – ela exigiu saber.

– Na última vez em que falei com ele, Revan comentou algo em que não acreditei. Pensei que estivesse mentindo para me manipular. Não entendi o que estava tentando me dizer.

Na verdade, Scourge ainda não tinha certeza se compreendia. Não completamente. A presença da Jedi era a prova de que Revan estava dizendo a verdade sobre sua visão da Força. Ele havia sugerido a

Scourge que sua liberdade estava próxima; devia ter tido uma premonição de sua chegada.

Fora essa revelação que detivera o sabre de Scourge. Ele não estava disposto a lutar contra ela até ter considerado cuidadosamente todas as implicações e alternativas.

– Se você conversou com Revan, então sabe onde ele está.

Sua postura indicava que estava pronta para o combate, assim como Scourge – nenhum deles disposto a tomar a iniciativa, mas os dois preparados para reagir caso o outro atacasse.

– Revan é um prisioneiro – contou-lhe Scourge.

– Então eu ordeno que você o solte!

– Não é tão simples.

Nada naquela situação era simples. Enquanto conversava com a Jedi, Scourge ainda tentava entender por que, afinal de contas, Revan havia mencionado sua visão.

Na ocasião, pensara que o prisioneiro estava simplesmente tentando manipulá-lo, induzindo-o a ajudá-lo a escapar. Agora, no entanto, parecia que as palavras de Revan haviam sido uma advertência – quase como se ele soubesse que Scourge se veria naquela situação.

Não era lógico alertar um inimigo. No entanto, se Revan acreditava que ele e Scourge estavam destinados a se tornar aliados, então suas palavras faziam sentido. Seria possível que tivesse tido uma visão de Scourge trabalhando com ele?

Essa parecia ser a única resposta que se encaixava. Sentira às vezes que Revan tentava recrutá-lo para o seu lado; a sensação havia sido ainda mais forte durante sua última conversa. Scourge havia descartado aquilo como desespero para escapar, mas e se ele soubesse que os eventos que previra estavam se aproximando? E se tivesse testemunhado aquele confronto na caverna e tentado fazer Scourge entender que ambos tinham que se tornar aliados para deter o Imperador?

– Diga-me onde está Revan – exigiu a mulher. – Diga-me onde ele está sendo mantido e eu o deixarei ir.

Ele percebeu que sua adversária estava confundindo sua relutância em lutar com medo. Estava tão confusa sobre isso quanto ele próprio. No entanto, quanto mais Scourge pensava a respeito, mais claro se tornava.

Nyriss jamais agiria contra o Imperador; sabia disso agora. Era preciso admitir que nem ela nem qualquer outro membro do Conselho Sombrio conspirando com ela jamais ousaria atacar.

Se alguém precisava deter o Imperador para que ele não levasse adiante sua ideia insana de invadir a República, tinha de ser Scourge. Mas não poderia fazer isso sozinho.

– Venha comigo e eu levarei você e seu droide para verem Revan – ofereceu ele, desativando seu sabre. – Ele lhe dirá a verdade.

A Jedi não foi tão rápida assim em baixar sua arma.

O droide astromecânico rolou para ficar ao lado dela, guinchando alto.

– T3 está certo. Já caí numa armadilha hoje – respondeu a Jedi. – Acho que atingi minha cota.

Scourge compreendia sua hesitação. Em circunstâncias normais, ela seria uma tola se o acompanhasse. Mas aquela situação estava mais longe do normal do que era possível imaginar.

– Revan me contou que você estava vindo – ele tentou explicar. – Acho que a Força lhe deu uma visão de nós trabalhando juntos.

– Então por que armou uma emboscada?

– Eu não sabia quem você era – esclareceu Scourge. – Você não forneceu detalhes a Sechel sobre quem era ou por que estava procurando por mim.

– Você está mentindo – disse ela balançando a cabeça, cética. – Está com medo de me enfrentar. Diria qualquer coisa para evitar um combate.

– Pareço estar com medo de você?

– Não – ela admitiu. – Você parece estranhamente calmo.

– É porque finalmente entendi o que Revan quis dizer. Ele quer que nos unamos contra um inimigo em comum.

– Que inimigo em comum?

– Nosso Imperador está planejando uma invasão contra a República. Revan quer detê-lo. Assim como eu.

– Por que você iria querer impedir uma invasão contra a República?

– O Imperador é louco. Ele quer repetir os erros da Grande Guerra do Hiperespaço; quer nos mergulhar em um conflito que resultará em nossa extinção.

A Jedi baixou seu sabre de luz, mas não o desativou.

– Então, por que você levou Revan como prisioneiro em Nathema?

– Isso foi antes de eu entender o propósito dele aqui.

Dava para Scourge ver que ela continuava desconfiada, e com toda razão. Mas ele pensou em algo que poderia convencê-la.

– Você falou em Nathema. Já esteve naquele planeta? Caminhou sobre a sua superfície?

– Sim, já – ela respondeu baixo, e Scourge pôde ver por sua expressão atormentada que ela dizia a verdade.

– Era o planeta natal do Imperador. A fim de obter um poder ainda maior, ele executou um ritual que devorou tudo. Quando vi o que havia acontecido ali, entendi a verdadeira profundidade de sua loucura. Percebi que sua mente é tão distorcida e transtornada que ele não tem condições de governar, e jurei encontrar uma forma de detê-lo.

Ele parou e olhou firmemente para Meetra.

– Você segue o caminho da luz; eu escolhi seguir o lado sombrio. Mas nós dois sabemos que os horrores de Nathema são uma chaga na galáxia. Revan sabe disso também. É por isso que ele quer que trabalhemos juntos.

A Jedi considerou suas palavras cuidadosamente, então desativou seu sabre. Mas Scourge podia dizer que ela ainda não estava inteiramente convencida.

– Antes que eu vá a algum lugar com você, vou precisar de algo mais do que apenas a sua palavra para prosseguir.

Scourge assentiu. Sua cautela era uma coisa boa; se acreditasse nele com muita facilidade, teria que questionar seu julgamento.

– Posso lhe trazer provas. Espere aqui e retornarei amanhã.

– Como vou saber que você simplesmente não voltará com mais reforços?

– Você vai me sentir por meio da Força antes que eu chegue aqui de fato. Se eu não estiver sozinho, você terá tempo de sobra para escapar.

– E quanto a Revan? – perguntou a Jedi.

– Ele está seguro por enquanto – Scourge garantiu. – Mas não consigo libertá-lo sem ajuda.

– Você tem até amanhã. Retorne com as provas e podemos trabalhar juntos para libertá-lo.

Scourge prendeu o punho do sabre de luz de volta no cinto e caminhou lentamente em direção à entrada da caverna, passando pela Jedi e seu droide. Os dois se afastaram para o lado quando ele se aproximou, mantendo uma distância segura.

Pouco antes de sair da caverna, a Jedi gritou-lhe um último aviso.

– Se me trair de alguma forma, se voltar com reforços, ou mesmo se não voltar, vou atrás de você.

– Guarde sua fúria para o Imperador – respondeu Scourge por cima do ombro. – Ele é o verdadeiro inimigo.

22

Scourge sabia que tinha que agir rápido. Com passadas longas e apressadas, caminhou da caverna para o speeder e decolou, voltando para a Cidade Kaas.

Prometera para a Jedi que retornaria à caverna em um dia, mas essa não era sua principal preocupação. Sechel havia marcado o encontro e manipulado Scourge para levar Murtog com ele; sem dúvida esperava ansiosamente pelo relatório do chefe de segurança sobre os acontecimentos. Tinha que encontrar Sechel e lidar com ele antes que o conselheiro começasse a desconfiar.

Provavelmente ele estaria no Nexus Room, desfrutando de uma seleção de bons vinhos enquanto esperava Murtog contatá-lo. Como Lorde Sith, Scourge tinha acesso às instalações, mas não queria confrontar Sechel em público.

Pousou o speeder a uma quadra do clube, saltou e caminhou até lá. O escravo em serviço o cumprimentou quando ele adentrou o saguão.

– Bem-vindo, meu senhor – disse o jovem humano, fazendo uma profunda reverência.

– Tenho uma mensagem para Sechel.

– Claro, meu senhor. Siga-me.

Quando o escravo se virou para entrar no clube, Scourge estendeu a mão e o agarrou pelo ombro.

– Eu não disse que queria falar com ele – sussurrou, raivoso –, disse que tinha uma mensagem.

– P-perdoe-me, meu senhor – gaguejou o escravo, obviamente aterrorizado. – P-por favor, diga-me o que deseja que eu faça.

– Espere até eu sair – Scourge explicou lentamente, como se estivesse falando com um idiota –, e então diga a Sechel que Murtog precisa encontrá-lo. Ele saberá onde. – Olhou com superioridade para o escravo. – Você entendeu?

O escravo assentiu, seus olhos arregalados de medo.

– Não diga a ele que estive aqui – instruiu Scourge. – Não me mencione. Simplesmente transmita a mensagem. Se falhar comigo, arrancarei a carne dos seus ossos.

Ambos sabiam que não era uma ameaça vazia. Com certeza Scourge poderia infligir qualquer punição que escolhesse a um escravo desobediente. É claro que o jovem também seria punido se alguém descobrisse que mentira para um membro do clube, mas Scourge tinha coisas muito mais importantes com que se preocupar do que o destino de um escravo insignificante.

O jovem ficou parado e imóvel, sabendo que qualquer coisa que dissesse só poderia piorar as coisas.

Scourge se virou para sair do clube. Já do lado de fora, escondeu-se atrás de uma esquina próxima, de onde podia observar a porta.

Sechel saiu alguns minutos depois e rapidamente desceu a rua. Ele não parecia particularmente preocupado nem desconfiado; afinal, estava esperando notícias de Murtog, então não tinha motivos para suspeitar.

Scourge o seguiu a uma distância segura, tomando cuidado para não atrair atenção. Sechel não retornou à fortaleza de Nyriss; como Scourge esperava, tinha um local privado onde podia administrar os negócios que não queria que outros conhecessem.

Ele continuou por vários quarteirões e depois parou diante de um pequeno prédio de dois andares em um dos bairros residenciais da Cidade Kaas. Digitou a senha de segurança para abrir a porta e entrou. Scourge esperou alguns segundos e se aproximou do prédio.

Olhando em volta para se certificar de que não havia testemunhas, pegou o sabre de luz e acendeu a lâmina, cravando-a no painel de segurança. A fechadura chiou e estalou, os circuitos fritando num instante. Um segundo depois, a porta se abriu; como suspeitava, o painel havia sido programado para abrir a porta em caso de mau funcionamento, para que os moradores não ficassem trancados dentro ou fora do complexo de apartamentos.

O interior era pouco mais que um corredor dando acesso aos diferentes apartamentos. Havia quatro portas no andar térreo, mas Scourge as ignorou – Sechel nunca se rebaixaria alugando uma unidade no piso inferior. Não havia um turboelevador, mas nos fundos do prédio havia uma escada para o segundo andar.

Scourge subiu. As suítes do andar superior eram obviamente maiores: em vez de quatro portas, havia apenas duas. Scourge escolheu uma das portas aleatoriamente e apertou a campainha. Esperou quase um minuto, mas não houve resposta. A unidade não estava ocupada ou o morador não estava em casa.

Tentou a campainha da outra porta. Alguns segundos depois, ouviu passos se aproximando e a porta se abriu. Ficou claro pela expressão de Sechel que fora pego de surpresa ao encontrar Scourge em vez de Murtog esperando por ele do outro lado.

Antes que pudesse reagir, Scourge golpeou a garganta de Sechel com os dedos.

O outro Sith caiu de joelhos, ofegando por ar. Scourge entrou no apartamento e fechou a porta atrás dele.

Sechel se esforçou para falar, mas tudo o que saiu foi uma tosse rouca.

– Faça um som mais alto que um sussurro e sua vida terminará em uma agonia insuportável – ameaçou Scourge.

O conselheiro ergueu a mão e assentiu para mostrar que entendera. Scourge esperou pacientemente que ele recuperasse o fôlego.

Depois de alguns minutos, Sechel teve forças para se levantar. Ele espanou suas roupas, tentando se acalmar.

– Onde está Murtog? – ele perguntou finalmente, mantendo a voz baixa.

– Morto.

Os olhos de Sechel se arregalaram por um momento, mas afora isso ele não demonstrou reação.

– Parece que subestimei aquela mulher – disse ele, não demonstrando um mínimo de pesar em seu tom. – Suponho que, já que você sobreviveu, ela agora compartilhe o mesmo destino de Murtog.

– Nyriss sabia sobre o encontro? – Scourge quis saber, ignorando a pergunta de Sechel.

– Não.

– Você não comentou com ela?

Sechel bufou indignado.

– Você tem um conceito de si mesmo muito elevado se acha que Nyriss se importaria com uma mulher anônima do seu passado. Esse tipo de coisa é indigno da atenção dela.

Scourge assentiu. Sechel guardava seus trunfos cuidadosamente; ele não mencionaria nada a Nyriss até decidir a melhor forma de manobrar a situação em benefício próprio.

– E Murtog? – Scourge perguntou. – Ele contou algo sobre isso a ela? Disse a Nyriss para onde estava indo?

– Ela não nos controla como crianças – Sechel bufou.

– Quanto tempo vai demorar até ela começar a sentir falta dele? – Scourge perguntou.

– Você quer dizer: quanto tempo vai demorar até ela descobrir que você o matou? – Sechel zombou. – Diria que você tem uns três dias antes que ela comece a se perguntar sobre sua ausência.

– Três dias – Scourge murmurou. – Teremos que agir rápido.

– Do que você está falando?

Obviamente Sechel sentira a pressa de Scourge; com certeza, presumia que algo dera muito errado no encontro. Achava que Scourge estivesse encrencado. Erroneamente acreditava que o Lorde Sith tinha ido até lá buscando ajuda, e isso o estava deixando arrogante.

Scourge decidiu que já era hora de esclarecer a situação.

– Quero os seus arquivos.

– Que arquivos?

– Aqueles implicando Nyriss e os outros membros do Conselho Sombrio. Quero tudo que você reuniu que possa ser útil para expô-los como traidores.

A seu favor, Sechel não negou a existência dos arquivos. Teria sido um esforço inútil. Scourge o conhecia muito bem. O conselheiro era leal a Nyriss, mas sua principal preocupação sempre seria ele mesmo. Se alguma coisa desse errado, ele precisaria de algo para negociar, e o que poderia ser melhor para negociar do que arquivos detalhados com tudo em que Nyriss e seus conspiradores estavam envolvidos desde que começaram a tramar contra o Imperador?

– Você está cruzando uma linha perigosa – alertou Sechel. – Nyriss fez vista grossa para minha compilação; sou valioso demais para ela me deixar de lado. Você, entretanto, é dispensável. Se ela descobrir sobre isso, você está morto.

– Nyriss não é problema seu. Eu, sim. Dê-me os arquivos. Não vou pedir de novo.

Sechel sabia até onde Scourge estava disposto a ir em busca de informações; as cicatrizes em sua bochecha o lembravam disso toda vez que se olhava no espelho. E desta vez ele não poderia contar com uma oportuna interrupção para pôr fim à tortura.

– Espere aqui – disse ele, virando-se em direção ao interior do apartamento.

Scourge, que não tinha a mínima intenção de deixar Sechel fora de vista, seguiu logo atrás dele.

Sechel olhou para trás e suspirou resignado. Foi até um pequeno closet nos fundos do apartamento e abriu a porta. À primeira vista, o armário parecia vazio. Apoiou-se sobre um dos joelhos e deslizou para trás um pequeno painel oculto no fundo, revelando um teclado de segurança. Com Scourge observando-o de perto por cima do ombro, ele digitou a senha de acesso. Um painel na parede traseira do armário deslizou para o lado, revelando um cofre escondido. Sechel digitou outra senha no teclado e a porta se abriu com um clique audível.

– Devagar – advertiu Scourge.

– Tem uma pistola blaster lá dentro – confessou Sechel. – Mas não tenho intenção de tentar usá-la contra você.

– Uma sábia decisão.

Sechel puxou delicadamente a porta do cofre pelo canto, permitindo que ela se abrisse bastante e revelasse seu conteúdo. Como dissera, havia uma pequena pistola blaster hold-out. Havia também vários discos de dados, cada um etiquetado com uma data e organizado cronologicamente.

– Isso é tudo? – Scourge exigiu saber.

– Está tudo aqui – assegurou-lhe Sechel. – Mas estão criptografados. – Se algo acontecer a mim, os dados serão inúteis. Sou o único que pode decodificá-los.

Scourge não tinha como dizer se Sechel estava blefando. Mas estava disposto a correr o risco.

– Tenho certeza de que consigo encontrar em algum lugar um hacker que esteja à altura do desafio – disse Scourge, aproximando-se.

Ele enfiou o braço esquerdo debaixo do queixo de Sechel, pressionando com força sua traqueia. Ao mesmo tempo, levantou a mão direita e segurou o topo de sua cabeça.

Sechel havia se tornado um empecilho. Scourge não podia deixá-lo para trás, e levá-lo com ele era muito mais problemático do que vantajoso.

O Sith menor lutou para se livrar do mata-leão quando Scourge começou a aplicar pressão nas vértebras do pescoço. Havia literalmente centenas de formas pelas quais poderia matar Sechel, mas, dado o histórico entre eles, queria que seus momentos finais fossem íntimos e pessoais.

Sechel tentou chutá-lo, mas Scourge havia se posicionado de tal forma que o pé do outro Sith só atingia debilmente sua coxa. Ele respirou fundo, preparou o braço esquerdo e deu um forte empurrão com a mão direita. Houve um estalo surpreendentemente alto, e o corpo de Sechel convulsionou antes de ficar completamente mole.

Afrouxando os braços para deixar o corpo desabar no chão, Scourge apanhou os discos de dados e deixou o apartamento, a porta fechando-se automaticamente atrás dele.

Meetra estava sentada no chão da caverna, imóvel e em silêncio, com as pernas cruzadas e as mãos na altura do peito, as palmas voltadas uma para a outra. Ela havia se aberto para a Força, buscando orientação e sabedoria, mas ali em Dromund Kaas, onde predominava o lado sombrio, era difícil encontrar a tranquilidade interior necessária à iluminação.

Ter T3 rodando em círculos longos e nervosos ao seu redor certamente não ajudava, mas ela temia que, se lhe dissesse para ficar quieto, ele entrasse em curto. E ela compreendia a ansiedade do droide.

Ainda não tinha certeza sobre o que pensar de Lorde Scourge. Achara que sua oferta para trabalharem juntos era sincera, embora se perguntasse quanto disso era obra de Revan. Era fácil entender porque Scourge poderia estar atraído para o lado dele; o controle que Revan tinha da Força era maior do que em qualquer outro que já conhecera. E sabia quão carismático ele podia ser. Embora fosse prisioneiro, não era difícil imaginá-lo tendo total controle da situação.

Mas se recrutara Scourge como aliado, teria sido por necessidade, e não por escolha. O Sith estava totalmente consumido pelo lado sombrio. Não tinha respeito pela vida, nenhum desejo de servir quaisquer necessidades que não as próprias. Mesmo que o que dissera sobre querer deter o Imperador fosse verdade, suas motivações eram a sobrevivência e a autopreservação.

Ela não confiava em Scourge, mas, se pudesse provar que ele e Revan estavam do mesmo lado, trabalharia com ele. Estava disposta a correr o risco de ser traída se isso lhe desse a oportunidade de resgatar seu amigo.

O pequeno droide passava em mais uma de suas muitas voltas quando ela ouviu o som de um speeder se aproximando. T3 parou e diminuiu a intensidade de sua luz, mergulhando a caverna nas sombras mais uma vez.

– Disse a você que ele iria voltar – falou Meetra. – Ele está sozinho – acrescentou, antes que T3 pudesse fazer a pergunta óbvia.

Ela se levantou com rapidez enquanto Lorde Scourge entrava na caverna com determinação, pronta para reagir ao primeiro indício de ataque.

– Estou com o que você precisa – anunciou ele, mostrando-lhe vários discos de dados. – Isso irá provar o que eu disse sobre tentar deter o Imperador. Você verá que estamos do mesmo lado.

Scourge avançou e estendeu a mão, oferecendo-lhe os discos. Ela hesitou apenas por um momento antes de se aproximar o suficiente para apanhá-los, e voltou para perto de T3, andando cautelosamente para trás a fim de não dar as costas ao Sith de pele vermelha.

– Vamos precisar de tempo para examinar isso – informou ela.

– Eles podem estar criptografados – disse Scourge.

– Nunca encontrei um código que meu amigo aqui não fosse capaz de decifrar – disse ela, e T3 concordou.

– Eu já suspeitava. Quanto tempo acha que vai levar?

– Por quê? Está com pressa?

– O processo já começou – explicou. – Temos dois, talvez três dias antes de perdermos a janela de oportunidade.

– Trabalhe rápido, T3 – disse ela. Meetra ergueu os olhos para Scourge. – Ficaríamos mais confortáveis se você não ficasse pairando à nossa volta.

– Volto em três horas – disse ele. – Sozinho, é claro.

T3 levou apenas metade desse tempo para descriptografar e verificar a autenticidade dos dados. Conforme prometido, eles confirmavam o que o Sith havia dito – ele estava realmente conspirando para derrubar o Imperador. No entanto, não era apenas Scourge. Vários membros do Conselho Sombrio, o círculo de conselheiros escolhidos a dedo pelo Imperador, haviam se juntado em uma conspiração para removê-lo do trono.

No entanto, depois de mais de uma década, não haviam feito nenhum progresso real. Em vez disso, os registros listavam uma ladainha de jogos de poder e traições entre os vários líderes da conspiração. Eles passavam tanto tempo tramando uns contra os outros que na verdade a ideia de trabalharem juntos para derrotar o Imperador parecia ridícula.

– Não é à toa que ele está disposto a trabalhar com Revan – murmurou Meetra. – Está cansado de esperar.

Quando Scourge retornou, ela havia tomado sua decisão.

– Eu acredito em você. Estou pronta para trabalharmos juntos.

– Isso significa que você me dirá seu nome? – perguntou o Sith.

– Meu nome é Meetra. E este é T3-M4.

O droide soltou um trinado estridente.

– O que ele está dizendo? – Scourge quis saber.

– Ele disse que é hora de você nos levar para ver Revan.

– A situação mudou. Isso não é mais uma opção.

– Por que não?

– Ele está sendo mantido prisioneiro por uma Lorde Sith chamada Nyriss.

– Ela está no Conselho Sombrio – disse Meetra, lembrando do nome dos discos de dados. – Foi ela quem o colocou na conspiração.

Scourge assentiu.

– Se ela está mantendo Revan prisioneiro, por que você não pode nos levar até ele?

– Quando fiz a oferta pela primeira vez, esperava que Revan pudesse convencê-la de que deveríamos trabalhar juntos – explicou Scourge. – Ir vê-lo agora seria apenas um risco desnecessário.

– Não entendo.

– Eu provavelmente poderia levá-la até ele para vê-lo, mas isso não ajudaria a tirá-lo de sua cela. E poderia levantar suspeitas.

– Apenas me leve até ele – insistiu Meetra. – Deixe a fuga comigo.

– Você não conseguirá lutar contra o exército inteiro de seguidores de Nyriss – advertiu Scourge. – Nem mesmo com a minha ajuda. Ela tem centenas de guardas e dezenas de acólitos treinados no lado sombrio. Se vamos libertar Revan, precisamos de uma distração. Algo para atrair a atenção dos guardas enquanto entramos sorrateiramente.

– Suponho que você tenha um plano.

– Tenho – disse Scourge, sorrindo. – Farei com que o Imperador nos dê uma mãozinha.

23

Embora ele aparentasse calma, o coração de Scourge estava acelerado enquanto subia os degraus para a cidadela do Imperador. Estava se arriscando muito, mas não havia outra opção. O tempo era seu inimigo; se tinham alguma esperança de tirar Revan com vida da masmorra de Nyriss, precisavam agir antes que ela percebesse que Scourge a havia traído.

Logo – talvez no dia seguinte, talvez naquele dia mesmo – Nyriss começaria a se perguntar sobre a ausência de Sechel e Murtog. Não demoraria muito para descobrir que eles estavam trabalhando com Scourge, e a partir daí ela rapidamente ligaria os pontos.

Por um breve momento, considerou abordar um dos outros membros do Conselho Sombrio, na esperança de convencer tal indivíduo a ajudá-lo a se livrar de Nyriss da mesma maneira que ela o usara para eliminar Darth Xedrix. Mas, mesmo que obtivesse ajuda, levaria semanas para que pusessem o plano em ação. Assim como Nyriss, os demais membros eram muito cautelosos – e receosos – para realizar qualquer ato que pudesse colocá-los em perigo.

O Imperador era o único Sith em Dromund Kaas com determinação para realizar o tipo de ação rápida e decisiva de que precisava.

Convencê-lo de que Nyriss era uma traidora seria muito simples com os arquivos que havia obtido com Sechel. O truque era fazer o Imperador acreditar que Scourge havia sido um fantoche dela sem ter conhecimento disso.

T3 havia adulterado os discos de dados, eliminando toda a evidência da participação de Scourge na conspiração. Ele alegaria que se colocou à disposição para ajudar assim que descobriu a trama... mas não havia garantia de que o Imperador acreditasse.

Scourge iria apresentar as evidências pessoalmente. Se o Imperador suspeitasse que estava mentindo – ou se simplesmente fosse poderoso o bastante para enxergar a verdade –, escapar seria impossível. Ele estava se colocando em grande perigo em prol da causa – algo que nunca teria considerado antes de conhecer Revan.

No topo da escada, foi parado por uma dupla de soldados Sith trajando armaduras vermelhas – dois indivíduos da famosa Guarda Imperial. Um exército de guerreiros de elite, os candidatos à Guarda Imperial eram submetidos a meses de treinamento brutal para transformá-los nas tropas mais disciplinadas e mortíferas do Império. Muitos não sobreviviam, mas aqueles que conseguiam transformavam-se em fanáticos apaixonadamente leais, dispostos a sacrificar suas vidas para defender o Imperador.

– Diga a que veio – exigiu saber um dos guardas, bloqueando o caminho com um pesado cajado elétrico.

– Preciso ver o Imperador imediatamente.

Ele não sabia que tipo de reação a ousada declaração produziria – uma risada de escárnio ou uma simples negativa eram as opções mais prováveis.

– Somente os membros do Conselho Sombrio podem falar com o Imperador – informou a outra soldada, seu tom ríspido e formal.

– Meu nome é Lorde Scourge. Eu sirvo a Darth Nyriss. Estou aqui em seu nome.

Os soldados se entreolharam, e ele sentiu sua dúvida.

– O Imperador está em perigo – insistiu Scourge. – Preciso falar com ele.

– Espere aqui – o guarda lhe disse.

Ele desapareceu no interior da cidadela e não voltou por vários minutos. Ambos ficaram em silêncio durante todo o tempo que passou; a guarda que permaneceu não viu razão para conversar com Scourge, e ele sabia que era melhor não dizer mais nada. As mentiras simples eram as mais eficazes, e Scourge não tinha intenção de falar nada além do absolutamente necessário.

Quando o soldado retornou, estava acompanhado por mais quatro companheiros. Todos eram Sith, e três usavam uniformes idênticos aos dos guardas parados na porta. A quarta também usava armadura vermelha, mas seu uniforme era mais elaborado.

– Sou a Capitã Yarri – disse-lhe. – Venha comigo.

Deixaram os primeiros guardas para trás enquanto ela o conduzia pela cidadela. A capitã caminhava à sua frente, enquanto dois dos recém-chegados o flanqueavam. O quarto soldado estava posicionado logo atrás dele, de modo a deixá-lo completamente cercado.

A concepção da cidadela lembrava Scourge da fortaleza de Nyriss; o que não era uma surpresa, já que ela havia erguido sua construção no mesmo estilo para homenagear o Imperador. O interior era quase um labirinto de corredores com instransponíveis paredes de pedra cinzenta, pontuadas por pesadas portas de madeira que levavam a antecâmaras e salas de visita.

Porém, enquanto Nyriss enfeitava os corredores com estátuas, bustos e tapeçarias glorificando sua reputação e conquistas, a decoração da cidadela era muito mais utilitária. As estátuas eram poucas e distantes entre si, e os poucos toques de cor nas tapeçarias espalhadas eram esmaecidos pela fraca iluminação que mergulhava tudo nas sombras.

– Vocês estão me levando até o Imperador? – Scourge perguntou.

– Você pode falar com um dos conselheiros do Imperador.

– Isso é inaceitável. Eu não vim para me reunir com um criado.

– Não é você quem decide – respondeu a Capitã Yarri com rispidez.

Scourge parou repentinamente, fazendo com que o soldado que vinha atrás colidisse com ele. O Lorde Sith o empurrou com raiva. Em resposta, os dois guardas que estavam ao seu lado sacaram seus cajados elétricos.

– Parem! – gritou a Capitã Yarri, e eles se detiveram de imediato.

– Sou um Lorde dos Sith – Scourge a lembrou. – E um representante de Darth Nyriss. Ordeno que vocês me levem até o Imperador.

– Isso não é permitido.

– São circunstâncias excepcionais.

– Como assim?

– Isso é apenas para os ouvidos do Imperador. Devo falar com ele pessoalmente.

– O Imperador não gosta de ser perturbado.

– Ele vai querer ouvir o que tenho a dizer.

– Se o Imperador achar que você desperdiçou seu tempo, você será punido – alertou a capitã.

A maneira calma e quase casual com que ela proferiu a simples ameaça foi muito mais eficaz do que se fornecesse os detalhes horríveis. Mas Scourge não recuaria agora.

– Não serei um desperdício de tempo para ele.

A capitã considerou a solicitação e então assentiu.

– Como quiser.

Enquanto ela o conduzia pelos corredores intrincados da cidadela, Scourge foi guardando de cabeça o trajeto percorrido. Quando ele e Revan finalmente atacassem o Imperador, precisariam conhecer o máximo possível a planta do lugar.

Por fim, viraram em um corredor que dava para um par de imensas portas de duraço.

– A sala do trono fica do outro lado – disse a Capitã Yarri. – Você encontrará o Imperador lá. – Ela se virou para encará-lo. – Estou lhe dando uma última chance para reconsiderar.

– Já tomei minha decisão.

– Então deve prosseguir sozinho. Não violarei a santidade da sala do trono.

Ela acenou com a mão e dois dos soldados aproximaram-se cada qual de uma das gigantescas portas. Gemendo devido ao esforço, eles as empurraram; então afastaram-se para os lados, pondo-se em posição de sentido com as costas contra a parede do lado de fora da entrada, agora aberta, da sala do trono.

Scourge esperava que o revistassem, ou que pelo menos lhe dissessem para entregar suas armas. Mas Yarri e os outros simplesmente se mantiveram em posição de sentido, esperando que ele entrasse. O fato de não mostrarem preocupação por deixar um Lorde Sith armado falar diretamente com o Imperador sem qualquer preparativo era uma prova do poder incomensurável deste último.

Pensar nesse poder fez Scourge parar e refletir. Assim como Revan, o Imperador entendia a Força de uma forma que Scourge nunca entenderia. Era possível que ele experimentasse o mesmo tipo de visões que o Jedi; também era possível que pudesse perscrutar a mente de Scourge e imediatamente saber a verdade por trás de tudo o que estava dizendo. Encontrá-lo cara a cara poderia significar suicídio.

Não, pensou Scourge. *Se fosse esse o caso, ele já teria sentido a traição de Nyriss muito tempo atrás.*

Por mais poderoso que o Imperador pudesse ser, ele não era onisciente. No entanto, era inteligente e perspicaz o bastante para se manter em seu trono por mais de mil anos – um reinado sem precedentes para a política implacável e sanguinária dos Sith. O que significava que Scourge teria que ter muito cuidado para não dizer nada que pudesse denunciá-lo.

A Capitã Yarri e os outros guardas ainda aguardavam pacientemente. Sem dúvida, estavam acostumados a testemunhar esse tipo de hesitação naqueles que estavam prestes a se encontrar com o Imperador.

Munindo-se de determinação e coragem, Scourge entrou.

A sala do trono era enorme: vinte metros de largura e pelo menos quarenta de comprimento, com um teto abobadado que se elevava por quinze metros acima. Com exceção do trono na extremidade oposta, estava praticamente vazia.

O trono repousava sobre um pedestal circular elevado, com vários metros de diâmetro. Quando Scourge avançou, percebeu que estava virado de costas para ele, seu alto espaldar bloqueando efetivamente qualquer visão de seu ocupante.

Depois de mais alguns passos, o pedestal girou, virando o trono de frente para ele. E, pela primeira vez em sua vida, Scourge pôs os olhos no Imperador.

A figura diante dele parecia comum. O Imperador vestia um manto sem adornos, o capuz sobre a cabeça ocultando totalmente seu rosto. No entanto, Scourge podia sentir o poder do lado sombrio emanando dele com tanta intensidade que causava uma leve perturbação no ar.

O Imperador levantou-se e as portas de duraço se fecharam atrás de Scourge com uma batida retumbante. Os passos de Scourge vacilaram brevemente com o som, mas ele continuou em frente.

Quando chegou aos pés do pedestal, curvou-se sobre um dos joelhos, fazendo uma profunda reverência, seus olhos fixos em um ponto no chão à sua frente.

– Levante-se, Lorde Scourge – disse-lhe o Imperador –, e fale o que tem a dizer.

Scourge pôs-se de pé para se dirigir ao Sith que o encarava do alto do trono. O Imperador havia jogado o capuz para trás para revelar o rosto; seus olhos eram negros como o próprio Vazio.

Fitando o escuro vácuo do olhar do Imperador, a mente de Scourge retornou a Nathema, e ele estremeceu com a lembrança.

Tentou falar, mas as palavras ficaram presas em sua garganta. Sua boca ficou repentinamente tão seca que achou que iria sufocar. Engoliu em seco e tossiu, finalmente produzindo saliva suficiente para prosseguir.

– Três anos atrás, fui servir Darth Nyriss a seu pedido – começou Scourge. – Descobri que Darth Xedrix era um traidor. Ele havia se aliado aos separatistas para matar Nyriss, e eu o executei por seus crimes.

– Seus serviços têm sido registrados – assegurou-lhe o Imperador.

Havia algo estranho na voz do Imperador. Não parecia a voz de um único ser. Possuía um eco e ressonância incomuns, quase como se uma enorme multidão estivesse pronunciando suas palavras em perfeita sincronia.

Uma teoria sinistra inesperadamente passou pela mente de Scourge: seria possível que todos aqueles que haviam sido consumidos pelo ritual de Nathema ainda existissem de alguma forma dentro do próprio Imperador? Nyriss dissera que ele os havia devorado, mas e se ela estivesse apenas parcialmente certa? E se ele houvesse aprisionado os espíritos deles em sua própria forma corpórea, alimentando-se lentamente de sua energia vital por mil anos para permanecer jovem e forte?

Scourge afastou tais pensamentos; precisava se concentrar. Uma palavra errada e o Imperador poderia enxergar através de suas mentiras.

– Continuei servindo a Darth Nyriss após a morte de Xedrix – explicou Scourge. – E continuei investigando os separatistas.

Ele fez uma pausa, esperando o Imperador perguntar o que ele havia encontrado. Depois de alguns segundos, percebeu que a pergunta não viria.

– Comecei a suspeitar de um dos conselheiros de Nyriss, um homem chamado Sechel. Voltei o foco da minha investigação para ele. Mas Sechel foi cuidadoso; cobriu bem seus rastros. Somente ontem tive certeza de sua culpa. Ele também estava trabalhando secretamente com os separatistas, e sofreu o mesmo destino que Xedrix.

– Você deve conversar com Darth Nyriss se procura ser recompensado por suas ações – disse o Imperador. Não houve mudança em seu tom, mas a ameaça implícita era clara: *Isso é indigno de mim, e você está desperdiçando o meu tempo.*

Scourge engoliu em seco profundamente, a boca seca mais uma vez.

– Não é por isso que venho à sua presença. Encontrei esses arquivos de dados entre os pertences de Sechel.

Ele ergueu os discos.

– Eles mostram que Darth Xedrix não foi o único membro do Conselho Sombrio a traí-lo. Ele foi meramente sacrificado para manter em segredo o envolvimento de mais indivíduos. Darth Nyriss também estava envolvida na conspiração, junto com vários outros.

O Imperador não demonstrou reação física à revelação; permaneceu tão imóvel e calmo quanto a própria morte. Mas o ar ao redor de Scourge pareceu esfriar.

– Você tem certeza dessas acusações?

– Apostaria minha vida nelas, senhor Imperador.

– Pois já o fez.

Scourge sentiu um calafrio percorrer sua espinha, e soube que havia muito mais do que sua vida em jogo. O Imperador não era mais um membro da espécie Sith; seu poder e imortalidade o haviam transformado em um ser único na galáxia. Quando ele falava de vida e morte, isso possuía um significado muito mais profundo do que a mera existência física dos seres inferiores que o serviam.

– Nyriss sabe que está aqui?

– Não. Vim assim que decifrei os dados nos discos de Sechel.

Houve um longo silêncio, e Scourge teve a nítida sensação de que o Imperador estava de alguma forma comunicando-se com alguém fora do aposento.

Alguns segundos depois, as portas da sala do trono se abriram e a Capitã Yarri entrou a passos largos, acompanhada por um Sith trajando as mesmas roupas escuras do Imperador.

Eles se aproximaram de Scourge e o Sith com o manto estendeu a mão, aguardando. Scourge entregou-lhe os discos.

– Mantenha o Lorde Scourge sob custódia até que este assunto esteja resolvido – entoou o Imperador.

– Perdoe-me, Lorde Imperador – disse Scourge, falando rapidamente, porém tentando manter o tom de voz humilde. – Mas Nyriss aguarda o meu retorno. Se eu me ausentar, ela ficará desconfiada.

Os olhos escuros do Imperador pareceram tremeluzir de raiva, e Scourge temeu que tivesse ido longe demais. O melhor que poderia esperar como punição por sua insolência seria uma morte rápida e relativamente indolor.

No entanto, quando o Imperador falou novamente, não foi para decretar uma sentença.

– Você é ousado por se dirigir a mim desta forma – declarou ele. – E, como tem razão, recompensarei sua iniciativa... desta vez. Quando Nyriss cair, você será o primeiro da lista para assumir sua cadeira no Conselho Sombrio.

– Obrigado, Lorde Imperador – disse Scourge, fazendo uma reverência.

– Se suas informações forem falsas, entretanto – acrescentou o Imperador –, você sofrerá um destino mais terrível do que qualquer coisa que possa imaginar.

Enquanto falava, os círculos escuros de seus olhos pareceram se preencher por um turbilhão de névoa vermelha, e por um breve momento o Imperador deu a Scourge um vislumbre de seu verdadeiro eu.

Scourge gritou de angústia quando a mente do Imperador apenas roçou a dele, e então desabou no chão, tremendo como uma criança. O contato durara menos de um segundo, mas naquele instante ele testemunhou horrores indescritíveis que tornavam insignificante qualquer coisa que o lado sombrio pudesse conjurar mesmo em seus piores pesadelos. E por trás dos terrores sem forma espreitava o insuportável Vazio, o puro vácuo da aniquilação total.

Terminou tão rápido quanto havia começado, a terrível visão recuando para o seu subconsciente como uma lembrança reprimida enquanto Scourge se levantava do chão. A Capitã Yarri e o Sith com o manto não fizeram qualquer movimento para ajudá-lo.

– Venha comigo – disse a capitã quando ele ficou de pé.

Só então Scourge percebeu que o Imperador havia voltado a se sentar no trono, e que o pedestal girara novamente.

O Sith de manto escuro ficou para trás quando Yarri conduziu Scourge para fora da sala do trono e ao corredor.

– Entendo por que você tentou me convencer a mudar de ideia sobre isso – murmurou Scourge enquanto voltavam para a entrada principal da cidadela.

– Você correu um grande risco – observou Yarri, embora fosse difícil dizer se ela o achava admirável ou estúpido. – Mas, se suas informações forem corretas, parece que estará no Conselho Sombrio na próxima vez que nos encontrarmos.

– E quanto a Nyriss? – Scourge perguntou. – O que o Imperador fará com ela?

– Ela será expurgada pela Guarda Imperial – explicou Yarri. – Juntamente com todo o seu corpo de seguidores.

– Prefiro não estar lá quando isso acontecer. Quando vocês irão agir?

– Logo. Por enquanto, retorne para Nyriss para que ela não fique desconfiada.

Eles haviam chegado ao topo das escadas que conduziam da entrada da cidadela até a rua lá embaixo.

– Direi a meu pessoal para não feri-lo – prometeu a Capitã Yarri antes de se virar.

Pouco antes de desaparecer na cidadela, ela acrescentou:

– Mas, quando a batalha começar, tente ficar fora do caminho, só por precaução.

24

Meetra não gostou da ideia de fingir ser a escrava recentemente adquirida de Scourge, mas o Sith lhe garantira que era a melhor maneira de ela se infiltrar na fortaleza de Nyriss sem atrair atenção indesejada.

Para complementar a farsa, havia trocado suas calças e blusa práticas por uma roupa roxa provocante, mais apropriada para uma dançarina de um dos clubes baratos que frequentara na época em que era mercenária. O traje justo deixava seus braços e barriga nus, mas a pele excessivamente exposta não era a pior parte do disfarce.

Scourge também insistiu que usasse a coleira de choque dos escravos em volta do pescoço. Não funcionava, é claro – ela mandara T3 inspecioná-la cuidadosamente para se certificar –, mas, ainda assim, a ideia de adornar-se com um símbolo tão intimamente relacionado à prática mais vil da galáxia a irritava.

No entanto, por mais desagradável que aquilo fosse, ela sabia que Scourge tinha razão. Todos os escravos em Dromund Kaas eram forçados a usar a coleira; sem ela, ninguém acreditaria na história deles. T3 também os acompanhava, igualmente equipado com uma trava de restrição que não funcionava.

– Bem-vindo de volta, Lorde Scourge – saudou um guarda logo na entrada principal quando o trio passou. – Darth Nyriss acaba de perguntar sobre você.

– Sobre o quê? – quis saber o Sith, enquanto Meetra lutava para esconder seu interesse.

– Sechel e Murtog partiram dois dias atrás; ela imaginou que você saberia para onde foram.

– Eles não me incluíram em seus planos – respondeu Scourge, dando de ombros. – Estive percorrendo o mercado de escravos nos últimos dias, procurando por uma aquisição que valesse a pena.

– Claro, meu senhor – disse o guarda com uma leve reverência. Deu uma espiada rápida em Meetra, com um lampejo de lasciva cumplicidade nos olhos e um leve sorriso nos lábios, antes de voltar sua atenção para Lorde Scourge. – Informarei a Darth Nyriss que você não viu os outros – comunicou.

– Ótimo. Assim que estiver acomodado, falarei com ela pessoalmente para ver se deseja que eu os procure.

Ele girou nos calcanhares, dispensando o subordinado enquanto continuava pelo corredor a passos largos e rápidos. Meetra e T3 se esforçaram para acompanhá-lo, mantendo respeitosamente dois passos atrás de seu suposto dono.

Uma vez fora das vistas e ouvidos dos guardas, Scourge parou e se virou para eles.

– Isso pode complicar as coisas. Nyriss não teria perguntado pelos outros se não estivesse ficando preocupada. Esperava evitá-la até o Imperador agir, mas agora, se eu ficar adiando para vê-la, vai parecer suspeito.

Scourge havia falado com o Imperador naquela manhã; Meetra imaginou que levaria pelo menos mais um ou dois dias antes de ele reunir suas forças para atacar Nyriss.

– Não vou deixar que saia da minha vista – ela o advertiu. – Se vai encontrá-la, é melhor T3 e eu irmos com você.

– Isso é ridículo! – Scorge protestou. – Eu jamais cometeria o insulto de levar um dos meus escravos pessoais a uma reunião com alguém da posição de Nyriss.

– Então é bom você pensar logo em algo. Porque, se as coisas ficarem feias, vou sacar o meu sabre de luz e começar a cortar cabeças.

– Eu poderia levá-la como se estivesse oferecendo-a como um presente a Nyriss – propôs Scourge. – Mas aí já não poderia mantê-la por perto.

– Nem pensar – rosnou Meetra.

T3 mostrou que pensava da mesma forma com um chiado estridente.

– Então o que você sugere? – Scorge demandou.

– Leve-me até Revan agora – disse Meetra. – Arriscarei um combate para tirar-nos daqui.

– Eu não a trouxe até aqui para que pudesse jogar sua vida fora. E não tenho a menor intenção de me tornar um mártir.

Meetra estava prestes a disparar outra resposta furiosa quando uma forte explosão vinda de algum lugar a leste chacoalhou as estruturas da fortaleza.

– A Guarda Imperial – Scourge ofegou. – Eles estão aqui!

Os alarmes começaram a soar pelo corredor, misturados com os sons de gritos e pés correndo quando os soldados de Nyriss responderam ao ataque repentino.

Meetra levou a mão ao pescoço e arrancou a coleira de escrava com um puxão, jogando-o no chão. T3 fez o mesmo, retirando sua trava de restrição.

– A masmorra é por aqui – indicou Scourge, deixando de lado sua discussão agora sem sentido. – Sigam-me.

As explosões continuaram enquanto ele os conduzia pelas passagens sinuosas. Vinham de todos os lados; obviamente a Guarda Imperial cercara a fortaleza inteira. Com base na frequência e intensidade das explosões distantes, Meetra presumiu que estavam usando um ataque de artilharia para tentar romper os muros em vários pontos.

Indivíduos de ambos os sexos passavam correndo por eles tanto indo como voltando, alguns se apressando para se juntar à batalha, outros procurando desesperadamente se proteger. O ataque inesperado pegara os soldados de Nyriss completamente desprevenidos. Estavam confusos, e seus esforços para defender a fortaleza eram descoordenados e desorganizados.

– Esperava que alguém do Conselho Sombrio oferecesse uma resistência melhor – observou Meetra enquanto viravam uma esquina e corriam por outro corredor.

– O chefe de segurança e três de seus melhores tenentes não estão aqui para comandá-los, graças a você – ele a lembrou.

Dobraram outra esquina e testemunharam o primeiro sinal real de algum tipo de contra-ataque. Oito soldados liderados por um acólito Sith empunhando um sabre de luz haviam se posicionado no corredor a cerca de dez metros de um grande e fumegante buraco na parede.

Quando a fumaça se dissipou, dezenas de soldados trajando uniformes vermelhos emergiram pela brecha, armados com pistolas blaster e cajados elétricos.

Os defensores de Nyriss abriram fogo, derrubando a primeira onda. Aqueles que vinham nas fileiras de trás sequer pararam. Movidos por sua devoção feroz ao Imperador, avançaram contra a linha inimiga com uma imprudente indiferença quanto à própria segurança.

Se os defensores mantivessem suas posições e continuassem atirando, poderiam ter sobrevivido a várias ondas. Mas o moral deles foi abalado pela atitude frenética de seus agressores; então, em vez disso, romperam a formação e tentaram escapar. Ninguém conseguiu.

Três foram abatidos por tiros de blaster, disparados nas costas quando se viraram para correr. Os outros cinco, incluindo o acólito com o sabre de luz, foram engolfados por um mar de guardas de uniformes vermelhos e feitos em pedaços pelos cajados elétricos.

Todo o ocorrido não levou mais que dez segundos, tempo mais do que suficiente para Scourge conduzir Meetra e T3 em outra direção.

Mas, em vez de tentar evitar o confronto, o Sith simplesmente tinha mantido sua posição e observado.

Quando o último defensor caiu, os invasores se separaram em dois grupos e seguiram em direções opostas pelo corredor. A chance de se esconderem até que passassem estava perdida; quando os assassinos de manto vermelho se aproximaram, Meetra começou a estender a mão para apanhar o sabre de luz escondido dentro de sua bota de couro preto e cano longo.

Scourge segurou seu pulso e balançou a cabeça. Ele recuou contra a parede, arrastando-a junto. Reconhecendo Scourge como intocável, os Guardas Imperiais passaram correndo sem sequer dispensar-lhes um segundo olhar.

– As masmorras não estão longe – comunicou-lhe Scourge quando estavam novamente sozinhos.

Deram sorte de não encontrar mais batalhas no restante do caminho, apesar de terem se deparado com os resultados de vários conflitos violentos. Alguns dos corpos usavam os uniformes vermelhos dos invasores, mas para cada um deles havia pelo menos cinco do lado de Nyriss.

Guardas de segurança, acólitos e até civis espalhavam-se pelos salões e corredores; a Guarda do Imperador não havia poupado ninguém. Meetra sabia que não havia outra forma de libertar Revan, mas ainda assim sentiu indignação pelo massacre indiscriminado. Quando notou o corpo de uma jovem escrava Twi'lek que jazia no chão com a garganta cortada, forçou-se a desviar o olhar.

– A assistente pessoal de Nyriss – observou Scourge. – Mas não vejo Nyriss entre os mortos.

T3 emitiu bipes e Meetra balançou a cabeça.

– Não acho que ela tenha escapado – disse ela, lembrando-se da implacável eficiência e organização das tropas de ataque.

– Seu destino é irrelevante – declarou Scourge.

– Certo. Leve-nos até Revan.

Viraram a última esquina, ficando cara a cara com uma enorme porta de duraço. Scourge adiantou-se e digitou uma senha de segurança, mas a porta não abriu. Tentou novamente e o painel respondeu com um zumbido agudo.

– O lugar inteiro está em bloqueio de emergência. Minhas senhas não funcionarão.

– Não se preocupe – assegurou-lhe Meetra, confiante. – O T3 aqui pode invadir qualquer sistema de segurança.

– É melhor se apressar – advertiu Scourge. – Não sinto guardas do outro lado da porta.

– Você acha que eles fugiram?

Ele sacudiu a cabeça.

– Acho que, quando os alarmes dispararam, Nyriss deu-lhes ordem para executarem o prisioneiro.

A princípio, Revan pensou que as explosões distantes em seus ouvidos eram um efeito colateral incomum de alguma nova combinação de medicamentos que seus captores estavam testando nele. Mas quando os estridentes alarmes começaram a soar, sua mente confusa percebeu que a instalação estava sob ataque.

– Meetra – ele balbuciou.

Esforçou-se para ficar de pé, lutando contra os efeitos entorpecentes das substâncias químicas que corriam em suas veias. Se sua mente fosse capaz de se concentrar, poderia tê-las eliminado de seu organismo. Mas, obviamente, o objetivo dos medicamentos era impedi-lo de recorrer à Força.

Alguns segundos depois, ouviu alguém do lado de fora da sua cela. Quando a porta se abriu, esperava ver Scourge, mas em vez disso viu-se diante de um guarda desconhecido.

O jovem era um humano de pele escura. Com o braço esticado, apontava uma pistola blaster para Revan. Sua mão tremia visivelmente.

– Depressa – gritou outra voz do lado de fora. – Faça!

Mesmo no estado de embotamento mental em que Revan se encontrava, a situação era óbvia. Na esteira do ataque, alguém ordenara que matassem o prisioneiro.

– Aperte o gatilho e será a última coisa que fará – ameaçou-o Revan.

– Vamos lá – insistiu a outra voz. – Atire logo! Qual é o problema?

– Cale a boca! – o jovem gritou para o companheiro oculto. – Você estava morrendo de medo só de abrir a cela!

O receio deles era completamente compreensível. Desde sua prisão, Revan havia sido mantido sob quarentena estrita. Ninguém tinha acesso à sua cela sem que Scourge estivesse presente, e ainda assim na maioria das vezes o Sith ia vê-lo sozinho. Sem dúvida havia sido martelado nas mentes dos guardas quão poderoso e perigoso o prisioneiro era. Eles foram avisados para não entrarem em nenhum tipo de trato com ele; sua misteriosa reputação ganhara força entre seus carcereiros ao longo de anos de especulações e rumores.

– Abaixe a arma se quiser viver – Revan advertiu o jovem. Através da névoa medicamentosa, lutou para se conectar à Força, ampliando o medo e a insegurança do outro.

– Não! – seu amigo gritou por sobre os alarmes ensurdecedores, ainda oculto do lado de fora. – Ele vai nos matar!

– Prometo poupá-los – assegurou Revan. – Dou-lhes minha palavra de Jedi.

– Viu só? Viu só? – o homem com a arma exclamou. – Eu te disse que ele era um Jedi!

– Nyriss os enviou em uma missão suicida – disse-lhes Revan.

– Como você sabe para quem trabalhamos? – o homem escondido berrou, o tom de sua voz aumentando.

– A Força me mostra muitas coisas.

Ouviu-se o barulho de outra explosão vindo do alto, esta muito mais próxima, fazendo com que o jovem guarda quase deixasse cair sua arma. Atrapalhou-se com ela momentaneamente antes de segurá-la com as duas mãos e erguê-la mais uma vez para apontá-la.

Por um breve instante, Revan considerou tentar apanhar o blaster, mas as drogas deixavam-no lento tanto física como mentalmente. Em vez disso, permaneceu parado e calmo.

– Isso não é bom – disse o jovem, apertando tanto o punho da pistola que os nós de seus dedos estavam ficando descorados. – Isso não é bom.

– Apenas fujam de toda essa situação – Revan sugeriu. – É a única chance real de sobreviverem.

– Não podemos fugir – lamentou o guarda. – A porta do andar de cima não abre. Estamos trancados aqui dentro!

– Simplesmente atire! – gritou seu amigo. – Ele não pode feri-lo. Se pudesse, já teria feito a essa altura.

Vários segundos de silêncio se passaram, interrompidos pelos alarmes e outra série de explosões em rápida sucessão.

– Nyriss vai nos matar se nos encontrar aqui embaixo com você ainda vivo – disse o rapaz com o blaster, quase se desculpando.

– Nyriss já está morta – disse Revan, mudando de tática enquanto tentava aplicar ainda mais pressão através da Força. – Estão ouvindo as explosões? Os alarmes? Meus amigos estão vindo me libertar. – Fez uma pausa e prosseguiu: – Vocês dizem que estão trancados aqui. O que acham que meus amigos farão se os encontrarem perto do meu cadáver?

– O que ele diz faz sentido – admitiu relutantemente o carcereiro oculto. – Ouça todas essas bombas explodindo. Isso não é uma simples rebelião facilmente contida.

– Rendam-se e eu garantirei sua segurança – jurou Revan. – Dou-lhes minha palavra de Jedi.

A cabeça do jovem virou-se rapidamente de um lado para o outro, de Revan para o seu amigo fora da cela e depois de volta. Então largou o blaster como se ele queimasse sua mão.

Revan saiu calmamente da cela e pela primeira vez pôs os olhos no outro guarda: um humano também, talvez um pouco mais velho do que o primeiro. Ambos estavam petrificados pelo medo, observando cada um de seus movimentos atentamente. Cada vez que o alarme berrava sobre suas cabeças, eles se encolhiam.

– Eu não os machucarei – Revan assegurou mais uma vez.

Os dois homens pareceram relaxar um pouco, e Revan tentou projetar ondas tranquilizadoras e reconfortantes por meio da Força para acalmar ainda mais suas mentes.

– Sentem-se ali contra a parede até meus amigos chegarem – sugeriu. – Vocês não vão querer que eles os confundam com uma ameaça.

Constatando a sensatez de suas palavras, os dois homens trataram de seguir suas instruções.

Vários minutos depois, ouviram um estrondo vindo de cima, seguido pelo som de passos correndo escada abaixo.

E Meetra surgiu, trajando uma espécie de fantasia de dançarina. Ao ver Revan, seu rosto foi tomado por um largo sorriso.

– Sabia que o encontraria – disse ela, correndo para abraçá-lo fortemente.

– Quanto tempo – Revan sussurrou, envolvendo os braços ao redor dela.

Passado um momento, ela interrompeu o abraço, e Revan percebeu seu nariz enrugado em resposta ao intenso fedor que emanava dele.

– Muito tempo mesmo – ele disse encolhendo os ombros, provocando uma leve risada em Meetra.

– Reencontro comovente – disse uma voz familiar.

– Lorde Scourge! – um dos guardas exclamou em pânico.

Revan girou Meetra para o lado, colocando-se na frente dela, num movimento instintivo, mas despropositado. Meetra era uma Jedi; ela sabia cuidar de si mesma. E, desarmado como estava, ele não era páreo para o Sith.

– Está tudo bem – disse Meetra, colocando a mão no ombro de Revan. – Scourge está aqui para nos ajudar.

A mente embotada de Revan levou um momento para processar o que ela estava dizendo. Uma vez tendo compreendido, não pôde deixar de rir alto.

– Então finalmente sei o seu nome. Scourge. Não é à toa que não quis me dizer.

– Faça piadas quando estivermos a uma distância segura daqui – disse o Sith.

– Ele tem razão – Meetra concordou. – T3 está vigiando o topo da escada. Venha.

– Vão na frente – disse-lhes o Sith, sacando seu sabre de luz e aproximando-se dos guardas encolhidos de medo no chão. – Cuidarei das testemunhas.

– Não – disse Revan. – Prometi protegê-los.

Scourge lançou-lhe um olhar de completa incredulidade.

– Já vai ser bastante difícil dar o fora daqui sem tem que carregar esses patéticos arremedos de soldados.

– Eu lhes dei minha palavra – disse Revan. Uma onda de tontura o acometeu e ele cambaleou.

– O que foi? – perguntou Meetra, estendendo o braço para ampará-lo antes que caísse.

– Eles me mantiveram drogado. Só preciso de um minuto.

Com a ajuda de Meetra, Revan sentou-se no chão. Seu coração ainda estava acelerado, e sua cabeça girava. Durante o confronto com o guarda, devia ter usado instintivamente a Força para manter os piores efeitos das drogas sob controle. Mas ele não estava forte o bastante para continuar com aquilo por mais tempo, e agora seu corpo sofria uma forte reação.

Scourge aproximou-se de um estojo de primeiros socorros na parede e o arrombou com um puxão. Apanhou uma agulha hipodérmica cheia de um líquido verde e luminescente.

– Isso vai ajudar – assegurou, injetando-o no braço de Revan. – Mas levará alguns minutos.

– Tem mais uma coisa – Meetra lhe disse. – Bastila me pediu para entregar isso a você.

Ela assentiu para Scourge, que retirou um pacote da grande algibeira em seu quadril. Jogou-o para Revan, que nem tentou apanhá-lo, apenas pegou-o do chão.

O objeto estava embrulhado em um pano. Pôde perceber de cara que era de metal, e havia algo estranhamente familiar nele.

– Você falou com Bastila? Você a viu?

Meetra assentiu.

– E seu filho. Ambos estão bem.

Revan sorriu. Parecia que sua mente estava flutuando alegremente para longe, mas ele não tinha certeza se a euforia era provocada pelos pensamentos em sua família ou pelos medicamentos ainda atuando em seu organismo.

Desembrulhou o tecido, revelando o elmo mascarado que usara durante suas campanhas contra os Mandalorianos e a República. Num instante todas as suas lembranças perdidas retornaram.

Um milhão de imagens – ano após ano de pessoas, lugares e eventos esquecidos – inundaram sua consciência simultaneamente. Em seu estado fragilizado, era demais para assimilar. Quando seu cérebro sofreu uma sobrecarga sensorial, seu corpo perdeu as forças.

– O que está acontecendo? – Scourge exigiu saber, quando Revan desabou.

– Eu… eu não sei – respondeu Meetra, suas mãos procurando sentir a pulsação de Revan enquanto ele jazia imóvel no chão.

Seus olhos estavam fechados, mas as pálpebras tremiam freneticamente. Tirando isso, estava completamente inerte.

Da escada, T3 soltou um lamento estridente, várias oitavas mais alto do que os alarmes incessantes.

– Alguém está vindo! – disse Meetra.

Scourge virou-se para os guardas ainda sentados no chão.

– Preparem seus blasters, idiotas!

Enquanto os dois se punham de pé desajeitadamente, T3 emitiu o que só poderia ser descrito como um grito de terror. Instantes depois, o pequeno astromecânico desmoronou escada abaixo e quicou no chão como se tivesse levado um tiro de canhão. Aterrissou de costas no canto, suas rodas ainda girando.

– Tire Revan do caminho – Scourge disse para Meetra.

Enquanto ela arrastava o corpo inconsciente do Jedi para a cela mais próxima, um dos guardas sacou sua arma, enquanto o outro se apressou para recuperar seu blaster descartado, que Revan chutara para o lado.

Scourge acenou com a cabeça para os guardas. Em resposta à sua ordem silenciosa, eles rastejaram até a base da escada e espiaram em direção à porta lá no alto.

Uma rajada de raios roxos desceu os degraus num arco, atingindo os dois homens no peito. Eles mal tiveram tempo de gritar antes de serem transformados em carcaças carbonizadas e fumegantes.

Scourge recuou, sabendo exatamente quem acabara de liberar a fúria do lado sombrio contra aqueles infelizes guardas.

Nyriss desceu as escadas devagar, os dedos estendidos da mão esquerda ainda crepitando com eletricidade. Na mão direita segurava seu sabre de luz, a lâmina zumbindo suavemente. Quando chegou ao pé da escada, Meetra acabava de sair da cela mais próxima.

Ela acionou seu sabre de luz e posicionou-se ao lado de Scourge.

– Mas o que é isso? – questionou Nyriss, num tom de zombaria. – Outra Jedi?

Como ninguém respondeu, ela virou a cabeça para o lado e gargalhou amargamente.

– A Guarda Imperial se certificará de que eu jamais deixe minha fortaleza com vida. Mas nenhum de vocês também o fará.

Ela ergueu a mão livre sobre a cabeça e disparou outra rajada de raios. Scourge e Meetra saltaram longe, escapando das descargas elétricas mortais, mas ao fazê-lo deram a Nyriss a vantagem inicial.

Antes que pudessem se recompor, ela pulou em sua direção. Apesar da aparência encarquilhada, movia-se com toda a velocidade e ferocidade de uma guerreira do lado sombrio em seu auge. Aterrissou bem entre seus dois oponentes, sua lâmina brilhando de um lado para o outro em uma série de golpes e cortes que imediatamente colocou-os na defensiva.

Scourge mal conseguiu se esquivar da primeira onda ofensiva, incapaz sequer de pensar em revidar com um ataque próprio. Outra rápida investida o fez desequilibrar-se, e ele cambaleou para trás.

Nyriss aproveitou a oportunidade para concentrar todos os seus esforços em romper a defesa de Meetra. A Jedi estava em clara desvantagem; embora tivesse conseguido manter sua posição, fora forçada a se apoiar sobre um dos joelhos.

Na desconfortável postura em que se encontrava, seu flanco direito ficou exposto, e Nyriss desferiu-lhe um corte incapacitante com o sabre. No mesmo momento, Scourge atacou com a Força, lançando em Nyriss uma descarga concentrada no centro de seu peito.

Outro oponente qualquer teria sido arremessado longe, mas Nyriss instintivamente ergueu uma barreira da Força para se proteger, absorvendo e redirecionando o grosso do impacto. Ainda assim, o ataque de Scourge a desequilibrou o bastante para desviar seu sabre de luz para longe do alvo, dando a Meetra a oportunidade que precisava para se afastar engatinhando para a segurança.

Scourge avançou rápido, procurando encurralar Nyriss em um canto, mas ela respondeu ao ataque com uma onda invisível de energia reverberante, que ergueu o Lorde Sith e o lançou de pernas para o ar, fazendo-o colidir contra a parede.

Atordoado, ele olhou para cima bem a tempo de testemunhar outra rajada de raios violeta atingindo Meetra no peito. Como Nyriss antes, ela levantou uma barreira para se salvar do pior do ataque, mas mesmo assim ainda foi derrubada no chão.

– Achavam que eu seria tão fácil de derrotar quanto Xedrix? – gritou Nyriss, erguendo seu sabre de luz triunfantemente acima da cabeça.

O ar à sua volta começou a crepitar e a esquentar enquanto ela se preparava para o golpe fatal. Scourge sentiu a energia dentro dela crescer, e sabia que seria incapaz de detê-la. Nyriss era poderosa demais; seu domínio do lado sombrio era muito forte.

– Olhem para mim e contemplem sua destruição! Eu sou Darth Nyriss, Lorde dos Sith. A conquistadora de Drezzi, a aniquiladora de Melldia, membro do Conselho Sombrio!

Scourge preparou-se para o fim.

Naquele momento, Revan saiu da cela. Ele havia levantado o capuz de seu manto Jedi para cobrir a cabeça e usava a máscara vermelha e cinza, que escondia seu rosto.

Uma série de raios projetou-se da mão de Nyriss, traçando arcos através do corredor para incinerar seus inimigos. Em vez de saltar de volta para a cela para evitar o ataque mortal, Revan avançou para interceptá-los.

Suas duas mãos estavam espalmadas diante de si, os braços totalmente estendidos na altura dos ombros, os polegares se tocando e os dedos afastados. Ele atraiu os raios para as mãos que os aguardavam, desviando-os dos alvos pretendidos e absorvendo seu poder.

– Eu sou Revan renascido – disse a Nyriss. – E diante de mim você não é nada.

Os olhos de Nyriss se arregalaram quando Revan liberou o poder de seu próprio ataque contra ela. Tentou erguer outro escudo da Força, mas os raios o despedaçaram e prosseguiram inabaláveis. A energia a envolveu, o calor intenso consumindo-a instantaneamente, deixando apenas uma pilha de cinzas chamuscadas.

Scourge pôs-se de pé com dificuldade enquanto Revan ajudava Meetra a se levantar. No canto, o astromecânico tombado soltou bipes queixosos e conseguiu desajeitadamente voltar à posição vertical.

Revan dirigiu-se ao mais próximo dos dois guardas mortos e ajoelhou-se ao lado dele. Colocou a mão no peito do homem, mas não disse nada.

– Temos que ir – disse Meetra baixinho, aproximando-se e tocando delicadamente o ombro de Revan para interromper seus pensamentos. – Não queremos que a Guarda Imperial saiba que você esteve aqui.

Ele se levantou e virou-se lentamente para Scourge.

Havia algo de perturbador em olhar para sua máscara sem rosto; ela tornava Revan ainda mais intimidador, ainda mais poderoso. Ou talvez Scourge apenas se sentisse assim porque o vira destruir Nyriss.

Qualquer que fosse o motivo, estava mais confiante do que nunca de que fizera a escolha certa. Se havia alguém com força o bastante para deter o Imperador, esse alguém era aquele homem.

– Isto é seu – disse o Sith, retirando o punho do sabre de luz de Revan do cinto.

Revan aceitou o presente, assentindo de leve, e depois simplesmente disse:

– Tire-nos daqui.

25

Scourge os conduziu pelas escadas e de volta à abertura na parede por onde a Guarda Imperial irrompera pela primeira vez. Embora pudessem ouvir os distantes sons da batalha ecoando debilmente pelos corredores, não se depararam com nenhum combatente de ambos os lados.

Assim que saíram, Meetra se permitiu um suspiro de alívio.

A noite havia caído, mas vários incêndios na fortaleza de Nyriss iluminavam o local, dando-lhes uma imagem clara da destruição. O espesso muro de pedra que cercava o pátio e os prédios havia sido reduzido a escombros; a julgar pelo número de corpos espalhados pelo pátio, ali fora o local da luta mais violenta.

Foram abrindo caminho cuidadosamente em meio a toda aquela carnificina até alcançarem o speeder de Scourge, estacionado ileso perto da zona de desembarque. Todos os veículos ao seu redor haviam sido destruídos pelo fogo da artilharia.

– É um milagre que essa coisa ainda esteja inteira – comentou Revan.

– A Guarda devia estar vigiando nossa chegada – disse Scourge. – Eles sabiam qual speeder era o meu.

Os quatro subiram, com Revan e Meetra ajudando T3, e depois foram para a caverna onde Meetra e Scourge haviam se encontrado pela primeira vez.

Durante a viagem, Meetra tentou analisar Revan discretamente. Ele ainda usava a máscara vermelha e cinza. Para ela, aquele era seu verdadeiro rosto. Sabia como ele era sob o elmo, mas Revan quase nunca o tirara durante a campanha contra os Mandalorianos.

Vê-lo na cela sem ele pareceu-lhe estranho. A passagem dos anos e o sofrimento a que havia sido submetido como prisioneiro estavam estampados claramente em seus traços. Quando ele usava a máscara, no entanto, tudo isso ficava oculto. Ela o fazia parecer indomável, invencível – uma lenda viva.

Meetra lembrou-se do que Bastila havia dito quando lhe dera a máscara. Confidenciara que a havia escondido de Revan por todos aqueles anos porque temia o que ela representava. Temia que a máscara o mudasse. Meetra agora entendia o que ela quis dizer.

Sem a máscara, ele parecia mais humano. Era mais fácil lembrar que era apenas um homem, com todas as fraquezas e vulnerabilidades implícitas. Com a máscara, entretanto, Revan era um ícone, um símbolo. Era o arquiteto da história, um indivíduo definido por suas ações mais do que por seus pensamentos, sentimentos e crenças.

Talvez Bastila estivesse certa; talvez Revan precisasse se tornar o que um dia havia sido para sobreviver a isso. Ele derrotara facilmente Darth Nyriss, mas o Imperador era um oponente muito maior. E, no entanto, ela não pôde deixar de lamentar, sabendo que o homem que Bastila amava podia ter sido engolido pelo peso do passado de Revan.

Scourge pousou o speeder e os três passageiros desembarcaram.

– Você não vem? – Meetra perguntou quando o Sith não fez menção de se juntar a eles.

– Retornarei para a Cidade Kaas. Vou ver se consigo descobrir mais detalhes sobre o ataque. Se tivermos sorte, o Imperador dispersou demais seus recursos, deixando-o vulnerável. Agora pode ser a hora de atacar.

– Traga alguns suprimentos – disse Revan. – Comida. Água e sabão para que eu possa tirar a sujeira daquela prisão.

Scourge assentiu.

– Volto em algumas horas.

Os três entraram na caverna, com T3 usando sua lâmpada para iluminar o interior escuro.

A caverna agora estava vazia. Enquanto esperavam Scourge retornar de sua reunião com o Imperador, Meetra e T3 enterraram os corpos do chefe de segurança e de seus soldados abatidos em um trecho de terra nua, a uma curta distância a pé da entrada da caverna.

– Tenho certeza que você está ansiosa para trocar essas roupas – disse Revan.

E você?, pensou Meetra. *Por que ainda não removeu essa máscara?*

– Temos algo para lhe mostrar primeiro – disse ela. – T3, reproduza o holovídeo.

O droide rolou para se colocar ao lado deles, projetando uma imagem de trinta centímetros de Bastila falando carinhosamente com o filho de três anos de Revan.

– Não sei se você verá isso – disse Bastila, ajeitando uma mecha de cabelo da criança enquanto falava com o hologravador. – Mas tenho que acreditar que você voltará um dia. E, quando o fizer, achei que gostaria de compartilhar o aniversário do nosso filho.

Revan não disse nada. Como se estivesse atordoado, sentou-se lentamente no chão, para que a projeção ficasse nivelada com seus olhos.

– Acene para o papai – disse Bastila, apontando na direção do gravador. – Diga a ele: "Sentimos sua falta!"

O menino obedeceu, agitando vigorosamente o bracinho enquanto repetia as palavras de Bastila.

Para alívio de Meetra, Revan ergueu as mãos e tirou a máscara enquanto o holovídeo era exibido, deixando-a no chão ao seu lado.

– Sei que não conversamos sobre nomes antes de você partir – disse Bastila. – Mas eu o chamei de Vaner.

Revan sorriu, percebendo que era um anagrama de seu próprio nome.

– Quero que ele saiba quem é o pai dele – continuou o holo. – E quero que ele entenda que você é parte dele.

Uma lágrima escorreu pelo rosto de Revan enquanto assistia ao vídeo, e Meetra se retirou silenciosamente para o canto mais escuro da caverna a fim de deixá-lo a sós. Ela empilhara suas roupas ali antes de ir com Scourge para a fortaleza de Nyriss, e as sombras lhe davam a privacidade necessária para se livrar do traje de escrava.

No entanto, em vez das calças pretas e da camisa vermelha sem mangas que usava quando chegou, colocou novamente suas vestes Jedi. Ela não pensou conscientemente sobre sua escolha, e foi somente ao prender o sabre de luz no cinto que entendeu o que havia feito.

Você está seguindo a liderança de Revan, ela pensou. *Se ele está vestindo o manto Jedi, então você também está. Como nos velhos tempos.*

Enquanto o holovídeo continuava sendo reproduzido, ela permaneceu no fundo da caverna. Mas não pôde deixar de ouvir Bastila dizer "eu te amo, Revan" ao final da gravação.

– Eu também te amo – respondeu Revan, com a acústica da caverna reverberando sua voz extraordinariamente alto.

Meetra sentiu-se desconfortável com a mútua declaração de amor. Ela não tinha ciúmes de Bastila; Meetra amava Revan, mas não daquela forma. Nunca nutrira sentimentos românticos por seu mentor. Em vez disso, via-o com profunda admiração e intensa devoção.

Naquele momento, entretanto, estava ciente de que Bastila e Revan compartilhavam um relacionamento muito mais profundo do que o que Meetra tinha com ele. Sabia que não deveria invejá-los por isso, mas uma pequena parte dela não pôde deixar de sentir que seu encontro com Revan havia sido suplantado por um holovídeo.

T3 emitiu bipes de interrogação quando o vídeo terminou.

– Claro – disse Revan. – Vou revê-lo umas cem vezes, se puder. Mas me dê um minuto.

Ele se levantou e foi falar com Meetra no fundo da caverna.

– Obrigado por isso – disse ele. – E por me salvar.

– Não foi nada.

– Não – disse Revan, balançando a cabeça. – Não subestime tudo o que você conseguiu. Ninguém mais poderia ter me encontrado na imensidão da galáxia. Ninguém mais poderia ter me salvado da minha prisão. – Ele a estudou por um momento. – Foi-me dito que você se desconectou da Força, mas posso sentir seu poder em você. Sempre soube que você tinha um grande potencial, mas você se tornou muito maior do que eu jamais poderia imaginar.

– Estou apenas seguindo seus passos.

– Não mais – respondeu Revan. – Você abriu seu próprio caminho de forma fulgurante. Sinto que percorreu uma trajetória que nem eu ousaria trilhar. Devo tudo a você, Meetra. É uma dívida que nunca poderei pagar.

– Não – Meetra disse com um sorriso tímido. – Sem seus ensinamentos, jamais poderia ter me tornado o que sou hoje. Sou eu quem tem uma dívida que nunca poderei pagar.

– Então por que não nos declaramos quites? – sugeriu Revan.

– Uma solução sábia e justa – respondeu ela. – Como sempre.

– Você gostaria de ver o holovídeo de Bastila e meu filho? – ele perguntou, oferecendo sua mão. – Significaria mais vê-lo com uma amiga ao meu lado.

– É claro – disse ela, com um nó na garganta. – Será uma honra.

Quando Scourge voltou à caverna, encontrou Meetra e Revan sentados um ao lado do outro no chão, assistindo a um holovídeo projetado por T3. Ele chegou a vislumbrar uma jovem humana e uma criança, que Scourge presumiu ser seu filho, mas quando ele se aproximou, o droide interrompeu rapidamente a gravação.

– O que era isso? – ele perguntou.

– Minha esposa e meu filho – disse Revan.

Ele se levantou todo duro e se espreguiçou, e Scourge se perguntou já há quanto tempo devia estar sentado no chão da caverna assistindo ao holovídeo. Também percebeu que Revan havia removido a máscara, que se encontrava no chão ao seu lado, aparentemente esquecida.

– Não sabia que você era casado – Scourge comentou.

Quando Revan não respondeu, ficou claro que ele não tinha intenção de discutir sua vida pessoal com um Sith. Podiam ser aliados, Scourge percebeu, mas estavam longe de serem amigos. Que era mesmo como deveria ser. Para um Lorde Sith, amigos eram um inconveniente.

– O que você descobriu? – Meetra perguntou, enquanto Revan estendia a mão para ajudá-la.

– Não foi apenas Nyriss que foi atacada. O Imperador matou todos eles.

– Os arquivos que você me mostrou listavam cinco membros atuais do Conselho Sombrio conspirando contra ele – disse Meetra, buscando esclarecimentos. – Você está dizendo que a Guarda Imperial exterminou os cinco no espaço de um único dia?

– Eu disse que ele matou todos. Os doze membros do Conselho Sombrio. Mesmo aqueles que não faziam parte da conspiração. Ele queria enviar uma mensagem para que ninguém jamais esquecesse.

– Como isso é possível? – perguntou Revan. – Ele atacou uma dúzia dos mais poderosos Lordes Sith em suas fortalezas simultaneamente? Quantas tropas ele tem?

– A Guarda Imperial foi enviada apenas contra Nyriss e outros dois. O Imperador deve ter presumido que eram os menos propensos a atenderem à sua convocação. Os outros nove foram chamados horas antes do ataque para se reunir com o Imperador em sua cidadela. Nenhum deles saiu vivo.

– E agora, o que acontece? – perguntou Meetra.

– As notícias do massacre se espalharam rapidamente. Como seria de se esperar, o resultado foi o caos. Milhares estão fugindo para salvar suas vidas, temendo que estejamos à beira de uma guerra civil. Outros veem uma oportunidade de atacar rivais enfraquecidos pela súbita perda de aliados políticos, e pelotões armados estão perambulando pelas ruas.

– Como o Imperador reagiu? – quis saber Revan.

– Ele decretou lei marcial e impôs um toque de recolher em toda a cidade. A Guarda está cumprindo as ordens com sua típica e cruel eficiência. Antes de lançar seu ataque, ele também proibiu qualquer nave ou ônibus espacial de pousar ou decolar, e cortou toda a comunicação com outros planetas.

– Ele colocou o planeta inteiro em quarentena – concluiu Revan. – Quer tudo aqui de novo sob controle antes que outros planetas fiquem sabendo que massacrou todo o Conselho Sombrio.

– Você me disse que ele era louco – murmurou Meetra –, mas isso é um ultraje. Tinha que haver uma forma melhor de lidar com a situação. Milhares de pessoas morrerão antes que a ordem seja restaurada.

– Da última vez em que estive aqui, em Dromund Kaas, perscrutei as profundezas da mente do Imperador – disse Revan. – Milhares de vidas não significam nada para ele.

– Da última vez em que esteve aqui? – disse Scourge, destacando a frase. – Algumas de suas lembranças retornaram?

– Ver minha antiga máscara funcionou como uma espécie de gatilho. Lembro-me de tudo agora – admitiu Revan. – Malak e eu descobrimos que os Sith ainda existiam. Viemos para Dromund Kaas a fim de investigar. Fingindo ser mercenários, passamos meses aprendendo tudo o que podíamos sobre o Imperador e seu povo. Já naquela época ele estava planejando invadir a República. Quando Malak e eu descobrimos seus preparativos, tentamos detê-lo. Encontramos um membro da Guarda Imperial disposto a nos fazer entrar furtivamente na cidadela.

– Impossível – declarou Scourge. – A Guarda é vinculada à vontade do Imperador no final de seu treinamento por um poderoso ritual. Eles jamais o trairiam!

– É verdade, mas não sabíamos disso na época – explicou Revan. – Estavam nos levando para uma armadilha; o Imperador queria que fôssemos até ele. Quando chegamos à sala do trono, ele estava preparado e aguardando. – Seu tom de voz baixou. – Nós subestimamos seu poder. Quando o enfrentamos, ele nem precisou lutar conosco. Em vez disso, nos subjugou. Dominou nossas mentes, tornando-nos fantoches para que cumpríssemos suas ordens. Enviou-nos de volta à República como a vanguarda de sua invasão, com instruções para informar quando toda a resistência tivesse sido esmagada. Mas, embora tivéssemos subestimado o poder do Imperador, ele também nos subestimou. Nossa força de vontade era mais poderosa do que ele pensava; nossas mentes distorceram e perverteram suas instruções até pensarmos que estávamos agindo por vontade própria. Malak e eu nos voltamos para o lado sombrio, mas ao fazê-lo encontramos forças para bloquear todas as lembranças dos Sith e do Imperador, libertando-nos parcialmente de seu controle.

– Mas você ainda chamava a si mesmo de Sith – Meetra disse, perplexa. – Ainda assim, atacou a República e a levou à beira do colapso antes que os Jedi o capturassem. E, mesmo depois de você ter detido Malak, a República ainda estava mais vulnerável do que nunca. Por que o Imperador simplesmente não a invadiu, então?

– Ele não sabia o que tinha acontecido – explicou Revan. – Ficou esperando que o informássemos sobre a situação. Quando não recebeu notícias, presumiu que havíamos falhado. Retornou aos seus planos originais, aumentando lenta e cuidadosamente suas forças para que quando finalmente invadisse a República não houvesse chance de ser derrotado.

Meetra olhou para Scourge, e o Sith podia adivinhar o que ela estava pensando. Havia se aliado a eles originalmente porque temia que invadir a República fosse um desastre. Com Revan sugerindo que o Imperador realmente pudesse ter sucesso, ela temia que ele se voltasse contra eles.

Dois dias antes, ela estaria certa. No entanto, tudo mudara quando Scourge conheceu o Imperador pessoalmente.

– Eu não os trairei – ele assegurou. – Quando falei com o Imperador, toquei brevemente sua mente. O que ele fez em Nathema é apenas uma amostra dos horrores que é capaz de desencadear na galáxia. Eu realmente entendo o que ele se tornou, e sei que sem qualquer controle ele nos levará à aniquilação. É inevitável.

– É um bom discurso – disse Meetra. – Mas por que devemos acreditar em você?

– É verdade – Revan assegurou-lhe. – Quando o Imperador me subjugou, ele penetrou em minha mente, e pude ver o reflexo de seu próprio mal. Invadir a República é apenas o primeiro passo do seu plano. Ele se tornou obcecado com poder e imortalidade. O lado sombrio é como um câncer dentro dele: cresce mais rápido do que consegue ser alimentado. Ele consumiu um planeta inteiro, mas ainda está faminto. E com a fome vem um medo que consome tudo. Ele viveu mil anos; sabe que poderia viver muitos outros milhares. Tem pavor da morte.

– Todo mundo tem medo de morrer – disse Meetra.

– Não dessa maneira. Para ele, a morte não é apenas o fim da existência física. O Imperador passou um milênio acumulando sua força; se morrer, perderá tudo. A ideia de um poder quase infinito fugindo de seu alcance o deixou louco. Em sua mente distorcida, a única maneira de preservar o que conquistou é aniquilando todas as ameaças em potencial na galáxia.

– Nathema foi apenas o começo – concordou Scourge. – Ele destruirá um planeta após o outro, seu poder e sua loucura crescendo juntos até que haja apenas ele, o Imperador, em uma galáxia vazia e sem vida.

Meetra encarou os dois horrorizada.

– Você esteve em Nathema – disse Scourge. – Você sentiu o Vazio. Sabe do que o Imperador é capaz.

– Ela entende – disse Revan, lendo sua expressão com mais precisão do que Scourge. – Não é isso.

– Ele colocou Dromund Kaas sob quarentena – disse Meetra, tentando levá-los à mesma conclusão. – E se ele estiver se preparando para fazer aqui a mesma coisa que fez em Nathema?

Scourge não havia considerado essa possibilidade, e isso o arrepiou por completo.

– Isso é possível? Nyriss me disse que o ritual em Nathema levou dias, se não semanas. E o Imperador teve que enganar centenas de outros Siths poderosos fazendo-os trabalhar com ele para que pudesse usar seus poderes.

– Ele está mais forte agora – disse Revan. – Mas, mesmo que isso seja possível, não acho que vá tão longe assim. Pelo menos não por enquanto. Ele é muito paciente, muito cuidadoso. Dromund Kaas é o coração de seu Império e a base de seu poder. Ele tem recursos valiosos demais aqui para jogar tudo fora desse jeito. Mas, quando estiver pronto, não haverá nada que o impeça de iniciar sua invasão da República.

– O que quer dizer? – perguntou Meetra.

Scourge respondeu por Revan.

– O Imperador teve que manter seus planos em segredo porque sabia que o Conselho Sombrio se oporia a ele. Agora todos os seus membros foram exterminados. E, quem quer que sejam os escolhidos para substituí-los, lembrarão o que aconteceu com seus antecessores e ficarão com muito medo de manifestar sua oposição contra ele.

– Ele também pode usar isso para mobilizar a vontade do povo – acrescentou Revan. – Pode afirmar que o Conselho Sombrio estava trabalhando com agentes da República, e que foi por isso que os destruiu. Alegará que o Império Sith foi redescoberto por seu antigo inimigo. Convencerá seus súditos de que a única esperança de sobrevivência é atacar primeiro.

– Ele não fará essa declaração até que a ordem esteja restaurada em Dromund Kaas – observou Scourge.

– Isso não nos dá muito tempo – ressaltou Meetra, lembrando a eficiência com que a Guarda havia invadido a fortaleza de Nyriss.

– A Guarda está patrulhando as ruas, impondo o toque de recolher – disse Scourge. – Apenas um punhado deles permanecerá na cidadela. Nossa melhor chance de atacar o Imperador é agora.

– Desta vez, conheço seus truques e táticas – assegurou Revan. – Posso proteger minha mente de se dobrar à sua vontade, e posso mostrar-lhes como fazer o mesmo.

– É melhor esperarmos até o amanhecer – sugeriu Scourge. – Haverá menos pessoas nas ruas durante o dia. E a maior parte da Guarda estará se recuperando no quartel depois de patrulhar as ruas a noite toda.

– Ótimo – disse Revan. – Isso nos dá algumas horas para tentar descansar um pouco.

Meetra e Scourge assentiram, embora o Sith duvidasse que algum deles conseguisse dormir muito.

26

SCOURGE PAIRAVA À BEIRA DO SONO. Seu corpo estava exausto, mas a mente continuava agitada. Incapaz de tranquilizar seus pensamentos e deixar o sono envolvê-lo, ficou se remexendo de um lado para o outro.

Ao contrário de seus companheiros Jedi, ele nunca havia aprendido a sentar e meditar para obter sustento da Força. O lado sombrio girava em torno de ação e atividade, não de contemplação silenciosa. Mas sabia que, se não tentasse algo, teria que enfrentar uma noite longa e inquieta.

Ele se sentou e fechou os olhos, tentando se abrir para a Força. Respirando lenta e profundamente, concentrou-se em deixar sua mente aberta para as infinitas possibilidades que giravam no tempo e no espaço. Depois de alguns minutos, conseguiu entrar em um estado de semi-inconsciência.

Revan jazia imóvel no chão da sala do trono da cidadela. Meetra e Scourge estavam jogados ao lado dele, seus corpos retorcidos e quebrados, agarrando-se aos últimos momentos de vida.

O Imperador acercou-se do trio de adversários caídos, olhando-os com um desprezo frio e casual. Scourge tentou se levantar e fugir, mas seus membros avariados não suportariam seu peso. Tudo o que ele podia fazer era engatinhar de bruços como um verme.

Seus esforços atraíram a atenção do Imperador, que não falou, mas se aproximou e se ajoelhou. Ele pegou Scourge pelo ombro e virou-o para encarar o vazio de seus olhos.

Quando o Imperador estendeu a mão e a colocou em sua testa, o Sith começou a gritar.

Os olhos de Scourge se abriram quando sua mente entrou em um estado de alerta total. Seu coração estava acelerado, e ele ainda podia ouvir o som de seu próprio grito ecoando em seus ouvidos.

Olhando em volta na caverna, percebeu que o grito devia estar confinado em sua mente; nem Meetra nem Revan reagiram de forma alguma. Ela estava sentada na mesma postura de pernas cruzadas que Revan costumava assumir durante seu tempo na prisão de Nyriss. Revan estava ajoelhado na frente de T3-M4, inclinado para frente enquanto assistia ao holovídeo de sua esposa e filho novamente.

Scourge balançou a cabeça, tentando afastar os resquícios de seu sonho. Mas a lembrança permaneceu, e ele começou a entender que o que tinha visto era mais do que um mero pesadelo.

A experiência carecia da sensação nebulosa e surreal de um sonho. Fora muito vívida, com os detalhes muito nítidos e precisos para ser uma ficção manifestada por seu subconsciente. Havia apenas uma explicação possível para o que havia acontecido: a Força havia dado a Scourge uma visão.

Suas mãos começaram a tremer um pouco quando ele percebeu que havia testemunhado sua própria destruição pelas mãos do Imperador. Pior ainda, a visão deixou claro que Meetra e Revan sofreriam o mesmo destino. Havia se aberto à Força, e ela havia lhe mostrado que sua próxima missão terminaria em fracasso.

Olhou para os Jedi, imaginando se deveria avisá-los. Mesmo se o fizesse, será que acreditariam nele? *Ele* próprio acreditaria?

Seu treinamento na Academia havia lhe ensinado pouco sobre as habilidades proféticas da Força. O que ele havia visto seria inevitável, ou era um destino que ele de alguma forma poderia contornar? Talvez sua forte conexão com o lado sombrio de alguma forma colorisse suas visões, distorcendo-as para que mostrassem o pior dos futuros possíveis.

O caminho mais simples seria contar a Revan o que tinha visto e ouvir sua opinião. Mas Scourge sabia que a confiança de seus aliados nele já era frágil. Se admitisse que achava que a missão estava condenada, poderia convencê-los de que não era confiável. Eles poderiam decidir que sua presença causaria seu fracasso; afinal, foi ele quem teve a visão.

Scourge continuou lutando com o que tinha visto, tentando compreender o que aquilo significava e o que deveria fazer a respeito. Mas, depois de vários minutos remoendo seus pensamentos num debate silencioso sem chegar a uma conclusão, deu-se conta de que simplesmente não encontraria as respostas sozinho.

Levantou-se e foi até onde Revan estava sentado. T3 interrompeu a reprodução do holovídeo quando ele se aproximou, mas deixou a imagem da esposa e do filho de Revan pairando no ar.

– Posso falar com você? – Scourge perguntou, sentando ao lado do Jedi sem esperar por uma resposta.

– Pode – disse Revan, sem se preocupar em desviar o olhar da projeção da imagem da sua família.

– Quero saber mais sobre a Força. Quero entendê-la como você.

Revan virou-se para lhe dar uma olhada zombeteira.

– Você quer saber isso agora?

– Esta pode ser a nossa última chance. Estive pensando em algo que você me disse da última vez que conversamos na sua cela.

– O quê?

– Você sabia que Meetra estava vindo para resgatá-lo porque a Força lhe deu uma visão.

Revan sorriu.

– Na verdade, eu estava blefando. Queria enganar você. Esperava que você sonhasse comigo fugindo e acreditasse que a Força estava guiando-o a me ajudar.

– É assim que acontece? – Scourge perguntou, um pouco ofendido pela confissão de Revan. – As visões vêm em sonhos?

– Não. Uma visão da Força é mais poderosa do que qualquer sonho. Há uma intensidade que salta aos olhos, e os detalhes não desaparecem. Mas imagino que você não saberia a diferença.

Agora eu sei, pensou Scourge.

– Não vou me desculpar por mentir para você – disse Revan, confundindo o motivo do silêncio de seu parceiro. – E, se isso o faz se sentir melhor, realmente tive uma visão de Meetra depois que conversamos.

– Parece uma coincidência altamente improvável – disse Scourge.

– É assim que a Força age – explicou Revan. – Causa e efeito não são uma relação linear simples. A Força transcende o espaço e o tempo; ela flui através de nós e ao nosso redor; influencia nosso passado, nosso presente e nosso futuro. Talvez eu tenha falado em visões com você porque sabia que a Força estava tentando me alcançar. Ou talvez Meetra tenha ido a Dromund Kaas porque eu lhe disse que alguém estava indo me resgatar.

– Mas ela começou a procurá-lo muito antes de termos nossa conversa – protestou Scourge.

– É complicado – respondeu Revan com um sorriso enigmático. – Os estudiosos Jedi dedicaram séculos buscando entender os caminhos da Força, e apenas arranhamos a superfície.

Scourge tentou digerir silenciosamente o que estava sendo dito. Ao mesmo tempo, procurava formular perguntas que lhe dariam as respostas que desejava sem revelar o que tinha visto.

– Quando você experimentou a visão de Meetra, teve certeza de que ela estava vindo? Você soube ao certo que ela ajudaria a libertá-lo?

Revan balançou a cabeça.

– Nunca podemos ter certeza de nada. O futuro está sempre em movimento, e uma visão mostra apenas um dos resultados possíveis.

– Então para que serve uma visão?

– Elas nos guiam. Elas nos dão foco. Elas nos mostram um objetivo a ser alcançado ou algo que podemos trabalhar para evitar.

– Então as visões não são absolutas?

– Como eu disse, o futuro está sempre em movimento.

Houve outro longo período de silêncio antes de Scourge fazer mais uma pergunta.

– Você já teve alguma visão do que acontecerá quando enfrentarmos o Imperador?

– Não. O lado sombrio obscurece minha visão. Estamos todos entrando em um momento e um lugar de sombras, e não posso prometer que sairemos de lá.

– Isso não o assusta?

– O medo é apenas uma emoção; uma peça que a mente nos prega. Você deve aprender a deixar seu medo de lado.

– Nós, Sith, somos ensinados a abraçar nosso medo – disse Scourge. – Nós o transformamos em fúria e o usamos para alimentar o lado sombrio.

– Mas neste caso suas ações serão sempre direcionadas pelo medo.

– E o que impulsiona suas ações? – Scourge perguntou. – A lógica? A razão?

– Não – Revan admitiu. – Se eu fosse sensato, nunca teria deixado minha família para enfrentar o Imperador.

– Então por que você fez isso?

Revan indicou o holoprojetor com a cabeça.

– Por eles. Quero que meu filho tenha uma vida longa e saudável. Quero que ele conheça a paz, não a guerra. Vim deter o Imperador por ele.

– E se não conseguirmos fazer isso? – perguntou Scourge, aproximando-se perigosamente do cerne do que ele realmente queria dizer. – E se ele for forte demais?

– Essa é uma possibilidade. Mas mesmo que não consigamos derrotar o Imperador, ainda há esperança. Minha volta o impedirá por um momento. Ele se perguntará como me livrei dos grilhões de sua vontade. Ele se perguntará por que voltei e quanto a República agora sabe sobre seu plano. Ele até vai se perguntar sobre Malak. Pelo que o Imperador sabe, Malak ainda está por aí, conspirando para acabar com seu Império se eu falhar.

– Você está apenas tentando ganhar tempo – Scourge arquejou. – Você não se importa se o Imperador vai matar a todos nós. Você só quer atrasá-lo!

– Não – objetou Revan. – Quero viver. Ainda mais, quero purgar a galáxia de seu mal de uma vez por todas. Mas percebo que pode haver vitória mesmo na derrota. Mesmo se falharmos, teremos ganhado tempo. Talvez alguns anos. Provavelmente algumas décadas.

– Tempo suficiente para o seu filho se tornar um homem – concluiu Scourge amargamente. – Você está esperando que ele termine o que talvez você não possa?

– Ele ou outra pessoa – admitiu Revan. – A Força sempre luta pelo equilíbrio. O Imperador é um agente das trevas e da destruição. É inevitável que um campeão da luz se levante um dia para se opor a ele. Eu poderia ser esse campeão – Revan disse, sem um pingo de arrogância. – Já desempenhei esse papel antes. No mínimo, farei o Imperador dar um passo atrás e reconsiderar seu plano. Se esse for o meu destino, se meu papel é me sacrificar por alguém que virá mais tarde, eu o aceitarei.

Scourge balançou a cabeça.

– Estou começando a pensar que você é tão louco quanto o Imperador. Não tenho intenção de morrer amanhã.

– Nem eu. Mas se a morte vier, eu a enfrentarei sem medo. Você achará nossa tarefa mais fácil se conseguir se convencer a fazer o mesmo – disse ele, antes de voltar sua atenção à holoprojeção.

– Rode do começo – disse Revan a T3, e o astromecânico obedientemente reiniciou a gravação.

Scourge se levantou e voltou para a seção da caverna onde estava sentado antes. Pensou brevemente em conversar com Meetra, e depois percebeu que seria uma perda de tempo. Ela apenas faria eco ao que Revan havia dito.

O Sith sentou-se e cruzou as pernas novamente, fechando os olhos. Mas não foi capaz de limpar sua mente desta vez. Em vez disso, continuou revisando as palavras de Revan, aplicando-as sobre as persistentes imagens de sua visão, tentando entender o que tudo aquilo significava.

27

Conforme o planejado, Revan, Meetra, Scourge e T3-M4 deixaram a caverna ao amanhecer, embora amanhecer em Dromund Kaas fosse um termo que não fazia muito sentido. As nuvens negras da tempestade bloqueavam completamente o sol, e o céu estava apenas um pouco mais claro do que durante a noite.

Um chuvisco constante caía sobre eles quando subiram no speeder. Viajaram em silêncio, todos se preparando à sua maneira para o que sabiam que tinham pela frente. Meetra havia entrado no que Revan chamava de seu transe de guerreira; estava sentada quieta e ereta, os olhos focados em nada enquanto olhava para frente.

Ele já presenciara tal comportamento muitas vezes durante a guerra contra os Mandalorianos. Antes de cada grande batalha, ela tentava centrar suas emoções, limpando-se de todo medo e ódio para que a violência iminente não a atraísse para o lado sombrio. Ela acreditava que podia se tornar um canal perfeito para a Força, uma arma incorruptível de luz.

Revan já não tinha certeza de que isso era possível, mas não disse nada a Meetra por medo de alterar sua rotina.

Com sua memória restaurada, lembrou que ele também já se aferrara a uma série de rituais antes de cada batalha. Costumava olhar para o seu reflexo no espelho, com o rosto coberto pela máscara, enquanto recitava o Código Jedi vezes sem conta até que as palavras pareciam se fundir, seu significado perdido na repetição rítmica de um mantra.

Naqueles dias, acreditava que isso o protegeria do lado sombrio, mas já não tinha essas ilusões. Estava mais velho e mais sábio. Entendera que os dois lados da Força estavam mais intimamente entrelaçados do que os Jedi ou os Sith jamais admitiriam. Ele havia aprendido a se equilibrar no fio da navalha entre eles, extraindo força tanto do lado luminoso quanto do sombrio.

Contudo, apesar do tanto que as coisas haviam mudado, ele ainda sentia a mesma emoção da batalha quando se puseram a caminho – um leve eco da impetuosidade da juventude que o levara a desafiar o Conselho e liderar seus companheiros Jedi na guerra, tantos anos antes.

Até T3 estava estranhamente calado, a seriedade da situação pesando tanto no astromecânico quanto em seus companheiros orgânicos.

Revan sabia que não precisava se preocupar com Meetra ou com o leal droide. Scourge, no entanto, era outra questão. A conversa que tiveram durante a noite deixara poucas dúvidas de que o Sith estava preocupado.

Ao contrário dos Jedi, ele não passara a vida toda se preparando para isso. O conceito de autossacrifício era facilmente compreensível para aqueles que trilhavam o caminho da luz. Mesmo que ocasionalmente se desviasse para o lado sombrio, Revan ainda acatava a nobreza da ideia.

Para os Sith, no entanto, não havia essa ideia de morte nobre. Scourge entendia o conceito de sacrifício, mas apenas quando se tratava de sacrificar os outros. Haviam lhe ensinado o valor da sobrevivência acima de tudo. Até sua vontade de se juntar a Revan e Meetra fora motivada por seu desejo de autopreservação; em última análise, ele almejava a vitória para o seu próprio bem, e não pelo bem dos outros.

Talvez não houvesse maior ilustração da diferença entre o lado luminoso e o sombrio do que essa, e Revan sabia que isso tornaria a missão mais difícil para Scourge. Tentara fazê-lo entender durante a breve conversa que tiveram, mas era difícil desfazer anos de doutrinação em uma única noite.

Mesmo assim, o Sith parecia estar se saindo muito bem aquela manhã.

– Não posso aproximar muito o speeder – dizia Scourge agora, fazendo-os pousar no subúrbio mais distante de Cidade Kaas. – Eles podem ter instalado canhões de íons para derrubar qualquer veículo não autorizado.

Eles prosseguiram a pé, caminhando pelas ruas vazias que seguiam em direção à cidadela. Não encontraram uma única alma viva durante o trajeto; afora a Guarda Imperial, ninguém se atrevia a violar o toque de recolher. E três indivíduos sensíveis à Força e um astromecânico equipado com os melhores sensores ópticos e de áudio não tiveram problemas para evitar o punhado de patrulhas que ainda vagava pelas ruas.

Quando se aproximaram do centro da cidade, os sinais da violência da noite anterior se tornaram mais frequentes e mais visíveis. A maioria das janelas estava quebrada, e muitos dos edifícios estavam enegrecidos pela fumaça ou completamente destruídos pelo fogo. A rua estava coalhada de crateras e coberta por carcaças incendiadas de speeders tombados de lado. A maioria dos mortos já havia sido recolhida, ou por amigos ou pelas equipes de limpeza Imperiais, mas ainda havia corpos ocasionais caídos em uma passagem ou meio escondidos sob uma pilha de lixo em um beco.

Quando finalmente chegaram à cidadela, não havia sentinelas na entrada no topo da escada.

– Se toparmos com alguém, deixem-me falar – Scourge sussurrou enquanto subiam os degraus.

Estavam a poucos metros da entrada quando a porta se abriu e meia dúzia de soldados com uniformes vermelhos saíram, armados com blasters e cajados elétricos.

– Vocês estão violando o toque de recolher Imperial – informou um dos soldados. – Entreguem suas armas e serão escoltados até a prisão mais próxima.

– Seu tolo! – Lorde Scourge gritou para o membro da Guarda, seu tom de voz elevado com arrogante indignação. – Você sabe quem eu sou?

– Somente aqueles explicitamente autorizados pelo Imperador podem estar nas ruas – respondeu o soldado, com a voz ligeiramente trêmula.

– Não preciso de autorização! Meu nome é Lorde Scourge, e exijo uma reunião com o Imperador.

Ficou claro pela reação dos soldados que eles haviam reconhecido o nome. Sem dúvida todos os membros da Guarda Imperial estavam cientes àquela altura de que Scourge havia sido o catalisador do repentino expurgo do Conselho Sombrio.

– Iremos acompanhá-lo até ele – respondeu o líder, baixando a arma. – Mas os outros devem esperar aqui.

– Não – objetou Scourge. – Eles virão comigo para falar pessoalmente com o Imperador.

O soldado parecia prestes a negar o pedido e Revan se preparou mentalmente para desencadear sua fúria, mas no último minuto o homem cedeu... pelo menos parcialmente.

– Sigam-me – disse ele. – Pedirei à capitã que nos encontre do lado de fora da sala do trono. Ela vai decidir se autoriza isso.

Revan ficou impressionado com a representação de Scourge, para não dizer aliviado. Em sua última visita a Dromund Kaas, ele e Malak haviam aprendido tudo o que podiam sobre a Guarda Imperial. Embora não estivessem em harmonia com a Força no sentido clássico, os soldados de elite tinham uma conexão com o Imperador, permitindo que extraíssem força do lado sombrio. Eles eram oponentes formidáveis, mesmo para os Jedi.

Temia que tivessem que lutar contra dezenas de guardas antes de chegar à sala do trono, dando ao Imperador tempo suficiente para preparar seu contra-ataque. Agora, porém, tinham a chance de pegar seu adversário de surpresa.

Foram conduzidos por um intrincado labirinto de corredores, uma jornada longa e sinuosa que Revan recordava da última visita à cidadela.

Ele e Malak seguiram a mesma rota, guiados por uma guarda que haviam subornado para lhes dar acesso, sem desconfiarem que estavam sendo levados para uma armadilha.

Era possível que estivessem fazendo a mesma coisa dessa vez, mas Revan não achou que fosse o caso. A guarda que os havia traído encontrou-os várias vezes antes de levá-los à cidadela, sem dúvida retornando para informar o Imperador após cada visita. Desta vez, porém, os eventos haviam acontecido de forma muito rápida e espontânea para que a mão paciente do Imperador estivesse por trás deles.

Quando se aproximaram da sala do trono, os pensamentos de Revan retornaram ao seu último confronto com o Imperador. Em todas as suas batalhas, ele nunca enfrentara um inimigo com tamanho poder. O lado sombrio irradiava dele em ondas palpáveis, sua compleição física quase incapaz de conter a energia crepitante.

No último encontro, ele havia dominado Revan completamente; nem era justo chamar aquilo de batalha. Revan amadurecera desde então. Agora era muito mais poderoso, mas seria páreo para o Imperador? Sozinho, provavelmente não. Com a força combinada de Meetra, Scourge e até T3, no entanto, acreditava que podiam ter uma chance real de vitória.

Apesar disso, ainda sentiu um calafrio quando viu outra vez as enormes portas de duraço da sala do trono. Elas estavam fechadas, é claro, mas ele sabia muito bem o que havia por trás delas.

– Onde está sua capitã? – Scourge exigiu saber, e Revan se deu conta de que não havia ninguém lá para encontrá-los.

– Está vindo – assegurou o guarda.

– Não vou continuar esperando – Scourge rosnou, continuando a desempenhar seu papel. – Exijo que essas portas se abram imediatamente!

O soldado hesitou, depois fez sinal para que dois de seus homens fizessem o que Scourge havia ordenado.

Revan se preparou para o que estava por vir. Eles haviam discutido essa parte do plano antes de deixar a caverna. No momento em que as portas se abrissem, os quatro entrariam correndo. Enquanto Revan se lançasse contra o Imperador, Meetra e Scourge ficariam na retaguarda para conter os guardas por tempo suficiente para T3 fechar e trancar as portas. Sua sincronização tinha que ser quase perfeita; Revan sabia que não poderia ficar muito tempo sozinho com o Imperador. Sentiu Meetra tensa ao seu lado, e sua própria mão se moveu para o punho do sabre de luz sob o cinto com a expectativa.

– O que está acontecendo aqui? – disse uma voz feminina atrás dele.

Os dois soldados que estavam prestes a abrir as pesadas portas de duraço congelaram.

– Capitã Yarri – disse o homem que os havia escoltado para dentro, batendo continência com precisão. – Lorde Scourge exige outra reunião com o Imperador.

Revan estava de costas para a capitã, mas ele não precisava ver seu rosto para reconhecer o nome: Yarri, a guarda que havia atraído Malak e ele para a armadilha do Imperador.

– Isso não é aceitável, Lorde Scourge – disse ela, os saltos de suas botas ecoando ao se aproximar. – Se você deseja falar com o Imperador, deve fazê-lo sozinho.

– Eu não recebo ordens de você, capitã.

– Na cidadela, sim. Os outros dois e o droide: afastem-se das portas.

Revan tinha tomado o cuidado de ocultar seu rosto durante a conversa, mantendo os olhos fixos na enorme porta. De repente, sentiu uma mão em seu ombro quando um dos soldados tentou afastá-lo da entrada.

Desvencilhou-se da mão com um safanão e se virou para encará-los. Yarri estava ao lado de Scourge, a poucos metros do restante do grupo. Viera sozinha para encontrá-los, aumentando o número dos guardas para um total de sete.

Os olhos da capitã se arregalaram de surpresa quando viu sua inconfundível máscara vermelha e cinza.

Ela abriu a boca de espanto e depois gritou:

– Assassinos! Matem todos eles!

Revan chutou forte a lateral do peito do guarda que o havia pegado pelo ombro, fazendo o homem cambalear para trás. T3-M4, com seus circuitos elétricos instantaneamente processando a situação, reagiu disparando sua pistola blaster embutida; o raio acertou o soldado bem no peito. Ao mesmo tempo, Meetra se lançou contra os dois guardas diante das portas da sala do trono, o sabre de luz se materializando em sua mão.

Soldados comuns teriam sido aniquilados antes que pudessem sacar suas armas, mas a Guarda Imperial não era tão fácil de derrubar. O primeiro soldado evitou o primeiro golpe com seu cajado elétrico, o metal resistente de sua arma desviando a lâmina de energia da Jedi para o lado, cavando uma cicatriz profunda na parede.

O segundo soldado pulou na briga, forçando Meetra a recuar para absorver o ataque coordenado. Um pouco mais adiante, Scourge e Yarri também já se enfrentavam num combate sem muito espaço de manobra, o sabre de luz do Lorde Sith colidindo com o cajado elétrico da capitã enquanto lutavam nos estreitos limites do hall de entrada.

Um alarme começou a soar, disparado por um dos outros três soldados. Antes que pudessem se juntar à contenda, Revan ergueu a mão, palma para cima, na direção das portas de duraço trancadas, abrindo-as com o poder da Força.

– Para a sala do trono! – ele gritou, avançando a toda velocidade.

Um dos guardas que lutava com Meetra se apartou e tentou interceptar Revan. O Jedi se preparou e saltou alto no ar, dobrando os joelhos contra a barriga para dar uma cambalhota por cima de seu oponente. O guarda reagiu ao movimento inesperado com o atraso de uma fração de segundo, seu cajado elétrico cortando o ar acima de sua cabeça e errando Revan apenas por alguns centímetros.

Revan aterrissou no chão e se virou para encarar o outro homem. Ele o empurrou com a Força, atingindo o soldado em cheio no peito.

Em vez de mandá-lo voando para trás, como era de se esperar, o golpe só conseguiu fazer com que ele voltasse um passo – a uma distância tão curta do Imperador que juraram proteger, os guardas conseguiam captar seu poder para protegerem a si mesmos.

Mesmo assim, a leve cambaleada deu a Revan tempo suficiente para sacar seu sabre de luz e continuar a ofensiva. Atacou com um movimento alto da lâmina – uma óbvia finta que procurava atrair a defesa de seu oponente para cima, deixando-lhe as pernas expostas a um rápido golpe na sequência.

O guarda reconheceu a familiar manobra e aparou a lâmina no alto, baixando depois rapidamente a própria arma para interceptar o inevitável corte nas pernas. Só que Revan não golpeou as pernas. Antecipando que a defesa de seu oponente baixaria, ele manteve seu sabre de luz alto, o que lhe permitiu terminar a batalha com um corte horizontal na garganta subitamente exposta do homem.

T3 o seguiu até a sala do trono, mas Meetra e Scourge ainda estavam retidos na batalha contra os guardas no hall do lado de fora. Estavam conduzindo a luta de forma a conseguir se retirarem; haviam manobrado para que pudessem recuar para a sala do trono enquanto mantinham os guardas sob controle.

Na outra extremidade do corredor, mais meia dúzia de Guardas Imperiais dobrou a esquina. Revan recorreu à Força e arrancou dos apoios o arco de pedra do teto abobadado acima deles. Uma chuva de poeira e escombros caiu sobre os reforços, obrigando-os a recuar temporariamente.

Isso não foi suficiente para bloquear a passagem, mas proporcionou a Scourge e Meetra alguns segundos preciosos para concluírem sua retirada para a sala do trono. Cruzaram o limiar, ainda lutando com a Capitã Yarri e os três Guardas Imperiais sobreviventes que os haviam escoltado até o hall.

Revan usou a Força para fechar as portas de duraço, provocando um estrondo que ecoou pela sala do trono.

– Sele as portas! – ele gritou para T3. Então voltou sua atenção para o outro extremo da sala.

O Imperador estava sentado em seu trono, observando os acontecimentos com frio distanciamento. Revan sentiu o mesmo calafrio que havia experimentado na última vez em que estivera em sua presença, a manifestação física do poder malévolo de seu inimigo.

– Não esperava que você voltasse – disse o Imperador, levantando-se.

Revan não se deu ao trabalho de responder enquanto avançava.

Scourge era um exímio espadachim; na Academia, até os instrutores hesitavam em enfrentá-lo no ringue de treinamento. Quando o lado sombrio fluía através dele, seu sabre de luz era mais do que uma arma. Tornava-se uma extensão de sua vontade.

As habilidades da Capitã Yarri com seu cajado elétrico eram impressionantes, mas no final das contas ela não era páreo para um Lorde Sith. Sabendo disso, adotara sabiamente uma estratégia defensiva para conter os primeiros golpes do ataque de Scourge, com sua atenção concentrada em segurá-lo tempo suficiente para que um de seus companheiros se juntasse à luta antes de passar para um estilo mais agressivo.

Agora, Scourge via-se forçado a se defender em duas frentes, enquanto recuava para a sala do trono. Em sua visão periférica, constatou que Meetra estava em uma situação semelhante, recuando enquanto combatia uma dupla de oponentes.

O fato de Revan não estar lá para ajudá-los dizia a Scourge que o Jedi partira para encarar o Imperador, conjurando imagens de sua visão dele caído e derrotado no chão, aos pés do Imperador.

A arma de Yarri atravessou sua defesa e o atingiu no ombro direito. A armadura absorveu a pior parte do golpe, embora ele sentisse uma descarga dolorosa do cajado elétrico que fez sua mão e ombro formigarem.

Enquanto o Sith praguejava por permitir que lembranças de sua visão o distraíssem, ele habilmente mudou o sabre da mão direita temporariamente entorpecida para a esquerda. O movimento era perigoso; por um instante deixava-o vulnerável. Felizmente, seus oponentes não estavam preparados para táticas não ortodoxas, e nenhum deles foi capaz de tirar vantagem.

Enquanto ele e Meetra lutavam com o quarteto de guardas, T3--M4 estava ocupado selando as portas. O droide pulverizava espuma preta ao longo da fresta onde as portas duplas se uniam. Scourge reconheceu a espuma como um poderoso adesivo de contato comumente usado para reparar naves espaciais; segundos depois de exposto ao ar, o adesivo endurecia e se transformava numa substância que só podia ser cortada com um maçarico de plasma.

A arma de Yarri quase o atingiu outra vez, errando por pouco sua bochecha, e Scourge praguejou alto. Se não continuasse focado na luta, sua visão do Imperador matando-o nem teria chance de se tornar realidade.

– Vá ajudar Revan! – Meetra gritou para T3 quando o astromecânico terminou sua tarefa.

Scourge intensificou seu ataque, recorrendo ao lado sombrio para transformar sua insegurança e medo em pura ira. Sentiu o poder correr através dele, a centelha de fúria em seu interior inflamando-se numa tempestade de morte e destruição.

Com a mão esquerda, Scourge desferiu um par de golpes violentos contra o parceiro de Yarri, usando força bruta para suplantar seu oponente fisicamente mais fraco. O guarda bloqueou os golpes, mas o primeiro o desequilibrou e o segundo o fez recuar cambaleando.

Enquanto o guarda lutava para se recuperar, Scourge concentrou seu ataque na capitã. Yarri sentiu a mudança em seu oponente tarde demais para retornar a um estilo mais defensivo, e o Sith rapidamente explorou o erro tático.

Uma sequência de quatro movimentos dominou Yarri, fazendo com que ela deixasse seu flanco direito desprotegido. Scourge aproveitou a oportunidade, espetando o sabre fundo em seu quadril. Yarri gritou, largou a arma e caiu no chão. O outro guarda saltou em sua defesa, jogando-se de forma imprudente entre sua capitã caída e Scourge. A única recompensa por seu esforço foi uma morte rápida, produzida por um corte diagonal do sabre de luz em seu peito.

Aos pés de Scourge, Yarri tentou recuperar sua arma. A dor de seu ferimento a deixara desesperada e desajeitada, dando ao Sith tempo para desfrutar de seu sofrimento. Quando os dedos dela envolveram o punho do cajado elétrico, ele baixou a bota sobre sua mão, esmagando seus ossos.

Olhou nos olhos da capitã uma última vez, saboreando seu terror antes de decapitá-la com um único golpe.

– Temos que ajudar Revan! – gritou Meetra, e Scourge se virou para ver que ela também acabara de derrotar seus oponentes. – Ele precisa de nós!

28

Enquanto Meetra e Scourge lutavam com a Guarda, Revan avançou em direção ao Imperador.

Seu oponente ficou perfeitamente imóvel, concentrando e canalizando seu poder. No último momento possível, lançou uma onda de energia que arrancou Revan do chão e o fez voar para trás.

Revan se contorceu no ar para poder rolar com o impacto quando aterrissasse. Rapidamente se levantou e avançou novamente, movendo-se mais lentamente desta vez.

O Imperador ficou exatamente na mesma posição de antes. Era como se nem tivesse se mexido. Revan começou a sentir a presença opressiva do lado sombrio pesando sobre ele. O Imperador estava tentando esmagar sua vontade: dominar e escravizar sua mente como havia feito antes. Desta vez, no entanto, Revan estava preparado.

Em vez de atacar, abriu-se para a Força, deixando os lados luminoso e sombrio fluírem através dele como impetuosos rios gêmeos. Mas, em vez de concentrar ou canalizar a Força, ele a liberou em sua forma mais pura.

Houve um clarão intenso quando o ar entre os dois lutadores se iluminou. A energia liberada foi poderosa o suficiente para fazer Revan cambalear. O Imperador, despreparado e com grande parte de seu poder desviado para o esforço de dominar a mente de Revan, foi arremessado voando para trás.

Ele caiu estatelado no chão e Revan correu em sua direção. O Imperador rolou, ergueu-se sobre um joelho e suas mãos se estenderam para frente quando ele lançou um raio do lado sombrio contra o adversário.

Revan interceptou a descarga com a lâmina de seu sabre de luz, embora o impacto tenha detido seu ataque.

O Imperador lançou mais três raios em rápida sucessão. Revan desviou o primeiro para o lado com seu sabre de luz, abaixou-se sob o segundo e rebateu o terceiro na direção de sua fonte.

O raio atingiu o Imperador no peito, fazendo-o deslizar vários metros pelo chão. Pela primeira vez, a aparente ausência de emoção do Sith foi quebrada quando ele soltou um rosnado primitivo de ódio. O som causou calafrios na espinha de Revan.

O Imperador se levantou, seu traje fumegante e chamuscado onde o raio o atingira. Seus olhos negros brilharam em vermelho e ele levantou as duas mãos acima da cabeça.

Revan sabia que estava reunindo seu poder para liberar um furacão de energia pura do lado sombrio, como Nyriss havia feito. O Jedi calculou suas opções rapidamente. Tendo noção de que não conseguiria percorrer a distância entre o dois com rapidez suficiente para impedir o ataque, reuniu sua própria energia e estendeu as mãos diante de si, pronto para receber e absorver o ataque do Imperador.

Uma dúzia de raios roxos foi disparada pelo oponente em sua direção. Revan tentou atraí-los para dentro e contê-los, mas o Imperador era infinitamente mais poderoso do que Darth Nyriss jamais fora.

O corpo de Revan foi envolto em agonia quando a eletricidade o percorreu. Sua pele inteira começou a ferver e formar bolhas, e, na região do rosto, a derreter e grudar no metal superaquecido de sua máscara, enquanto o Imperador descarregava cada vez mais energia nele.

Através da névoa de uma dor indescritível, ele viu T3-M4 correndo em seu auxílio. O droide acionou seu lança-chamas na direção do Imperador. No último instante, o Imperador se envolveu na Força como num casulo para evitar ser incinerado, interrompendo sua concentração em Revan.

O Jedi tombou no chão, queimado, mas ainda vivo, com o punho de seu sabre de luz repousando no chão a menos de um metro além de seu alcance.

Quase fraco demais para se mover, Revan conseguiu levantar a cabeça bem a tempo de ver o Imperador se voltar contra seu pequeno e valente astromecânico. Um tremor percorreu o ar quando o Imperador liberou todo o poder da Força contra o indefeso droide.

T3 nunca teve chance. O pequeno droide explodiu em um milhão de pedaços, seus circuitos internos e o revestimento externo aniquilados em um único instante.

– Não! – Revan gritou do chão quando fragmentos de seu amigo choveram nele sob a forma de estilhaços irreconhecíveis.

Ele tentou se levantar, mas seu corpo ferido se recusou a responder. Instintivamente invocou a Força para lhe dar energia e curar suas feridas.

O Imperador se aproximava dele com passos calmos e determinados. Quando chegou ao seu lado, curvou-se calmamente e pegou a arma caída do Jedi, acendendo a lâmina.

As propriedades curativas da Força eram poderosas, mas os ferimentos de Revan eram graves, e ele precisaria de mais tempo para restaurar seu vigor. Desamparado, nada pôde fazer a não ser olhar para o Imperador, que erguia o sabre de luz para lhe dar o golpe fatal.

Mesmo enquanto chamava Scourge para ajudá-la, Meetra já corria para o outro lado da sala do trono. Scourge hesitou antes de se juntar a ela, demorando-se um momento para examinar a situação, a lembrança da visão do fracasso deles ainda fresca em sua mente.

O que ele viu não era bom. Revan estava sendo eletrocutado, com seu corpo sofrendo espasmos incontroláveis enquanto o Imperador o atingia com um raio roxo-escuro.

O astromecânico de Revan lançara um jato de chamas no Imperador, libertando Revan, que caiu no chão. Como punição, o Imperador desintegrou o incômodo droide, caminhou até onde Revan estava e pegou o sabre de luz do Jedi derrotado no chão.

Tudo aconteceu no espaço de alguns segundos. Meetra se deslocava rapidamente, mas estava muito longe para impedir o Imperador de estripar o Jedi a seus pés.

Desesperada, ela lançou com violência seu sabre de luz lateralmente, guiando-o com a Força para que ele interceptasse a lâmina descendente, arrancando-a das garras do Imperador e fazendo-a ricochetear no chão.

Subitamente de mãos vazias, o Imperador deu um rápido passo para trás. Sua atenção estava concentrada apenas em Revan. O truque de Meetra o pegara de surpresa. Scourge percebeu que, se ela tivesse mirado o Imperador em vez da lâmina, poderia tê-lo matado, mesmo enquanto ele terminava com Revan. Mas seus instintos para salvar o amigo superaram seu desejo de matar o inimigo, e Scourge só pôde lamentar a oportunidade perdida.

Meetra ainda estava avançando, usando a Força para devolver o sabre de luz à mão que aguardava.

Sentindo hesitação e insegurança no Imperador enquanto tentava avaliar as forças e fraquezas de sua nova adversária, Scourge se lançou adiante para se juntar aos aliados.

Meetra havia se colocado entre o Imperador e Revan, protegendo bravamente seu amigo ferido. Quando Scourge os alcançou, Revan já conseguia se levantar. Ele estendeu a mão aberta e seu sabre de luz saltou do chão para ele.

Os três ficaram lado a lado, dois Jedi e um Lorde Sith contra o Imperador.

– Esperava algo melhor de você, Lorde Scourge – disse o Imperador.

Scourge se perguntou se ele estava dando tempo de sua guarda irromper pelas portas fechadas. Entretanto, não havia muitas chances de isso acontecer; quando entrassem na sala do trono, a batalha já estaria decidida, de um jeito ou de outro.

– Ele viu as profundezas do seu mal – disse Revan. – Está conosco agora.

– Então vai morrer com vocês também.

– Você não pode derrotar a nós três – disse Revan. – Unidos, somos mais fortes do que você.

– Veremos.

Para Scourge, o universo de repente parecia congelado, como se o tempo houvesse parado. Ele entendeu que estava em um ponto crucial da história; a sorte e o destino seriam alterados para sempre nos momentos seguintes.

A Força o varreu como uma onda, e um milhão de futuros possíveis espocaram em sua mente simultaneamente. Em alguns, o Imperador não existia; em outros, ele transformara a galáxia inteira em um completo deserto. Ele viu tanto o triunfo como a derrota de Revan na sala do trono; viu variações de sua própria vida e morte várias vezes de todos os jeitos, estados e formas possíveis.

Tinha que escolher, mas não havia como saber qual era o desfecho mais provável ou quais ações suas levariam a quais resultados. Revan havia dito que visões poderiam guiar os Jedi, mas para Scourge elas não proporcionaram nada além de confusão.

O momento passou e o universo começou a se mover novamente, embora tudo parecesse estar acontecendo em câmera lenta. Revan e Meetra deram um passo à frente, prontos para começar o confronto final. Scourge sabia que era hora de agir; ele tinha que fazer sua escolha.

Em um súbito momento de clareza, ele viu o Imperador derrotado aos pés de um poderoso Jedi... mas que não era Revan nem Meetra. E soube então o que tinha que fazer.

Em vez de seguir em frente com seus dois companheiros, Scourge deu um passo para o lado, de modo a se colocar diretamente atrás de Meetra. Houve um lampejo em sua consciência quando o universo retornou a toda velocidade, e ele deslizou a lâmina do sabre de luz entre os ombros dela.

Meetra ofegou e caiu para frente, morta antes de atingir o chão. A cabeça de Revan virou rápido para o lado, com choque e horror emanando dele, embora a máscara escondesse sua expressão. A distração deu ao Imperador a oportunidade que precisava e ele lançou outro raio no peito do Jedi.

Scourge pôde sentir o cheiro de carne queimada quando Revan gritou uma vez e depois tombou no chão, inconsciente.

O Imperador virou-se para enfrentar Scourge e o Lorde Sith caiu sobre um joelho, a cabeça inclinada em súplica.

– Explique-se – disse o Imperador, e Scourge sabia que, se escolhesse as palavras erradas, seriam as últimas que diria.

– O Jedi estava trabalhando com Nyriss – disse ele, falando rapidamente. – Ele alegou que já foi seu servo, mas que retornou para destruí-lo. Eu sabia que não era forte o suficiente para derrotá-lo, então o atraí aqui para que o enfrentasse.

– Por que você não mencionou isso quando me contou sobre a traição de Nyriss?

– Eu não sabia – mentiu Scourge. – Só descobri depois que a Guarda arrasou sua fortaleza. Os Jedi me procuraram. Eles sabiam que eu trabalhava para Nyriss; nunca suspeitaram que fui eu quem a traiu.

– Daí você os trouxe para mim.

– Eu sabia que eles nunca conseguiriam derrotá-lo. Então joguei, esperando a minha oportunidade de entregá-los e mostrar minha lealdade.

– Se isso é verdade – disse o Imperador –, então você deve terminar o serviço.

Scourge assentiu e se levantou. Caminhou em direção a Revan, inclinou-se e removeu seu elmo. O rosto do Jedi estava muito queimado, os contornos de sua máscara impressos de forma indelével nas bochechas e na testa. Ele ainda estava inconsciente, com o corpo em choque pelos ferimentos; sem cuidados médicos, de qualquer forma ele logo morreria.

O Lorde Sith ergueu o sabre de luz para desferir o golpe de misericórdia. Baixou o braço, mas de repente parou, como se uma mão invisível e incrivelmente forte tivesse agarrado seu pulso. Ele olhou surpreso para o Imperador.

– Guarde seu sabre. Você passou no teste. Revan ainda me pode ser útil.

Apesar de sua curiosidade, Scourge sabia que era melhor não perguntar como. Não podia se arriscar a dizer nada que fizesse parecer que ele estava preocupado com o destino do Jedi. Para vender sua mentira, tinha que continuar a manter as aparências de que tudo o que havia feito fora pela mais óbvia e egoísta das razões.

– Por duas vezes detive aqueles que tentavam derrotá-lo – disse ele, desligando seu sabre de luz e curvando a cabeça para o Imperador. – Espero que se lembre disso quando escolher os membros do novo Conselho Sombrio.

O Imperador sorriu e o corpo inteiro de Scourge gelou.

– Prometo que você receberá sua justa recompensa.

29

– O RITUAL ESTÁ PRESTES A COMEÇAR – o Imperador entoou.

Scourge assentiu, mas mesmo que quisesse recusar, agora já era tarde demais.

Ele estava parado no centro de uma plataforma cilíndrica de metal com apenas dois metros de diâmetro. Dezenas de cabos e tubos intravenosos prendiam-se ao seu corpo. Os cabos eram conectados a vários geradores colocados em círculo em torno da plataforma, e os tubos intravenosos a tanques transparentes cheios de um estranho líquido verde borbulhante.

Ainda estavam dentro da cidadela, mas aquela sala privativa era muito menor do que a sala do trono. Não havia mobília, e afora o Imperador, Scourge e o maquinário infernal ao qual ele estava ligado, estava completamente vazia.

Após a derrota de Revan, o Imperador não tornara Scourge membro do Conselho Sombrio, no final das contas. Em vez disso, criara uma nova posição para o Lorde Sith: a Ira do Imperador.

O Imperador havia acreditado em sua explicação sobre Revan. Como recompensa, Scourge tornou-se seu agente e executor pessoal, recebendo ordens diretamente do Imperador e não respondendo a ninguém mais.

No entanto, essa não era toda sua recompensa. Por seu papel em expor Xedrix, Nyriss e Revan, o Imperador prometeu conceder a Scourge o presente da vida eterna. Servir eternamente ao seu lado, uma honra muito maior do que ser eleito para o Conselho Sombrio.

Scourge aceitou avidamente, sabendo que sua nova posição lhe daria tempo e oportunidade para encontrar outra maneira de deter o Imperador antes que sua loucura e apetite consumissem a galáxia.

– Abra-se para o lado sombrio – disse o Imperador, e Scourge sentiu o ar ao redor dele começar a girar com o poder.

Trair seus aliados não alterara o resultado inevitável; o Imperador teria vencido de um jeito ou de outro. Pelo menos dessa maneira Scourge ainda estava vivo para continuar a causa.

Revan também ainda estava vivo, mas para Scourge era como se estivesse morto. O Imperador o prendera em uma instalação secreta, e Scourge sabia que nunca poderia se arriscar a tentar descobrir sua localização. Não podia fazer nada que pudesse sugerir uma conexão contínua entre ele e Revan. Fazer isso exporia a verdade ao Imperador, tornando o sacrifício dos Jedi inútil.

– Deixe a centelha da vida eterna acender dentro de você!

Scourge sentiu uma forte explosão de calor no peito. Cerrou os dentes pela dor quando o calor se tornou mais intenso.

Ele não sentia culpa ou arrependimento pelo que havia feito. Sabia que os Jedi nunca teriam escolhido esse caminho, claro. Achariam que o preço da traição era muito alto.

Scourge sabia que estavam errados. Não havia sentido em desperdiçar sua vida junto com a deles. Traição era o preço para deter o Imperador, e só ele estava disposto a pagá-lo.

No entanto, Revan estava certo sobre uma coisa: o ataque fizera com que o Imperador recuasse de seus planos de invadir a República. Em vez de olhar além das fronteiras do Império Sith, ele havia voltado sua atenção para dentro, concentrando-se em restaurar a estabilidade e o controle sobre Dromund Kaas e os outros planetas que governava.

O Conselho Sombrio teria que ser reconstruído. Era inevitável que houvesse lutas internas e grande rotatividade durante os primeiros anos, enquanto os novos membros competiam entre si para conquistar as boas graças do Imperador. E ele, por sua vez, monitoraria de perto as ações do Conselho até que as tramas e conspirações retornassem a um nível mais normal e esperado.

Levaria várias décadas, talvez até mais, antes que o Imperador revisitasse a ideia de invadir a República. Nesse ínterim, muitas coisas poderiam acontecer. Revan falou sobre outro campeão se levantando; Scourge o havia visto em sua visão final. Abençoado com a vida eterna, Scourge serviria fielmente ao lado do Imperador, cumprindo sua pena enquanto esperava que tal campeão emergisse das brumas do tempo.

Enquanto o servia, estudaria o Imperador. Aprenderia tudo sobre ele. Entenderia seus pontos fortes e fracos, para que, quando chegasse a hora, pudesse ajudar o campeão profetizado por Revan a destruir o Imperador de uma vez por todas.

– Sinta sua mortalidade enquanto está sendo levada.

Scourge gritou quando garras invisíveis rasgaram seu interior, aparentemente despedaçando seus órgãos vitais.

O calor no peito havia se expandido para o restante do corpo; era como se seu sangue fosse feito de fogo. A agonia tornou-se insuportável e ele urrou, desabando no chão.

– O ritual não pode ser desfeito – disse o Imperador, quando Scourge se contorcia e chorava caído a seus pés.

Através de seu tormento, Scourge entendeu com horror crescente o que o Imperador estava dizendo. O ritual terminara, mas o calor abrasador e a dilaceração em seu interior permaneceram constantes.

Concentrando sua vontade, ele conseguiu acalmar as convulsões que atormentavam seu corpo. Forçou-se a ajoelhar, embora cada movimento parecesse ampliar a dor. Tremendo, levantou-se e falou ao Imperador.

– Quanto tempo essa angústia vai durar? – perguntou, com a mandíbula cerrada.

– Com o passar do tempo, você aprenderá a aceitar e suportar seu sofrimento. Sua mente e seu corpo encontrarão maneiras de lidar com a dor. Depois de muitos meses, você se acostumará a isso o suficiente para desempenhar seu papel de Ira do Imperador. Eventualmente, você simplesmente ficará entorpecido, incapaz de sentir qualquer coisa.

– Por quê? – Scourge perguntou, sua voz entre um soluço e um gemido.

– Tudo tem um preço – explicou o Imperador. – Este é o da imortalidade.

A cela de Revan era tanto um laboratório quanto uma prisão. Preso em uma jaula suspensa de energia brilhante, ele flutuava em algum lugar entre a vida e a morte.

Seu corpo paralisado se encontrava numa espécie de estase, preservado e protegido para que nem o próprio tempo pudesse tocá-lo. Mas sua consciência estava completamente alerta.

Meetra podia sentir seu sofrimento. Quando ela morreu, não se tornara una com a Força. Leal até o fim, seu espírito permaneceu com Revan, uma presença invisível pairando fora da cela, bem ao seu lado.

Ela não podia falar com ele; qualquer que fosse a feitiçaria arcana Sith que o Imperador usara para prender Revan tornava isso impossível. Duvidava que Revan estivesse ciente de que estava lá. No entanto, embora não pudesse se comunicar com ele, era capaz de lhe proporcionar auxílio e apoio, com seu poder fluindo lentamente através da barreira de energia que o cercava, como uma linha vital à qual ele podia se agarrar no oceano escuro de sua prisão.

Assim como o Imperador se alimentava dele, Meetra estava permitindo que Revan se alimentasse dela. Seu sustento fortalecia continuamente sua determinação, revigorando-a e recuperando-a, para que ele pudesse continuar sua guerra mental sem fim.

Graças a ela, Revan era capaz de fazer mais do que simplesmente lutar para manter o Imperador a distância.

Revan podia sentir o imperador alimentando-se dele, sugando sua força para saciar sua fome infinita. Embora os dois estivessem fisicamente separados por uma dúzia de parsecs, ainda havia um vínculo mental inquebrável, estabelecido pelo Imperador e sustentado pelas máquinas infernais que forneciam energia à cela.

No entanto, o Imperador queria mais do que esgotar a energia de seu adversário derrotado para sustentar sua própria existência distorcida. Revan podia sentir o inimigo dentro de sua cabeça. Podia sentir a escuridão inequívoca do Imperador vasculhando seus pensamentos e lembranças, escarafunchando, sondando, buscando respostas.

Ele queria informações sobre a República e os Jedi. Quão fortes eles eram? Onde eram vulneráveis? Quanto sabiam sobre os Sith e o próprio Imperador? Queria informações de Revan. O que acontecera durante sua própria invasão da República? Por que não dera certo? Como ele se libertara de seu controle?

As respostas estavam todas lá, mas Revan não as daria facilmente. Embora estivesse fisicamente impotente, era mentalmente forte o suficiente para travar uma guerra contra o Imperador, mantendo e protegendo seus segredos pelo tempo que fosse necessário.

E Revan sabia de algo que o Imperador não sabia. A conexão entre eles era de mão dupla. Havia breves momentos – momentos em que o

Imperador estava intensamente concentrado em outra coisa – em que ele podia subverter seu relacionamento, plantando sementes nos pensamentos do Imperador.

Precisava ter cuidado para que seu inimigo não descobrisse o que estava fazendo. Mas era capaz de impulsionar e estimular os próprios pensamentos e crenças do Imperador, manipulando-os sutilmente de um jeito que pudesse ter efeitos profundos. Revan manipulava a cautela e a paciência, constantemente destacando-as na mente de seu inimigo. Ele aumentou seu medo irracional da morte. Em todas as oportunidades, reforçava a ideia de que invadir a República era imprudente e perigoso.

Era impossível saber o que teria acontecido se Scourge não os tivesse traído na sala do trono. Poderiam ter perdido de qualquer maneira, mas também poderiam ter derrotado o Imperador, libertando a galáxia para sempre da ameaça de aniquilação nas mãos de um louco. Não havia como ter certeza, e não havia sentido em ficar remoendo o passado.

Mas Revan estava certo de uma coisa: fosse qual fosse o período – talvez muitos séculos – que seu corpo sobrevivesse em estase, durante todo esse tempo lutaria para impedir que o Imperador invadisse a República.

Ele se apegou a essa absoluta certeza; isso lhe dava esperança. Sabia que não tinha chance de escapar de sua prisão. Sabia que era inevitável que um dia o Imperador acabasse vencendo aquela interminável batalha entre vontades.

Mas, se ele conseguisse atrasá-lo por cinquenta anos, Bastila talvez nunca tivesse que experimentar os horrores de outra guerra galáctica. Por cem anos e seu filho poderia viver a vida inteira em uma era de paz, sem nunca conhecer o medo de enfrentar a completa aniquilação.

Toda vez que seus pensamentos se voltavam para sua esposa e filho, ele tentava alcançá-los por meio da Força, oferecendo-lhes consolo e disposição do outro lado da galáxia. Não sabia se eles o sentiam, mas gostava de imaginar que sim.

Mesmo que não pudessem, simplesmente pensar neles já lhe dava força. Revan estava lutando pelo futuro de sua esposa e filho, uma batalha que ele não pretendia perder.

EPÍLOGO

– POR QUE SEU CABELO ESTÁ TODO BRANCO? – perguntou Reesa, a caçula dos netos de Bastila.

– Porque sou uma mulher muito, muito velha – respondeu Bastila.

– É por isso que está toda enrugada também? – perguntou seu irmão, Bress.

– Venham, vocês dois – disse a mãe, pegando-os nos braços. – Acho que é hora de irem para a cama.

Ela se apressou em levar as crianças da sala, deixando Bastila a sós com o filho.

– Estou feliz que você tenha vindo hoje – disse Bastila. – Significa muito para mim.

Vaner estendeu a mão para envolver os dedos da mãe e lhe deu um aperto reconfortante.

– Sei que é uma época difícil – observou ele. – Você sempre fica deprimida quando seu aniversário está chegando. Tem pensado nele?

– Eu penso muito nele.

– Eu também – admitiu o filho. – Eu me pergunto o que ele diria se nos conhecêssemos.

– Ele diria que sente orgulho de você – Bastila lhe assegurou.

– Você não acha que ele ficaria desapontado por eu nunca ter entrado para a Ordem Jedi?

Bastila balançou a cabeça.

– Você já fez muita coisa importante em sua vida para ter esse tipo de arrependimento. Os Jedi são guardiões e protetores da galáxia, mas nestes últimos cinquenta anos precisamos de muito mais. A República teve que se reerguer. Precisávamos de líderes para nos unir, para nos ajudar a trabalhar juntos. Você percebeu essa necessidade e a cobriu.

O filho dela riu.

– Você parece o meu coordenador de campanha. "Vote em Vaner Shan para Chanceler Supremo!"

Bastila balançou a cabeça.

– Você está brincando, mas, se quisesse essa posição, poderia ter.

– Ainda vamos voltar a esse assunto.

– Além disso – acrescentou ela após um instante –, se você fosse um Jedi, nunca poderia se casar com Emess.

– Quando a conheci, você disse que ela era jovem demais para mim.

– Agora estou mais velha e mais sábia – redarguiu.

– Não estamos todos?

Eles ficaram em silêncio por mais alguns minutos antes de Vaner fazer outra pergunta.

– Você acha que ele ainda está vivo?

– Não sei – admitiu Bastila. – Se estiver, por que não volta pra nós? Por outro lado, há momentos em que acho que ainda consigo sentir sua presença, como se ele estivesse me alcançando de algum lugar distante.

Vaner sorriu, mas não disse nada.

– Você acha que sua velha mãe está se tornando senil, certo?

– Às vezes a Força é um pouco difícil de entender.

– É melhor você se acostumar com isso. Você a carrega no sangue. Já posso senti-la naqueles seus filhos.

– Acho que pula uma geração – gracejou Vaner com uma risada suave.

Depois de mais alguns minutos de silêncio, ele falou novamente; era uma pergunta que Bastila esperara ouvir por muitos anos.

– Você já desejou que ele tivesse ficado com você?

– Sinto falta do seu pai em todos os dias da minha vida – respondeu ela –, mas nunca nem considerei isso.

– Por que não?

– Revan sabia que havia algo lá fora, algo que ameaçava a República. Talvez a galáxia inteira. Ele foi detê-lo, e sei que conseguiu.

– Como você pode ter certeza?

– Porque você e eu estamos aqui, conversando sobre isso. Não fomos devastados pela guerra ou transformados em refugiados. A galáxia não chegou a um trágico fim. O que quer que Revan tenha feito, tornou possível a você e a mim vivermos nossas vidas sem medo ou privações. E por isso sempre serei grata.

Ela estendeu os braços e colocou as mãos enrugadas nas bochechas de seu filho, aproximando-o e beijando-o gentilmente na cabeça.

– É melhor eu ir ver Emess e as crianças – disse ele, levantando-se.

– Claro – ela concordou, acenando com a mão. – Vá, vá. Só vou ficar aqui no sofá e tirar uma soneca.

Seu filho foi para o quarto de hóspedes nos fundos e Bastila fechou os olhos, deixando-se rapidamente levar pelo sono. Como sempre, sonhou com Revan.

AGRADECIMENTOS

A história de Revan remonta a *Star Wars: Knights of the Old Republic*, e quero agradecer a todos da BioWare que contribuíram para esse game fantástico. Da mesma forma, tenho uma dívida de gratidão para com todos da Obsidian que trabalharam no *Knights of the Old Republic* e todos da BioWare Austin que ajudaram a criar o game *Star Wars: Velha República*. Mas, acima de tudo, quero agradecer a todos os fãs de Star Wars e Revan que esperaram por tantos anos pela conclusão dessa história: sem o seu apoio contínuo, este romance nunca teria se concretizado.